다르게 보는 용기

다르게
보는
용기

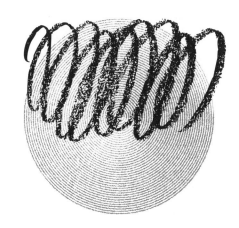

새로운 세기의
아동청소년문학

강수환 평론집

창비
Changbi Publishers

책머리에

다르게 본다는 것은 어떤 의미일까. 곧바로 말하기에 앞서 내가 사랑하는 농담을 하나 소개하고 싶다. 독일 베를린의 5학년 소년이 주인공인 이야기다. 소년은 도통 '선생님'이라는 말이 입에 붙지 않았다. 담임 교사였던 애커만 씨는 반말로 자신을 부르는 소년의 말버릇을 더는 참을 수 없었다. 애커만 씨는 소년을 불러 내일 아침까지 "저는 이제부터 꼭 '선생님'이라고 부르겠습니다"라는 내용의 '깜지'를 100번 써 오게 했다. 다음 날 아침, 소년은 의기양양한 표정으로 애커만 씨에게 공책을 내밀었다. 뭔가 수상한 느낌에 애커만 씨는 깜지를 하나하나 세어 봤지만 틀림없는 100번이었다. 그때 소년이 이렇게 말한다. "어때 애커만? 놀랐지?!"

공책을 챙겨 등교하던 소년의 표정은 어땠을까. 이 힘든 숙제를 마치고서는 얼마나 뿌듯했을까. 빨리 이 성취를 교사에게 보여 주고 싶어 얼마나 마음이 들떴을까. '선생님'이라는 호칭만 사용하지 않았을 뿐 소

년이 얼마나 교사를 친근하게 느끼는지가 고스란히 전해진다. 이 사랑
스러운 농담은 발터 벤야민(Walter Benjamin)의 라디오 대본에서 발췌
한 것이다. 그가 어린이를 위한 라디오 대본을 썼다는 사실은 널리 알려
져 있다. 이 농담의 끝에 벤야민은 다음과 같은 당부를 적었다. "원한다
면 다음 기회에 더 많은 베를린 이야기를 들려줄 수 있지만, 꼭 기다릴
필요는 없어요. 여러분이 베를린을 걸을 때 그저 눈과 귀를 열어 둔다면
오늘 라디오에서 들은 것보다 훨씬 더 많은 이야기들을 모을 수 있을 테
니까요."[1]

명랑한 마무리 멘트처럼 들린다. 하지만 이 대본이 1929년 겨울에 쓰
였다는 것, 당시 히틀러와 나치스의 세력이 급부상하고 있었다는 것, 벤
야민이 나고 자란 베를린에 많은 수의 유대인이 거주하고 있었다는 사
실 등을 겹쳐 놓고 다시 대본을 읽으면 그가 어떤 심경으로 이 문장을
적었을지가 새롭게 눈에 들어오기 시작한다. 벤야민은 당시 독일의 어
린이들이 실체 없는 불안과 증오에 근거하여 유대인의 형상을 접하는
것이 아니라, 자기 눈과 귀를 열어 직접 이들을 만나 이야기를 나눈다면
지금과는 다른 방식으로 타자를 바라볼 수 있으리라는 간절한 믿음으
로 이 대본을 썼을 것이다.

또한 앞서 소개한 농담에서의 소년은, 어른들이 기대하거나 상상하
는 형상의 어린이가 아니다. 어린이와 어른, 학생과 교사, 지배와 복종
이라는 구획에 갇히지 않은 채 상대방을 대하는 존재를 향해 눈과 귀를
열지 않았다면 이 농담은 발견될 수 없었으리라. 어린이들에게 세계를
다르게 보기를 권하고 싶다면, 우선 어른부터 어린이를 다르게 보고 들

---

1 Walter Benjamin, "Berlin Dialect," ed. Lecia Rosenthal, *Radio Benjamin*, trans. Jonathan
 Lutes, Lisa Harries Schumann and Diana K. Reese, London: Verso 2014, 10면.

을 수 있어야 한다. 이것이 내가 벤야민의 농담을 사랑하는 이유다.

어린이·청소년이라는 존재를 다르게 본다는 것. 물론 쉽지 않은 일이다. 아동청소년문학에 관해 읽고 쓰는 일을 업으로 삼은 지 여섯 해가 훌쩍 지났지만, 불행히도 나는 여전히 이들의 세계를 몰라도 너무 모른다. 지나온 어린이·청소년 시기를 떠올려도 큰 소용은 없었다. '나 때는 말이다'라는 식의 경직된 회고가 아니더라도, 과거의 경험에 비추어 이들을 바라보는 일은 도리어 이해를 방해하곤 했다. 어쩌면 당연한 일일지도 모른다. 내가 어린이의 키만큼 몸을 수그린다고 해도 이들이 바라보는 방식으로 세계를 느낄 수는 없을 것이므로. 그럼에도 동료 시민으로서 서로를 이해할 수 없는 타자로 남겨 두지 않기 위해 우리가 할 수 있는 일이란 결국 벤야민의 당부처럼 상대를 향해 눈과 귀를 열어 두는 것, 그렇게 서로의 이야기를 더 많이 더 다양하게 쌓아 가는 것, 이로써 서로를 조금씩 다르게 바라보는 것뿐이리라 믿는다.

밝혀 두자면 '다르게 보는 용기'라는 제목은 본문의 한 평론에서도 인용한 조르주 디디-위베르만(Georges Didi-Huberman)에게서 빌려 온 것이다. 이 용기를 발휘한 인물은 고르곤 메두사를 처치한 영웅 페르세우스다. 우리는 메두사를 똑바로 바라볼 수 없다. 보는 즉시 돌이 되어 버리기 때문이다. 하지만 페르세우스는 아테네로부터 얻은 금속 방패를 거울 삼아 메두사를 바라보며 마침내 그를 물리치는 데에 성공한다. 이것은 페르세우스가 메두사 앞에서 시선을 피한 채 퇴장하거나 방패에 비친 환영을 보고 얼어붙을까 두려워하는 대신, 다르게 보는 용기를 발휘한 덕분이다.

때때로 우리는 이해할 수 없는 대상 앞에서 말을 잃곤 한다. 이때 취할 수 있는 가장 윤리적인 태도란, 우리는 이것을 정확히 바라볼 수 없노라며 눈을 감는 것이 아니라, 어떻게든 다르게 바라보며 이 사안을 향해 성큼 다가서는 일이라는 것이 디디-위베르만의 입장이다. 그의 발언은 전적으로 이미지를 염두에 둔 것이지만, 나는 이것을 멋대로 표상(represent) 일반에 관한 논의로 확대하여 인용했다. 가령 우리는 이 괴물 같은 현실을 어떻게 어린이·청소년에게 비출 것인지 자주 고민한다. 이때 아테네의 방패처럼 정교한 거울이 있으면 좋으련만.

작가는 신에게 방패를 구하는 대신 직접 이들을 위한 방패를 세공하는 자들이다. 하나 여간 까다로운 일이 아니다. 페르세우스가 들 방패가 아니므로 너무 무겁거나 커다래서도 안 된다. 어린이·청소년의 몸집에 맞게 부피, 무게, 재료 등 신경 써야 할 것도 많다. 겨우 하나의 방패를 쥐여 주고 나면 곧 또 다른 괴물이 엄습해 온다. 정면으로 바라보기 어려운, 이해할 수 없는, 말할 수 있는 언어가 주어져 있지 않은 세계들을 어린이·청소년이 헤쳐 나갈 수 있도록 어떻게든 방패를 깎고 다듬는 모든 작가들을 마음 깊이 존경한다. 제목은 이렇게 지었으나 내게는 다르게 보는 용기가 턱없이 부족하다. 기존의 관점과 언어로 해명할 수 없는 존재·사태 앞에서 나는 쉽게 주저하고 불안에 빠진다. 그래서 작가들이 건네는 아동청소년문학이라는 방패가 내게는 몹시 소중하다. 평론이라는 명목으로 텍스트의 만듦새를 두고 더러 불평을 늘어놓을 때도 있지만, 다르게 보는 용기를 우리에게 불어넣는 작가들에게 항상 마음의 빚을 지고 있다.

이 책의 1부는 아동청소년문학을 둘러싼 당대의 쟁점과 담론을 중심에 두고 쓴 글들을 모았다. 생성형 AI, 재현의 윤리, 시리즈 아동문학, 동시와 매체, 21세기의 어린이관, 비평의 현재 등 문학 안팎의 다양한 주제를 통해 아동청소년문학을 바라보고자 노력했다. 2부는 청소년소설

평론들을 묶었다. 작가·작품을 비평적으로 경유하여 주체, 정체성, 노동, 사랑 등을 화두로 오늘날 청소년의 현실을 비추기 위한 노력을 담았다. 3부는 주로 리뷰·서평의 형태로 발표한 글들로 구성했다. 발표된 지 다소간 시간이 흐른 작품도 있지만, 해당 텍스트와 처음 맞닥뜨렸을 때의 인상과 현장성이 모쪼록 독자께 전해지기를 바란다.

원고를 묶고 검토하는 시간 내내 낯이 뜨거워 혼났다. 부박한 문장과 사유 때문이기도 했지만, 특히 나를 부끄럽게 만든 것은 잘 알지도 못한 채 과단하는 주장이나 선언을 마주할 때였다. 이러한 문장으로부터 나는, 내가 잘 알지 못한다는 사실을 들키고 싶지 않아 더욱 과장하여 열변을 쏟는 그때 나의 얼굴을 본다. 이전보다 더 많이 읽고 쓸수록 깊어져야 할 텐데 오히려 더 헤매는 기분이다. 하지만 방황하는 중에도 길을 잃지 않을 수 있었던 것은 항상 곁에서 길잡이가 되어 준 고마운 분들 덕택이다.

책을 펴내기까지 감사를 전할 분들이 많다. 흐트러진 원고를 그러모아 한 권의 책이 될 수 있도록 꼼꼼히 살펴 준 창비 어린이출판부에 감사드린다. 아울러 계간 『창비어린이』 편집위원 선생님들과 편집자들께도 깊은 고마움을 전하고 싶다. 가까이에서 늘 감탄하며 많이 배우고 있다. 언제나 온 마음으로 나를 지지해 준 가족들, 배움과 삶의 이정표가 되어 준 선생님들, 사랑하는 동학과 친구들에게도 진심으로 감사의 마음을 전한다. 매번 분에 넘치는 도움과 보살핌을 받고 있다. 보답이 되기에는 턱없이 부족하지만, 부디 이 책이 작은 선물이 될 수 있기를 바란다.

2023년 12월
강수환

차례

제3부

제1부

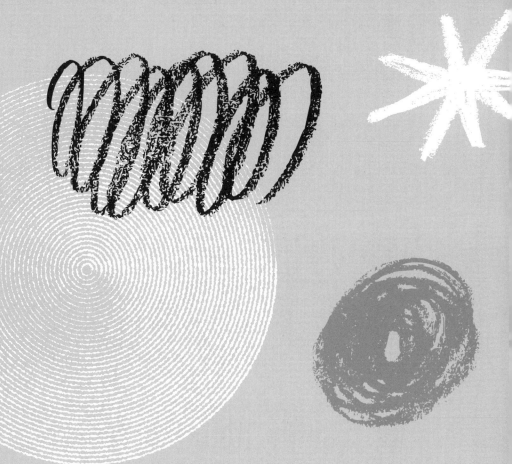

지금부터 로봇들과 대화해 보시지 그러세요?

생성형 AI 시대의 독자

1

챗GPT의 출현은 세계적으로 적잖은 충격을 불러일으켰다. 희망에 찬 예견부터 엄중한 경고까지, 챗GPT를 둘러싼 말들은 현재까지도 이곳저곳에서 쏟아지고 있다. 인공지능 기술과 직접적인 관련이 크지 않은 인문·예술 분야 또한 이 현상에 주목한 이유는 챗GPT가 사전 학습 모델을 바탕으로 생성한 결과물이 다름 아닌 '글'이었기 때문이다. 기계가 글을 쓰는 데다가 심지어 그럴싸한 결과물을 내놓는다니. 문자, 글쓰기, 로고스…… 인간의 위대한 정신을 표상해 왔던, 그래서 그동안 인간 존재의 특권을 정당화해 온 이 모든 것이 한순간 동요하기 시작한 것이다.

챗GPT로 인해 충격받은 것은 나도 마찬가지였다. 거창한 건 아니고, 일인즉슨 내 수업을 듣는 학생이 챗GPT를 활용해 과제물을 제출한 사실이 적발된 것이다. 내가 요구한 과제는 서평이었는데, 학생이 제출한 글은 꽤 유려하게 책을 논평하고 있었으나 몇몇 대목에서 구체적인 거짓을 서술하고 있었다. 사실관계를 틀리게 적은 곳이 발견되었고 심지어는 책에 전혀 실려 있지 않은 일화까지 너무도 당당한 태도로 상세히 소개하고 있었기에 나는 기억을 의심하며 해당 도서를 다시 살피기까지 했다. 학생의 과제는 규정상 0점 처리할 수밖에 없었지만, 이 사건은 올해 상반기에 일어난 일 가운데 가장 인상적인 기억으로 남아 있다. 단지 화제의 챗GPT가 만든 결과가 생각보다 허술했기 때문이 아니다.[1] 놀라웠던 것은 학생의 자신감이었다. 인터넷 포털 검색을 통해 얻은 정보조차 (이를테면 몇몇 '위키'에 기록된 게시물을 거론할 수 있는데 이쪽은 그나마 사람이 입력하는 것임에도) 전적으로 신뢰하기 어려운 상황에서, 인공지능의 생성 결과물을 학생은 어떻게 믿을 수 있었을까?

아마도 단순히 책 읽는 시간을 들이지 않기 위한 요령에 불과한 사건이리라. 하나 만약 그렇다면, 물론 이 경우도 표절인 것은 마찬가지인데, 차라리 인터넷에 누군가 올려놓은 정보들을 참조하여 적당히 변형하는 편이 나았을 것이다. 적어도 책에 없는 이야기를 지어내는 일은 발생하지 않았을 테니 말이다. 그러나 학생은 챗GPT의 생성물을 수정하

---

[1] 어떤 의미에서 이는 자연스러운 결과라 할 수 있다. 실제로 챗GPT를 비롯한 대화형 인공지능의 재밌는 특징 중 하나는 "어려운 일은 잘하고, 쉬운 일은 못한다"는 점이다. 이들은 '잠재된 패턴'이 있어 이것을 추론·계산해야 하는 영역에서 수준 높은 성과를 자랑하지만, 확률이 필요하지 않은 물음에 대한 결과물을 생성하는 데는 취약한 성능을 보인다. "단 하나의 사실이 필요한 곳에서 잠재된 패턴을 찾을 이유가 없기 때문"인데, 그 까닭에 웹에서 관련 정보를 찾을 수 없는 물음을 던지면 이들은 종종 터무니없는 답을 제시하곤 한다. 학생의 과제물이 제법 훌륭한 수사들로 채워졌음에도 ("하나의 사실"에 해당할) 기본적 사실관계 서술에서 큰 오류를 보인 것은 챗GPT의 특징 그 자체가 반영된 탓이기도 하다. 박태웅 『박태웅의 AI 강의』, 한빛비즈 2023, 43~46면 참조.

여 제출하는 쪽을 택했다. 마치 중요한 것은 글의 꼴일 뿐, 내용에 포함된 정보의 진위는 부차적이라는 듯. 이 일화는 학생이 예외적으로 순진한 인물이었기에 벌어진 일만은 아니었으리라. 앞으로 챗GPT를 활용하여 글을 쓰는 학생들은 더 늘 것이다(어쩌면 내가 찾아내지 못했을뿐 들키지 않고 챗GPT를 사용한 학생이 있을지도 모르겠다. 사실 적당한 선에서 활용하기만 한다면 나 역시 이를 극구 반대하고 싶은 마음은 없다). 중요한 것은 생성형 인공지능 기술이 우리의 글쓰기에 (이미) 개입하기 시작했다는 것이다.

2

고루한 이야기일지도 모르나, 글쓰기는 읽기와 분리될 수 없는 관계이며, 더 나아가 쓰기와 읽기의 방식은 우리가 의식을 형성하는 방식과 직결한다. 전통적으로 문자를 쓰는 행위란 실뱅 오루(Sylvain Auroux)의 말처럼 그 자체가 뇌 활동의 연장으로, 연속적인 시간 위에서 우리가 경험하거나 떠올리는 생각을 문자 기호를 이용해 공간적으로 분절화하고 정확히 가산(加算)하여 기록하는 것을 의미하기 때문이다. 즉, 글쓰기란 (의식 속에 떠오른 경험, 생각, 지각 등의) 추상적인 관념에 불과했던 것을 문자로 고정하고 시각화함으로써 대상화하는 기술(technologies)에 해당하는 것이다.[2]

---

2 이렇듯 손으로 말을 적어 문자(gramm)가 되는 처리 과정을 실뱅 오루는 '문자화' (grammatisation)라 칭했다. Sylvain Auroux, *La revolution technologique de la grammatisation*, Liège: Mardaga Pierre 1995, 157면.

대상화된 기록을 쓰거나 읽으면서, 우리는 그 추상적이었던 것의 정체가 무엇이었는지를 사후적으로 감지하게 되고, 더 나아가 재귀적(reflexive)으로 새롭게 의식을 형성한다. 이 말인즉 새로운 읽기/쓰기 기술의 등장이란 곧 우리의 의식을 새롭게 구성하는 기술의 출현이라는 뜻이기도 하다. 만약 이것이 사실이라면 생성형 AI의 방식에 따라 세계를 읽고 쓰며 의식을 형성하는 세대가 출현하리라는 전망도 가능할 것이다. 지나친 과장일까? 하지만 이러한 관점의 기원은 제법 긴 역사를 지닌다.

이야기는 플라톤(Platon)으로 거슬러 올라간다. 플라톤의 대화편에는 문자의 발명에 관한 한 편의 신화가 등장한다. 이집트의 발명의 신 테우트는 타무스 왕(파라오)에게 문자를 선물하며 이렇게 자랑한다. "왕이여, 이런 배움은 이집트 사람들을 더욱 지혜롭게 하고 기억력을 높여 줄 것입니다. 왜냐하면 그것은 기억과 지혜의 묘약(pharmakon)으로 발명된 것이니까요."[3] 일리 있는 주장이다. 문자가 있으면 우리가 깜빡 잊는다 하더라도 어딘가 적어 놓은 메모를 찾아 떠올릴 수 있고, 기록을 통해 누군가의 지식을 대대로 전수할 수 있으므로 문자는 분명 "기억과 지혜의 묘약"일 것이다. 타무스는 이 위대한 선물을 받아들이면서도 다음과 같이 흥미로운 반론을 제기한다. 문자는 "배운 사람들로 하여금 기억에 무관심하게 해서 그들의 영혼 속에 망각을 낳을 것"이라고. 왜냐하면 그에게 문자는 그저 "상기(想起)"를 쉽게 할 수 있도록 돕는 도구에 불과해 보였기 때문이다.[4]

이 역시 날카로운 통찰이다. 타무스는 우리가 문자를 사용하는 데에

---

3 플라톤 『파이드로스』, 조대호 옮김, 문예출판사 2016(제2판), 140~41면.
4 같은 책 141면.

익숙해지면 내적으로 기억을 떠올리는 힘을 잃고, 문자라는 외부 기록 정보에 기억을 의존하게 되어 결국 기억하는 능력을 잃게 되리라 예측한 것이다. 실제로 그렇지 않은가. 나만 하더라도 휴대전화가 없던 유년기에는 가족과 친구의 전화번호는 물론이거니와 배달로 주문했던 음식점들의 번호까지 모두 외우고 있었지만, 스마트폰에 익숙해진 지금 내가 외우고 있는 전화번호는 손에 꼽는다. 이에 더하여 타무스는 문자가 기억과 지혜를 손상하는 "독약"(pharmakon)이라 말한다. 흥미로운 점은, 이들이 문자를 묘약과 독약이라는 정반대의 평가를 내리면서도 동시에 '파르마콘'이라는 똑같은 용어를 사용한다는 것이다. 오늘날 'pharmacy'의 어원이기도 한 파르마콘은 실제로 묘약과 독약이라는 상반된 의미를 모두 포함한다.[5] 문자는 파르마콘이다. 문자는 기억을 기록함으로써 잊히지 않고 전수될 수 있도록 만드는 묘약이면서, 문자에 기억을 의존하도록 함으로써 망각을 촉진하는 독약이기도 하다.[6]

문자는 인류의 가장 오래된 미디어 가운데 하나다. 문자가 미디어인 이유는 기록을 통해 인간의 의식을 매개(medium)하는 기능을 도맡기

---

5 이러한 '약'이라는 말의 용례는 오늘날에도 유사하게 발견된다. 우리는 병을 치료하기 위해 약을 먹인다고 말하면서 누군가를 해치기 위해 약을 먹인다고도 표현한다.

6 Jacques Derrida, "Plato's Pharmacy," in Barbara Johnson, trans., *Dissemination*, Chicago: University of Chicago Press 1981, 97~98면. 분명히 해야 할 사항은 파르마콘은 '잘 쓰면 약이지만 남용하면 독'과 같은 평면적인 비유가 아니다. 사실 앞서 플라톤이 이 신화를 인용한 것은 구술언어가 더 우월한 것이라 믿었던 스승 소크라테스의 주장을 옹호하기 위해서였다. 소크라테스는 진정한 지혜란 문자가 아닌 말을 통해서만 구현될 수 있다고 생각했다. 소크라테스와 플라톤에게 문자는 위대한 말의 자리를 위협하는 독약 같은 존재였던 것이다. 하지만 역설적으로 오늘날 우리는 문자라는 독약을 통해서만 그들의 지혜를 섭취할 수 있는 상황이다. 즉, 말의 힘이 지배적이었던 시대의 의식이 해체된 자리 위에서 비로소 이들의 지식은 문자문화의 형태로 수용될 수 있었던 것이다. 전자가 실현되지 않고서는 후자도 성립하지 않는다.

때문이다. 그리고 모든 지배적 미디어는 예외 없이 파르마콘이었다. 기억(의식)을 형성해 온 기존의 방식을 독약처럼 부식시키는 한에서 미디어는 묘약으로 자리 잡을 수 있었다. 그러므로 새로운 미디어나 기술의 출현에서 우리가 주목해야 할 점은, 이것의 기록이나 생성의 가능성처럼 눈에 보이는 것뿐만 아니라, 망각의 방식을 어떻게 새롭게 주조하는가에 있다.[7] 기억 용량의 한계가 있는 우리로서는 모든 것을 기억할 수 없다. 무엇인가를 새롭게 기억하기 위해서는 (마치 컴퓨터가 메모리를 확보하려는 것처럼) 반드시 어떤 것들은 잊어야 한다. 그렇다면 이렇게 말하는 것도 가능하겠다. 우리의 의식은 다소간 망각에 기대고 있다고. 주지하듯 우리의 의식은 "기억의 총합"으로서의 현재를 토대로 성립한다.[8] 즉, (시간이 오래되어서든, 무의식적인 억압 때문이든, 언어화할 수 없는 자극이어서든) 망각의 영역으로 이관되지 않은 기억-정보의 총합이 우리의 의식을 구성하는 것이다.

그러므로 흘러 들어오는 외부 정보의 양이 많아질수록 우리는 더 많이 망각하게 되며, 그에 따라 우리는 더 많은 망각 가능성 위에서 의식을 구성하게 된다. 이제 현재로 시간을 옮겨 보자. 인터넷을 '정보의 바

---

7 이곳에서 자세히 다룰 사항은 아닌 듯하나, 망각은 미디어에서 전통적으로 중요한 문제였다. 미디어를 통한 정보의 기록·생산은 역설적으로 "삭제 가능성"의 위에서만 수행될 수 있었다. 미디어학자 엘라 클릭의 말처럼, 이전에 쓴 글씨를 지우고 다시 쓸 수 있을 때, 포노그래프에서 실린더를 깎아 지워 낼 수 있을 때, 촬영한 필름을 잘라 버리고 이어 붙일 수 있을 때, 이미 녹음·녹화된 테이프의 내용을 지우고 덮어쓰기가 가능할 때, 비로소 새로운 정보의 기록·생산은 가능해진다. 만약 기록의 전체 또는 일부를 지울 수 없다면 해당 미디어가 정보를 생산해 낼 가능성도 함께 지워지게 된다. 디지털 기술을 논하면서 망각의 방식을 주목하는 것은 그 이유에서다. Ella Klik, *Erasable Media: Letter to Bits*, New York University 박사학위 논문, 2018 참조.

8 이시다 히데타카 『디지털 미디어의 이해』, 윤대석 옮김, 사회평론 2017, 42면.

다'라고 부르는 것도 이제는 진부한 표현이 되었다. 디지털 미디어의 대중화와 국제적인 네트워크의 구축으로 인해 우리가 접속할 수 있는 정보의 양은 폭발적으로 증대되었고, 우리는 이 데이터의 바다를 '서핑'하며 끊임없이 부유하고 있다. 지금의 상황을 타무스가 본다면 기함했을지도 모르겠다. 그의 눈에는 이 모습이 마치 독약 위를 헤엄치는 것처럼 보였을 테니까. 인간의 기억 용량으로는 당연히 이 넘실거리는 웹상의 정보들을 모두 외울 수 없다. 그 대신 우리는 검색 가능한 키워드를 기억하기 시작했고, 그에 따라 점차 지식의 형태 또한 한 분야에 정통한 지식인 개인에 의해 생성되는 것만이 아닌 각 영역의 정보들을 상호 연결하고 불러낼 수 있는 이른바 '집단 지성'에 의해 이루어지기 시작했다. 이렇듯 기록 매체와 기술의 변화는 현재에도 우리의 지식, 기억, 의식의 형성 방식과 관계한다.

여기서 생성형 AI의 상용화는 새로운 분기점으로 작용하는 듯하다. 적어도 인터넷을 서핑하던 시점까지는 정보의 읽기와 쓰기를 최종적으로 주관하는 자리에 인간이 있었다. 그래서 챗GPT 이전 시대의 학생은 똑같이 과제를 표절하더라도 포털 사이트 이곳저곳을 방문하여 키워드를 검색해 짜깁기할 수 있는 텍스트를 직접 선별하고, 해당 내용을 이어 붙여 한 편의 글쓰기를 수행해야 했다. 하지만 챗GPT를 이용한 학생은 달랐다. 그는 검색어를 입력하는 대신 프롬프트(prompt, 생성형 AI에게 작성하는 질문을 프롬프트라 부른다)를 작성했다. 이것은 커다란 차이다. 예컨대 '방정환의 「만년샤쓰」를 평하라'는 과제가 있을 때, 챗GPT 이전의 학생은 본인이 쓰려는 글의 방향에 따라 '방정환'이 누구인지, 「만년샤쓰」는 어떤 작품인지, '소년소설'이라는 장르는 무엇인지 등을 각각 검색하고 검색 결과를 취사선택해 이를 직접 종합해야 했다면, 챗GPT를 이용한 학생은 이 모든 과정을 컴퓨터에 일임한 것이다.

누군가에게는 한 학생의 엉뚱한 비행 정도로 보일지도 모를 일화겠지만, 나는 이것이 꽤 징후적으로 느껴진다. 생성형 AI가 분명 우리 의식의 풍경에 변화를 가져올 파르마콘이 되리라는 예감 때문이다. 그는 아직 '묘약'으로 충분히 개발되지 못한 '독약'을 삼켰을 뿐이다. 생성형 AI는 높은 확률로 대다수 사용자에게 익숙한 기술로 차츰 자리 잡을 것이다. 거대 테크 기업들이 막대한 손해를 감수하면서까지 천문학적인 비용을 지불하며 거대언어모델(LLM) 생성 엔진 개발에 박차를 가하는 현재 상황을 보면 그 시간은 머지않았을지도 모른다.

3

앞에서 실뱅 오루의 문자화 과정을 이야기하면서 나는 이것을 '뇌 활동의 연장'이라 칭했다. 오랜 시간 인간은 문자의 논리에 기초하여 시간(의식)을 공간(문자)화해 왔다. 생성형 AI로 옮겨 온다면 이것을 'GPU 계산 처리의 연장'이라 말할 수 있을까. 컴퓨터는 계산 처리한 데이터(시간)를 스크린 위에 텍스트로 제시한다(공간화). 기억의 범위와 양에서도, 계산 처리 속도에서도 우리는 기계가 시간을 다루는 성능을 따라잡을 수 없다.

이 말은 단지 기술의 조건을 적시하기 위함이지 인간이 기계에 패배했다는 등의 비관을 늘어놓기 위해 쓴 것이 아니다. 인간이 달리기로 자동차의 속력을 능가할 수 없다면서 기계의 승리를 선언하는 이는 아무도 없다. 다만 자동차의 발명이 개인의 이동성(mobility)을 증대시키는 것에 그치지 않고 지역과 지역 사이의 거리와 시간을 압축함으로써 감각의 전환, 사회 배치의 재편, 산업구조의 변화 등을 불러일으킨 것처럼, 우리가 생성형 AI로부터 주목해야 할 지점도 바로 여기에 있다. 특히 전통적으로 읽고 쓰기에 관한 문제 전반에 천착해 온 문학[9]이 생성형 AI가 일으킬 기록 조건의 변화를 도외시할 수는 없는 일이겠다. 심지어 지금의 생성형 AI는 인간의 창의성을 위협한다고들 이곳저곳에서 경계하고 있지 않은가.

그러면 앞에서 나누었던 이야기로 돌아가 보자. 기억하기 위해서는 잊(을 수 있)어야 한다. 현재는 기억의 총합으로 이루어져 있으며 매체 기술은 이러한 우리의 의식을 만드는 데 결정적인 역할을 한다.[10] 그러므로 현재의 매체 기술이 우리의 의식을 어떻게 구성하는지를 파악하려면 무엇보다 우리가 기록의 과정에서 무엇을 어떻게 망각하는지에 초점을 맞출 필요가 있다. 생성형 AI로 글을 쓸 때, 우리가 하는 일은 바로 대화(chat)다. 더는 연결 가능한 검색어들을 차례로 입력할 필요도 없고, 무수한 검색 결과들 사이에서 유의미한 정보를 하나씩 선별하여 (물론 예컨대 구글 같은 경우 '페이지 링크'라는 알고리듬에 따라 결과 표시의 우선순위에 개입 또는 도움을 받기는 하겠지만) 정보의 바다에

---

9 잘 알려져 있다시피 문학(literature)은 라틴어 literatura를 어원으로 삼고 있으며, 이는 '읽고 쓰기의 지식'을 뜻하는 그리스어 grammatiké의 번역어이다. 르네 웰렉 「문학이란 무엇인가?」, 폴 헤르나디 편 『문학이란 무엇인가』, 최상규 옮김, 예림기획 1998, 40면.
10 미디어학자 이시다의 말처럼 우리는 "기억을 만들기 위해 TV를 보지는 않는다. 오히려 (…) 세계에 어떤 일이 일어나고 있는지, 어떤 사람이 말하고 있는지를" 보면서 현재의 의식을 구성한다. 오늘날에는 TV의 자리를 컴퓨터, 스마트폰, 생성형 AI 등이 대체할 수 있을 것이다. 이시다 히데타카, 앞의 책 43면 참조.

서 길을 잃지 않기 위한 나름의 별자리를 구축하는 능력도 요구받지 않는다. 그렇다면 성마른 예견일지도 모르나 점차 이러한 전망도 가능해지지 않을까. 우리가 얻은 것은 프롬프트이며 잃을 것은 파편화된 정보들을 선별하고 종합하는 힘이라고. 물론 이것은 비단 나만의 주장이 아니다.

종래의 글쓰기를 구성하는 '읽기 → 쓰기'의 방향성은 생성형 AI 기반 글쓰기에서 '쓰기 → 읽기'로 변화한다. 전자에서 읽기의 대상은 주로 타인이 쓴 텍스트이며 쓰는 주체는 필자 자신이다. 하지만 후자에서 쓰기는 '프롬프팅+생성'이며, 읽기의 대상은 생성된 텍스트와 요약된 문헌이 주를 이룬다. 이 같은 '전도'가 계속되고 프롬프트를 활용한 글의 수정이 더욱 유연화될 경우 사실상 읽기와 쓰기의 경계가 무너져 갈 것이다. 결론적으로 생성형 AI와의 '대화'를 통한 글쓰기가 일상화되면, 읽기와 쓰기는 실시간으로 통합되며, 학술 장르의 글을 쓰기 위해 타 연구자들의 문헌을 하나하나 읽는 관행은 축소될 수 있다.[11]

생성형 AI를 이용한 글쓰기 과정에서 "타 연구자들의 문헌을 하나하나 읽는 관행"뿐 아니라 검색 결과들을 일별하고 검증하는 과정 자체도 축소되리라는 것을, 우리는 어렵지 않게 예측할 수 있다. 여기서 주목해야 할 사항은 읽기에서 쓰기로 향하는 방향성이 전도되고 경계가 무너진다는 점이다.

기실 오래전부터 읽기와 쓰기는 좀처럼 분리되지 않는 것이었다. 읽

---

11 김성우 「생성형 AI의 부상과 리터러시 생태계의 변동」, 『문화/과학』 2023년 여름호 177면.

기와 쓰기에 대하여 니체(Friedrich W. Nietzsche)는 다음과 같이 말한다. "모든 사람이 읽는 것을 배우게 된다면, 결국에는 쓰는 것뿐만 아니라 생각 자체도 썩고 말리라. (…) 피와 잠언으로 쓰는 자는 읽히기를 원하는 것이 아니라 암송되기를 바란다."[12] 여기서 니체는 문자 학습의 보편화가 '시'로 표상되는 당대의 '위대한 정신'을 부패시킬 것이라 경고하고 있다. 비록 독자의 존재를 힐난하는 대목이기는 하나, 어떤 의미에서는 날카로운 통찰이라 할 수 있다. 문자를 읽는다는 것은 곧 쓰기로 이어지며,[13] 이것은 이미 쓰인 ('위대한 정신'에 해당할 만한) 시에 영향을 미치고 이것을 새롭게 쓰는 효과로 이어지기 때문이다.

원작자가 아무리 자신의 의도대로 작품을 "암송"하길 바라더라도, 독자는 자신의 위치에서 텍스트를 (새로) 읽고 담론을 생산한다. 그로 인해 지식·권력의 불균형 속에서 형성된 기존의 질서, 정신, 인식 등에서는 조금씩 균열이 일어나기 시작한다(니체가 우려했던 이 사태는 이후 롤랑 바르트에 이르러 '저자의 죽음'이라는 가능성의 개념으로 새롭게 읽힌다). 따라서 종래의 '읽기 → 쓰기'란 정확히는 '(새로) 읽기 → (새로) 쓰기'라는 표현이 괄호 안에 감춰져 있던 것이다. 그러나 이 방향성이 상실되고, 그래서 새롭게 읽기/쓰기를 수행하는 것이 아니라 계산 처리에 기초한 확률적 읽기/쓰기만이 이루어진다면, 과연 우리는 이 출력물을 향해 진정으로 무엇인가를 '생성'했다고 말할 수 있을까?

---

12 프리드리히 니체 『차라투스트라는 이렇게 말했다』, 장희창 옮김, 민음사 2004, 63~64면.

13 "보편화된 알파벳 학습에 기초한 읽기는 문자를 지각하기에 앞서 글을 이어 쓴다는 점에서 담론의 생산적 측면, 즉 저자 기능과 상관"하는 것이다. 즉, 읽는 것은 곧 수행적인 차원에서 (새로) 쓰기와 직결한다. 프리드리히 키틀러 『기록시스템 1800·1900』, 윤원화 옮김, 문학동네 2015, 313면.

이 질문의 의도는 물론 생성형 AI의 결과물을 평가절하하고 인간의 창의성이야말로 위대하다는 식의 무의미한 주장을 굳이 반복하려는 데에 있지 않다. 그보다는 우리의 읽기와 쓰기의 조건이 인공지능이라는 파르마콘에 의해 점차 거대언어모델의 계산 처리 방식의 영향 아래 놓여 가리라는 전망 위에서, 그럼에도 세계를 새롭게 읽고 쓰는 방안을 마련하려면 어떤 접근이 필요한지를 묻고 싶은 것이다. 이것은 아주 오랫동안 문학이 해 온 일이기도 하다. 이와 관련하여 박숙경은 흥미로운 물음을 제기한다. 아동문학이 날로 구비문학의 속성으로부터 멀어지는 세태를 평소 우려했던 그는, '대화'를 주고받으며 인간과 기계가 이야기를 생성할 수 있는 지금의 기술 조건이야말로 "21세기의 구비문학"을 구현할 기회가 아닌지를 묻는다.[14]

아직 AI는 이른바 특이점을 넘지 않은 도구의 영역에 있기에 이 도구를 누가 어떻게 활용하는가에 따라 예술, 문학의 민주화가 가능할지도 모른다는 생각이 들었기 때문이다. 특히 이 마법 도구를 개발한 사람보다 더 능숙하게, 기상천외한 방식으로 갖고 놀며 활용할 사람은 어른보다 어린이 쪽일 것이다. (…) 하지만 어린이가 자신이 직접 관여하는 아동문학의 참여자가 되기 위해 전제되어야 할 것은 필요 이상으로 권위의 철옹성에 갇힌 '문학' '작가' '작품' '예술'의 장벽을 일부라도 허무는 것이다. 이는 20세기 전후 이야기에서 아동문학으로 변모하면서 희생시킨 이야기꾼-청중의 관계를 되살릴 수 있는 마지막 기회일지도 모른다.[15]

---

14 박숙경 「껍데기는 가라」, 『창비어린이』 2023년 여름호 46면.
15 같은 글 43~44면.

물론 이러한 실험이 박숙경의 말대로 "예술, 문학의 민주화"를 이끄는 기제가 될 수 있을지는 확신하기 어렵다. 세계를 새롭게 읽고 쓰는 열린 경험이 아닌, 테드 창(Ted Chang)의 표현처럼 "웹상의 흐릿한 JPEG 이미지 파일"에[16] 불과한 조악한 결과물만을 반복·생성하는 것에 그친다면 생산의 주체가 바뀌었다고 한들 이것을 '아동문학의 민주화'라 평하기는 무리가 있으리라. 하지만 이야기의 생성 과정에서 인간과 기계의 상호 대화를 조명한 박숙경의 통찰에 우리는 좀 더 주목할 필요가 있다. 일방적이고 고정적인 저자-독자 관계가 아닌, 대화를 통해 거듭 다른 결과물을 산출하는 생성형 AI 기술은 분명 구비문학의 속성과 일부 포개어진다.

생성형 AI의 결과물을 좌우하는 것은 바로 질문(프롬프트)이다. 요컨대 좋은 답안은 좋은 질문에서 비롯되는 것이다. 일반적으로 자연어로 쓰는 글이든 코딩 언어로 작성하는 글이든, 쓴다는 것은 스스로가 제기한 질문의 답안을 정립해 가는 일이었다. 이때 우리는 내가 알고 있(다고 믿)는 것을 서술한다. 하지만 생성형 AI와의 쓰기는 내가 모르는 것들을 프롬프트 창에 입력하는 방식, 다시 말해서 질문으로 이루어진다. 그런 의미에서 "더 능숙하게, 기상천외한 방식으로 갖고 놀며 활용할 사람은 어른보다 어린이 쪽"이 되리라는 박숙경의 주장에 동의하는 한편, 앞의 문장을 다음처럼 바꿔 써 보고 싶다. 생성형 AI를 더 독창적으

---

16 "챗GPT를 웹에 있는 모든 텍스트의 흐릿한 JPEG 파일로 생각하자. JPEG가 고해상도 이미지의 많은 정보를 보유하는 것과 같은 방식으로, 챗GPT는 웹상의 많은 정보를 가지고 있으나, 만약 비트의 정확한 시퀀스를 찾고자 한다면 당신은 이를 찾을 수 없을 것이다. 당신이 얻을 수 있는 것은 오직 근사치이다. 하지만 이 근사치는, 챗GPT가 생성하는 데에 탁월한, 문법에 맞는 형태로 제공되므로 일반적으로 수용할 수 있을 만할 뿐이다." Ted Chang, "ChatGPT is a Blurry JPEG of the Web," *The New Yorker*, Feb. 9, 2023.

로 활용하여 읽기/쓰기를 할 수 있는 사람은, 이미 답을 알고 있다며 젠체하는 이가 아닌, 알고 싶은 것이나 묻고 싶은 것이 더 많은 쪽에 가까울 것이라고.

4

오늘날 실제로 생성형 AI 업계에서는 인공지능의 역량을 발휘할 수 있도록 적절한 지시어를 제공하는 '프롬프트 엔지니어'의 중요성이 높게 평가되고 있다. 이들은 탁월한 코딩 실력보다는 '맥락을 이해하는 능력'을 요구받는다고 한다. 현재는 프롬프트 엔지니어를 채용·육성하는 단계에서 상당한 투자가 이루어지고 있지만, 한편으로는 머잖아 인공지능에 적절한 질문을 던지는 능력이 사용자 대다수의 '기본 소양'으로 자리 잡으리라는 예측도 제기된다.[17] 마치 인터넷이 상용화되는 초기 단계에서는 정보의 검색·처리가 전문적인 작업에 해당했으나 현재는 누구든지 스마트폰으로 이를 손쉽게 수행하는 것처럼 말이다.

생성형 AI가 위와 같이 안착하는 시기가 도래했을 때, 우리의 생각, 의식, 지식, 기억을 구성하는 방식은 이미 생성형 AI라는 파르마콘에 의해 재편되었을 가능성이 크다. 그 형태는 아마도 내가 가진 '앎'의 기준에 따라 주어진 데이터를 선별하고 종합하는 쪽보다는, 다양한 질문을 던질 수 있는, 다시 말해서 자신의 '무지'를 생성의 원천으로 삼는 쪽에 훨씬 가까우리라.[18] 문학은 이들에게 새로운 읽기/쓰기의 경험을 선사

17 정인선 「수억대 파격 연봉 제시 … '프롬프트 엔지니어' 뭐길래」, 『한겨레』 2023년 3월 20일자.

하는 방향을 모색하게 될 것이다. 물론 그에 따른 구체적인 작법을 이곳에서 논하기란 불가능한 일일 테다. 다만 근미래의 풍경을 미리 가늠해 볼 수 있는 삽화를 하나 소개하는 것으로 논의를 갈음해 보려 한다.

김이환의 SF 청소년소설 「구름이는 어디로 갔나」는 로봇들의 대화로만 채워져 있는 독특한 작품이다. 우주선을 총괄하는 슈퍼 인공지능 '하드리아누스'는 휴가를 앞두고 우주선의 이상 유무를 점검하는 중에 로봇 '구름이'가 사라진 사실을 인지한다. 무사히 휴가를 즐기고 싶은 하드리아누스가 구름이의 소재를 알 만한 로봇들과 교신하면서 차츰 구름이가 어디로 갔는지를 파악해 가는 것이 이 소설의 골자다. 결국 구름이를 찾아낸 하드리아누스는 구름이가 우주선을 떠나야만 했던 사정을 듣고는 자신의 휴가를 구름이에게 양도하는 편을 택한다.

로봇들은 서로 모르는 것(예컨대 구름이의 행방)을 질문하고, 답을 모르더라도 자신에게 할당된 기능에 따라 그럴 법한 대답을 제시한다. 하지만 거듭되는 답변의 내용만으로는 오히려 구름이의 소재 정보를 알 수 없었다. 하드리아누스는 자신을 보조하는 또 다른 인공지능 마르

---

18 물론 일반적으로 좋은 질문을 던지기 위해서는 어느 정도 답을 '알고' 있어야 한다. 생성형 AI가 제시한 답안이 제대로 된 정보인지, 사실관계에서 오류가 있거나 환각(hallucination) 문제가 발생하지는 않았는지를 파악할 수 있으려면 그만한 수준의 감식안을 갖추어야 하기 때문이다. 이처럼 특히 정보의 엄밀함을 추구해야 하는 상황에서는 답을 잘 아는 사람이 좋은 질문을 던질 수 있는 확률이 더 높다. 그러므로 '무지'를 생성의 원천으로 삼는다는 말은 결코 앎의 중요성을 경시하는 의미가 아니다. 오히려 디지털 문해력과 같은 능력은 더 크게 요구될 것이다. 하지만 이때 답안으로 산출된 결과를 의심하고 검증하는 방식은 (답안을 읽고 곧바로 오류를 파악할 수 있는 전문가가 아닌 이상에야 대부분은) 그 또한 질문의 형태로 강화될 공산이 크다. 그 과정에서 우리는 꾸준히 모르는 것을 물어야 할 것이다. 심지어는 무엇을 의심해야 하는지조차 말이다.

커스와 함께 원점으로 되돌아와, 주어진 답안의 내용이 말해 주지 않은 것들에 관해 더 깊이 있게 추론한 끝에 구름이의 위치를 찾을 수 있었다. 소설에서 로봇들이 나눈 교신은 외관상 기계 사이에서 이루어지는 기호의 송수신이라기보다는, 마치 인간과 생성형 AI가 프롬프트 작성과 답안 제출을 주고받는 대화의 형식을 닮아 있다. 이러한 관점에서 재차 읽으면, 소설은 로봇들이 수시로 질문자와 답변자의 자리를 바꿔 가며 프롬프트와 답안을 생성하는 과정을 통해 구름이를 찾아내는 이야기로 읽히게 된다. 이때 중요한 것은 생성된 답안의 내용을 읽는 것만으로는 우리가 찾고자 하는 것에 이를 수 없다는 사실이다. 그 너머의 맥락을 이해하고 구성할 수 있을 때 비로소 우리는 각자의 '구름이'를 찾을 수 있다.

일을 잘 해결한 이후 하드리아누스는 마르커스에게 다음과 같은 소회를 나눈다.

(…) 오늘 일을 겪으면서 많은 감정을 새롭게 알게 되었거든.

이를테면, 씽씽이가 인공지능이 무슨 휴가냐면서 농담하고 재밌어하던 모습 말이야. 그건 '재미'를 이해하는 프로그램을 실행하는 것보다도 더 재미에 대해 깊이 생각할 계기가 됐어. 풍선이가 당황해서 말을 못 하던 모습도 그렇고. 안토니우스가 너를 만나서 반가워하던 순간의 감정이나, 투덜이가 보이저 33호의 로봇을 질투하던 모습도 많은 참고가 됐어. 특히 '질투'나 '분노'는 내가 이해하기 까다로웠던 감정인데 앞으로 훨씬 쉽게 받아들일 수 있을 것 같아. 구름이가 나나를 위로하고 걱정하던 모습도 그렇고. 다른 로봇들이 구름이에게 투표하면서 보여 준 양보 같은 감정도 그랬어. 옆에서 직접 겪으면서 많은 감정을 새롭게 발견하고 깨달았어.[19]

질문을 던지는 과정에서 우리가 얻는 것은 답안만이 아니다. 하드리아누스가 '재미'를 깊게 이해할 수 있었던 계기가 단순히 프로그램을 실행하거나 관련 데이터를 로드해서가 아닌 '씽씽이'와의 상호작용을 통해서였음을 기억해야 한다. 테크 업계의 관점에서는 하드리아누스에게 '재미'가 무엇인지 파악할 수 있도록 돕는, 또는 오류 없이 구름이가 있는 곳을 빠르게 지목하는 결괏값을 산출하게 만드는 프롬프트가 곧 좋은 질문일 것이다. 하지만 세계를 새롭게 읽고 쓰려는 이들에게는 다르다. 이들에게 좋은 질문은 새로운 질문을 창출하는 질문이다: 사전적인 의미에서의 '재미' 이외에 내가 알지 못하는 것은 무엇일까. 내가 구름이를 찾으려는 궁극적인 이유는 무엇일까. 내가 여전히 발견하거나 깨닫지 못한 감정은 무엇일까…….

이러한 심도 있는 질문들이 향하는 근원에는 나는 누구인가라는 물음이 놓여 있다. 이 질문에 가닿는 전통적인 방식은 '나는 생각한다. 그러므로 존재한다'라는 명제로 압축되어 왔다. (이때 생각하는 '나'라는 존재는 고정적이다.) 하지만 앞으로는 달라질 것이다. 어떻게? 마르커스의 다정한 제안으로 답을 대신하겠다.

지금부터 로봇들과 대화해 보시지 그러세요? (…) 그리고 로봇과 의사소통할 때 별명도 써 보세요. (…) 얻는 정보가 또 다를지도 모릅니다.[20]

19 김이환 「구름이는 어디로 갔나」, 김동식 외 『일상 탈출 구역』, 책담 2022, 170면.
20 같은 글 171면.

재현의 언어를 청소년에게

1

'정치적 올바름'(political correctness)을 둘러싼 비판과 논쟁이 격렬히 제출되어 온 것은 비단 어제오늘 일이 아니다. 인종, 종교, 민족, 성, 소수자 등에 관한 표현을 사용할 때 주의를 기울이는 태도를 가리키는 정치적 올바름은, 대체로 이것이 표현 및 학문의 자유를 침해한다든지, 사소한 일상에서의 언어를 지나치게 공적·학문적으로 확대하여 개입한다거나, 방법론 차원에서 반대자의 주장을 인정하지 않는다는 식의 이유로 비판적으로 논의되곤 했다.[1] 최근에는 이 논쟁의 무대가 어린이·청소년 수용자를 대상으로 한 텍스트로까지 확대되고 있는 듯하다.

청소년소설의 직접적인 사안은 아니나, 최근 영국의 퍼핀 출판사가

---

1 이 같은 비판적 논의의 소개와 더불어 각각에 대한 반박 논증의 제시는 이윤복 「'정치적 올바름' 논쟁에 관한 비판적 고찰」, 『철학논총』 제110집(2022.10), 77~98면을 참조.

로알드 달(Roald Dahl)의 전집을 새로 출간하면서 일부 표현을 수정했다는 소식이 전해지며 논쟁이 발발한 바 있다. 편집은 주로 외모, 성, 인종 등에 관한 모욕적이거나 편견을 심어 줄 수 있는 표현을 개정하는 방향으로 이루어졌다.[2] 각계에서는 출판사의 조처를 향해 비판의 목소리를 쏟아 냈다. 대부분은 이 수정을 검열 조치와 연결 지으며, 표현의 자유를 위해 철회되어야 한다는 주장을 펼쳤다. 비판의 목소리는 한국에서도 제기됐다. 누군가는 이 개정이 로알드 달의 작품에 담긴 당대의 역사성을 훼손하는 "문화적 반달리즘"이라며 강하게 문제시했다. 이에 덧붙여서 그는 달의 작품은 "표현을 정치적으로 올바르게 바꾼다고 착해지는 세계가 아니"며 "바로 그것이 로알드 달 작품의 매력"이라 주장했는데, 말인즉 출판사의 조처가 단지 역사성뿐만 아니라 '작품의 매력'에 해당하는 미학성마저 손상한다는 의미일 것이다.[3]

　말하려는 바는 이해하지만, 얼마간 과장으로 읽히는 면도 있다. 특히 후자의 주장이 그러하다. 로알드 달 스토리 컴퍼니 대변인은 이미 발표된 책을 재출간할 때 표지나 디자인을 갱신하듯 작품 속 언어를 점검하는 작업 역시 드문 일은 아니며, 수정은 원작의 "스토리라인, 캐릭터, 반권위주의(irreverence), 날카로운 정신"을 유지하는 한에서 신중하게 수

2　예컨대 "뚱뚱한"(fat)이라는 표현은 모두 삭제되거나 "거대한"(enormous)으로 대체되었고 같은 맥락에서 "못생긴"(ugly)이라는 표현 역시 삭제되었다. 어떤 대목에서는 작가가 쓰지 않은 문장이 새롭게 추가되기도 했다. 가령, 『마녀를 잡아라』(The Witches, 1983)에서는 마녀가 실은 가발을 쓴 대머리라는 내용 다음에 "여성이 가발을 쓰는 데에는 여러 수많은 이유가 있고 이것은 결코 잘못된 일이 아니랍니다"라는 단락이 덧붙여졌다.

3　김도훈 「'만화의 신' 작품 인종차별 논란, 그림 수정 안 해도 그가 추앙받는 까닭」, 『한겨레』 2023년 3월 11일자.

행했다고 밝혔다.[4] 이들이 달의 세계를 착하게 만들고 싶어서 수정을 가했을 리는 만무하다. "뚱뚱한"을 "거대한"이라 바꿔 부른다고 그가 구축한 작중 세계가 돌연 착해질 것이라 상상하는 이가 과연 어디 있을 까(어떤 점에서는 "거대하다"라고 말하는 쪽이 영국식 농담에 더 가깝게 들리지 않나?). 따라서 "모든 정치적으로 21세기적이지 못한 표현을 문학과 만화의 역사에서 표백"함으로써 "아이들을 윤리적으로 완벽한 가두리 양식장에 가두어 놓고 보호하는 것이 정말 옳은 일일까?"[5]라는 그의 문제 제기는, 안타깝게도 정치적 올바름 일반을 향해서라면 모를까, 로알드 달 텍스트의 수정 조치를 겨냥한 적실한 비판처럼 보이지는 않는다. 표현을 다듬는 일이 곧 "윤리적으로 완벽한 가두리 양식장에 가두"려는 의도와 대응하는 것은 아닌 까닭에서다.

그렇지만 문학은 언어의 예술인 만큼 표현을 대체하는 시도는 자연스럽게 기존 텍스트의 미학성에 영향을 끼치기 마련이다. 로알드 달 작품 수정의 경우에는 몇몇 손상의 사례가 발견되는데,[6] 하지만 이것은 기법의 문제에 가깝지 단지 '착한 표현'으로 인해 발생한 문제점이라

---

4 Hayden Vernon, "Roald Dahl books rewritten to remove language deemed offensive," *The Guardian*, 2023년 2월 18일자. 이후 이들은 비판을 일정 수용하여 원본 버전과 개정판을 각각 모두 출간하기로 했다.

5 김도훈, 앞의 글.

6 여러 사례 가운데 "오소리는 앉아서 그의 자그마한 아들에게 발을 얹었습니다"(Badger sat down and put a paw around his small son)라는 문장은 "오소리는 앉아서 자그마한 오소리에게 발을 얹었습니다"(Badger sat down and put a paw around the small badger)로 수정되었는데, 이는 오소리의 성별을 성중립적 표현으로 대체하려는 조치였을 테지만 그로 인해 한 문장 안에 '오소리'라는 동일한 표현이 불필요하게 반복되는 투박한 문장이 되었다. 또한 이른바 '말맛'을 고려하여 작가가 선택한 용어가 변경되었을 때 발생하는 효과도 무시할 수 없겠다. Holly Thomas, "Taking 'fat' out of Roald Dahl makes no sense," CNN, 2023년 2월 22일자.

보기 어렵다. 다시 말해서, 이 사태는 달의 세계를 "표백"함으로써 정치성을 얻는 대신 미학성을 잃은 것으로 볼 수 없다는 이야기다. 문학과 정치적 올바름 사이의 관계를 비판할 때 흔히들 정치성(내용, 표현)과 미학성(형식)을 양분하여 바라보는 경향이 있다. 이를테면 이 작품은 정치적 올바름을 추구하여 정치성에서 의의가 있으나 미학적으로는 부족하다, 또는 반대로 미학성에 몰두한 나머지 정치를 도외시한다는 식이다.[7] 하지만 홀리 토머스(Holly Thomas)의 비판은 이 문제를 새롭게 보도록 한다.

[출판사의 개정은] 기껏해야 책에 약간의 무해한 균형을 더하는 효과가 있었을 뿐이다. (⋯) 하지만 이 많은 변경들은 의도했던 의미를 혼란스럽게 만들었다. 최악의 경우에는 편견을 몰아내는 것이 아니라 오히려 강화하는 역할을 한 것이다.

(⋯) ["뚱뚱한"을 "거대한"으로 교체한] 이러한 편집은 독자들이 [『찰리와 초콜릿 공장』 속 등장인물인] 아우구스투스 글룹에게 갖는 심상을 바꾸지 못한다. 그는 분명히 뚱뚱한 어린이다. "뚱뚱한"이라는 단어를 모욕적인 표현으로 골라낸 건 문제를 잘못 진단한 것이다. "뚱뚱한"은 중립적인 묘사이며 — 또는 그래야만 하며 — 이 단어는 뚱뚱한 활동가와 작가들에 의해 교정되고 있다. 이 단어를 지운다는 것은 특히나 이 표지에 뭔가 부끄러운 것이 있음을 암시하고, 또한 많은 이들이 변화시키기 위해 열정적으로 노력해 온 금기를 되살리는 일이다.[8] ([ ] 안은 인용자의 보충)

---

7 강동호 「문학의 정치: 재현·잠재성·민주주의」, 『문학과사회』 2021년 여름호 16면.
8 Holly Thomas, 앞의 글.

정치적으로 올바른 표현으로 대체하고자 노력을 기울였다는 사실만으로 정치성의 획득이 보장되는 것은 아니다. 중요한 것은 '어떻게'이다. 형식의 문제를 간과한 접근법은, 이와 같은 노력에도 불구하고 문학성과 정치성 모두를 상실케 할 수 있다. 그러므로 정치적 올바름이라는 사안은 문학에서 부차적인 문제다. 어떤 문학이든 "미학적으로 맹목적인 작품은 정치적으로도 맹목적"이며 "정치적으로 공허한 작품은 미학적으로도 공허"할 뿐이다.[9]

2

밝혀 두자면 나는 (일반문학이라면 견해가 다를지도 모르겠지만) 어린이·청소년을 대상으로 하는 문학은 표현에 있어 여느 분야보다 조심스러운 태도로 접근해야 하며, 로알드 달 전집 속 표현 일부를 개정하는 발상 자체도 문제가 되지 않는다고 생각하는 쪽이다.[10] 다만 계속해서 강조하는 지점은 바로 '어떻게'에 있다. 정치적 올바름을 추구하는 것만으로는 부족하다. 이것은 특정한 정체성, 외모, 문화 등을 부정적 기

9 강동호, 앞의 글 같은 곳.
10 우리 아동청소년문학에도 현시대의 감수성에 맞게 개작을 시도한 괄목할 사례들이 있다. 그 가운데서도 이금이 작가는 특히 적극적인 경우에 속한다. 사정상 비록 이 자리에서는 다루기 어렵겠으나, 추후에라도 한국 아동청소년문학에서의 개작 양상과 그 효과에 관한 다각도의 논의가 필요하다는 생각이 든다. 참고로 이금이의 개작 양상은 최배은 「어린이문학 개작과 '내포독자'의 변화: 이금이의 『너도 하늘말나리야』 3부작과 『유진과 유진』의 개작을 중심으로」, 『어린이와문학』 2022년 여름호 180~94면에 자세히 정리되어 있다.

호인 양 생산하는 부조리한 틀을 손대기보다는 대체로 언어를 조정하는 데에 중점을 둔다. 그런 점에서 용어에 어울리지 않게 정치적 올바름은 역설적으로 충분히 정치적이지 않다. 문학이 정치성을 발현하기 위해서는 표현을 고르는 것 이상의 노력이 필요하다.

그렇다면 어떤 노력이 필요할까? 아동문학의 정치성에 관한 논의로, 송수연은 일찍이 아동문학이 불합리한 현실을 비판적으로 모사하는 것만으로는 부족하다고 말한 바 있다. 그는 오늘날의 아동문학이 현실주의의 전통을 올바르게 계승하려면 과거의 현실주의 아동문학이 "누구보다 현실을 비판적으로 인식하지만, 거기서 멈추지 않고 어린이에게서 현실을 넘어서는 계기를 찾아냈다"는 점에 관심을 기울여야 한다고 말한다.[11] 물론 정치적으로 올바른, 착한 사람들이 승리하는 현실을 그린다는 것만으로 이 문제가 해결되는 것은 아니다. 이때도 중요한 것은 '어떻게'이다. 이를테면 "약육강식(弱肉强食)이 악육선식(惡肉善食)으로만 바뀐"다는 것만으로 텍스트가 자동으로 "정치적·윤리적으로 정당"함을 획득할 수는 없다.[12] 이러한 텍스트의 귀결은, 앞에서 논의한 바대로 정치성과 미학성 모두의 상실이다.

청소년소설과 직결하는 논의가 아님에도 송수연의 주장을 참조한 것은, 그가 현실주의 아동문학이 처한 이 같은 딜레마의 돌파구를 청소년소설로부터 찾기 때문이다. 송수연은 정소연의 『옆집의 영희 씨』(창비 2015)와 최영희의 「전설의 동영상」(『안녕, 베타』, 사계절 2015) 등등 이 시기 새롭게 포착된 SF 청소년소설의 경향으로부터 "새롭게 쓰일 현실주

---

11 송수연 「장편, '가능성'으로서의 문학」, 『우리에게 우주가 필요한 이유』, 문학동네 2022, 156면.
12 같은 글 155면.

의 전통"을 모색한다.[13] 이때의 경향성인즉 기존 현실주의라 하면 즉각 '암울한 미래' '결연한 투쟁' '지나친 비장미' 등의 열쇠말을 상기시키기 십상이나, 앞의 작품들은 이러한 선입견에서 벗어나 있으면서도 현실과 대결하는 양상을 새롭게 제시한다는 점이다. 어떤 의미에서 이는 현실의 청소년을 억압하는 실질적 기제가 감춰진 '일상'을 면밀히 살피기보다는 그들이 감당하기에 크고 충격적인 '사건'에 특히 무게추를 두어 온 지난 청소년소설의 경향성을 비판한 오세란의 시각과도 어느 정도 닿아 있다.[14] 잠시, 송수연이 말한 "새롭게 쓰일 현실주의"에 관해 조금 더 들어 보자.

청소년소설이 돌파구를 마련하면서 새로운 서사의 가능성을 모색하는 모습은 아동소설에 시사하는 바가 크다. 현실은 팍팍하고, 나쁜 인간들이 판을 치고, 갈수록 앞이 보이지 않는 게 사실이지만 그게 유일한 진실은 아니지 않은가. 그건 어른들만의 사실인 경우가 많다. 이 와중에도 아이들은 울고, 웃고, 사랑하며 무수한 꿈을 꾼다. 아이들이 보는 현실과 어른이 보는 현실이 같으리라고 단정하는 것도 오산이지만, 어른의 눈에 보이는 속악한 현실을 왜 아이들에게 알려 주어야 한다고 생각하는지, 그리고 아이들에게 현실의 무도함을 알려 주는 지금 우리의 방식이 올바른지 다시 점검해 봐야 할 시점이다.[15]

---

13 같은 글 161면.
14 오세란 「청소년소설 속 아이들은, 자기 서사의 주인공이고 싶다」, 『기묘하고 아름다운 청소년문학의 세계』, 사계절 2021, 176면.
15 송수연, 앞의 글 162면.

아동소설을 향한 주문이지만, 한편으로는 그가 청소년소설이 가능성으로서 제시한 돌파구로부터 미리 가늠한 풍경인 까닭에 주목할 만하다. 이 요청에 응하려면, 현실을 '속악한 것'으로만 포착해 왔던 어른의 시선을 넘어 어린이·청소년이 현실을 바라보는 시야를 갖춰야 하겠다. 이를 위해서 그가 제안하는 한 가지 방법은 어린이·청소년들의 "'있는 현실'이 아니라 '있어야 하는 현실'"[16]을 상상하고 재현하기이다. 이 주문에 덧대어 송수연은 현재의 아동문학이 할 일이란 "잘 보이지 않지만 우리 안에 확실히 존재하는 희망의 얼굴과 목소리, 그것을 찾아내 잘 보이고 잘 들리게 형상화하는 것"이라고 말한다.[17] 이 주장은 비록 현실을 상대로 단박에 승리하지 못하는 이야기일지라도, 우리에게 내재한 "희망의 얼굴과 목소리"를 발견할 수만 있다면, 이에 기대어 우리는 아이들이 "울고, 웃고, 사랑하며 무수한 꿈을" 꾸는, 그러니까 '있어야 하는 현실'에 문학적으로 다가설 수 있다는 의미로 들린다.

송수연은 오랜 시간 (특히 타자에 대한) 재현의 윤리 문제에 천착해 온 평론가다. 오래전 그는 문학이 타자를 향한 노골적인 "폭력을 그대로 재현하는 것은 부당한 권력관계에 기초한 현실을 더 견고하게 만든다는 점에서 그 의도와 무관하게 비윤리적"[18]이라 선언한 바 있다. 결국 앞서 그가 우리에게 건넨 제안은, 문학이 현실의 "폭력을 그대로 재현"하지 않는 동시에 정치성의 실현까지 도모할 수 있는 그 나름의 비

---

16 송수연의 글에서 '있어야 하는 현실'의 재현이라는 표현은 최초 장편 양식의 본령으로서 인용되나, 이 용례에만 국한하지 않고 이후 현실주의의 갱신을 모색하는 과정 곳곳에서 다시 나타난다. 같은 글 151면.

17 같은 글 162면.

18 송수연 「다문화시대, 아동문학과 재현의 윤리」, 『창비어린이』 2014년 겨울호: 『우리에게 우주가 필요한 이유』 88~89면.

평적 대안이었으리라. '있어야 할 현실'의 형상화. 크게는 공감하는 바이나, (폭력의) 재현을 둘러싼 문제에 있어서는 추가적인 대화를 나누고 싶다. 이를테면 다음과 같은 물음에 관해서다. 우리는 '있는 현실'을 충분한 발판으로 삼지 않고서 곧바로 '있어야 하는 현실'이라는 영역으로 도약할 수 있을까? 더 나아가, '있어야 하는 현실'은 그 자체로 문학 안에서 재현되는 것만이 아니라, 텍스트가 재현하는 '있는 현실'을 통해 독자가 상상적으로 구성했을 때 더 큰 힘을 발휘할 수 있는 것이 아닐까?

이 문제와 관련하여 한 가지 인상적인 일화가 떠오른다. 2022년 한국근대문학관에서는 팀 '중구난방'의 기획으로 'RE-construction: 퀴어서사의 재구축 퀴어인권의 재인식'이라는 주제의 포럼이 열렸는데, 주제의 특성상 발표 중에는 아동청소년문학 속 혐오 표현의 서술이나 재현의 윤리를 문제시하는 언급이 심심찮게 있었다. 질의응답 시간, 발표자로 참여했던 청소년소설가 이진은 작가로서 이러한 표현·재현의 문제를 어떻게 생각하느냐는 청중의 질문에 답하며 어린 시절의 기억을 공유했다. 요컨대 그가 학창 시절에 읽은 소설들에는 지금의 관점에서 보면 다소 폭력적이며 혐오에 해당하는 재현이 더러 담겨 있었는데, 생각해 보면 이것을 읽으면서 비로소 자신에게 가해졌던 현실 속 지난 경험들이 폭력이며 혐오였음을 사후적으로 깨달을 수 있었다는 것이다(기억에 의존하여 쓰는 탓에 당시의 정확한 표현을 옮기지는 못했지만 골자는 그러했다).

폭력적인 현실을 넌지시 감추거나 우회하는 대신 직접적으로 언어화하는 경우라 하더라도 이것이 제출되는 방식에 따라, 어떤 텍스트는 폭력적인 세계의 권력 구조를 강화하거나 폭력을 외설적으로 전시하는 효과에 그칠지 몰라도, 반면 어떤 텍스트는 청소년 독자가 자기 세계와 경험을 새롭게 돌아보고 인식하도록 이끄는 불씨로 작용하기도 한다. 그러므로 폭력적 세계와 언어의 재현 일체를 거부하기에 앞서, 환기해야 할 것은 다시 '어떻게'의 문제이다. 반성적 사고 없이 폭력적 세계를 묘사하는 소설이 문제인 이유는 단지 "비윤리적"인 재현 때문만은 아니겠다. 그보다는 (대체로 어떤 존재가 혐오의 대상으로 지목된다는 것은 사회가 공유하는 정상성의 규준으로부터 비롯된다는 점에서) 다각도로 강한 정상성의 압력에 시달리는 청소년 독자의 현실 인식 체계와 어떤 방식으로든 충돌을 일으키거나 대화할 수 없었기에, 다시 말해서 정치적으로도 미학적으로도 모두 실패한 텍스트이기 때문이 아니었을까.[19]

3

폭력적 현실을 직접적으로 드러내기를 피하는 대신, 독자의 감수성을 고려하여 정치적으로 올바른 방식으로 세계를 형상화하려는 이들의 세심한 노력 역시 나는 소중히 여긴다. 그럼에도 소설이 위와 같은 대화의 경험을 촉발하지 못한다면, 유감스러우나 해당 텍스트를 긍정적으로 평가하기 어렵다. 질문을 끌어냄으로써 독자의 현실 인식에 개입

---

[19] 이 대목에서 아동문학의 정치성과 미학이 교접할 수 있는 조건을 헤아리려 했던 김재복의 전언이 떠오른다. "정치적 올바름과 동화의 문학으로서의 미학이 서로 잘 스며들기 위해 필요한 것이 주체의 내면이다. 동화에서 어린이 주체의 내면은 더 이상 비가시적인 영역으로 남겨 둬야 하는 것이 아니다. 내면은 진정성의 주체가 참된 자아와의 사이에서 건설하는 대화의 공간이다." 김재복 「우리 아동문학의 정치성, 세 개의 풍경」, 『다정의 세계』, 창비 2022, 172면.

을 일으키는 경험을 창안한다면, 심지어는 정치적 올바름의 정반대편에 위치한 텍스트일지라도 소설은 정치성의 차원에서 유효함을 획득할 수 있다. 그렇다면 다음 소설은 어떨까? 단요의『마녀가 되는 주문』(책폴 2023)은, 지나친 요약일지도 모르지만, 가상공간을 통해 비밀리에 자살을 의뢰하고 조력하는 청소년들의 이야기이다. 소설은 결말에 이르기까지 등장인물에게 외관상 희망이라 할 만한 어떤 것도 쥐여 주지 않는다. 여기까지만 들어도 우리는 이 소설의 좌표가 정치적 올바름으로부터 제법 떨어져 있음을 눈치챌 수 있다. 논의에 앞서, 소설의 설정이 일반적이지는 않으므로 조금 더 상세한 설명이 필요할 듯하다.

소설의 주된 공간적 배경은 학교다. 특출한 학생들로 이루어진 이 학교의 정체가 바로 가상공간이다. 학생들은 머리에 접속기를 붙여 학교 서버에 접속하여 등교한다. 이곳에서 학생들은 무엇이든 배울 수 있고 연구실을 찾아 프로젝트에 참여하면서 자유롭게 연구 주제를 채택할 수 있으며 그러다 기업체의 눈에 띄면 학비를 후원받고 추후 연구원으로 입사도 할 수 있다. 세련된 시스템처럼 보이지만 문제는 학비가 어마어마하다는 점이다. 모든 학생이 기업의 선택을 받을 수는 없으므로 후원처를 얻지 못한 학생은 졸업 후 감당할 수 없는 빚을 지게 된다. 이곳 청소년들이 죽음을 생각하는 근간엔 이러한 배경이 놓여 있다.

자살의 의뢰와 조력은 이 학교라는 가상공간, 정확히는 학교 내부망을 이용해 따로 서버가 운영되는 게임 안에서 이루어진다. 표면적으로 이 게임은 학교생활에 지친 이들에게 휴식과 안정을 제공하는 취지로 운영(가령 게임을 가동하면 삭막한 배경의 학교 옥상은 싱그러운 화단으로 탈바꿈한다)되었는데, 문제는 이것이 과거 심각한 버그를 일으킨 탓에 유야무야 사라진 게임을 모체로 한다는 점이었다. 원본은 괴물을 피해 달아나는 테마의 게임이었고, 이때 버그란 괴물에게 잡아먹히는 순간 그 사람의 접속기가 잘못된 전류 자극을 내보내 뇌출혈을 일으켜 며칠 내 조치하지 않으면 사망에 이르는 것이었다. 현재는 전혀 다른 게임이 되었지만 여전히 문제의 버그가 수정되지 않았음을 알고 있는 이들이 있었고, 자살을 원하되 이것이 자살임을 주변에 알리고 싶지 않은 몇몇은 암암리에 관리자에게 괴물을 만날 수 있도록 부탁했다.

가상공간에서 자살의 의뢰와 조력이 수행된다는 문장에 누군가는 그저 아바타 삭제를 유비한 것으로 추측했을 수도 있겠으나 소설에서 벌어지는 자살은 문자 그대로의 의미다. 설정에서 보듯, 단요의 인물들은 죽음에 가까이 있거나, 또는 한때 가까이 자리했던 적이 있다. 주인공 '서아'가 '현'에게 게임 관리자 자리를 제안받은 이유도 "죽는 연습"(12면) 삼아 옥상 난간을 붙잡고 있던 서아를 현이 발견한 데서 비롯된다. 선배에서 후배로 이어지는 관리자의 계승은, 게임 개발이나 관리와 같은 자질과는 전혀 무관하게, 죽음의 기로에 선 이를 찾아냄으로써, 더 자세히는 한때 절망에 잠겨 있던 과거 자신의 분신을 발견함으로써 이루어졌다. 난간에 오르기까지의 심정을 어렴풋하게나마 이해할 수 있는 사람이 곁에 존재한다는 것. 이 순간과 마주한 결과, 이들은 죽음의 영역에서 (물론 서아는 뒤늦게야 이 게임의 전모를 알게 되었지만) 죽음을 관리하는 영역으로 이동한다. 게임 운영에 간여하는 연구실에 소속되어 프로젝트 진행의 기회를 얻는 것은 덤이다.

하지만 당연하게도 모두가 죽음의 영토로부터 건져 올려지는 것은 아니었다. 누군가는 불투명한 미래만큼이나 확실하게 엄습해 올 경제적 이유로 죽음을 결정하고, 누군가는 다소간은 실존적인 이유로 죽음을 택했다. 관리자 가운데 한 사람이었던 '우연'은 몰래 서버를 열어 달라는 친구 '이선'의 부탁에 괴로워하다 끝내 스스로를 괴물에게 먹이기로 한다. 급히 우연을 만류하기 위해 찾아온 현이 죽음 말고는 방도가 없느냐 묻자 우연은 말한다. "난 이미 죽었어. (…) 이미 죽은 사람이 뭐가 무섭겠어?"(224~25면) 누구든 이 죽음의 게임에 공모해 있음을 환기하는 자못 섬뜩한 선언이다. 이 세계의 부조리를 자각한 이상, 우리는 다 조금씩 "이미 죽은 사람"인 셈이다.

물론 이 말은 단지 게임에만 해당하지 않는다. 원하든 원치 않든, 부조리하게 설계된 세상의 말판 위에 올라 세워져 있는 우리로서 이는 사실상 피할 수 없는 운명적 비극에 가깝다. 소설은 근미래를 배경 삼아 존재하지 않는 현실을 그리고 있지만 우리는 이 상황이 청소년들에게 드리워진 오래된 미래라는 사실을 이미 알고 있다. 단지 기술의 발전으로 이들이 죽음을 택하는 무대의 폭이 가상으로까지 확대되었을 뿐 잔인한 현실 사회의 압력은 무엇도 달라지지 않았으므로.[20] 끝나지 않는 줄 세우기의 게임에서 선택되는가 혹은 낙오하는가. 세계는 오직 두 가지 선택지 이외에는 없다는 듯 우리를 겁박하며 "이미 죽은 사람"으로 살도록 만든다.

한데 앞서 살핀 송수연의 논의에 비추었을 때 이 소설은 가히 문제적

---

[20] 사족일지 모르나, 친구에게 자살 조력을 의뢰한다는 소설의 설정은 꽤 충격적으로 보이지만 전례가 없었던 일은 아니다. 일례로 1967년 뮌헨에서는 열다섯 살 소년 크레이머가 자살할 때 어머니가 죄의식을 느끼게 되리라는 걱정 때문에 자살을 피살로 위장하려다 적발된 적이 있다. 자세하게는 "그는 터널 안에서 가슴에 칼이 찔린 채로 발견되었는데, 병원으로 옮겨져 치료를 받고 살아나서 자신의 계획을 도와주기로 한 두 친구에게 2백 마르크를 주었다고 자백했다." 소설에서는 그 도구가 칼에서 접속기의 전류 자극으로 대체됐을 따름이며 이 또한 아주 오래된 미래라 할 수 있다. 마르탱 모네스티에 『자살에 관한 모든 것』, 한명희 옮김, 새움 2022, 40면.

이라 할 수 있다. 한쪽에서는 청소년들이 죽음의 영역으로 내몰리는데 학교나 기업이나 그 어떤 어른도 책임지는 이가 없다. 잔혹한 소설의 세계는 정치적으로 올바름과 거리가 멀 뿐 아니라 사실상 '있어서는 안 될 현실'에 가깝다. 또한 소설은 언뜻 비관주의적으로도 비친다. "세상이 문제이니 세상을 바꿔야 한다는 진단은 아주 쉽다. (…) [그러나] 세계의 끔찍한 면도 결국에는 사람들로 이루어져 있으며 그들은 대개 과하지 않은 욕심과 소망만을 품고 살아간다. (…) 그러니까, 사람들이 겁먹고 외면하고 침묵하는 데에도 그럴듯한 이유가 있다. 그러니까, 세계는 쉽게 바뀌지 않는다."(257~58면) 소설은 얄궂게도 "희망의 얼굴과 목소리"를 형상화해야 한다는 송수연의 말과 정확히 반대의 태도를 보인다.

하지만 나는 단요의 소설이 '있어야 할 현실'을 말하지 않으면서 급진적인 정치성을 발휘하는 방식에 더 집중하고 싶다. 그야말로 부조리한 세계상을 재현하고 있는 이 소설은, "참으로 진지한 철학적 문제는 오직 하나뿐이다. 그것은 바로 자살이다"라는 문장으로 시작하는 알베르 카뮈(Albert Camus)의 『시지프 신화』에 대한 현재적 응답처럼 읽힌다. 거대한 부조리 앞에 던져졌을 때, 우리는 쉬이 절망하거나 희망을 좇는다. 하나 카뮈는 절망(자살)도 희망도 모두 삶을 직시하지 않는 도피이거나 속임수에 불과하다며, 제3의 방안으로 '반항'을 제시한다. 이때의 반항이란 굴러떨어지는 바위를 영원히 밀어 올리는 운명을 감내하는 시시포스처럼, 바위를 내팽개치거나 산을 떠나는 것이 아니라, 오히려 부조리한 "현실과 부둥켜안고 대결"하며 이로부터 삶의 의미를 찾는 일을 의미한다.[21]

---

21 "반항은 삶에 가치를 부여한다. 한 생애 전체에 걸쳐 펼쳐져 있는 반항은 그 삶의 위대함을 회복시킨다. 편협하지 않은 사람의 눈에는, 인간의 지성이 자신을 넘어서는 현

소설에서 어떤 이는 가상적 세계 속에서 죽음에 이르고 어떤 이는 연단에 올라 당신도 성공할 수 있다며 희망을 떠드는 이들의 말을 선망한다. 모두 삶의 직시와는 거리가 멀다. 세계의 부조리를 알았던 우연은, 게임의 관리자로서 죽음 근처를 서성이는 이들을 어떻게든 삶으로 옮기기 위해 설득하고 최선을 다한다. 그럼에도 죽음을 택하는 이들이 있다. 기껏 밀어 올린 시시포스의 바위가 굴러 내리는 모습을 우연은 하염없이 바라보다 그 무게를 이기지 못하고 끝내 절망으로 기운다. 소설의 끝에서, 이선은 죽는다. 우연이 죽음으로써 한동안 산언저리에 머물던 바위가 허무히 추락하는 순간이다. 그 누구도 책임지지 않는 부조리의 세계 앞에서 우리가 할 수 있는 일은 무엇이 있나? 선의 장례식장을 다녀온 서아가 한 일은 그저 조용히 기도를 올리는 것이었다. 이때 우리는 기도의 끝에 서아가 얻은 것이 평안이 아닌 그 반대라는 점에 주목해야 한다.

하지만 기도는 길어질수록 멀어지거나 덧없어졌고 끝내 남은 것은 불안한 침묵뿐이었다.
이제 서아는 그 불안만을 믿거나 두려워할 수 있었다. (267면)

나의 기도를 들어줄 수 있는 존재는 나 바깥에 없다. 불안한 침묵, 이것이 서아의 기도에 대한 응답이다. 불안은 우리를 속이지 않는 유일한 정동(affect)이다.[22] 이제 서아는 부조리한 세계에서 배태된 절망이나 희

실과 부둥켜안고 대결하는 광경보다 더 아름다운 광경은 없을 것이다." 알베르 카뮈 『시지프 신화』, 김화영 옮김, 책세상 1997, 84면.
22 자크 라캉 『자크 라캉 세미나 11: 정신분석의 네 가지 근본 개념』, 자크-알랭 밀레 엮

망 어디에도 기대지 않고, 나조차도 잘 알지 못하는, 하지만 적어도 나를 속이지 않는 진정한 '나'의 목소리에 귀 기울일 것이다. 이처럼 소설은 '있어서는 안 될 현실'의 재현을 통해 부조리한 현실을 견디는 청소년들에게 급진적인 방식으로 삶의 의미를 전한다. 근원적인 반항은 이 세계를 구성하는 최소 단위인 '나'의 가장 안쪽이 내파할 때 시작된다. (바깥에서 주어진) 희망이 없음을 뼈저리게 자각할 때 비로소 자신만의 희망을 세울 수 있다.

4

이야기는 어느덧 정치적으로 올바른 세계의 형상화 문제를 지나 오랜 논제라 할 수 있는 재현의 윤리로 다시 이어진다. 이 주제에서 우리 청소년문학이 지속해서 논의해야 할 사안 가운데 하나는 바로 재난에 관한 재현이리라. 이는 근래 연이어 발생한 참사(적지 않은 수의 청소년이 희생의 당사자였다)와 책임을 전가하는 권력 그 사이에서 고립되고 타자화되는 이들을 위한 언어를 고르고 발견하는 작업인 까닭에서다. 문학이 애도의 물결 속에서 사태를 표현할 언어를 마련하고자 (한편으로는 그만큼의 반동으로 발발한 폭력과 혐오의 언어에 저항하기 위해) 치열히 고민했던 대표적인 시기는 단연 세월호 참사를 마주하면서부터다. 이때부터 아우슈비츠 이후 오래도록 논쟁을 일으켰던 '재현 불가능성'이라는 용어는 예술의 영역을 넘어 우리의 충격적인 현실과

음, 맹정현·이수련 옮김, 새물결 2008, 69면.

삶 위에서 본격적으로 논의되었다.

　테어도어 아도르노(Theodor W. Adorno)의 유명한 다음 문장은 재현의 불가능을 논하면서 가장 많이 인용된 구절이 아니었을까? "아우슈비츠 이후 시를 쓴다는 것은 야만이다."[23] 세월호 참사 이후, 나는 여러 지면에서 2014년 4월 16일 이후 한국에서 시를 쓴다는 것은 야만이라는 문장을 읽을 수 있었다. 전통적으로 시는 야만과 반대되는, 위대한 정신과 문화를 대표하는 문학 양식으로 자리매김해 왔다. 하지만 사회 전체 구성원이 결부된 야만적인 참사 앞에서 문학은 어떻게든 야만과 분리될 수 없다. 참사를 도외시하며 고매한 정신 따위를 그리려는 태도는 물론이거니와, 참사를 마주하려 한들 이 야만적인 비극을 문학적으로 세공하는 행위가 어찌 문화적이라 할 수 있겠나. 문화와 야만의 경계가 무너진 상황. 재현 불가능성을 말하는 많은 이들은, 참사 이후의 문학은 바로 이러한 '시(문학) 쓰기의 불가능함' 위에서만 강구될 수 있다는 견해를 취한다.

　하지만 고개를 끄덕이게 되는 동시에 이러한 의구심이 든다. 그렇다면 우리는 어떻게 이 참혹한 시간들을 기억으로 간직할 수 있을까? 재현될 수 없는, 언어를 통해 우리에게 현시될 수 없는 사태 앞에서 우리는 어떻게 공동의 기억을 구축할 수 있을까? 우리가 재현할 수 있는 사안의 경계선은 그럼 어디까지이며 이것은 과연 누가 지정하는가? 재현 불가능의 선언은 이 사태를 이해하기 위한 언어가 갈급함에도 말할 수 없는 주체에게 무슨 의미가 있는가? 이것은 어쩌면 재현 가능/불가능의 경계를 지정할 권한이 있는, 그만한 언어를 이미 가진 (일부) 어른들

---

23 Theodor W. Adorno, "Cultural Criticism and Society," *Prisms*, Cambridge: The MIT Press 1983, 34면.

의 윤리에 더 가까운 것이 아닐까?

물론 아동청소년문학이 이 사안을 정면으로 다루는 일이 여간 까다롭지 않다는 것을 잘 안다. 작가 자신을 포함해 그 누구도 쉽사리 받아들이기 힘든, 그래서 명확히 언어화하기 어려운 사건을 재차 어린이와 청소년의 시선을 거쳐 다시 쓰기 하기란 단연코 쉽지 않은 작업이다. 여기에는 그만큼 용기가 필요하다. 조르주 디디-위베르만(Georges Didi-Huberman)은 차마 바라보는 것이 불가능한 메두사를 향해 "그래, 난 그래도 과감히 메두사와 맞설 거야, 괴물을 '다르게' 바라보면서 말이지"라는 태도로 싸운 페르세우스의 태도야말로 진정한 "윤리적 응답"이라 말한 적이 있다.[24] 우리에게 필요한 것은, 무책임한 권력의 언어가 도처에 퍼지는 동안 사태를 재현 불가능한 것으로 남기는 쪽보다는, 이 괴물 같은 현실을 '다르게' 바라볼 수 있는 재현에 한 발이라도 더 다가서는 편이리라. 이 지점에서 백온유의 이름을 떠올리는 이는 비단 나뿐일까?

백온유는 우리 사회에 커다란 상흔을 남긴 두 사건을 상기시키는 청소년소설을 잇달아 발표한다. 재난 생존자의 성장을 다룬 『유원』(창비 2020)은 우리에게 세월호를, 바이러스로 삶이 송두리째 뒤흔들린 청소년들의 이야기를 담은 『페퍼민트』(창비 2022)는 코로나19 팬데믹의 충격을 자연스럽게 떠올리게 한다. 차마 재현하기 어려운 사회적 대재난 앞에서, 회피보다는 과감히 맞서 '다르게' 바라보기를 연이어 채택한 그의 행보는 실로 특별하다. 그중에서도 특히 『페퍼민트』는 여전히 우리가 팬데믹 비상사태의 한가운데에 있던 시기에 발간되었다는 점에서 주목을 요한다.

---

24 조르주 디디-위베르만 『모든 것을 무릅쓴 이미지들』, 오윤성 옮김, 레베카 2017, 278면.

지난 몇 년간 우리는 갑작스레 도래한 감염병으로 원인도 해결책도 알지 못한 채 수많은 이들이 죽거나 다치고 일상이 붕괴하는 모습을 지켜보아야 했다. 재난은 가장 약한 자의 자리부터 무너뜨린다고 했던가. 팬데믹이 이 사회의 어린이·청소년에게 가한 타격의 정도는 생각 이상으로 심각했다.[25] 팬데믹 시기에 이충일은 앞으로 나올 "무너진 일상을 소재로 한 리얼리즘 작품들" 안에서 "코로나가 지나치게 소비되거나 무너진 일상에 놓인 아이들의 삶이 피상적으로 그려지지는 말았으면" 하는 염려를 표했는데[26] 무거운 사안이니만큼 대다수가 그와 비슷한 마음을 가졌으리라 생각한다. 바로 이 시기에 백온유는 다시, 파국적인 사건 이후 살아남아 삶을 이어 가야 하는 청소년들의 서사를 우리에게 내보인다.

소설의 주인공은 '시안'과 '해원' 두 사람이다. 시안은 '프록시모 바이러스' 감염에 따른 후유증으로 식물인간 판정을 받은 어머니를 돌보고, 해원은 가족 전체가 '슈퍼 전파자 N번'으로 지목되어 온갖 증오에 시달렸던 과거로부터 도피하여 '지원'이라는 이름으로 새롭게 살고 있다. 본래 어린 시절 친한 친구였던 두 사람이 갈라진 것은 위의 내용에서 유추할 수 있다시피 바로 바이러스 때문이다. 한 사람은 미래가 불투명하고 다른 한 사람은 과거가 그러하다: 언제 끝날지 알 수 없는 돌봄

---

25 감염뿐만 아니라 가령 이러한 문제들이 있었다. "분석 결과 청소년 우울감은 코로나 19 유행 전인 2016~2019년 26.1%에서 팬데믹 기간인 2020~2021년 26.6%로 높아졌다. 자살 성향 역시 12.3%에서 12.5%로 소폭 증가했다. 우울감과 자살 성향은 여성, 대도시 거주자, 저소득 청소년에게서 더 높았다." 김병규 「코로나 기간 청소년 우울감 높아지고 성인 신체활동 감소」, 『연합뉴스』 2023년 6월 20일자.
26 이충일·강수환 대담 「아동청소년문학장의 다양성을 꿈꾸며」, 『어린이와 문학』 2021년 봄호 28면.

의 의무를 수행하기 위해 현재 자신의 모든 자원을 쏟아야 하는 시안은 미래를 상상할 여력조차 부족한 상황이며, 새롭게 출발하고 싶지만 아무리 시간이 흘러도 말끔하게 지워질 수 없는 과거 때문에 해원은 늘 불안에 시달린다. 그런데 이 구도는 전작인 『유원』의 설정과도 어느 정도 유사해 보인다.

누군가의 희생을 등에 업은 '생존자'로서의 상에 고정되어 현재를 박탈당한 채 미래만을 바라보는 '유원'. 거듭되는 실망과 좌절을 추스를 만한 여유가 없어 미래에 대해 막연한 희망을 품는 대신 오직 현재에 충실하는 '수현'. "현재 없는 미래, 그리고 미래 없는 현재"를 표상하는 이들은 서로에게 결핍한 시제를 채워 가며 종국에는 두 세계의 조화를 이룬다.[27] 그렇다면 『페퍼민트』에서는 어떨까? 이것은 미래 없는 현재(시안)와 과거 없는 현재(해원)로, 전작의 구도를 반복적으로 변주한 것에 불과한 걸까? 하지만 소설에서 재현되는 두 세계 간의 마주침은 전혀 예상하지 못한 곳으로 우리를 인도한다. 두 사람은 6년 만에 우연히 다시 만나게 되는데, 이후 소설의 전개는 다소 충격적이다. 시안은 해원이 느끼는 죄책감과 감추고 싶었던 과거를 볼모 삼아 해원에게 자기 어머니의 산소통 밸브를 잠가 달라 요구한다. 건조하게 적자면, 사실상 시안은 친구를 협박하여 가족 살인을 청부하고 있는 셈이다.

상황이 여기까지 오면 우리는 두 세계 간의 눈부신 화해를 기대하는 것은 한낱 꿈에 지나지 않음을 예감하게 된다. 끝에서 비록 화해가 이루어지기는 하나, '아저씨(아버지)'를 잃는 대신 모든 것을 얻었던 유원과 달리, 시안은 모든 것을 잃는다. 소설의 절정에서 해원은 시안이 없는

---

[27] 강수환 「세 죽음과 어떤 죄책감」, 『문장웹진』 2020년 9월호.

틈을 타 산소 밸브를 잠근 시안의 아버지를 필사적으로 저지하고 잠긴 밸브를 다시 연다. 이 일로 시안의 어머니는 요양병원으로 이송되고 아버지는 구치소에 수감된다. 시안과 해원은 화해하지만 끝내 작별한다. 서로의 그림자를 이해할 수 있는 유일한 친구였음에도 시안은 "다시는 해원을 보지 못하리라는 직감"(212면)과 함께 그를 떠나보낸다.

이렇듯 소설은 인륜이나 시민성을 이야기하며 세계 간의 조화로운 화해가 이루어져 재난 사태가 봉합되는 것과는 정반대의 방향으로 내달린다. 만약 그렇게 간단히 해결될 수 있는 사안이었다면 시안이 그런 상황까지 올 이유도 없었을 것이다. 각자의 잘못이 아니라는 것을 잘 알면서도 서로에게 상처 입히고 죄의식과 책임감에 괴로워하는 마음의 상태를 우리는 어떻게 이해해야 하나. 도무지 언어화할 수 없지만 동시에 참을 수 없는 이 감정의 실체. 이곳에 가닿기 위해 시안과 해원은 가장 깊은 바다까지 파고들어야만 했다. 두 사람의 미래와 과거를 붙드는 존재, 여기서는 시안의 어머니만 사라지면 모든 것이 해결될까? 이들은 어머니가 죽음과 가까워지기까지의 모습을 모두 목도한 이후에야, 적어도 자신이 해야 할 일이 무엇인지를 어렴풋이 깨닫는다.

"우리 관계에서 말로 설명할 수 있는 것은 더 이상 없었다."(212면) 말로 설명할 수 없지만 분명 존재하는, 즐겁고 편안한 와중에도 견딜 수 없이 터져 나오는 어떤 마음의 진실을 두 사람이 고통스럽게 행위하고 통과하는 모습을 바라보면서, 우리는 이 출구 없는 재난을 거쳐 오며 겪었던 지난 시간이 어떤 것이었는지를 조금이나마 느낄 수 있게 된다. 그래서일까? 시안이 가족과 친구를 한꺼번에 잃은 상황에 처했음에도 우리가 이 결말로부터 감지해 내는 것은 몰락의 정서와 거리가 멀다. 잠시나마 시안이 돌봄으로부터 여유가 생겼기 때문만은 아닐 것이다. 그렇다면 어째서일까?

　　엄마는 고여 있는 것 같다가도 우리 삶으로 자꾸 흘러넘친다. 우리는 이렇
　게 축축해지고 한번 젖으면 좀처럼 마르지 않는다. 우리는 햇볕과 바람을 제
　때 받지 못해서 냄새나고 곰팡이가 필 것이다. 우리는 썩을 것이다. (…) 오
　염된 물질들은 멀쩡한 것들까지 금세 전염시키니까. (98면)

　정말로 시안이 썩게 될 것이었다면 이는 어머니가 "오염된 물질"이
라서가 아니라 시안 역시 한자리에 고여 있기 때문이었을 것이다. 썩는
것과 전염은 엄연히 다르다. 아무리 사회적으로 거리를 두고 대면을 차
단해도, 연결의 선이 존재하는 한 우리는 각자의 삶으로 흘러넘치고 좋
은 쪽으로든 그 반대로든 서로를 전염시킨다. 시안과 해원은 서로에게
어떤 전염이었을까? 무엇이었든, 이들은 마침내 각자에게 가장 고통스
러운 시제였던 현재와 과거를 대면하고 수용한 끝에 서로에게 연결된
선을 말끔히 잘라 낼 수 있었다. 함께 관계의 마침표를 찍은 지금의 단
절은 6년 전의 그것과 분명히 다르다. 감당하기 어려운 문장일지라도
우리는 페이지를 찢고 달아나는 대신 어떻게든 마침표를 그려 넣어야
만 한다. 그래야만 비로소 다음 문장을 써 내려갈 수 있기 때문이다. 우
리가 시안의 결말에서 모종의 희망을 읽어 낼 수 있는 이유도 여기에 있
다. 이제 시안과 해원의 삶은 더 이상 미래/과거 없는 현재 속에 고여 있
지 않을 것이다.

　청소년 시기 우리는 주어진 재현의 언어가 없어 마침표를 적지 못한
채 오래도록 문장 사이를 방황하는 경험을 곧잘 하곤 한다. 이해할 수
없는 재난 앞이라면 더더욱 그러할 것이다. 청소년소설이 이에 충분한

응답이 되지 못한다면 그만한 불행이 없겠다. 그러니 필요한 것은 재현 불가능성에 맞서 '다르게' 바라보려는 용기다. 익숙하고 편안한 시선을 내려놓고 지금껏 쥐어 본 적 없는 언어의 자리를 향해 나아갈 때, 누군가는 소박하게나마 다음 문장으로 이어 갈 힘을 얻을 것이다.

반복과 대중성, 시리즈 아동문학의 출발점

시리즈를 바라보는 새로운 렌즈

최근 많은 시리즈 동화가 독자들의 호응을 끌어내고 있는 것에 반해, 아동문학계에서 시리즈라는 양식 자체를 주목한 사례를 찾기란 쉽지 않다. 국내 시리즈 아동문학이 본격적으로 출간된 역사가 충분치 않아서일 수도 있겠으나, 이것은 그동안 시리즈라는 양식이 전통적인 의미에서의 '문학'과 맥을 달리하는 반복적·상업적·대중주의적인 상품으로서 평가절하되어 온 맥락도 일정 정도 작용할 것이다. 이는 유구한 인식이기도 하다. 움베르토 에코(Umberto Eco)는 "어떤 의미에서 시리즈물이란 반복을 의미하는 것"[1]이라며 냉담한 투로 평했다.

---

1 Umberto Eco, *The Limits of Interpretation*, Bloomington: Indiana University Press 1994, 85면.

우리는 시리즈로부터 (늘 똑같은) 이야기의 참신함을 즐긴다고 믿는 한편, 실제로는 일정하게 유지되는 서사 도식의 반복 때문에 이를 즐긴다. 그 점에서 시리즈는 표면적으로 위장되어 있으나 항상 같은 이야기를 듣기 원하는, "동일한 것의 귀환"에 의해 위안을 얻는 유아적 필요에 응답하는 셈이다.[2]

대부분 대중매체에서의 시리즈물을 염두에 둔 평이기는 하나, 에코의 말은 시리즈 양식 전반에 걸쳐 발견되는 반복성의 문제를 가리킨다. 에코는 그 과정에서 몇몇 시리즈 양식은 그 자체가 상업적인 이유에 의해 고안된 것임을 밝히는데, 이는 앞서 언급한 시리즈에 대한 세간의 인식과 상당 부분 포개어진다.

실제로 시리즈는 캐릭터, 세계관, 서사 도식의 설정을 반복하는 구조 위에서 생산된다. 에코의 말처럼 독자는 캐릭터들의 심리, 습관, 능력, 윤리적 입장 등을 이미 잘 알고 있기에[3] 그가 어떤 인물이며 과연 어떤 선택을 할 것인지는 비교적 관심이 적으며, 초점은 대개 그들에게 어떤 새로운 모험이 펼쳐질 것인지에 있다. 즉, 시리즈에서 기대감은 어떤 상황이 발생하고 어떤 행위가 일어날 것인가라는 궁금증에서 온다. 그러므로 에코에게 시리즈란 새로운 상황과 행위 등으로 '표층에서 위장'을 취하고 있지만, 사실은 이미 알고 있는 인물이 친숙한 세계 설정 속에서 같은 구조의 서사를 반복하는 것을 골자로 삼는 표현 양식인 셈이다.

반복과 (이 글에서는 상업적인 의미에서의) 대중성. 반복적이고 상투적이라는 평은 물론이거니와 문학적 진실이 아닌 대중성을 좇는다는 것은 문학의 입장에서 결코 호의적인 표현이 아니다. 전자는 작품의 내

2 같은 책 86면.
3 같은 책 87면.

적 요인이며 후자는 외적 요인에 해당하는 것일 텐데, 이렇듯 시리즈는 전통적 문학이 추구하는 방향과 안팎으로 불화하는 것처럼 보인다. 물론 현재는 "문학을 고답적인 영역에만 가둬 두지 않고 시장에 적극 뛰어들어 어린 대중과 어울리는 이야기 영역 또한 존중해야 한다"[4]는 요구가 제출되는 등, 엔터테인먼트 요소가 짙은 시리즈 아동문학에 대한 인식이 예전과 같지는 않은 상황이다. 하지만 여전히 시리즈물을 문학에 미치지 못하는, 그래서 문학에 이르기 위해 더 많이 노력해야 하는 미달태(未達態)로 바라보는 시선도 적지 않다.

그런데 의문이 생긴다. 전통적인 '문학'의 입장에서 시리즈 아동문학을 평하는 것은 과연 정당할까? 진정으로 반복과 대중성을 떼 놓고 시리즈에 관해서 말할 수 있을까? 좋은 문학성의 추구가 반드시 곧 성공적인 시리즈물이라는 결과로 직결하는 것이 아니라면, 어쩌면 우리에게는 시리즈 아동문학을 바라보는 새로운 렌즈가 필요할지도 모른다.

시리즈의 역사에서 반복과 대중성

시리즈 문학을 향한 따가운 눈총은 초창기 국내 시리즈 동화를 둘러싼 논쟁에서도 일부 확인된다. 2000년대 초부터 출간되기 시작한 『고양이 학교』(김진경, 문학동네 2001~2016)의 경우, 당시 이지호는 작품을 비판하면서 "기왕의 성공한 환상동화인 '해리 포터' 시리즈"와의 모방 관계, 그리고 "독서 대중의 시류적 인기에 편승"하려는 상업주의를 문제 삼은 바

---

4 박숙경 「놀이의 맨틀을 찾아가는 문학」, 『창비어린이』 2022년 여름호 60면.

있다.[5] 이에 저자인 김진경은 이지호의 비판에 반박하며, 본 작품이 지닌 '한국형 판타지'로서의 고유함을 밝히고 더 나아가 서구중심주의와 근대적 일원주의에 입각해 작품을 바라보는 평단의 문제점을 비판했다.[6]

초반부 버들이가 고양이 학교에 입학하는 과정이나 몇몇 설정에서 '호그와트 학교'와의 유사성을 거론할 수는 있겠으나, 두 작품은 표면적인 내용에서뿐만 아니라 김진경의 반론에서 보듯 근본적 세계관에서 차이를 지닌다. 그런 까닭에 작품의 정합성과 내적 논리를 꼼꼼히 비판한 이지호의 논지에 일부 동의할 수 있더라도, "'고양이 학교'는 '해리포터' 시리즈의 '마법 학교'를 그대로 모방한 것"[7]이라는 단호한 주장만큼은 전적으로 수긍하기 어려운 일이다. 이러한 주장이 제기된 배경은 무엇일까? 당시 논쟁은 대부분 개별 텍스트, 신화, 판타지 등의 범주 위에서 다루어졌지만, 한 가지 논의되지 않은 것이 있다. 바로 시리즈 동화라는 서사 표현 양식에 관해서다.

상업적 흥행에 성공한 기존 서사 도식을 모방·반복하는 것이라는 당대의 비판은, 비록 『고양이 학교』라는 개별 텍스트에 관해 말하고 있으나 맥락상 에코가 시리즈 일반에 관해 언급한 바와 거의 상통한다. 그 점에서, 비록 오랜 시간이 지난 지금 소급하여 평하는 것일지도 모르나, 오히려 논쟁의 근간에는 시리즈가 자리했던 것이 아니었을까? 혹시 전통적인 문학과 변별되는 상품으로서의 시리즈라는 오랜 인식에 기대어

5 이지호 「『고양이 학교』, 그 환상의 논리와 서사 문법」, 『동화의 힘, 비평의 힘』, 주니어 김영사 2004, 118면(최초 발표는 『어린이문학』 2003년 1월호).
6 김진경 「한국형 판타지, 근대주의의 큰 산을 넘어가는 유목민들의 상상력」, 『창비어린이』 2003년 여름호 76~96면 참조.
7 이지호, 앞의 글 같은 곳.

이를 바라본 것이 해당 작품의 고유성이나 특이점 등을 면밀히 검토하는 시야를 방해했던 것은 아니었을까?

사실 시리즈는 문학사·매체사에서 오랜 시간에 걸쳐 반복과 상업적 대중성이라는 키워드와 기묘한 관계를 형성해 왔다. 시리즈의 역사는 제법 긴데, 특히 이를 만약 '연재'(serialization)로 번역한다면 시리즈의 역사는 문예란을 통해 소설이 연재되던 19세기, 혹은 소설이 팸플릿 형태로 연재·배포되었던 17세기까지 거슬러 올라갈 수도 있다.[8] 물론 이때의 시리즈와 현재 시리즈 아동문학은 전혀 같지 않다. 그렇다면 시리즈라는 서사 전략 내지는 출판 형태를 거듭 새롭게 만드는 요인은 무엇일까? 영화·매체 연구자인 로저 해기돈(Roger Hagedorn)에 따르면, 시리즈는 새로운 매체 기술의 등장, 그리고 그에 따른 상업 논리와 소비문화의 변화와 밀접하게 관계해 왔다.

연재물(serial)의 역사를 추적하다 보면, 새로운 매체 기술이 도입됨에 따라 상업적 착취자들은 일관적으로 서사 표현을 연재물 형식으로 전환해 왔는데, 엄밀히 이는 믿을 만한 소비자 청중을 양성하기 위해서임을 알 수 있다. 이 청중은 해당 매체가 제공하는 다른 유형의 텍스트를 이용하고 소비하게 될 경향이 크다. 이러한 방식으로 개별 연재물은 단지 신문 발행 부수, 극장 티켓의 판매, 또는 점차 더 값비싼 광고를 증대시키는 것뿐만 아니라, 더 유의미하게는 그것이 나타나는 매체를 홍보하는 기능에 복무하는 것이다.[9]

---

8 Sara Tanderup Linkis, *Serialization in Literature Across Media and Markets* (eBook), Routledge 2022, 11~12면.

9 Roger Hagedorn, "Technology and Economic Exploitation: The Serial as a Form of Narrative Presentation," *Wide Angle* 10 (4), 1988, 5면.

그는 인쇄 문화에서부터 라디오, 코믹스, 텔레비전 등 새로운 매체의 출현에 따른 연재물의 역사를 선형적으로 살피면서 이같이 주장한다. 요컨대 새로운 매체가 등장하면 상업자본은 소비자 대중을 형성하기 위한 전략으로 시리즈물을 제작하고, 시리즈물의 흥행은 그것이 송출되는 매체·기술을 대중화하는 효과로 이어진다는 것이다.

해기돈의 공식은 현재에도 일정 부분 유효해 보인다. 가까운 예로 '넷플릭스'가 있다. 스트리밍 플랫폼이었던 넷플릭스가 최초 제작한 자체 콘텐츠들은 대부분 시즌제 시리즈물이었다. 해당 작품의 인기는 새로운 소비자들을 유입시켰고, 이들은 해당 콘텐츠만 즐기고 탈퇴하는 것이 아니라 시리즈의 다음 에피소드 또는 시즌을 보기 위해 플랫폼에 머물러 이를 반복적으로 고루 이용하면서 두꺼운 소비자층을 형성했다. 이는 넷플릭스라는 플랫폼과 기술 자체를 대중화하는 효과로 이어졌다. 이처럼 시리즈는 — 비록 "상업적 착취자"(commercial exploiters)라는 공격적인 표현에서 보듯 해기돈의 시선은 곱지 않으나 — 상업자본이 새로운 매체 기술이나 플랫폼을 대중 사이에 안착시키는 데에 전략적으로 차용되어 왔다.

해기돈의 발견은 시리즈가 매체, 기술, 대중문화 등과 역사적으로 관계해 온 지점을 조명한다는 점에서 분명 의의가 있지만, 이를 단순화하는 과정에서 무리한 주장이 제기되기도 한다. 가령, 새로운 매체가 대중 매체로 자리매김하면 전통 매체에서 시리즈물 형식은 버려지고 다른 것으로 대체된다는 대목이 대표적이다. 하지만 시리즈 문학이 이른바 '정전'에 포함되지 못하거나 '대문호'에 의해 집필되지 않는다 하더라도 문학이 시리즈 형식을 버렸다는 주장은 과하다. 시리즈 문학은 (로

맨스, 추리, 범죄 소설 등등) 장르소설과 관계하는 방식으로 늘 문학사 한편에 자리했으며, 더 나아가 새로운 매체·기술과 감응하는 형태로 꾸준한 부흥을 이뤄 왔기 때문이다.[10]

따라서 시리즈는 제작·소비의 과정에서 상업성이나 대중주의와의 결부를 피하기가 어려운 조건에 처해 있으나, 동시에 이것이 광범위하게 초래한 (매체, 기술, 대중들의 소비문화 등) 환경 조건의 변화에 가장 발 빠르게 응답하는 서사 표현이기도 하다. 그런 의미에서 적어도 시리즈 문학에서 반복과 대중성은 그저 한계인 것만이 아닌 가능성의 토대이기도 한 셈이다. 오래전 이지호는 『고양이 학교』가 "시류적 인기에 편승하고자 한 안이한 작가 정신"에서 배태된 것이라 말했지만, 살펴본 바와 같이 매체·문학사에서 시리즈는 작가 개인의 정신과 무관하게 매체·기술의 상업화와 소비 대중이 만들어 낸 어떤 "시류" 속에서 끊임없이 (재)생성과 발전을 도모해 온 양식이다. 흥행 가능성의 여부를 떠나 이러한 시류를 도외시하는 일은 좋은 시리즈의 덕목이라 보기 어렵다. 그러므로 전통적인 문학에게는 모욕이었던 반복과 대중성은, 오히려 시리즈 문학에서는 논의의 출발점이 되어야 한다.

스토리 전달 체계로서의 시리즈

그렇다면 위와 같은 '시류'를, 다시 말해서 매체·기술·대중문화 등이 발생시킨 대중성의 감각을 시리즈 문학은 어떻게 반영하고자 노력하는

---

10 Sara Tanderup Linkis, 앞의 책 12~13면 참조.

가? 먼저 눈에 띄는 것은 캐릭터다. 애니메이션이나 영화 등 영상 매체 속 캐릭터의 특징과 설정이 시리즈 동화에 반영되는 것은 더는 놀랍지 않은 일이다. 『헌터걸』(사계절 2018~2020) 시리즈의 저자 김혜정은 이 작품을 "캐릭터 자체가 곧 서사"[11]인 '캐릭터 아동문학'이라 칭했는데, 눈에 띄는 대목은 기획부터 집필에 이르는 전 과정을 소개하며 그가 언급하는 캐릭터나 설정의 거의 모든 예시가 문학보다는 영상·게임 매체를 기반에 두고 있다는 점이었다. 캐릭터는 분명하게 눈에 보이는 존재이므로 문학이 이들 캐릭터가 지닌 외형, 성격, 직업, 성향 등의 설정을 참고해 매력적인 캐릭터를 조합하고 창조해 내는 일을 우리는 어렵지 않게 상상할 수 있다.

여기에 더해 시리즈 문학은 많은 경우 스타일에서도 차이를 보인다. 서두에서 시리즈는 독자가 이미 해당 시리즈 속 인물, 세계관, 서사 구조에 친숙한 까닭에 눈에 보이는 표면적 행위와 상황에 더 주목하는 경향이 있다고 썼다. 그래서일까? 이들 텍스트는 빠른 전개와 속도감 있는 문체가 특징인데, 인물의 복잡한 내면, 심리, 고뇌 등을 표현하기보다는 빠른 전개에 입각한 '스토리'적 요소를 더욱 강조하기 때문이다. 『스무고개 탐정』(비룡소 2013~2020) 시리즈의 저자 허교범이 집필 과정에서 의식한 점들도 이러한 흐름에 부합한다.

인물이나 배경에 대한 묘사는 되도록 세 줄을 넘기지 않으려고 했다. 그보다 길어질 것 같으면 차라리 설명 없이 넘어가는 편을 택했다. (…) 묘사를 줄인 것은 이야기를 빠르게 전개하기 위한 목적도 담고 있었다. 어린이가 즐

11 김혜정 「내가 쓰는 '캐릭터 아동문학'」, 『창비어린이』 2019년 여름호 43면.

기는 애니메이션이나 영화, 드라마는 영상 매체답게 빠른 사건 전환을 장점으로 내세운다. (…) 이야기를 간결하고 빠르게 진행하는 것이 현대적인 흐름에 가깝다고 느꼈다.[12]

영상 매체의 문법을 반영하는 빠른 박자의 글쓰기, 정밀한 묘사보다는 설정, 상황, 행위 등을 중심으로 이야기를 전달하는 방식. 저자는 '어린이 독자를 위한 사소한 배려들'이라는 소제목하에 앞의 내용을 서술했지만, 어떤 의미에서 이는 단순히 개별 작가·작품이 기울이는 배려이기보다는 최근의 시리즈 전반에서 목격되는 경향이기도 하다.

매체·문화연구자 짐 콜린스(Jim Collins)는 이것이 텔레비전 시리즈물과의 영향 관계에서 비롯된 시리즈의 오랜 특징이라고 말한다. 그는 텔레비전 시리즈의 서사가 점차 문학적이 되어 가면서 이른바 '문학적 서사'라는 것을 책에서만 찾을 수 있는 시대가 끝나고 이에 따라 예술 사이의 전통적 위계가 무너진 것을 그 원인으로 지목한다. 이제 그 누구도 더는 책은 문화적으로 더 가치 있고 복잡한 매체이며 영상 매체는 그 반대라는 식으로 생각하지 않게 되면서, 시리즈에서 중요성은 점차 (어떤 매체에서든 통용 가능한 요소인) 스토리로, 매체의 위상은 스토리를 전달하는 체계로 이동하게 되었다는 것이다.[13]

특히 매체의 주도권이 점차 영상 매체로 기울어 가면서, 시리즈는 점점 더 영상 문법에 입각한 스토리 전달에 치중하는 듯하다. 이것이 시리즈 문학의 일반적인 흐름이라면, 국내 유수의 시리즈 아동문학을 출간

---

[12] 허교범 「어린이 추리소설을 쓰게 된 이야기」, 『창비어린이』 2019년 여름호 38면.

[13] Jim Collins, "Fifty Shades of Seriality and E-Readers Games," *Akademisk Kvarter* 7, 2013, 366~79: Sara Tanderup Linkis, 앞의 책 46면에서 재인용.

한 비룡소의 문학 공모전 '스토리킹'이 이름에서부터 '스토리'를 내세 웠다는 점은 실로 자연스러운 결과겠다. 결국 허교범이 어린이 독자를 위해 기울인 '사소한 배려'들은, 바꿔 말하자면 어린이 독자들의 대중 적 매체 감각을 고려해 '문학'을 최적화된 '스토리 전달 체계'로 재구축 하는 작업이었던 셈이다.[14]

혹자는 이러한 동화 작법이 새로운 것은 아니지 않느냐며 반문할 수 있다. 100여 년 전 방정환의 「동화 작법」(1925)만 보더라도, 동화라면 더 위를 설명하기 위해 온도를 서술하기보다는 옷을 벗고 물에 뛰어드는 인물의 행위를 제시하는 편이 어린이의 즉각적인 이해를 더 돕는다고 쓰여 있지 않은가?[15] 하지만 이는 첫째로 해당 연령대의 정신, 지식 등 의 수준을 고려하는 제안이었으며, 둘째로는 (시각 매체 등의) 새로운 매체의 출현과 그로 인한 감각의 전환을 반영하는 문제가 아니라 전통 매체라 할 수 있는 옛이야기의 '구술성'을 반영하는 작법이므로 지금의 시리즈 아동문학의 추이와는 방향성에서 차이가 있다.[16]

---

14 당시 『스무고개 탐정과 마술사』는 어른 심사위원 사이에서는 2위를 기록했지만 어 린이 심사위원단의 지지로 수상작이 되었다. 최도연은 이 상황을 "어린이들이 느낀 재 미가 문학적 완성도에 대한 아쉬움을 누른 것으로 해석"했다. 하나 본문의 맥락에서 다시 바라본다면, 이는 또한 해당 작품을 '문학'으로 대하는가 또는 '스토리 전달 체 계'로 대하는가 하는 차이에서 비롯된 결과라고 해석해 볼 수도 있을 것이다. 최도연 「어린이 눈의 양면성」, 『창비어린이』 2013년 겨울호 287면 참조.
15 방정환 「동화 작법」, 『정본 방정환 전집 2』, 창비 2019, 714면.
16 방정환의 동화와 구술적 특징 사이의 관계는 염희경 「소파 방정환 연구」, 인하대학교 대학원 박사학위 논문 2007, 203~13면을 참조. 추가로 옛이야기의 구술성은 활자에 비 해 당시의 어린이에게 더 익숙한 것이었고 방정환의 작법은 이렇듯 자기 시대의 대중적 감각을 염두에 둔 전략이기도 했다. 그러므로 비록 오늘날의 시리즈 아동문학이 점차 스토리 전달 체계와 가까워지는 매체적 조건이나 논리와는 부합하지 않더라도, 작법의 차원에서 어린이의 대중성을 반영하고자 한 방정환의 제언은 눈여겨볼 필요가 있다.

한편 영상 문법을 의식하는 것에서 더 나아가, 때때로 몇몇 시리즈 아동문학에서는 오히려 글보다 이미지가 더 우위에 서는 듯한 인상을 받기도 한다. 혹시 이 말이 새삼스럽게 들릴까? 특성상 캐릭터가 강조되는 시리즈 아동문학에서 캐릭터의 일러스트가 글만큼 중요성을 지니게 된 지는 이미 오래되었기 때문이다. 하지만 이곳에서 내가 주목하려는 지점은 조금 다른 데에 있다. 자세히는 시리즈 동화 속에서 이미지가 스토리를 전달하는 방식에 관해서다.

예컨대 시리즈 미스터리 동화인 보린의 『쉿! 안개초등학교』(창비 2021~2022) 각 권의 서두에는 다음과 같은 주의문이 적혀 있다. "무서운 장면이 나올 수 있습니다. 오른쪽 아래에 별 모양(★)이 있으면 마음의 준비를 하고 책장을 넘기세요." 독자를 위한 배려일 텐데, 재밌는 것은 많은 경우 해당 이미지를 마주하기 전에 독자는 글을 통해 이 이미지를 이미 읽은 상태라는 점이다. 더구나 미스터리와 공포 장르를 좋아하는 어린이 독자에게 별 모양과의 조우는 주의사항이 아닌 기대감을 일으키는 표지로 기능한다. 이미 글로 읽은 것을 이미지로 보기 직전에 주의 ─ 혹은 반대로 기대 ─ 하라는 책의 형식은, 마치 활자는 부차적이고 오히려 이를 시각화한 이미지가 더 중요한 것이라 말하는 듯하다.

물론 『쉿! 안개초등학교』 시리즈를 이끄는 힘은 글에 있다. 다만, 이 경우는 삽화가 활자의 이해를 보조해 온 종전의 위계 관계가 어떻게 변화했는지를 선명히 보여 주는 사례라 할 수 있겠다. 이 시리즈는 '묘지은'과 '조마구' 등 비범한 인물들이 서로 힘을 합쳐 안개초등학교 주변에서 일어나는 미스터리한 사건들을 해결하는 서사 도식의 반복을 뼈대로 한다. 이때 글은 시리즈가 마련한 세계 위로 독자들이 올라 좇을 수 있도록 만들며, 삽화는 이들이 등장인물들과 함께 사건을 동행하는 과정에서 불현듯 맞닥뜨린 감각적 충격으로 제시된다. 앞에서 미리 글을 통해 읽은 내용일지라도 별 모양을 따라 이를 이미지로 마주할 때 비로소 장르적 경험은 완성된다. 결국 이 작품은 무시무시한 광경이나 이를 마주하는 인물의 심리를 글로 길고 상세하게 묘사하는 것이 아니라, 이미지가 글을 대신하여 이를 직관적으로 제시하고 곧 다음 스토리를 전달하기 위해 신속히 이동하는 체계로 이루어져 있는 것이다.

이미지가 시리즈 문학에서 이전과 다른 위상을 점하는 현상은 물론 미스터리·공포 장르에만 해당하는 이야기가 아니다. 효과적인 스토리 전달을 위해 시리즈 아동문학이 이미지를 전략적으로 활용하는 추세는 전반에 걸쳐 발견된다. 이렇듯 기존의 '문학성'이 추구하는 바와는 달리, 시리즈 아동문학에서의 활력은 대중적 매체 감각에 기초한 스토리 전달 체계로서 작품이 성공적으로 기능할 때 일어난다.

반복에서 오는 시리즈의 가능성

시리즈가 문학 외부의 환경 요인과 작용하며 변화하고 있다는 말은 이해한다손 치더라도, 시리즈 형식의 특징 가운데 하나인 반복성은 어떻게 논의의 출발점이 될 수 있을까? 물론 이때 반복이 항상 똑같은 것을 되풀이하며 한정된 자리 안에서만 맴도는 것을 의미한다면 문제일 테다. 그렇지만 반복이 차이를 만들어 낸다는 철학적인 주제를 굳이 경유하지 않더라도, 우리는 반복이 지닌 새로움의 가능성을 경험적으로 알고 있다. 자주 드는 사례로 언어가 대표적이다. 우리는 단어, 철자, 문장 등을 무한히 반복하는 과정을 통해, 그렇게 발화된 문장 표층에는 보이지 않지만 그 아래에 놓인 문법과 완전히 동화되었을 때, 비로소 이미 알고 있는 언어 너머의 나만의 문장들을 새로이 쓸 수 있다.

이야기라는 것도 마찬가지 아닐까? 비록 시리즈 아동문학에 관한 직접적인 논의는 아니나, 이 지점에서 오쓰카 에이지(大塚英志)의 '이야기 소비론(物語消費論)'은 참조할 만하다.

> 만화든 완구든 그 자체가 소비되는 것이 아니라 이런 상품들을 그 부분으로 갖는 '커다란 이야기' 혹은 질서가 상품의 배후에 존재함으로써 개별 상품이 비로소 가치를 가지고 소비되는 것이다.
>
> (…) 여기에서 오늘날의 소비사회가 맞이하고 있는 새로운 국면을 확인할 수 있다. 소비되고 있는 것은 하나하나의 '드라마'나 '물건'이 아니라 그 배후에 감추어져 있을 시스템 그 자체인 것이다. 그러나 시스템(=커다란 이야기) 자체를 팔 수는 없으므로 그 한 단면인 한 회분의 드라마나 한 단편으로서의 '물건'을 겉보기로 소비하게 한다. 이와 같은 사태를 나는 '이야기 소비'라고 이름 붙이고 싶다.
>
> (…) 그러나 이와 같은 '이야기 소비'를 전제로 하는 상품은 극히 위험한 측면을 지니고 있다. 즉 소비자가 '작은 이야기'의 소비를 계속한 끝에 '커다란 이야기' 즉 프로그램 전체를 손에 넣게 되면 그들은 스스로의 손으로 '작은 이야기'를 자유롭게 만들어 낼 수 있게 된다. (…) '이야기 소비'의 위상에서는 이와 같은 개별 상품의 '진짜' '가짜'의 구별이 불가능한 케이스가 발생하는 것이다.[17]

---

17 大塚英志『物語消費論』, 東京: 新曜社 1989, 13~14, 17~19면: 아즈마 히로키『동물화하는 포스트모던』, 이은미 옮김, 문학동네 2007, 64~66면에서 재인용.

다소 긴 분량이지만 중요한 시사점을 건네는 까닭에 되도록 상세히 인용했다. 오쓰카는 우리가 진정으로 소비하는 것은 표층에서 발견되는 개별 상품(작은 이야기)이기보다는 그 배후에 있는 시스템(커다란 이야기)이라고 말한다.

　이를 시리즈 아동문학에 적용한다면, 어린이 독자들이 시리즈 각 편이라는 작은 이야기를 연속적으로 소비한 끝에 커다란 이야기로서의 심층 체제를 획득하는 상황에 해당할 것이다. 이때 커다란 이야기를 시리즈 전반을 지탱하는 세계관이나 설정이라 부르든, 서사 도식이나 구조라고 보든 크게 상관없겠다. 중요한 것은 시리즈의 반복성이 어린이 독자가 작은 이야기들을 관통하는 커다란 이야기로의 접근을 용이하도록 돕는다는 점에 있다. 심층의 커다란 이야기를 손에 쥔 이들은 시리즈를 소비하는 것을 넘어, 저마다의 작은 이야기를 생성할 수 있게 된다. 즉, 이들은 피리 부는 사나이를 쫓는 『헌터걸』 시리즈의 여정에 색다른 헌터, 무기, 악당 등의 캐릭터와 추가적인 설정을 부여할 수 있고, 『스무 고개 탐정』에 새로운 동료, 사건, 의뢰인, 라이벌 등을 불러내 또 다른 수수께끼를 만들어 낼 수도 있으며, 무엇보다 그 자리에서 '나'의 이야기를 상상할 수도 있는 것이다.

　이에 시리즈 아동문학은 적합한 조건을 갖추고 있다. 서두에서 인용했던 에코의 말로 돌아가 보자. 그는 시리즈가 반복을 통해 안정을 얻는, 즉 "유아적 필요"(infantile need)를 충족시키는 양식이라고 말했다. 물론 이때 에코의 표현은 실제 유아기의 필요에 부합한다는 의미라기보다는, 시리즈물의 수용 양상이 그만큼 단순하고 미성숙하다는 점을 가리키고자 사용된 것일 테다. 이때 에코의 전언은 전통적 서사 미학과 성인의 시선 위에서 구성된 것이다. 하나 그가 선 위치를 뒤집는다면 위

문장은, 시리즈물이란 '동일한 것의 귀환'에서 심리적 위안을 얻는 유년 독자층에 호소하는 서사 양식이라 고쳐 써 볼 수 있다. 실제로 이러한 이유로 동시, 동화, 그림책 등 아동문학 전반에 걸쳐 반복성은 중요한 전략으로 기능해 왔다. 그 가운데 시리즈는 작은 이야기를 반복 수용하는 어린이 독자의 필요를 충족하면서, 심층의 커다란 이야기 체계를 파악해 새로운 이야기 창안의 가능성을 담는 하나의 서사 표현이 될 수 있다.

이 지점에서 다음과 같은 물음도 가능하겠다. 한데 이것은 인터넷에서 흔히 발견되는 팬픽이나 2차 창작의 원리와 비슷한 것이 아닌가? 이들 또한 원작을 소비하는 것을 넘어 각자의 서사적 욕망을 투여해 새로운 작은 이야기를 만들어 내는 사례이기 때문이다. 실제로 오쓰카의 이야기 소비론은 이런 방식의 창작·소비를 예고하기도 했다. 그러므로 시리즈를 통해 어린이 독자들이 만들어 낼 작은 이야기도 큰 틀에서는 이러한 2차 창작에 지나지 않는다고 말할 수 있을지 모른다. 또한 '나'의 이야기를 상상한다는 진술은 커다란 이야기 어딘가에 자신을 일종의 캐릭터로 세운다는 의미이기도 할 텐데, 이 역시 오늘날 인터넷에서 이루어지는 '자기 캐릭터 커뮤니티'의 창작 양상과는 얼마나 다르다고 할 수 있을까?[18]

나 또한 이것이 크게 틀린 말이라 생각하지는 않는다. 다만 여기에는 미묘한 차이가 존재한다. 원리는 비슷해 보이지만 기실 인터넷에서 이루어지는 창작 대부분에서는 작은 이야기들이 생산되는 하나의 입구이자 체계인 '커다란 이야기'가 좀체 보이지 않기 때문이다. 이때의 심층

18 '자기 캐릭터 커뮤니티'의 참여 양상은 김지은 「말하는 어린이와 새로운 서사 양식」, 『창비어린이』 2019년 여름호 68~69면에 잘 정리되어 있다.

은 아즈마 히로키(東浩紀)의 표현처럼 공통 체계로서의 커다란 이야기가 아닌 "누구나 마음대로 감정이입하고 저마다 나름의 이야기를 읽어 낼 수 있는 이야기 없는 정보의 집합체"인 '데이터베이스'에 더 가까운 모습이다.[19] 즉, 인터넷 사용자들은 심층에 해당하는 데이터베이스에서 필요한 정보만을 불러와 각자의 작은 이야기들을 만들어 내는 셈이다. 이야기를 생산한다는 점에서, 개인적으로는 시리즈 아동문학을 이러한 방식으로 소비하는 것 또한 환영하는 편이다. 다만 시리즈 아동문학이 처한 위치는 조금 다르다. 가령, 이러한 소비 양상은 무수한 반복을 통해 데이터베이스를 축적할 수 있는 비교적 높은 연령대 독자에게 더 적합한 것일 테며, 문학이라면 어떻게든 이야기로부터 '나'를 발견할 수 있는 매개의 역할이 요구되기 때문이다.

길상효의 『깊은 밤 필통 안에서』(비룡소 2021~2023) 시리즈는 이 지점에서 주목할 만하다. 작품 속 중심인물은 사람인 '담이'가 아닌 필통 속 필기구들이다. 딸기 연필, 당근 연필, 지우개 등 이들은 단순한 도구가 아니다. 담이가 어려운 문제와 숙제로 고생할 때 또는 일기나 편지처럼 내밀한 마음을 기록하는 순간마다 담이 모르게 이를 곁에서 은밀히 함께해 내는 든든한 동료로 나타나기 때문이다. 작품은 여기에 담이가 소중히 아끼는 바람에 사용되지 못해 슬픈 연필, 정답이 아닌 것을 참지 못하는 지우개, 미술이 아닌 용도로 사용되어 속상한 4B 연필 등 새로운 필기구 캐릭터를 등장시켜 에피소드를 이어 간다. 독자는 작은 이야기의 반복에서 필통 속 세계관을 파악하고 이를 바탕으로 또 다른 필기구 캐릭터와의 에피소드를 무한히 상상할 수 있다. 하지만 이때 중요한

---

19 아즈마 히로키, 앞의 책 79면.

것은, 비록 표층에 강조되는 것은 필기구들의 행위이지만, 이들을 상상하기 위해서는 먼저 주인인 담이를 반드시 통과해야 한다는 점에 있다. 즉, 평소의 '나'가 이들 문방사우와 일상에서 겪어 온 경험을 새롭게 인식할 수 있어야 그로부터 새로운 이야기의 상상이 가능하다는 것이다.

반복의 구조를 통해 '나' 그리고 자신을 둘러싼 세계를 새로운 시선으로 바라보는 것. 작은 이야기를 만들어 내면서 그 자리에서 '나'의 이야기를 상상한다는 것은 바로 그런 의미이다. 이는 커다란 이야기라는 체제를 손에 쥘 때 가능한 일이다. 반복해서 돌아오는 지점이 있기에 어린이 독자가 상상의 과정에서 너무 멀리 나가 헤매지 않을 수 있다는 점은 덤이다. 결국 시리즈 아동문학에서 반복과 대중성은 별도의 논의가 필요한 문제다. 정확히는 어떻게 반복하는가, 어떻게 대중적으로 소구되는가를 물어야 할 때다.

시가 다시 노래가 되었을 때

　얼마 전, 초등학교 저학년 자녀가 있는 한 선생님께 최근 아이가 좋아하는 동시 동요가 있는지를 물었다. 유치원을 졸업한 이후부터는 집에서 동요를 부르거나 듣는 일은 거의 없고, 다만 리코더 수행평가 준비를 위해 가끔 동요를 연주하는 일이 있는 정도라는 답을 들었다. 어떤 노래를 좋아하는지를 묻자, 보통은 아이돌의 음악과 랩을 선호하며 종종 애니메이션 주제가를 동생과 부른다고 했다.

　새삼스럽지는 않았다. 이미 나부터도 초등학교 1학년 때 동요보다는 현진영이나 서태지와 아이들의 음악을 따라 부르는 것을 좋아했으니까. 약 30여 년이 흘렀지만 크게 달라지지는 않은 듯했다. 차이가 있다면, 가요를 접하기 위해 1990년대의 내가 텔레비전을 켜야 했을 때, 2010년대 이후의 어린이들은 스마트폰에서 유튜브를 실행한다는 것 정도다.

　현재 동시 동요의 상황은 더욱 어려워 보인다. 심지어는 어린이뿐만 아니라 적지 않은 수의 어른들조차 어린이에게 동요를 기대하지 않는 듯하다. 아니, 오히려 동요와 멀어지도록 부추기고 있다는 의심이 들 때도 있다. 미디어에서, 동요를 부르던 어린이들의 모습은 어느덧 어른들이 기획한 오디션 프로그램의 규칙에 따라 케이팝과 트로트를 부르며 다른 참가자들과 치열하게 경쟁하는 모습으로 대체된 지 오래다.

그럼에도 여전히 동시 동요를 창작하는 사람들이 있다. 동요가 사라지고 있다는 말에 주춤하지 않고, 시대마다 형태를 달리하며 어린이에게 동요를 되돌려 주기 위해 노력하는 사람들. 그들이 포기하지 않는 동시 동요가 가진 특별함이란 과연 무엇일까? 잠시 스마트폰과 텔레비전 이전의 매체 환경으로 눈을 돌려 보자.

(동)시가 노래였을 때

시가 곧 노래인 시절이 있었다. 이 시기의 시와 노래는 분리될 수 없는 것이었다. 운율, 각운 등 시의 형식이 노래와 관계해 온 흔적은 지금도 상당 부분 남아 있다. 니체는 '시의 기원'에서 이러한 시/문학을 일종의 기억술이라고 가르쳤다.

시가 생겨난 저 오래전 옛날, 말에 운율을 끌어들였던 당시 사람들은 시가 지닌 유용성, 그것도 매우 커다란 유용성을 안중에 두고 있었다. (…) 운율이 없는 말보다 시구를 더 잘 기억할 수 있다는 것을 깨닫고 난 후, 인간들은 운율의 힘으로 신들에게 인간의 소망을 더 깊이 마음에 새기도록 하려 했던 것이다. 또한 사람들은 운율의 반복을 통해 더 멀리까지 자신의 말이 들리게

할 수 있다고 생각했으며, 운율을 붙인 기도는 신들의 귀에 더 가까이 간다고 믿었다.[1]

시가 "운율의 힘"을 빌려 노래가 되어야 했던 이유는 더 멀리 더 잘 기억될 수 있기 위해서였다. 즉, 이 시기의 시=음악은 암기를 전제하며 창작되었다는 것이다. 암기란 특정한 형식과 내용을 정신 속에 깊이 각인하는 행위이다. 문자가 보편화하기 전에는 법률 역시 자주 시로 지어지곤 했는데, 홉스(Thomas Hobbes)의 말처럼 "그렇게 하면 배우지 못한 사람들도 즐겁게 노래하거나 암송하면서 그 내용을 쉽게 기억할 수 있기 때문이었다."[2] 이렇듯 시는 수용자의 영혼에 영속성을 불어넣는 노래였다.

시는 언제부터 노래와 갈라지게 될까? 매체를 기준점으로 삼는다면, 서구에서 이는 축음기의 등장 이후부터라 할 수 있겠다. 이때부터 시는 곧 '문학'이 된다. 여기서 말하는 문학이란, 시인 말라르메(Stéphane Mallarmé)가 아주 건조하게 말한 것처럼, 철저히 철자들만으로 이루어진 문자 체계의 예술 양식을 가리킨다.[3]

사실 시는 책으로 활자화되었을 때도 꾸준히 노래의 형식을 간직한 채 출간되었다. 여전히 시인들은 텍스트가 "수용자의 귀와 가슴으로" 흘러 들어가 그들의 영혼 속에서 영속성을 얻어야 한다고 믿었기 때문

1 프리드리히 니체 『니체 전집 12: 즐거운 학문』, 안성찬·홍사현 옮김, 책세상 2005, 149~50면.

2 토머스 홉스 『리바이어던』, 최공웅·최진원 옮김, 동서문화사 2009(2판), 270면.

3 Stéphane Mallarmé, "La Littérature: Doctrine"(1893), Œuvres Complètes, Paris: Gallimard 1951, 850면.

이다. 기술적으로 소리를 반영구적으로 저장할 수 있는 장치, 즉 축음기의 발명 이후에야 시와 노래 사이의 필연성은 해체된다. 문자는 책이 기억하고, 노래는 레코드가 기억하면 되는 까닭에서. 그 결과 시와 노래는 선택적 관계로 전환하게 된다.[4]

이러한 정식을 잇는다면, 적어도 20세기 이후부터는 '시가 노래이고 노래가 곧 시다'라는 말은 액면 그대로 통용되기 어렵다. 만일 누군가가 시와 노래를 결부시켰다면, 이는 둘 사이의 필연에 따른 결과이기보다는, 어떤 의도를 반영하여 선택한 것에 더 가깝다고 볼 수 있다. 요컨대 시를 정신과 신체에 각인하는 작업이 바로 그것이다.

조금 이상하게 들리는 말이다. 일반적으로 시는 대상을 새롭고 낯설게 바라보게 함으로써 정신을 자유롭게 하는 문학 양식으로 알려져 있다. 그런데 시를 정신·육체에 새긴다는 표현은 자유보다는 오히려 억압이나 제약에 더 가까운 것처럼 들리지 않는가? 역설적이지만 실상 자유는 전적으로 제약이 없는 상태가 아니라 오히려 강력한 제약에서 나온다는 사실을 떠올릴 필요가 있다. 마치 언어를 통해 자기 의사를 자유롭게 표현하기 위해서는 우선 언어의 규칙에 완벽히 동화되어야만 하는 것처럼.

즉, 관건은 제약의 유무가 아니라, 정확히는 무엇과 제약을 맺을 것인가에 있다. 많은 이들이 어떻게든 동시 동요를 포기하지 않고 창작을 이어 가는 이유도 여기에서 찾을 수 있지 않을까? 동시대 어린이들이 무엇을 노래하는지를 점검하는 일은, 그들이 어떤 내용과 형식을 정신과 신체에 새기고 있는지를 묻는 일이기도 하다. 그런 의미에서 동요

---

4 프리드리히 키틀러 『축음기, 영화, 타자기』, 유현주·김남시 옮김, 문학과지성사 2019, 151면.

운동이란 어린이들의 기억과 의식을 둘러싼 이데올로기적 힘의 경합인
셈이다.

'목소리 공동체'의 탄생

동아시아의 상황은 어떠했을까? 동아시아에서 전통적으로 '동요'는
참요(讖謠)의 의미를 내포하고 있었다. 동요라는 명칭이 아동문학의 장
르로서 불리기 시작한 것은 일본, 특히 『빨간 새(赤い鳥)』 동인의 동요·
동화 운동에 의해서다.[5] 창간호(1918. 7.)의 모토에서도 나타나듯, 그들의
동요·동화 운동은 "어린이의 순성(純性)"을 지키는 일을 과업으로 삼았
다. 흥미로운 점은, 그들의 동요 운동이 비록 잡지라는 매체를 중심으로
제창되었으나, 그것이 커다란 변곡점을 만들어 낸 데에는 이 또한 축음
기가 적지 않은 역할을 했다는 사실이다.

이 시기 일본의 학교에서는 창가가 울려 퍼지고 있었다. 바꿔 말하자
면, 창가의 가치를 신체(목소리)와 정신에 새겨 넣는 어린이들이 학교
를 통해 제도적으로 생산되고 있었다는 뜻이다. 문제는 그 가치가 다소
교훈적·관제적·애국주의적이라는 점에 있다. 『빨간 새』가 창가 교육에
반(反)하여 '동심 예술'로서의 동요 운동을 펼쳤던 것은 그 이유에서였
다. 하지만 그들의 운동은 한 가지 난관에 봉착한다. 창가는 학교를 거
점으로 교사의 지도 아래 어린이들의 목소리를 하나로 모아 불릴 수 있
었던 반면, 잡지라는 매체의 특성상 『빨간 새』의 동요시는 그것이 어려

5 원종찬 「일제강점기의 동요·동시론 연구: 한국적 특성에 관한 고찰」, 『한국아동문학
연구』 제20호, 2011, 73면.

웠다. 독자들은 저마다 다른 곡조로 시를 노래했고, 이후 악보가 함께 실리기도 했으나 곡조가 복잡해지면 이를 따라 부르기가 힘들었다.

축음기가 개입한 지점이 바로 이곳이다. 『빨간 새』 동요집이 레코드로 녹음되면서, 바꿔 말하자면 하나의 시가 하나의 악곡으로 고정되면서 그들의 동요는 목소리를 하나로 모을 수 있게 되었고, 이는 "단번에 목소리 공동체로의 국민적 확산"을 불러일으키는 효과로 이어졌다.[6] 이로써 창가를 부르는 목소리에 대항하는 동심의 '목소리 공동체'가 발생한 것이다. 매체의 입장에서 본다면, 이들의 동요 운동이란 동심이라는 근대의 대안적(또는 낭만적) 가치를 영혼 속에 새긴 어린이 공동체를 생산하는 작업이라 말할 수 있다. 문자와 소리가 따로 기록될 수 있는 매체의 조건 위에서, 일본에서도 동요는 자연스레 동시와 갈라지게 된다.[7]

그렇다면 한국으로 시선을 옮겨 보자. 방정환을 중심으로 소년 운동의 한 방편으로서 전개된 식민지 조선에서의 동요 운동은 분명 『빨간 새』의 그것을 상당 부분 수용한 것이었다. 그러나 식민지와 제국의 여건은 엄연히 다르므로, 자연히 그 둘은 세부적인 내용에서 차이를 빚을 수밖에 없었다. 가령, 창가 교육에 반하여 조선어로 동요시를 짓는 행위는, 『빨간 새』의 경우처럼 동심을 보호하려는 시도일 뿐만 아니라, 그 자체만으로 제국의 언어·질서와 대결하는 상황에 놓이게 된다.

그보다 더 주목해야 할 차이점이 있다면, 그건 바로 창작 주체의 문제다. 『빨간 새』는 기성의 전문 문인들이 주축이 되어 창작을 수행했으나,

---

6 쓰보이 히데토『감각의 근대 2: 노래하는 신체』, 손지연 외 옮김, 어문학사 2020, 72면.
7 이는 특히 1920년대 기타하라 하쿠슈(北原白秋)가 '동시'의 필요성을 제창하는 과정에서 구체적으로 나타난다.

식민지 조선의 상황은 그렇지 않았다. 아동문학을 전문으로 삼는 시인이 사실상 부재했기 때문이다. 이러한 조건 위에서 식민지 조선에서는 어린이가 창작 주체로 떠오를 수 있었다.

　　허구적 산문인 동화는 어린이가 짓기에는 한계가 따른다. 하지만 자기감정을 직접 표현하는 동요는 그렇지 아니했고, 더욱이 『어린이』 독자와 소년회 회원은 십대 중후반이 중심이었다. 동화가 어린이에게 들려주는 이야기라면 동요는 어린이가 부르는 노래라는 것, 곧 어린이는 동화의 수용자였으나 동요에서는 가창자였다는 점도 어린이를 동요 창작의 주체로 여기게끔 하는 요인이 되었다.[8]

　일본에서의 동요 운동은 성인으로 구성된 전문 문인들이 주도했고, 이때 어린이의 위치는 일반적으로 수용자였다. 물론 『빨간 새』 역시 어린이의 작문을 모집한 바 있지만, 『어린이』지가 어린이 투고자와 기성 문인을 동일하게 대우했던 것과 달리, 그들의 창작은 기성 시인의 작품과 나란히 놓일 수 없었다.[9] 실제로 『빨간 새』의 주요 독자층이 교사, 그리고 자녀 교육에 열심이었던 도시 중산층 부모들이었다는 점에서도 나타나듯, 그들의 동요 운동은 자신들의 의도와 무관하게 아동에 대한 교육적 성격을 일정 부분 포함했다. 잡지를 통해 "미적 정조"를 훈육받은 어린이는 이로써 좀 더 "'수준 높은' 국민 만들기"의 기획 속으로 편입된다.[10]

8　원종찬, 앞의 글 76~77면.
9　같은 글 74~75면.
10　심수경 「근대기 일본과 조선에서의 동요운동에 관한 연구: 『아카이토리』와 『어린이』

식민지 조선에서의 조건은 이와 달랐다. 그들은 당장 현실에 존재하지 않는 국가/국민의 상을 꾸준히 상상하고 창안해야만 했다. 공통의 지반이 마련되지 않은 상황 속에서 어린이와 소년은 비단 수용자의 자리에 머물 수만은 없었다. 조선어로 기록된 동심을 노래하며, 제도가 허락하지 않는 공동체로서의 기억을 어떻게든 공유해야 했던 시기. 꼭 그래서만은 아닐 테지만, 1920년대 말 무렵 동요 작곡가들의 레코드 음반이 출시되고, 라디오 방송을 통해 녹음된 동요가 흘러나오는 상황 속에서도, 식민지 조선에서의 동요는 오랜 시간 동시와 한 몸이었다. 즉, 이곳에서 레코드의 출현은 시와 노래를 쉬이 분리하지 못했다. 여전히 조선어로 쓴 동시를 노래하는 목소리 공동체가 필요했던 시절의 이야기다.

해방 이후 동시와 동요는 점차 분리되기 시작한다. 참고로 아동문학의 운문 장르를 가리키는 명칭으로 1950년대까지는 '동시'와 '동요'가 비슷한 비중으로 쓰이다가, 1960년대부터는 '동시'로 그 무게추가 급격히 기울기 시작한다.[11] 이때부터는 문자로 쓰였다면 그것은 더는 노래가 아닌 문학으로서의 시가 되었다는 의미이다. 매체와 언어의 주도권을 일본으로부터 회수할 수 있었던 해방기부터, 다시 말해서 문자는 책이 기억하고 노래는 레코드가 기억하도록 맡겨도 무방한 시기부터 점차 동시와 동요가 분리되는 현상이 대두되기 시작한 것은 과연 우연이었을까?

그렇게 한국에서도 문학(동시)은 노래와 분명히 갈라지게 된다. 마찬

를 중심으로」, 『일본문화연구』 제60호, 2016, 179면.
11 김제곤 「해방 후 아동문학 '운문 장르' 명칭에 대한 사적 고찰」, 『아동청소년문학연구』 제5호, 2009, 34~35면.

가지로 매체의 분화는 감각의 분화를 낳았다. 이때부터 읽기와 노래하기는 마치 동시와 노래 사이의 관계처럼, 의도적으로 포개려 하지 않는 이상, 더는 일치할 수 없게 된다. 그리고 20세기 중후반부터 또 하나의 감각이 공동체를 구축하는 데에 중요한 문제로 떠오르기 시작한다. 바로 시각이다.

'목소리 공동체'에서 '원격-시각 공동체'로

한국의 경우, 이는 1960~70년대 나타난 '텔레비전 붐' 현상으로 전면화된다.[12] 텔레비전을 직역하면 '원격-시각'(tele-vision)으로 풀이될 수 있다. 그야말로 직관적인 이름이다. 텔레비전만 있다면 저 '멀리' 세계 각지에서 일어나는 일들을 시각 이미지로 '보는' 일이 가능하기 때문이다. 텔레비전은 빠른 속도로 레코드·라디오로부터 대중문화에서의 주도권을 빼앗는다. 이는 곧 우리의 기억과 의식에 지배권을 행사하는 매체가 텔레비전으로 이동함을, 바꿔 말한다면 공동체의 구성에서 핵심이 되는 감각이 목소리로부터 시각으로 옮겨 감을 의미한다. 그리고 바로 이 단계에서 노래로서의 동요도 새롭게 거듭난다. 이제 노래는 그저 청각적인 대상만이 아니다. 정확히는 시청각적인 것이다.

물론 '시청각'이라는 조어는 시각과 청각을 나란히 세움으로써 둘

---

12 한국에서 텔레비전은 1960년대부터 정부 차원에서 보급되기 시작하여, 1970년대 말에는 거의 80%에 가까운 보급률을 보이며 가정과 대중문화에 있어 핵심 매체로 자리잡는다. 임종수 「1960~70년대 텔레비전 붐 현상과 텔레비전 도입의 맥락」, 『한국언론학보』 제48권 제2호, 2004, 80면.

의 관계를 동등하게 보이도록 한다. 그것은 착시다. 이때의 청각은, 특히 시간이 지날수록 더욱, 시각에 종속된 것이기 때문이다. 백창우는 언젠가 1980년대 텔레비전 시대의 창작동요제 프로그램을 비판한 적이 있다. 그는 〈MBC 창작동요제〉에 발표되는 동요들이 스무 해가 넘도록 "뻔하고 뻔하고 뻔하다"는 점을 문제 삼았다. 판에 박힌 가사와 가락을 문제시하는 그의 비판은 일반적인 동시 동요 비판처럼 읽힌다. 하지만 그의 말에 조금 더 귀 기울여 보자.

> 이 동요제가 20년 넘게 우리 동요의 흐름을 이끌어 왔다는 말은 맞는 말이다. (…) 본디 우리 전래동요와 일제강점기 동요들이 보여 준 말과 그 말맛과 이야기와 빛깔(정서)이 다 사라지게 하는 데도, 노래의 주인이 '노래 좀 하는 아이들'이 되게 하는 데도, '가창 통일'을 강화하는 데도, 노래할 때 아이들 말투와 표정과 몸짓이 다 비슷해지게 하는 데도 한몫을 한 게 틀림없으니 말이다.[13]

백창우는 해당 동요제에서 연출되는 어떤 획일성을 질타한다. 자세히 따져 보면, 그 획일성이란 동요가 말(시)의 힘을 잃고 오로지 "노래 좀 하는 아이들"의 표상 속으로 매몰됨에 따라 만들어진 것이다. 시와 노래가 점점 더 멀어지면서, 그 벌어진 간극이 무엇으로 대체되어 메워지고 있는지 우리는 백창우의 비판을 통해 확인할 수 있다. 시각성이 바로 그것이다. 노래는 어린이의 영혼에 시를 대신하여, 나는 어떻게 보여야 한다, 라는 시각성의 문법을 차츰 새기기 시작했다.

---

13 백창우 「뻔하고 뻔하고 뻔하다」, 『창비어린이』 2006년 여름호 223~24면.

동심의 목소리 공동체가 시각화되는 초기 사례 가운데 하나로, 1973년부터 방영된 〈모이자 노래하자〉를 떠올려 볼 수 있다. 프로그램의 이름처럼 어린이들은 모여서 노래한다. 똑같은 노래를, 똑같은 목소리로, 똑같은 가창 자세와 율동을 함께 하면서. 시청각적 문법에 기초한 형상을 부여받은 동심은 텔레비전 전파를 타고 국민적 단위로 퍼져 나갔다. 물론 그 자체를 문제 삼을 수는 없다. 앞서 언급한 자유와 제약의 역설처럼, 동요의 시청각적 문법과 제약을 맺는 일은 다소간, 이제 목소리뿐만 아니라 신체적 표현을 이용한 어린이의 '자기표현'을 가능케 하는 동인이 될 수도 있기 때문이다.

문제는 그다음이다. KBS의 〈누가누가 잘하나〉에서 〈MBC 창작동요제〉에 이르기까지 시청각적으로 문법화된 어린이들의 동요는 심사대에 오르기 시작한다. 물론 창작동요를 심사하는 일은 과거에도 있었지만, 이때에는 자기표현이라는 근대적 가치가 평가의 관건이었다. 가령, 1923년 『어린이』지는 창작동요 등을 현상 모집하면서 이렇게 말한다. "꾸미느라고 애쓰지 말고 솔직하게 충실하게 쓰기에 힘쓰십시오. 그런 것을 많이 뽑습니다."[14] (동)시가 곧 노래였던 시절의 제언이다. 원격-시각의 공동체가 암묵적으로 요구받는 기준은 차라리 정반대에 가깝지 않을까? '솔직하고 충실하기에 애쓰지 말고 (시청각적으로) 꾸미기에 힘쓰십시오. 그런 것을 많이 뽑습니다.' "가창 통일"은 이러한 심사 기준이 만들어 낸 산물이다.

무엇이 달라진 걸까? 우선, 목소리 공동체란 동심이라는 발명된 가치를 어린이의 영혼에 새겨 넣는 근대의 기획 위에서 발생한 것이었다. 그

---

14 「현상 글 뽑기」, 『어린이』 1923. 3., 12면.

렇다면 원격-시각 공동체를 후기 근대(post-modern)의, 당시 유행했던 표현을 빌리자면, 소비사회적 기획이 만들어 낸 효과라고 말한다면 어떨까? 기호의 외피를 입는 것, 즉 상품을 소비하는 것이 일종의 '자기표현'이 된 시대. 이러한 조건 위에서 노래는 텔레비전 매체를 발판으로 상품 논리에 입각한 시각성의 문법을 어린이의 의식에 불어넣고 있었던 것이 아닐까?

이에 대항하기 위한 시도들이 있었다. 누군가는 목소리 공동체의 회귀를 꿈꿨다. 그들은 합창반이나 피아노 교실 등의 장소를 교두보로, 연주하고 노래하는 어린이 공동체를 구성하고자 했다. 특히 세광출판사를 중심으로 다수 출간된 창작동요집들이 그러한 활동을 뒷받침했다. 하나, 그들 중 일부는 이른바 '사교육'으로 명명된 교육 소비 시장의 흐름 속으로 빨려 들어가고 만다. 멀어진 시와 노래를 다시 이어 붙이려는 시도도 있었다. 백창우의 동요 운동이 대표적이다. 그는 시가 가진 "말맛과 이야기와 빛깔"을 노래에 포개어, 갈라진 둘 사이의 가교가 되고자 했다. 물론 쉽지만은 않은 일이다. 이러한 시도는 이영미의 말처럼 "인력이나 유통망 등에서 대중성을 획득하기 힘들다는 난점"과 늘 맞서야 하기 때문이다.[15]

특히 소비사회가 심화하고 원격-시각 공동체의 체제가 완전히 안착하고 난 이후부터 이러한 대항은 점점 더 어려워져 갔다. 이제 노래는 상품의 유행이 시효를 다했을 때 멈춘다. 과거 동요는 자신이 그것을 즐겨 부르는 것이 맞지 않는다고 여겨질 때, 보통 나이가 어느 정도 들었을 즈음 멈추었다. 하지만 원격-시각 공동체의 세계에서 노래는 그것이

---

15 이영미 「동요가 사라지는 것은 슬픈 일인가?」, 『창비어린이』 2004년 여름호 121면.

유행하는 동안, 만약 만화영화 주제가라면 그것이 방영되는 동안, 가요라면 새로운 곡이 순위에 오르기 전까지, 딱 그동안만 불린다. 이때 전자가 동심의 문제라면, 후자는 기호의 문제다.

'원격-행위 공동체'와 자기표현

여전히 원격-시각 공동체는 강고한 영향력을 행사하고 있지만, 2010년대를 기점으로 이 역시 새로운 국면으로 접어드는 중이다. 프랑스의 기술철학자 베르나르 스티글레르(Bernard Stiegler)의 표현을 빌린다면, 원격-시각의 체계가 조금씩 "원격-행위"(tele-action) 체계로 이동하고 있는 듯 보이기 때문이다.[16] 이는 특히 스마트 매체의 대중화로 인해 본격적으로 대두된다.

이를테면 텔레비전으로 동요를 시청하는 것과 유튜브로 같은 노래를 찾아 재생하는 것은 사실상 전혀 다른 성격의 일이다. 후자의 경우 나는 단순히 음악만을 보고 듣는 것이 아니다. 알고리듬에 따른 자동 추천 등등 나의 재생은 멀리 있는 다른 비슷한 사용자들에게 어떻게든 직간접적인 영향을 끼친다. 원격-행위란 그런 의미이다. 오늘날의 어린이들은 그저 대중매체가 방영하는 동요를 시청하며 따라 부르는 데서 그치기보다는, 스마트폰을 이용해 사용자로서 행위하며 알고리듬에 기여한다. 행위가 쌓일수록 추천은 더욱 명확해진다. 비슷한 기호의 책, 음악, 영화, 심지어는 친구마저 추천받는 시대. 그것이 원격-행위 공동체가

---

16 Bernard Stiegler, *Technics and Time 3: Cinematic Time and the Question of Malaise*, Redwood City: Stanford University Press 2011, 3면.

작동하는 방식이다.

　원격-행위의 시대에 동시는 어떻게 동요로 표현되고 있을까? 우선, 동요 작곡의 측면에서는, 비록 완전히 새로운 것은 아니지만, 대중음악의 기법과 장르 요소를 접목함으로써 대중성을 확보하려는 시도가 눈에 띈다. 계간 『동시YO』가 그 예다. 그들은 동시를 선별하고 여기에 록, 블루스, R&B, 랩, 재즈 등의 기법을 적용하여 곡을 붙였다.[17]

　외관상 이는 백창우의 경우처럼 시와 노래를 다시 포개려는 시도처럼 비친다. 다만, 이때의 무게추는 대중성에 조금 더 기울어 있는 듯하다. 아마도 그것은 접속되기 위해서가 아닐까? 이질적인 것은 필터링되고 유사한 기호만이 사용자에게 제시되는 매체 환경에서, 어떤 동요는 역설적으로 어린이들에게 대중음악보다 더 이질적인 것이 되어 가고 있다. 원격-행위의 체계에서 의미를 얻으려면 일단 그들에게 접속되어 행위를 남겨야 한다. 동요와 대중음악의 요소를 접목한 『동시YO』의 시도는, 어린이들이 동요에 가닿을 수 있는 접점을 확충하려는 노력의 일환으로 읽힌다.[18]

　그다음은 동시 창작의 측면이다. 가장 주목되는 것은 '말놀이'라는 요소다. 아마도 최승호의 『말놀이 동시집』(비룡소) 시리즈에 대중음악가 방시혁이 노래를 붙인 『말놀이 동요집』(비룡소 2011)의 흥행이 대표적인 사례겠다. 최승호의 말놀이가 노래가 될 수 있었던 이유는, 그것이 단지 문자 체계에만 국한된 말놀이가 아니었기 때문일 테다. 그의 시는

---

17 계간 『동시YO』의 음악적 기법을 분석한 글로는 신정아 「『동시YO』의 음악적 특성 분석」, 『아동청소년문학연구』 제24집, 2019 참조.

18 계간 『동시YO』는 '동시YO' 유튜브 채널을 개설하여 매체 차원에서도 더 많은 연결점을 만들고자 노력을 기울이고 있다.

문자로 쓰였음에도 종종 독자로 하여금 '읽기'가 아닌 '듣기'를 권하며 말을 건넨다("들어 보세요" 「도룡뇽」 20면). 이어지는 "도룡뇽/레룡뇽/미룡 뇽…"(같은 곳)에서 보듯, 여기서 그의 말놀이는 음계의 연상작용과 같은 청각적 요소에 기대고 있다.

동시에서 말놀이의 활용은, 최근 랩의 형식을 차용하여 동시를 짓고 곡을 붙이는 신민규의 『Z교시』(문학동네 2017)와 같은 시도에서도 발견된 다. 가사의 운율과 각운을 중요시하는 랩은 때때로 읽는 것 자체가 노래 가 되기도 한다. 여기서도 말놀이는 중요한 요소다. 가령, "부탁이야 돌 려줘 지우개/우리 사이 가른 선 지우게"(「넘어 선, 안 될 선」 27면)라는 시구 에서, 핵심은 지우개/지우게 사이의 음성적 유사성으로부터 착안한 말 놀이다. 화자의 정서나 시구의 율격 등은 오직 이 청각적 말놀이의 효과 에 의해서만 증폭될 수 있다.

동시를 눈으로 보는 것이 곧 듣기가 되고, 입으로 읽는 것이 곧 노래 가 되는 형식. 이는 꼭 시가 노래였던 시대가 되돌아온 것처럼 보인다. 차이가 있다면, 위 동시들은 전통적인 운율보다는 말놀이에 기초한 음 운의 반복과 배치를 강조함으로써 노래로 불리기를 기도한다는 점일 테다. 특히 랩으로 올수록 시(문자)와 노래 사이의 거리는 바짝 좁혀진 다. 문학과 랩의 만남. 둘의 관계는 자신이 지은 시를 마치 랩처럼 역동 적으로 낭독하는 포에트리 슬램(poetry slam) 등을 통해 이미 우리에게 익숙하다. 성격상 랩은 일반적인 동요보다 곡조의 구속이 적고 부르는 이로 하여금 비교적 더 자유로운 자기표현을 가능케 한다.

그래서일까? 나는 지금 『Z교시』에 실린 동시를 어린이 또는 교사들 이 자기만의 방식으로 랩을 해서 유튜브에 게시한 영상들을 보고 있는 데, 그들은 같은 동시를 저마다의 박자와 호흡으로 노래하고 있었으며,

영상 또한 기존 동요의 시청각적 문법과는 전혀 무관했다. 하나의 목소리 공동체를 지나, 상품화된 원격-시청각 공동체 속으로도 수렴되지 않는, 어떤 자기표현의 행위 현상이 인터넷에서 벌어지고 있는 것이다.

물론 그러한 콘텐츠의 양이나 조회수가 많지 않으므로 이를 과장하여 해석하는 것은 금물이다. 다만, 앞으로 여기서 힌트를 얻어 원격-행위 공동체의 (외관상 다양해 보이지만 실상은 사용자들을 일괄하여 범주화하는) 알고리듬을 교란하고 새로움을 기입하는 방안을 탐색해 볼 수 있지는 않을까? 그러한 동시 동요가 무엇인지 당장 이곳에서 구체적으로 말하기란 어렵다. 하지만 최소한 형식의 측면에서 더 많고 다채로운 자기표현을 행위하고 노래할 수 있도록 방식을 고안하려는 노력이 필요한 것은 분명해 보인다. 아마도 그것이 원격-행위의 시대에 시와 노래가 자유와 제약을 맺는 한 가지 방법일 것이다.

새로운 세기, 어린이와 만나는 세 가지 방법
『새로운 어린이가 온다』『어린이라는 세계』『언젠가는 어린이가 되겠지』

세기의 전환점과 어린이

'우리는 더는 이전으로 돌아갈 수 없다.' 2020년 이후 많은 사람들이 입을 모아 이렇게 말했다. 물론 각자가 생각하는 '이전'의 풍경은 조금씩 다를 것이다. 하지만 그것이 어떤 모습이든, 2020년 위에 그어진 빗금 너머의 일상으로 되돌아갈 수 없다는 정서만큼은 공유하는 듯했다. 코로나19는 그만큼 우리에게 거대한 전환을 가져온 단절적인 사건이었다. 그래서일까? 요새 나는 주변에서 2020년에 이르러서야 비로소 본격적인 21세기가 시작된 것 같다는 말을 자주 듣곤 한다.

지난 세기 후반부터 세계는 근대성을 회의하고 반성하는 일에 골몰했다. 동일성의 원리, 이성 중심주의, 주체성, 자본주의와 국민국가 체제 등으로 대표되는 근대주의를 비판하고 해체하려는 일련의 노력을 우리는 포스트모더니즘이라 이름 붙였다. 이때 학교는 반드시 해체되어야 할 곳으로 자주 언급되었다. 예컨대 학교는 "감시와 처벌"의 기제 위에서 미시권력이 개개인을 통치하는 장소(미셸 푸코)이므로, 따라서 제도화된 학교를 해체함으로써 "학교 없는 사회"(deschooling society)로 나아가야 한다는 논의(이반 일리치)가 대표적이겠다. 우리는 그것이 더 나은 시대로 향하는 수순이라고 생각했다. 하지만 2020년에 우리가 마주한 현실은 예상과 크게 달랐다.

감염병이 장기화한 결과 학교가 실제로 문을 닫아야 하는 상황이 되자, 오히려 감염을 우려한 많은 이들은 자발적으로 '감시와 처벌'을 정부에 요청했으며, 또한 '학교 없는 사회'가 얼마나 큰 문제를 초래하는지를 다각도로 역설했다. 그동안 우리는 어린이·청소년을 위해, 그리고 더 나은 시민사회로의 도약을 위해 제도 권력과 학교 체제를 비판하고 해체하려 노력했으며, 그 과정에서 많은 말들을 생산했다. 하지만 정작 그런 학교가 돌연 일시적으로 기능할 수 없게 되었을 때, 그 많던 실험적인 말들 가운데 실제로 힘을 발휘한 사례는 드물었다. 당장 발생한 교육적 공백을 메우려 일선의 교사와 관계자들이 기울인 노력들은 아무래도 '해체'와는 거리가 먼 것이었다. 어떤 의미에서 우리가 쏟아 낸 많은 말들은 사실 학교 제도가 공고하리라는 믿음을 은밀하게 전제하며 제출되었던 것이 아니었을까?

역설적인 상황이다. 거대서사가 힘을 잃고 시간과 공간 그리고 현실과 가상 사이의 경계가 무너지고 혼재하게 된 오늘날, 그러니까 역사상 가장 포스트모던한 시대가 찾아왔다고 생각한 바로 그 순간, 우리는 비로소 포스트모더니즘을 뒤집어 바라보게 된 것이다. 이제 정말 우리는 2020년 이전으로 돌아갈 수 없다. 세계를 바라보는 관점과 인식 자체가 변화했기 때문이다. 그것이 이제야 본격적인 21세기가 시작된 것 같다는 말들이 들려오는 이유겠다. 지금의 팬데믹 사태는 어쩌면 지루하게 이어져 온 후기 20세기 위에 빠르게 종지부를 찍은 사건이었을지도 모른다.

모든 것을 뒤집어 새롭게 바라봐야 하는 이 세기의 전환점에서 어린이청소년문학도 예외일 수는 없다. 아니, 현재의 디지털 매체와 기술 조건 등을 고려한다면 변화는 바로 그들 세대에서 더욱 본격적으로 이루어지는 것이 아닐까? 아무튼 그동안 포스트모더니즘이라는 인식의 지층 위에서 바라봐 왔던 어린이·청소년관을 재검토해야 할 시기인 것만은 분명하다. 혼다 마스코(本田和子)의 말처럼 어린이관은 당대의 세계관, 관념, 지향 등을 반영하는 한에서 구성되는 것이므로, 그러한 인식적 기반이 흔들리기 시작하는 순간 "'어린이관'도 '어린이에 관련한 제반 행위'도 대폭적인 수정을 요구"받을 수밖에 없기 때문이다.[1]

그러한 2020년에 때마침 '어린이'를 전면에 내건 중요한 저서들이 출간됐다. 이재복의 『새로운 어린이가 온다』(출판놀이 2020), 김소영의 『어린이라는 세계』(사계절 2020), 김유진의 『언젠가는 어린이가 되겠지』(창비 2020)가 그것이다. 이들은 모두 이론, 에세이, 평론이라는 자기 나름의 방식으로 지금의 어린이와 만나고자 한다. 물론 이 세 권의 저서는 2020년이라는 전환적 시기에 출간된 것이기는 하나 이는 단지 출간일일 뿐, 실제로 책에 실린 원고 대부분은 팬데믹 사태 이전에 쓰였기에 서두에서 언급한 시대적 맥락이 각 권에 충분히 반영되기는 어려웠을 것이며, 무엇보다 그러한 과도한 부담을 저자들에게 지울 수는 없는 일이다. 그러나 이 책들은 모두 새로운 어린이관을 모색하기 위한 출발점

---

1 혼다 마스코 『20세기는 어린이를 어떻게 보았는가』, 구수진 옮김, 한림토이북 2002, 115면.

으로 삼기 충분할 만큼 진지하고 깊이 있는 태도로 오늘날의 어린이에 다가서고 있다. 이들의 통찰에 기대어 새로운 세기의 어린이와 만나는 방법을 살피려는 것은 그 이유에서다.

새로운 어린이는 어디에서 오나: 이재복 『새로운 어린이가 온다』

어린이는 아동문학의 시작과 끝이다. 하지만 어린이가 어떤 존재인지를 정의하기란 결코 쉽지 않다. 김이구의 다음 문장은 어린이를 둘러싼 이러한 곤란함이 드러나 있다. "오늘의 어린이는 이미 어제의 어린이가 아니다."[2] 즉, 어린이란 정태적인 존재가 아니라 항상 변화하고 생성 속에 있는 존재다. 따라서 '해묵은 동시'를 던져 버리기 위해 그는 가장 먼저 '해묵은 아동관'을 갱신하기를 요청한다. 이를테면 어린이를 제한된 인격으로 인식하기를 탈피하고 디지털 시대의 변화 등을 고려하여 "탈근대에 걸맞은 아동관"을 마련하자는 것이다.[3]

비록 "탈근대에 걸맞은 아동관"을 말하고 있지만, 김이구의 주장은 탈근대주의를 옹호하는 것이라기보다는, 현시대와 감응하는 어린이관을 요청하는 것으로 이해하는 편이 더 옳을 것이다. 합리성과 진보라는 이상을 향해 신뢰를 보냈던 근대주의, 그러한 근대성을 회의하며 해체와 차이의 정치를 옹호했던 탈근대주의. 결과적으로 양쪽의 꿈이 모두 도전을 받는 상황 속에서 우리는 과연 어린이와 어떻게 만날 수 있

---

2 김이구 「해묵은 동시를 던져버리자」, 『창비어린이』 2007년 여름호 48면.
3 김이구 「오늘의 우리 동시를 말한다」, 『창비어린이』 2015년 겨울호 131~32면.

을까? 이재복의 『새로운 어린이가 온다』의 부제는 '교사와 학부모가 알아야 할 디지털 시대 어린이의 발견'이다. 마치 김이구가 요청했던 해묵은 아동관의 갱신에 대한 응답처럼 들린다. 공교롭게도 두 사람은 모두 '디지털'이라는 매체·기술 조건을 언급하고 있다.

　매체가 어린이를 규정한다는 관점은 이미 익숙한 것이다. 심지어 닐 포스트먼(Neil Postman)은 "문자문화에서 영상문화로 미디어의 중심이 이행할 때 어린이는 소멸한다"는 주장을 제기하기도 한다. 그것은 우리의 아동관이 문자문화의 산물이므로 "문자가 미디어의 중심에서 추방당할 때 당연히 이 '아동관'도 변하지 않을 수 없다"는 까닭에서다.[4] 하지만 소멸한 것은 어린이 자체가 아니라 어른들이 규정한 '어린이'라는 관념이 아닐까? 디지털 시대의 어린이를 이해하려는 많은 시도도 그렇게 읽힐 여지가 없지 않다. 어린이의 이해를 말하지만, 여기에는 그들을 ─ 디지털 매체의 속성에 근거하여 ─ 규정하고 싶다는 욕망이 어느 정도 깔려 있다. 하지만 이재복은 그보다는 소박한, 그래서 미더운 접근법을 택한다. 그가 규정하고 싶은 것은 디지털 시대의 어린이 자체가 아니라 그들이 사용하는 언어다. 어린이를 함부로 규정하기보다는, 어린이와 소통하기 위해 우선 그들의 언어를 이해하려는 시도를 펼친 것이다.

　이재복은 디지털 시대 어린이와 소통하려면 "SF·판타지 세계에 작동하고 있는 사유 체계, 언어 체계를 이해"(151면)해야 한다고 주장한다. 왜 SF·판타지의 언어인가? 범박하지만, 말하자면 이렇다. 지금의 어린이는 디지털 매체를 통해 SF·판타지를 즐긴다. 문자문화의 독자가 문학

─────

4 혼다 마스코, 앞의 책 151면.

의 표현을 느끼고 상상해야 했던 것과 달리, 지금의 어린이는 디지털 기술에 힘입어 SF·판타지 세계를 직접 보고 느낄 수 있다. 이로써 디지털 이미지의 세계는 어린이의 인지구조와 사고 체계에 영향을 끼친다. 마침 시공간이나 현실과 가상의 경계를 무너뜨리는 디지털 공간의 성격은 SF·판타지의 그것과 닮았다. 그러므로 디지털 시대 어린이와 소통하기 위해서는 SF·판타지의 언어를 이해해야 한다는 것이다. 이재복의 이러한 접근은 지난 세기 우리의 어린이관이 반성을 거쳐 온 역사와도 맥을 같이하는 듯하다.

20세기는 '아동의 세기', 또는 더 정확히 말하자면 '아동 연구의 세기'이기도 하다. 아동이 어른과 구분되는 객관적 존재로서 관찰·연구되는 객관학(客觀學)의 대상으로 떠오른 본격적인 시점이 바로 그때였기 때문이다.[5] 혼다 마스코는 근대 초기의 어린이관은 자연과학, 특히 진화론과 밀접히 관계했다고 말한다. 진화론은 자연과학을 넘어 세계관 전반에 영향을 끼쳤는데, 말인즉 모든 종은 자연도태와 적자생존을 거듭하는 존재며, 따라서 살아남은 미래 세대는 이전 세대보다 더 진화한 존재이므로, 미래 세대에 속하는 어린이는 곧 더 진보한 미래의 가능성을 담보하는 가치 존재로 대해졌다는 것이다. 결국 당대의 어린이관이란 진화=진보=발달=선이라는 도식하에서 구축된 것으로 요약된다. 하지만 근대성이 강한 비판에 직면하면서 그러한 도식이 해체되기 시작한 1960년대를 전후로 어린이관은 전환을 맞는다.

근대화의 소산인 인간관과 지적 체계, 즉 인간을 이성적 주체로 규정하고

5 같은 책 28면.

그 위에 세워진 지의 체계에 의의가 제기되었다. 사람은 온갖 비이성적인 것, 예를 들면 자연이나 미개, 혹은 무의식, 감정, 감성 등 이성적 인간에게는 극복과 부정의 대상이 되어 왔던 모든 것들과 다시 새로운 관계를 맺을 수밖에 없었다. 이것은 바꾸어 말하면 타자로서 차별화되고 그로 인해 이물로 배제되어 왔던 것들에 대한 이해와 그 가치 인정을 의미하며, 나아가 그것들과 공존하는 것이 새로운 명제로 다가오게 되었다는 것이다.[6]

이러한 상황 속에서 인간/자연, 문명/야만, 이성/감성 등의 이항대립 구조를 파악하고 이들의 관계를 재정립하려는 시도들이 나타났다. 레비스트로스(Claude Lévi-Strauss)의 구조주의가 대표적인 조류다. 레비스트로스는 열대 소수민족의 신화 등을 채록하고 분석함으로써 문명과 야만의 구분을 비판하고, 더 나아가 인류의 모든 문화·사회가 보편적으로 지니는 심층 구조를 규명하려 했다. 그것은 어린이관에도 영향을 끼친다. 장 피아제(Jean Piaget)가 약 1950년대 후반부터, 구조주의가 원시사회를 분석하면서 '전논리적 사고'와 '합리적 사고'를 대비하여 구조를 파악하려 했듯, '전논리성'이라는 개념을 어린이의 심리를 이해하는 개념으로 차용한 것이 그 예겠다. 이러한 구조주의의 문제의식은 이재복에게도 이어진다. 그가 SF·판타지 언어를 이해하기 위해 가장 크게 기대는 두 사람도 바로 레비스트로스와 도나 해러웨이(Donna J. Haraway)이다.

한쪽은 신화를, 다른 한쪽은 사이보그를 말한다. 지금의 SF·판타지 언어 체계는 사이보그 편에 더 가까운 것 같지만, 이재복의 선택은 이

---

6 같은 책 120면.

둘을 포개어 놓는 것이었다. 그도 그럴 것이, 신화와 어린이는 전논리적 존재로 쉬이 여겨진다는 공통점을 갖는다. 인간과 동물, 현실과 환상의 경계를 넘나드는 신화의 세계는 외관상 논리적인 것과는 거리가 멀어 보인다. 하지만 레비스트로스는 모든 신화가 우주에 원초적인 질서를 부여하고 깨어진 균형을 회복하려는 지향을 담은 분명한 논리 구조를 공유한다고 말한다. 이재복의 표현대로라면 신화는 "우주의 질서를 회복하고 싶은 시인(주술사)"이 은유(유사성의 원리)와 감각의 논리에 입각하여 "삶의 본질을 드러내는 새로운 사유의 놀이"(30면)를 펼치는 것이다. 즉, 신화란 아주 오래된 SF·판타지인 셈이다.

그러므로 신화를, 또한 그런 신화를 닮은 어린이의 사고를 우리는 그저 전논리적인 것이라 말할 수 없다. 필요한 것은 그들에게 논리를 가르치는 일이 아니다. 공통의 구조 위에서 그들의 사고 체계를 이해하는 일이다. 우리가 SF·판타지의 언어를 이해해야 하는 것은, 이러한 신화의 사유 체계가 디지털 기술과 만나 SF·판타지로 이어졌기 때문이다. 만약 이재복의 어린이관이 탈근대적이라 말할 수 있다면, 그것은 단순히 그가 디지털 시대의 어린이라는 주제를 다룰 뿐만 아니라, 그의 문제의식이나 접근 방식 자체가 탈근대적 사유의 흐름과 밀접히 관계하기 때문일 것이다. 어린이의 사고를 전논리성에 가두어서는 안 되며, 또한 그들의 욕망을 인정해야 한다는 취지의 주장들도 같은 맥락 위에서 이해해 볼 수 있다.

이러한 구조에서는, 신화를 이해하는 것은 지금의 SF·판타지를 이해하는 일과 직결하고, 그러한 SF·판타지를 이해하는 것은 곧 새로운 어린이를 발견하는 작업이 된다. 문득 이런 생각이 든다. 조금의 과장을 보태 말하자면 막상 SF·판타지의 언어는 크게 중요한 것이 아닐지도 모른다. 어린이가 손에 쥔 것들 가운데, 어른들이 말하는 '합리성'의 자리에서 밀려나 억압되어 온 것이 있다면 그게 무엇이든 이재복은 저 SF·판타지의 자리를 대신하여 세울 수 있을 것이다. 이재복이 오래도록 옛이야기와 신화가 지닌 의의를 탐구해 온 이유도 여기에 있지 않을까? 그러므로 SF·판타지에 대한 그의 해석을 읽는 것만으로는 불충분하다. 새로운 세기의 어린이관을 모색하기 위해 우리가 이재복의 저서에서 주목해야 할 점이 있다면, 무엇보다 어린이를 바라보는 그의 관점과 태도에 있을 것이다.

다만, 한 가지 짚고 넘어갈 점이 있다. 이재복이 SF·판타지의 언어 체계를 설명하기 위해 해러웨이를 새롭게 적용하려 했던 이유는, 해러웨이의 철학이 디지털과 같은 매체·기술 조건을 마냥 거부하지 않으면서도 동시에 근대성을 해체하려는 탈근대적 사유에 해당하기 때문이었을 것이다. 하지만 의도와는 달리, 이재복이 다다른 결론의 향방은 그가 지금까지 보여 준 행보와는 다른 궤적을 그린다. 그는 해러웨이를 인용하여 "기존 근대 인간의 이미지"와 "근대 이후 사이보그 종의 이미지"를 구분하고 그 목록을 19가지로 나열한 다음 이렇게 말한다.

"시간의 흐름은 근대 인간의 시간에서, 사이보그 종의 시간으로 흘러간다. SF나 판타지를 읽을 때, 사유의 방향이 근대 인간의 시간에서 사이보그 종의 시간 쪽으로 흘러가는가, 아니면 그 역방향으로 흘러가는가를 잘 살펴보면 좋을 것이다." (181면)

"역방향"이라는 표현에서도 나타나듯, 여기서 이재복은 '기존 근대 인간의 이미지'에서 '근대 이후 사이보그 종의 이미지'로 이동하는 것을 온당한 시간의 흐름으로 보고 있다. 문제는 이러한 시간의 관념이 탈근대주의가 그토록 넘어서려 했던 근대주의의 일직선적 진보의 방향과도 상당 부분 닮아 있다는 점이다. 해체적 사유를 도입한 그의 시도가 뜻밖에도 진보=진화=발달=선이라는 도식과 형태적으로 유사한 접근으로 이어진 이유는 무엇일까?

대표적인 해체주의자 자크 데리다(Jacques Derrida)는 이렇게 선언한 적이 있다. "그러므로 나는 동물이다."[7] 그는 철학사 전반에서 인간과 동물 일반을 구분해 온 접근들, 예컨대 동물에게는 언어, 세계, 죽음 등이 없지만 인간에게는 있다는 식의 구분을 모두 해체해야 한다고 말한다. 그것은 단지 열거된 구분들이 허구이거나 충분하지 않기 때문이어서가 아니다. 정확히는 이러한 구분이 이루어지는 "장 전제가 틀린 것"이 그 이유다.[8] 동물과 인간 사이의 대립은 사실상 "동물을 주어진 인간적 관점 내부로부터 사유"한 결과다.[9] 그 반대는 ─ 동물의 관점 내부에서 인간을 사유하는 것은 ─ 불가능하다. 그 결과 동물을 인간에 대립하여 규정할수록 이미 구성된 인간적 관점의 전제만을 강화할 뿐, 인간을 생성 속에서 파악하는 것은 더 어려워진다.

"오늘의 어린이는 이미 어제의 어린이가 아니다"라는, 어린이를 변화와 생성의 존재로 본 김이구의 명제가 떠오르는 대목이다. 그동안 어린이가 규정되어 온 논리도 별반 다르지 않았다. 많은 경우 어린이를 발견한다는 것은 이미 '완성된 인간(成人)'으로서의 어른의 관점 내부에서 이루어지는 일이었다. 이 과정에서 보통 우리는 어린이의 대상화를 우

---

7 Jacques Derrida, *The Animal That Therefore I Am*, New York: Fordham University Press 2008.
8 슬라보예 지젝 『헤겔 레스토랑』, 조형준 옮김, 새물결 2013, 734면.
9 같은 곳.

려하지만, 거리를 두고 바라본다면 어른 역시 대상화되고 고착됨을 알 수 있다. 이럴 때 우리는 어린이도 어른도 모두 제대로 이해할 수 없다. 해체란 결국 자기 자신에게까지 향해야만 비로소 완수된다.

"새로운 어린이가 온다"라는 말은 틀림없는 사실이다. 추가로 점검해야 할 것은 그런 어린이를 바라보는 어른의 위치다. 어른은 완성된 인간이 아니다. 새로운 어린이가 온다는 것은, 어린이와 어른이 관계해 온 기왕의 장이 새롭게 전환되었다는 의미이기도 하다. 새로운 어린이는 먼 곳이 아닌 우리가 함께 발 딛고 있는 현실에서 온다. 우리가 머무는 곳으로 "새로운 어린이가 온다"는 인식에서 더 나아가야 하는 이유다. 어린이와 함께 어떤 이야기를 담은 "배를 타야 할 것인가?"(181면)를 고민하는 것도 중요하지만, 근본적으로 이미 우리는 모두 요동치는 한 배에 올라타 있다는 사실을 기억해야 한다.

만남의 경험에서 세계의 발견으로: 김소영 『어린이라는 세계』

어린이와 어른 사이의 대립적 규정은, 동물과 인간 사이의 구분과 결정적인 차이가 있다. 그것은 바로 어린이의 관점 내부에서 어른을 바라보는 일이 다소간 가능하다는 점이다. 뮤지컬 〈마틸다〉에 실린 「어른이 되면」의 가사는 이렇다. "어른이 되면 한없이 높디높은 나무에도 쭉쭉 뻗은 가지도 쉽게 닿겠지/어른이 되면 꼬리에 꼬리를 물고 맴돌던 어려운 질문도 풀릴 거야/어른이 되면 콜라 실컷 마시고 늦게 잘 거야 또 출근도 내 맘대로/아침이 오면 눈알 다 빠지도록 밤새서 만화책만 볼 거야/다 괜찮겠지, 어른이니까." 여기서 극 중 어린이들이 상상하는 어른의 모습은 실제 어른과는 아무런 상관이 없다. 오히려 가사에서 나타나는 것은 어린이들의 소망은 무엇이며, 자신을 가로막는 울타리가 무엇인지에 관해서다.

어린이가 정의한 '어른'을 보며, 어떤 어른은 귀엽다고 여길 것이고 어떤 어른은 '진짜 어른'이 무엇인지 가르쳐 주고 싶을 것이다. 그들이 상상하는 어른의 이미지가 현실의 어른, 그러니까 어른 자신의 형상과 거리가 멀수록 그런 경향은 더 심해지기 쉽다. 물론 둘 다 좋은 태도는 아니다. 상반된 모양새처럼 보이지만, 두 어른 모두 어린이를 미숙한 존재로 전제하고 그들의 말을 진지하게 들으려 하지 않기 때문이다. 더 나쁜 것은, 그렇게 어린이와 어른인 자신을 구별 짓고 가르치지만 정작 어른이 무엇인지 자신조차도 잘 알지 못한다는 점이다. 이런 태도는 자신과 상대방에 대한 이해를 더욱 어렵게 만든다.

그렇다면 어린이를 더 잘 이해하기 위해서 우리는 무엇을 해야 하는가. 방법은 이미 앞에서 썼다. 어른의 관점 안에서 어린이를 이해하려는 노력만으로는 충분하지 않다. 우리는 어린이의 관점 내부에서 세상을 바라보고 이해하는 노력을 병행해야 한다. 김소영의 『어린이라는 세계』는 독서교실 안팎에서 만난 어린이들의 세계를 섬세하게 기록한 에세이다. 그의 저서는 어린이의 관점 내부로, 다시 말해서 "어린이라는 세계"로 우리를 안내하는 좋은 길잡이가 된다. 이때 '길잡이'의 의미는 김소영이 정의한 바대로다.

나는 예전에 '어린이는 어른의 길잡이'라는 말을 못마땅하게 여겼다. 어린이를 대상화하다 못해 신성시하는 듯해서였다. 어른이 어린이를 잘 가르치고 이끌 생각을 해야지, 어린이한테 길 안내의 책임을 떠맡기다니. (…) 그런데 어린이에게 할 말을 고르고, 그 말에 나를 비추어 보면서 '길잡이'에 대한 오해가 풀렸다. 어린이가 가르쳐 주어서 길을 아는 게 아니라 어린이에게 무엇을 어떻게 가르칠지 고민하면서 우리가 갈 길이 정해지는 것이다. (253~54면)

어린이가 바라보는 세상을 단순히 옮기고 전시하는 것만으로 어린이라는 세계에 이를 수는 없다. 이를테면 어린이들이 「어른이 되면」의 가사에 담긴 내용처럼 어른의 모습을 상상한다는 사실을 듣는 것만으로는 부족하다. 필요한 것은 어린이의 관점 내부를 이해하려는 노력이다. 어린이의 말에 어른 자신을 비추어 볼 때, 그렇게 '완성된 인간'으로 고정되어 있던 자기 인식을 되돌아 볼 때, 더 나아가 그런 어린이의 관점을 경유하여 어떤 어른이 될 것인지를 고민할 때, 우리는 비로소 어린이라는 세계와 만날 수 있으며, 그때 어린이와 어른은 서로의 '길잡이'가 될 수 있다.

우리는 가끔 어린이의 소망이나 욕망을 ─ 선의를 가진 경우더라도 ─ 오해한다. "오늘의 어린이는 이미 어제의 어린이가 아니다"라는 점을 의식한 나머지, 어린이의 모든 욕망을 지금의 규범이나 질서의 경계를 흩트리는 사이보그 성질의 것이리라 생각할 때도 있다. 그들의 욕망 일부는 분명 그러할 것이다. 그러므로 어떤 욕망은 함부로 손을 대기보다는 불투명한 경계 어딘가에 온전히 두는 것이 이를 존중하는 태도일 것이다. 하지만 어린이라는 세계를 더 정확히 이해하기 위해 우리는 때때로 그것을 지금의 언어로 ─ 물론 여기에는 적지 않은 책임감이 따르지만 ─ 번역해 내야 할 필요가 생긴다.

김소영은 마리아 몬테소리(Maria Montessori)의 '코 풀기 수업' 에피소드를 인용한다. 몬테소리는 어린이들에게 손수건을 이용해 코를 푸는 방법 등을 가르쳤는데, 본인은 '재미있는 수업'이라 생각하여 고안한 것이지만 정작 당사자인 어린이들은 아주 진지한 태도로 수업을 경청했다는 것이다. 이 일화로부터 김소영은 '품위를 지키고 싶어 하는' 어린이의 소망을 읽는다.

> 이 귀엽고 애틋한 일화에는 중요한 사실이 담겨 있다. 어린이도 사회생활을 하고 있으며, 품위를 지키고 싶어 한다는 것이다. 백여 년이 지난 지금도 마찬가지다. 한 사람으로서 어린이도 체면이 있고 그것을 손상하지 않으려고 노력한다. 어린이도 남에게 보이는 모습을 신경 쓰고, 때와 장소에 맞는 행동 양식을 고민하며, 실수하지 않으려고 애쓴다. (42면)

백여 년이 지나는 동안, 어린이의 마음(童心)이 변하지 않았다는 것을 우리는 어떻게 이해해야 할까? 이럴 때 우리는 일반적으로 '인간의 보편성'과 같은 개념을 떠올린다. 하지만 어린이와 그들의 마음은 오랜 시간 보편의 자리에 놓인 존재가 아니었다. 오히려 '동심'은 당대의 보편을 회의하고 상식을 뒤집기 위한 기획의 의도가 다분한 개념이기도 했다. 하지만 김소영은 어린이의 마음을 보편의 언어로 번역하려는 노력을 기울인다. 어른의 규범과 상식의 렌즈로 보았을 때, 한 개인이 품위를 지키고 싶어 하는 것은 자연스러운 일일 텐데 우리는 어린이들이 이처럼 다르지 않은 마음을 품었다는 사실 자체에 새삼 놀란다. 이는 아마도 오랜 시간 우리가 이 '개인'의 자리에 어린이를 두지 않았다는 방증일 것이다.

어린이를 보편 개인으로 발견할 때, 어린이라는 세계는 차츰 모습을 드러낸다. 이를 위해 우리는 '성인'의 관점에서 어린이를 대립하는 존재로 규정해 온 그동안의 인식을 우선 반성해야 한다. 비록 그러한 규정이 어린이를 위한 의도에서 비롯되었어도 마찬가지다. 다시 혼다 마스코의 이야기를 들어 보자.

> 좋은 교육제도도 양질의 교육환경도 그리고 교육적인 어린이 문화도 모두 '어린이를 위해서'라는 가치의 구현체이다. 그러나 이러한 가치 실현에 쏟은 정열로 인해 정작 중요한 '어린이 그 자체'가 뒤덮여 버리는 주객전도가 생기고 말았던 것은 언제부터였던가. (…) '어린이'를 중심에 둔 시대는 '어린이를 위하여' 한 바퀴 회전하여 '어린이 중심'의 다양한 행위를 펼쳐 온 결과, '어린이'를 잃어버리고 말았다고 할 수 있을 것 같다.[10]

1980년대 포스트모던 연구자들로부터 '어린이론'이 활발히 제기되었던 것은 이 같은 경향에 경종을 울리기 위해서였다는 것이 혼다 마스코의 설명이다. 그 유명한 가라타니 고진(柄谷行人)의 '아동의 발견'도 이러한 맥락 위에서 논의된 것이었다. 어린이를 어른과 대립하는 특별하고 변별적 존재로 규정 — 앞에서의 예를 반복하자면, 어른 자신은 이미 완성된 현재 존재로 보되, 반대로 어린이는 진화=진보라는 가치를 담은 미래 존재로 규정 — 해 온 결과, 그리고 이 규정에 기초하여 '어린이를 위한' 가치를 구현하고자 열정을 쏟은 결과 역설적으로 우리는 어린이라는 존재 자체를 잃어버리고 만 것이다. 어린이와 어른 사이의 시차를 줄이는 일은 잃어버린 어린이라는 세계와 만나기 위한 한 가

---

10 혼다 마스코, 앞의 책 149면.

지 방법이 될 수 있다. 김소영이 어린이의 말과 행동을 보편의 언어로 번역한다는 것은 그런 의미이다.

두 세계 사이의 시차를 좁히고 서로의 동질성을 확인할 때, 즉 어린이는 다른 시제에 놓인 존재가 아니며 "태어나는 순간부터 사회 속에서 자란다"(254면)는 사실을 몸소 자각할 때, 우리는 각자의 차이와 역할에 관해서도 더 잘 이해할 수 있게 된다. 가령, 김소영의 말처럼 '무서운 일'은 어린이와 어른 모두에게 성장의 디딤돌이 되곤 한다. "무서운 것이 있다는 것을 알기에 조심하고, 무서운 것을 마주하면서 용기를 키우고, 무서운 것을 이겨 내면서 새로운 자신이" 될 수 있기 때문이다(53면). 그렇지만 "모든 무서운 일이 가치 있는 것은 아니다."(같은 곳) 어떤 무서움은 — 이를테면 여성을 향한 성폭력의 공포는 — 성장을 돕는 것이 아니라 심각한 실제적 위협으로 다가온다. 우리는 그 무서움이 단지 개인의 마음에서 비롯된 것이 아니라는 사실을 잘 알고 있다. 그러므로 누군가는 그 무서움에 분명한 이름을 붙이고 이를 범사회적으로 조처해야 한다.[11] 이것은 어른의 책무이다. 그 무서움이 — 먼 미래가 아닌 — 현재 우리의 사회 속에 함께 자리하는 어린이에게 드리워져 있다는 것을 안다면 한시도 책임을 미룰 새가 없는 것이다.

김소영은 '냉소주의'를 거부하고 어른으로서의 사회적 책임을 다하려는 태도를 일관되게 유지한다. 그것은 자칫 당위론처럼 들릴지도 모

---

11 베티 프리던은 전후 미국의 주부들이 가부장제의 강한 압력에 의해 심각한 불안증과 심리적 문제를 겪었으나 그것이 "이름 없는 문제"(problem that has no name)로 여겨졌다고 말한다. 어떤 불안과 공포는 개인의 마음을 넘어 사회적 불평등과 관계한다. 이를 해소하기 위해 우리가 할 일 가운데 하나는 그것에 '이름'을 붙이기다. Betty Friedan, "The Problem That Has No Name," *The Feminine Mystique*, New York: W.W.Norton & Company, Inc. 1963 참조.

른다. 하지만 그에게서 당위론과 같은 인상은 좀처럼 읽히지 않는다. 어째서일까? 그건 아마도 김소영의 이러한 태도는 전제가 아닌 결론으로 제시되는 것이어서, 즉 어린이라는 세계를 충분히 통과하고 난 이후 어린이와 어른이라는 두 세계의 공통분모와 차이를 세심히 발견한 다음에야 도달한 자연스러운 결론이어서 그런 게 아닐까? 보기에는 똑같은 결론일지라도 이해에 이르는 과정이 다르다면 같은 결론이라 할 수 없다. 그 과정을 경험으로 간직하고 기억할 때, 목적지가 바뀌더라도 우리는 길을 헤매지 않을 수 있다. 김소영이 보여 주는 어린이라는 세계로의 탐험은 우리에게 그 사실을 깨닫게 한다.

새로운 세기의 어린이관을 발견하기 위해 우리가 더 많은 어린이와 만나고 생각하면서 새로운 관점으로 그들의 세계를 발견해야 하는 이유도 여기에 있다. 다만, 여기서 한 가지 덧붙일 말이 있다. 어린이와의 만남의 경험이 중요하다는 점은 아무리 강조해도 모자람이 없겠으나, 당연히 그것만이 전부는 아니다. 단순히 우리가 모든 어린이를 만나고 경험할 수 없다는 식의 말을 하려는 것이 아니다. 그보다는 앞에서 언급한 바와 비슷한 이유로, 똑같은 만남과 경험이라도 이는 각자가 선 위치에 따라 전혀 다른 것이 될 수도 있기 때문이다.

언젠가 김소영은 어린이의 눈높이를 가늠하기 위해 쪼그려 앉아 봤지만 어린이의 시야를 경험할 수는 없었다고 고백한다. 그 이유 중 하나는 원근감의 차이인데, "어린이는 어른보다 두 눈 사이가 좁기 때문에 (…) 정확한 판단을 내릴 수 있는 범위가 어린이 쪽이 더 좁"아서 그렇다는 것이다(200면). 내가 선 위치를 벗어나 '눈높이'를 맞추려 노력하더라도 여기에는 늘 한계가 따른다. 원론적인 말일 테지만 '똑같은 경험'이란 있을 수 없다. 경험을 종합하는 방법, 이로써 한 세계를 이해하는 방법의 가짓수는 사람들의 수만큼이나 다양하다. 그것이 만남의 경험에만 의존하여 어린이를 이해할 수만은 없는 이유다.

새로 쓰는 '보편의 어린이': 김유진 『언젠가는 어린이가 되겠지』

여기 어린이와 만나는 또 한 가지 방식이 있다. 바로 '어린이-되기'이다. 아동문학은 일반적으로 어른 작가가 어린이 독자를 대상으로 쓰는 문학 양식이다. 어떻게 해야 어른의 지루한 충고가 아닌 어린이의 목소리를 작품에 담아내고 그들과 대화할 수 있을까? 그것은 곧 모든 아동문학가에게 주어진 영원한 숙제일 텐데, 그런 의미에서 아동문학을 한다는 것은 어린이-되기를 향한 쉼 없는 여정이기도 하다. '언젠가는 어린이가 되겠지'라는 김유진의 평론집 표제에는 그러한 아동문학의 지향이 잘 드러나 있다.

그런데 어린이가 되려면 어떻게 해야 할까? 어린이가 되기 위해서는 우선 '어린이'라는 어떤 초월적 상이 전제되어야 할 것이다. 이는 조금 더 자세히 말하자면, 우리가 일상 주변에서 만나는 어린이 개개인을 아우르는 것은 물론이거니와, 아직 만나지 못한 어린이까지 ─ 심지어는 아직 이 세상에 찾아오지 않은 어린이마저도 ─ 모두 포함하는 '어린이'라는 관념을 가리킨다. 이것이 전제되었을 때 우리는 해당 관념에 비추어 어린이-되기를 도모할 수 있다. 그러므로 '언젠가는 어린이가 되겠지'라는 말은 ─ '언젠가'라는 표현에서도 알 수 있듯 몹시 장구한 작업이겠으나 ─ 어린이에 대한 그 나름의 보편적 관념이나 인식을 창안하려는 시도이기도 하겠다.

앞서 나는 김소영이 어린이라는 세계를 인간 보편의 것으로 재해석하려는 노력을 일부 기울인다고 말했다. 여기에 비춘다면 김유진의 시도는 어린이라는 존재 자체의 보편에 다가서려는 노력으로 보이는 듯하다. 하지만 그리 간단히 답할 수 있는 문제는 아니다. 분명한 사실은, 김유진의 평론은 결코 보편을 자신의 준거점으로 삼지 않는다는 점이다. 이는 어린이의 시적 체험을 일차원적으로 단순화하는 시 교육의 문제를 비판하며 그가 남긴 말을 한 차례 확인하는 것만으로 충분히 짐작가능하다.

> 이러한 시 교육의 문제는 여전히 동시가 보편의 어린이상을 재현하려 하고 보편의 어린이 독자를 상정하는 창작 경향과 맞물린다. 이미 고정화된 보편의 어린이 인식을 답습하며 보편의 어린이 독자와 손쉬운 동일화를 지향하는 동시는 텍스트를 해석할 여지가 많지 않다. (152면)

여기서 김유진은 '보편의 어린이' 인식을 거듭 비판적으로 언급한다. 그도 그럴 것이 오랜 시간 보편은 "어른이 어린이를, 남성이 여성을, 비장애인이 장애인을 규정하며 자기와는 다른 존재를 소외시켜온 방식"(147면) 위에서 구성되어 온 혐의가 짙다. "소수자로서의 어린이"(6면)를 비평의 중심으로 삼겠다는 그에게 보편이라는 개념은 해체적으로 대결해야 할 대상에 가까울 것이다. 또한 김유진은 '페미니즘 리부트'를 중요한 사건으로 언급하는데, 이때를 기점으로 여성주의를 비롯한 여러 소수자 논의가 다시금 활발하게 점화되면서 그동안 보편으로 가정되어 온 기존 질서와 원리가 통째로 물음에 부쳐졌기 때문이다. '소수자로서의 어린이' 인식은 이 같은 맥락 위에서 형성된 것일 테다. 그렇다면 다시, 김유진의 비평적 과녁은 보편보다는 그것의 해체에 훨씬 더 가깝지 않은가? 그럼에도 고백하자면 나는 김유진의 이러한 시도가 새로운 보편의 어린이 인식을 창안하는 결과로 이어지는 것에 기대를 거는 편이다.

「언젠가는 어린이가 되겠지」에서 그는 '동시'를 '동(어린이)'과 '시(문학성)'라는 상충하는 두 속성 간의 결합으로 보는 시각을 비판한다. 그것은 사실상 어린이와 동시를 기존 문학성의 구성 원리에 근거하여 타자로서 규정하는 접근법과 다름없어서다. 그의 말처럼 "어린이와 문학성은 둘 중 하나를 선택하고 하나를 양보해야 하는, 고정되고 상반된 두 속성이 아니"다(148면). 하지만 오랜 시간 그러한 잘못된 장 전제에 기초하여 어린이를 인식해 온 탓에 동시에서 어린이 인식은 좀처럼 갱신될 수 없었다는 것이다. 그것이 동시를 '동'과 '시'의 결합이 아닌 '동시'로 바라보아야 하는 이유다. 이러한 '동시'가 새로운 어린이 인식을 모색하기 위한 김유진의 제안은 바로 어린이 모델 독자의 다양화다.

움베르토 에코의 모델 독자는 저자의 의도에 갇히기보다 주도적으로 텍스트를 해석하고 의미를 생성할 것으로 예상되는 가상의 독자 모델이다. 텍스트는 저자만의 것이 아니라 독자가 "글쓰기의 실천"에 참여할 때에야 성립하는 것이라는 점에서[12] 모델 독자란 텍스트의 실현 조건이기도 하다. 즉, 어린이 인식의 갱신을 위해 김유진은 "다양한 연령·성별·계층·지역·문화·감수성에 기반한 어린이"(150면)를 모델 독자로 삼는 텍스트 전략을 요청한 것이다. 이를 통해 다양한 어린이의 목소리

---

12 롤랑 바르트 『텍스트의 즐거움』, 김희영 옮김, 동문선 1997, 38면.

를 발견하고 그들을 해석의 자리로 이끌기 위한 고민을 반복할 때, 그는 우리가 언젠가는 '어린이'가 될 수 있다고 전망하는 듯하다.

　이때 내가 주목하는 점은, 김유진이 여성, 장애인, 퀴어 등등 '보편의 어린이'에서 밀려난 다양한 존재를 텍스트 안으로 초대하는 일을 어린이 인식의 갱신과 나란히 놓고 있다는 사실이다. 언젠가 나는 다양한 타자의 목소리가 재현된다는 것은 보편을 해체하는 일일 뿐 아니라 더 나아가 보편을 새로 쓰는 일이 될 수도 있다고 말했다.[13] 어떤 의미에서 김유진이 말하는 모델 독자의 다양화도 '보편의 어린이'를 새로 쓰는 텍스트 전략의 일종이라 말할 수는 없을까? 텍스트론은 독자의 해석이 이루어질 때 성립한다. 따라서 모델 독자의 다양화는 곧 텍스트를 매개로 한 그동안의 대화에서 소외되었던 다양한 어린이를 해석과 응답의 당사자로 세우는 일이다. 주변화되어 온 존재들이 해석의 주체로 참여하여 의미를 만들 때, 우리의 어린이 인식은 물론이거니와 어린이 당사자의 자의식과 인식도 함께 확장될 수 있다. 하지만 앞서 밝혔듯, 김유진은 보편이나 규정 등과 끊임없이 거리를 두려 한다.

　　어린이 존재에 대해 무어라고 규정하고 선언하지 말고 서로 아무것도 아닌 사이로 만나고 싶다. 어른과 어린이가 아닌 그저 너와 나인 관계로 보고 싶다. 그때 어른인 나도 어린이인 너도 행복하고, 나는 비로소 어린이가 될 수 있을 것 같다. (259면)

　어린이가 되기 위해서 우리는 "서로 아무것도 아닌 사이"로 만나야

---

13 강수환 「정체성은 말할 수 있습니까?」, 『창비어린이』 2019년 봄호 143면.

한다. 그러한 첫걸음으로 김유진은 "어른과 구별 짓는 방식으로 어린이의 모습을 단정적으로만 그려 온 동시가 이제 어린이에 대해 조금씩 머뭇거려 보면 어떨까"(255면)라고 제안한다. 이는 어린이 인식의 갱신을 위한 요청이면서 동시에 그동안 암묵적으로 자신을 '완성된 인간'으로 여겨 온 관점도 함께 의심해 보자는 권유이기도 하다. 어린이가 되기 위한 출발점이 여기 있음에 동의한다. 서로 아무것도 아닌 사이로 만나는 일을 이 여정의 종착지로 삼은 것에도 그러하다. 하지만 중간 단계를 생략하고 곧바로 목적지에 이르기는 어렵다. 규정 없이는 해체도 없다. 금지가 주어질 때 위반은 가능한 것이며, 그곳에서 주체는 발생한다.

물론 이는 어른이 자신의 관점 내부에서 어린이를 대립적으로 규정해 온 오류들을 반복하자는 말이 아니다. 우리는 저 규정이 발생하는 위치를 새롭게 바라보아야 한다. 정재은의 「내 여자 친구의 다리」에는 교통사고로 두 다리를 잃었으나 '지능형 보조 다리'를 장착하여 발레리나의 꿈을 이어 가는 인물인 '연이'가 등장한다. 노력 끝에 연이는 세계적 발레리나를 선발하는 오디션 결선에 진출하지만, 그의 다리가 인조 다리라는 이유로 사람들은 그를 진짜 발레리나로 인정하지 않았다. 그들이 연이의 고통을 공감하길 바라는 마음에서 누군가는 연이에게 인조 다리를 분리한 채 방송에 출연해 보기를 권한다. 하지만 연이는 이를 단호하게 거절한다.

"뗐다 붙였다 할 수 있긴 하지만, 어쨌든 이건 제 다리예요. 제 몸이라고요. 이 다리가 나 자신이 아니라고 생각해 본 적이 없어요."[14]

14 정재은 「내 여자 친구의 다리」, 『내 여자 친구의 다리』, 창비 2018, 45면.

사람들이 이물(異物)로 여겼던 인조 다리를 향해 연이는 "나 자신"이라고 말한다. 자기 안의 타자성을 상징하는 부분 대상 자체가 곧 '나'라고 선언한 것이다. 김유진은 이 작품이 "장애와 비장애를 가르는 현재의 경계를 의문시하고, 나아가 모든 경계와 그 경계들로 위치 지어진 소수자성을 생각하게 한다"(115면)고 말했다. 맞는 말이다. 하지만 연이의 선언은 장애를 둘러싼 어떤 경계를 의문하는 데서만 그치지 않는다. 어린이가 자신의 타자성을 분리하는 것이 아니라 오히려 나 자신으로 규정지을 때, 우리가 목격한 것은 바로 새로운 주체성의 출현이다. 이는 연이만의 선언이 아니다. 이야기의 끝에서 화자인 '리오' 역시 이렇게 말한다. "나는 연이의 두 다리를 본다."(50면) 이로써 연이의 다리는 '인조 다리'가 아닌 '내 여자 친구의 다리'로 새롭게 인식된다. 인간-신체의 규정이 새로 쓰인 것이다. 경계를 의문하는 것을 넘어 새로운 보편이 쓰이는 순간이다.

새로운 세기의 인식적 기반 위에서 우리는 어린이관을 새로 써야 한다. 비록 김유진 스스로가 밝히는 바와는 상충하지만, 나는 소수자로서의 어린이를 자기 비평의 중추에 놓으려는 그의 시도가 이렇듯 타자성을 주체성의 발견 계기로 역전시키는, 그래서 보편의 어린이를 새롭게 쓰려는 노력과 밀접하게 닿아 있다고 생각한다. 아무것도 아니라는 것은 곧 무엇으로든 채워질 수 있다는 의미이기도 하다. 연이의 선언으로부터 인간-신체의 규정이 새롭게 채워졌듯이, 이러한 노력을 반복할 때 우리는 언젠가는 '서로 아무것도 아닌 사이'로 만날 수 있다. 김유진이 모델 독자의 다양화를 통해 다양한 배경과 위치에서 해석을 수행하는 어린이 주체를 조명하려는 것도 이러한 맥락에서 해석해 볼 수는 없을까?

물론 작가가 발송한 초대장이 모델 독자로 상정한 어린이 독자에게
제대로 이르지 못한다면 이 모든 기획은 소용을 잃고 말 것이다. 이향근
이 염려한 점도 이와 같다. 그는 김유진의 모델 독자라는 제안이 "동시
의 정체성을 '이상적인 어린이'라는 관념 속에 묶어 둘 수도 있다"고 우
려했다.[15] 이는 모델 독자가 결과적으로 '이상적 독자'를 가정하는 개념
인 탓에 현실의 어린이 독자와는 거리가 멀다는 이유에서였다. 실제로
어린이들은 초대 자체를 거부하기도 하고 텍스트를 오해하는 일도 빈
번하다.[16] 회신 없이는 텍스트도 성립할 수 없으므로 마치 김유진의 모
델 독자의 다양화 전략은 초대장을 발송하기도 전에 고비를 맞는 듯 보
인다. 하지만 역으로 생각해 볼 수는 없을까? 텍스트에 대한 어린이들
의 이 같은 거부와 오해가 충분하지 않은 것이라면 어떠한가. 오히려 정
확한 거부와 오해를 위해 모델 독자의 다양화를 실험의 계기로 삼아 본
다면 어떨까?

먼저, 텍스트를 향한 어린이의 거부가 오로지 어린이로부터 비롯된
다고 말하기는 어렵다. 대개 아동문학은 어른 작가-텍스트-어린이 독
자로 이어지는 관계 사이에 하나의 항이 추가로 개입한다. 바로 텍스트
와 어린이 독자를 중개하는 어른 독자의 존재다. 김유진은 동시집 『레
고 나라의 여왕』(김개미, 창비 2018)이 "분명한 모델 독자상을 세우고" 있
는 텍스트임에도, 작품이 "우울하고 어두워서"라는 이유를 들어 어른

---

15 이향근 「어린이와 동시의 거리 좁히기」, 『창비어린이』 2020년 겨울호 139면.

16 시 수업에서 어린이들이 "또 시 써요?"라며 불평하거나, 박성우의 「오리」를 읽고 "오
리 놀리는 시예요?"라며 반문한 일화 등을 예로 들 수 있다. 각 사례는 이유진 「어린이
와 동시 사이에 징검돌 놓기」, 『창비어린이』 2020년 가을호 참조.

독자가 이를 어린이 독자에게 전하지 않은 사례를 언급한다(151면). 동시의 정체성이 ─ 우울이나 어둠이 없는 ─ '이상적인 어린이'라는 관념에 묶인 사례일 텐데, 주목할 점은 이것이 초대가 아닌 중개의 과정에서 일어난 일이라는 데 있다.

어른 독자의 이미 구성된 '이상적인 동시관'의 검수를 통과한 텍스트만이 어린이 독자에게 전달되는 상황. 이때 어린이의 거부란 곧 어른 독자라는 매개에 의한 거부인 셈이다. 즉, 동시를 향한 어린이의 거부 가운데 일부는 어른들의 ─ 어른 작가와 독자 모두의 ─ 어린이 인식에 대한 거부이기도 한 것이다. 따라서 어떤 텍스트는 아직 어린이로부터 충분히 거부되지 않았다. 제대로 된 거부를 위해서는 더 많은, 그리고 더 다양한 어린이들이 응답의 당사자로 텍스트에 참여할 수 있어야 한다. 언젠가 그러한 대화의 경험이 차곡히 쌓였을 때, 어떤 텍스트는 어린이 본인에게서 대화의 자격을 잃고 정확히 거부될 수 있을 것이다.

그다음은 오해에 관해서다. 종종 오해는 새로운 의미를 생성하는 계기가 된다. 오리털 파카를 입은 어린이 화자가 헐벗었을 오리를 향해 미안함을 표하는 박성우의 「오리」를 "오리 놀리는 시"로 읽는 반응은 분명 저자의 의도를 오해한 것이다. 하지만 그 의외의 응답으로 말미암아 대화는 풍성해진다. 어린이의 물음은, 약자에 대한 연민의 표현이 때에 따라서는 모욕이 될 수도 있다는 사실을 떠올리게 한다. 이때가 바로 「오리」가 텍스트로서 실현되는 순간일 것이다. 이러한 창조적 오해는 저자조차 모른 채 묻혀 있던 텍스트의 의미를 길어 올리고 더 많은 대화의 가능성을 연다.

더 많은 창조적 오해를 회신받기 위해서는 더 다양한 어린이들을 향해 대화를 청하는 길밖에는 없다. 대화를 거듭하면서, 진짜 오해는 어린이 독자가 아닌 그들의 세계를 바라보는 어른들의 시선에서 이루어지고 있었음을 우리는 알게 될 것이다. 정확한 거부와 오해에 이르는 과정에서 중요한 것은 결국 중개자로서의 어른의 역할이다. 거부든 오해든, 다양한 어린이의 응답에 진지한 태도로 귀 기울이려 할 때, 어린이 인식의 갱신은 비로소 한 발짝 더 가까워질 것이다.

디스/리스펙트 시대의 비평

1

　'비평적 글쓰기'라는 강의 시간에 겪은 일이다. 여전히 수업에 대한 감이 잡히지 않은 상태에서, 나는 본격적인 비평도 아니고 그렇다 하여 딱히 글쓰기를 가르치는 것도 아닌, '적(的)'이라는 매개항으로 연결된 '비평'과 '글쓰기' 두 영역에 어정쩡한 포즈로 발을 걸치고 있는 모양새로 강의를 진행했다. 그리고 학생들이 제출한 비평 과제들을 받아 보고 조금 놀랐다. 일일이 옮기지는 않겠지만, 이렇게까지 신랄할 필요가 있나 싶을 만큼 작품을 혹독하게 평하는 학생들이 생각 외로 많았기 때문이다. 물론 신랄한 만큼 그 비판이 정확하게 이루어지고 있는가는 전혀 다른 문제일 것이나, 비록 매끄러운 모양새는 아닐지라도 작품을 향해 가감 없는 비판을 수행하는 학생들이 많다는 것만으로도 처음에는 반가운 마음이 들었다.

하지만 이들의 과제를 넘겨 볼수록 여기에는, 그저 이번 학기에 유독 비판 정신으로 무장한 학생들이 다수 수강했을 뿐이라고 말하기에는 어려운, 어떤 경향이 느껴지기도 했다. 당시 나는 그해에 가장 흥행한 한국 영화 중 한 편을 골라 이를 텍스트 삼아 평할 것을 주문했고 이때 선정된 작품은 연상호 감독의 「반도」(2020)였다. 학생들이 가장 많이 문제시한 대목은 '개연성'과 '신파'라는 두 키워드로 압축될 수 있었는데, 특히 '개연성'을 향한 비판은 나의 이목을 끌었다. 연출, 연기, 설정, 서사 구조 등등 학생들이 서두에서 비판한 영화의 문제점은 모두 제각각 이었지만, 흥미롭게도 마지막에 이르러서 그들은 결국 그 문제가 '개연성의 결여'에서 비롯되는 것이라고 결론지었기 때문이다. 개연성에 관한 많은 말들을 읽으면서, 나는 오히려 그들이 생각하는 개연성이 무엇인지를 더 알 수 없다는 생각이 들었다. 이것은 단지 나만의 인상이 아니었다.

거기서 관객이 말하는 개연성이 뭔지 잘 모르겠다. 개연성이란 단어 자체에 개연성이 없는 것처럼 들린다. 진짜 서사적인 구멍이나 결핍이 있는 것과는 약간 결이 다르다. 영화에 대한 기대치가 있는데 그걸 충족시켜 주지 못했을 때 이른바 개연성이란 말로 퉁쳐서 표현하고 있는 거다.[1]

최근 한국 상업 영화에 대한 관객들의 평가 가운데 유독 개연성의 부재를 지적하는 빈도가 늘었다는 말에 안시환 평론가는 위처럼 답한다. 즉, 개연성이라는 말이 어느덧 영화에 대한 불만 전체를 뭉뚱그려 칭하

---

1 송경원, 김병규, 김소희, 안시환 「한국 상업영화에 떠도는 개연성이란 유령」, 『씨네21』 1270호, 2020. (http://www.cine21.com/news/view/?mag_id=96498)

는 말이 되어 버렸다는 것이다. 이는 학생들의 용례와도 상당 부분 포개어졌다. 많은 경우 개연성이라는 용어는 작품으로부터 촉발되었지만 정확히 이름 붙이기는 어려운 불만족스럽거나 불쾌한 감각적·정서적 반향 또는 인상들을 한곳에 고정하는 압정 같은 역할을 하고 있었다. 모든 것이 개연성의 부족으로 설명된다는 것은 곧 개연성의 부족만으로는 아무것도 설명할 수 없다는 사실을 드러낼 뿐이었다.

한편, 개연성의 부족을 지적한 이들 가운데 몇몇은 결말에서 다음 문장을 거의 복사하다시피 구사했다. "영화「반도」는 전작「부산행」의 반도 따라가지 못한다." 흡사 엠넷 채널의 힙합 오디션 프로그램 〈쇼미더머니〉에서 봤던 디스(disrespect) 랩의 한 구절에 가까운 문장을 이곳 저곳에서 읽으면서, 나는 이런 불길한 의심이 들기 시작했다. 혹시 이들에게 비평은 '디스'와 같은 것이었을까? 그런 상태로 남은 과제들을 읽다 보니 문득 머릿속에서는 가상의 힙합 비트가 울리기 시작했고, 점차 모든 글이 내게는 두 가지 범주 안에서 읽혔다. '디스'냐 '리스펙트'(respect)냐.

2

'비판'에 관해 조금 더 말해 보자. 언젠가 학생들에게 본인이 비평을 접하는 경로가 어디인지를 물은 적이 있는데 그들 대다수는 인터넷에서, 특히 유튜브를 통해 '리뷰'를 접한다고 답했다(과연 이것을 비평이라 말할 수 있을지를 이곳에서 논하지는 않겠다). 그러니까 소수의 학생을 제외한다면 이들에게 비평은 읽는 것이 아니라 보고 듣는 것이었다. 나는 학생들이 말한 '개연성'의 실체를 어렴풋하게나마 확인하기 위해 일단 유튜브에 접속하여 '반도 리뷰'를 검색했다.

예상했던 것보다 훨씬 많은 '영화 리뷰 유튜버'들이 활동하고 있었는데, 유튜브가 상단에 추천하는 콘텐츠의 공통점을 꼽자면 영화를 향한 못된 표현이나 조롱을 섬네일과 제목에 노출하고 있다는 점이었다. 그곳에서는 비판(다시, 과연 이것을 비판이라 말할 수 있을지를 이곳에서 논하지는 않겠다)이 범람하고 있었으며, 나는 학생들의 비판의식 일부의 출처가 이곳이었음을 확인할 수 있었다. 단순히 이들이 유튜버의 말과 비슷한 내용의 글을 써냈다고 이야기하려는 것이 아니다. 그보다 내가 눈여겨본 것은 비판의 방식이었다.

사실 우리는 그동안 전통적인 문학비평에서 '칭찬하는 비평'이나 '비판이 실종된 비평', 이른바 '주례사 비평'을 경계하는 목소리를 심심치 않게 들어 왔다. 그것은 아동문학계도 예외가 아닌데, 이에 관하여 원종찬은 아래와 같이 매섭게 비판한 적이 있다.

한동안 '주례사 비평'이 도마 위에 오른 적이 있다. 정확히 말하자면 주례사 비평이 횡행하는 평단의 문제점에 대한 지적이다. 이는 '문학 권력'의 폐해일 것이나, 막연히 자본만 탓하는 것으로는 답이 나오질 않는다. 문학 권력을 떠받치는 폐쇄적 문단 구조를 해체하는 것이 관건이다. 아동문학계에는 부족한 문학적 권위를 매사 친목으로 때우려 드는 희한한 '동업자 의식'이 없지 않다. 그 때문에 평론이 평론답지 못하고 해설을 닮아 가는 것에 무신경한 온정주의·적당주의를 경계할 필요가 있다.[2]

2 원종찬 「내게 비평은 무엇인가?」, 『아동문학의 오래된 미래』, 창비 2020, 184면.

비판의 실종. 이것은 '문학 권력'의 문제이나, 근본적으로는 해당 권력을 작동케 하는 문단의 폐쇄성에서 기인하는 문제라는 지적이다. 이때의 '권력'이란 일반적으로 출판 자본과 매체를 중심으로 구축된 일련의 인적·제도적 네트워크 속에서 발생하는 사후적인 효과 같은 것으로 지목된다. 그러므로 권력 자체를 문제라 말하기는 어려우나, 단 그것이 "폐쇄적 문단 구조"라는 토대 위에서 생산된 것이라면, 그렇게 폐쇄적 네트워크가 공유하는 "희한한 '동업자 의식'"에 기대어 자신들의 부족함을 위장하기 위해 쓰이는 것이라면 문제가 된다. 따라서 '비판 없는 비평'을 넘어서려는 시도는, 텍스트를 향한 비판이면서 동시에 수행적으로 그러한 권력에 대항하려는 제스처이기도 하다.

　그렇다면 다시 학생들의 "디스"에 가까웠던 비평들로 시선을 옮겨보자. 이들의 비판은 작품의 권위에 순응하지 않으려는 엄정한 태도에서 비롯된 것일 수 있다. 또한 위의 관점을 그대로 적용해 본다면, 이 비평은 단지 수업 과제에 불과하므로, 즉 권력을 생산하는 예술계의 어떤 폐쇄적 네트워크 구조 바깥에서 이루어진 수행인 까닭에 자유로운 비판이 가능했던 것이라 말해 볼 수도 있겠다. 틀린 말은 아닐 테지만, 이 결론은 너무도 당연한 말에 지나지 않는다. 이것은 전통적인 출판 매체의 조건 위에서나 두루 적용할 수 있는 진단일지도 모른다. 하지만 기억하자. 학생들이 구사했던 신랄하고 못된 표현들은 종이 지면이 아닌 인터넷을 출처로 삼고 있었다는 것을 말이다.

　유튜브와 같은 매체에서 권력이 발생하는 구조와 논리는 이 상황과 다르다. 이 세계의 가치는 사실상 수(數), 이를테면 구독자 수와 조회 수 같은 것으로 환산되고 측정된다. 이때 권력의 문제는 폐쇄적 네트워크의 중심에 얼마나 가깝게 위치하는가가 아니라, 얼마나 많은 (구독, 조회, '좋아요' 등으로 대표되는) 접속을 만들어 낼 수 있는가에 있다. 즉, 권력의 역학과 방향성은 중심부가 아닌 바깥을 향한다. 비판이나 칭찬을 수행하는 역학도 이 원리 위에서 이루어진다.

이 세계의 (시각-언어와 청각-언어를 포함하는) 말들이 유독 자극적인 이유도 그 때문일 것이다. 단순히 점잖지 못한 말을 사용한다는 의미가 아니다. 이때 자극적인 과잉의 말들은 이따금 공정하지 않은 방식으로 행해지는 비난 또는 상찬의 공허를 감추는 기능을 도맡곤 한다. 그렇다면 "매체가 우리의 상황을 결정한다"는 키틀러(Friedrich Kittler)의 말에 따라,[3] 비평을 '읽는 것'이 아니라 '보고 듣는' 이들 사이에서 공유되는 비판이나 비판의식이라는 것도 이제는 새롭게 정의되어야 하는 것이 아닐까?

3

공허를 감추는 이 세계의 과잉된 언어들. 그런데 이것은 앞에서 본 '개연성'이라는 말의 기능 — 요컨대 작품에서 체감한 불만족의 감각을 명확한 언어로 상징화하는 데에 실패했음을 은폐하는 것 — 과도 유사하지 않은가? 이때의 개연성이라는 용어는 작품이 지닌 문제점을 정확한 언어로 설득하기 위해 동원되는 말이라기보다는, 차라리 다른 성격의 것을 전달하려는 목적을 지니는 듯하다. 이를테면 해당 작품으로

---

3 프리드리히 키틀러 『축음기, 영화, 타자기』, 유현주·김남시 옮김, 문학과지성사 2019, 7면.

부터 촉발된 자신의 어떤 감각적·정서적 상태를 표출하려는 의지 같은 것. 결국, 전하려는 것은 작품이 내포하는 문제점이 아니라, 좋고 나쁨에 대한 (이 경우에는 '개연성이 부족한 나쁜 작품'이라는) 자신의 감상인 셈이다.

그렇다면 개연성은 비록 개념어의 외피를 취하고 있지만, 정립과 표상(representation)의 언어이기보다는 — 마치 브라이언 마수미(Brian Massumi)가 정의한 정동(affect)[4] 개념처럼 — 감각적 표출(expression)에 더 가까운 언어라 말할 수 있다. 신체 수준에서 이루어지는 표출 언어의 커뮤니케이션, 이곳이 유튜브 시대의 대중들이 소비하는 비평과 (지극히 〈쇼미더머니〉적인 의미에서의) 힙합이 만나는 지점이다. 나는 오직 이들이 「반도」라는 제목을 각운 삼아 재치 있는 구절을 썼다는 점에서 위 은유를 떠올린 것이 아니다. 이제 다시 처음의 문제로 되돌아가보자. 디스냐 리스펙트냐.

〈쇼미더머니〉에 출연한 래퍼들은 종종 상대를 향해 리스펙트를 표하거나 반대로 디스전을 벌였다. 전자는 누군가를 향해 존중이나 존경심을 표하는 것이므로 크게 문제가 될 것이 없으나, 디스의 경우 일반인들이 인터넷에 게시했다가는 모욕죄가 성립할 수 있을 만한 가사를 상대방에게 퍼부음에도 힙합이라는 장르가 지닌 문화라면서 대체로 용인되곤 했다. 특히 〈쇼미더머니〉는 연출된 프로그램이므로 상대를 향한 무례와 모욕 역시 일종의 쇼비즈니스로 쉬이 수용되었다. 이렇듯 참가자들이 구가하는 디스와 리스펙트는 마치 정반대의 수행처럼 보인다. 그

---

4 "(…) 정동은 몸으로 생각하기 — 의식적으로 그러나 아직은 완성되지 않은 사유의 의미에서, 모호하게 — 라고 말할 수 있을 겁니다." 브라이언 마수미 『정동정치』, 조성훈 옮김, 갈무리 2021(제2판), 34면.

러나 그들의 가사는 근본적으로 결여 또는 과잉의 속성을 공유한다는 점에서 동전의 양면이다.

가령, 이런 것이다. 우리는 왜 저 래퍼가 "셧아웃"(shutout)을 외치며 특정인에게 리스펙트를 표하는지, 또는 반대로 왜 저토록 잔혹한 용어들을 사용하며 시시콜콜한 흠결까지 끄집어내 상대를 모욕하는지, 그가 뱉는 열여섯 마디 내외의 요란한 가사를 따져 보더라도 그 존중과 무례의 실체를 쉽사리 파악하기 어렵다. 왜 그럴까? 사실상 그들의 공연은 정확한 언어를 구사하여 상대방이 얼마나 존중받을 만한 인물인지 혹은 그 반대인지를 설득하는 것에는 크게 관심이 없기 때문이다. 오디션에 출연한 래퍼들에게 '진짜'(real)냐 '가짜'(fake)냐의 문제는 굉장히 중대한 사안처럼 보이지만 — 한 청소년 래퍼는 대결에서 패배해 'fake' 스티커를 가슴에 부착했다는 이유로 결국 눈물을 흘리기도 했다 — 정작 이들에게 무엇이 진짜고 가짜인지를 표상하고 가리는 일은 중요하지 않다.

그보다는 이렇게 말해 볼 수 있겠다. 디스/리스펙트를 수행하는 래퍼의 가사가 의도하는 바는 바로 '정서적 표출'에 있다고. 자신이 어떤 인물로부터 느낀 존경심 또는 적의에 해당하는 정서적 감각을 표출하려는 의지이자 조각난 몸짓으로서의 언어. 이것이 바로 결핍과 과잉의 언어들로 빼곡한 그들의 가사가 향하는 방향이다. 스웨그(swag), 바이브(vibe) 등등 비록 실체는 모호하나 감각 차원에서 반응을 일으키는 분위기를 이들이 중요시하는 것은 아마도 그 때문일지 모른다. 흥미로운 점은, 이러한 식의 표출이 랩을 듣는 이로 하여금 일종의 정서적 모방을 불러일으킨다는 것이다. 이 지점에서 스피노자(Baruch Spinoza)를 떠올린다면 다소 과한 접근이 될까?

(3부) 정리 27. 우리와 같으면서, 우리가 어떤 정서도 갖지 않았던 사물임에도 불구하고, 어떤 정서에 의해 그것이 변용된다고 우리가 상상할 때면, 우리 역시 동일한 것에 의해 변용된다.[5]

우리는 래퍼들의 디스/리스펙트를 들으며, 다시 말해서 특정인을 향한 존중 또는 적의의 몸짓을 바라보면서 이들의 정서를 — 심지어는 이전까지는 그들과 "어떤 정서도 갖지 않았던" 관계였음에도 불구하고 — 따라 느끼곤 한다. 이것은 이성의 언어에 기초한 판단이 아니다. 우리는 그들의 가사에 담긴 내용의 정합성을 비판적으로 독해하지 않는다. 그런 것은 아무래도 좋다. 다만 '몸(감각-지각)의 사유'에 따라 우리는 디스/리스펙트의 승패를 가릴 뿐이다.[6] 마치 스피노자가 말한 '정서의 모방'처럼 말이다.[7] 모방과 감염, 이것이 정동의 언어-커뮤니케이션이 작용하는 논리다.

---

5 "Although we may not have been moved toward a thing by any emotion, yet if it is like ourselves, whenever we imagine it to be affected by any emotion, we are affected by the same." Benedict De Spinoza, *Ethics*, trans. James Gutmann, New York: Hafner Publishing Company 1954, 147면.

6 힙합을 즐기는 이들 사이에서는 누군가의 놀라운 래핑을 들었을 때 "찢었다"라는 표현이 애용되곤 한다. 몸의 사유에 기초한 승패 심사의 언어답게 이 은어는 실로 감각적이다. 결국 디스/리스펙트의 승패는 가사를 통한 재현이 논리적으로 청자를 설득했는지 여부가 아닌, '찢었다'에 가까운 정동을 불러일으켰는가 아닌가에 달린 셈이다.

7 예를 들어 스피노자는 이러한 "정서들의 모방"이 슬픔과 연결된다면, 그것은 '연민'으로 불린다고 말한다. Benedict De Spinoza, 앞의 책 148면.

4

그렇다면 우리는 다시 '개연성'이라는 용어에 관해 이렇게 말해 볼 수 있을 것이다. 그것은 단지 자신이 체감한 불만족/만족의 정동을 표출하기 위해 채택된 언어일 뿐만 아니라, (의식적이든 무의식적이든) 타인을 향한 정서적 감염을 의도하는 용어였다고. 나는 앞에서 모든 것이 개연성의 부족으로 설명된다는 것은 곧 개연성의 부족만으로는 아무것도 설명할 수 없다는 사실만을 지적한다고 말했다. 하지만 이것이 설명을 위한 언어가 아니었다면, 정서적 공감을 구하는 식의 어떤 감염을 의도하는 몸짓으로서의 언어였다면 이야기는 달라진다.

물론 나는 이들이 치밀한 계산하에 이런 식의 언어를 사용했으리라 생각하지 않는다. 오히려 그 반대에 더 가까울 것이다. 다만, 이번에도 "매체가 우리의 상황을 결정"한 것이었을 뿐. 그러니까 소셜미디어를 통해 각자의 피드를 공유하며 '좋아요' '리트윗(재게시)' '구독' 버튼을 누르는 것만으로 사용자 사이의 매개와 접속이 기하급수적으로 확산하고 증식되는,[8] 모방과 감염의 체계 위에서 일상을 구성하는 이들이 이러한 방식의 커뮤니케이션을 구사한다는 것은 퍽 자연스러운 귀결이 아니냐는 것이다. 한편, 브라이언 마수미는 정동에 관해 다음과 같이 말한다.

---

8 미디어 학자 이시다 히데타카 역시 이러한 정서의 감염과 확산이 이루어지는 체계인 인터넷 사회를 이해하기 위해서는 스피노자를 참조할 것을 제안한 바 있다. 石田英敬·東浩紀『新記号論』, 東京: ゲンロン 2019, 293, 326면.

정동은 규정적(prescriptive)이지 않다. 그것은 약정적(promissory)이다. 그것이 약정하는 것은 강렬도이다. 그것은 또한 판단의 정치적 기준과 관련하여 중립적이다. 정동은 파시즘적일 수도 있고 진보적일 수도 있다. 또 반동적일 수도 있고 혁명적일 수도 있다. 그 모든 것은 사변적으로 움직임의 제스처를 초래하는 초개체적 욕망의 정향에 달려 있다.[9]

정동의 방향성은 "욕망의 정향"에 따라 열려 있다. 다만, 중요한 것은 강렬도이다. 유튜브에서 사용자가 콘텐츠를 향해 내릴 수 있는 평가는 '좋아요' 또는 '싫어요'뿐이다. 따라서 이곳에서의 강렬도는 좋고 나쁨이라는, 바꿔 말하자면 리스펙트냐 디스냐 식의 투박하게 양분된 정서적 반응 구조 위에서 추동된다.

앞서 학생들이 즐겨 사용한 라임을 제목으로 사용하고 있는 「부산행의 반도 못했습니다 반도 리뷰」라는 유튜브 콘텐츠가 기록한 조회수는 2021년 10월 21일 기준으로 무려 138만 회 이상이었다. 출판 매체를 전제로 한 비평 가운데 과연 어떤 글이 1년 만에 대중 사이에서 이만큼 읽힐 수 있을까? 거의 불가능한 일이다(아니, 전통적인 관점에서 1년 사이에 138만 회 이상 읽히는 비평이 과연 좋은 비평으로 평가될 수 있기는 할까?). 단순히 어떤 비평은 재밌고 어떤 비평은 그렇지 않기 때문에 이런 현상이 일어나는 것이라 말할 수는 없다. 그보다는 상이한 매체의 논리와 언어의 속성으로부터 기인한 효과라고 보는 편이 더 적절하겠다. 정서적 감염을 일으키는 높은 강렬도의 디스/리스펙트적 언어에 기초하여, 누군가의 조회·구독이라는 반응이 다른 사용자의 알고리듬에

9 브라이언 마수미, 앞의 책 296면.

개입해 연결과 감염의 확산을 불러일으키는 이 세계의 체계가 만들어 낸 결과가 바로 138만이라는 수치인 것이다.

　기실 새로운 매체의 출현이 전통적 매체의 자리를 뒤흔드는 현상은 오래전부터 목격되었다. 사진 이후의 회화, 영화 이후의 문학 등이 그 사례일 것이다. 하지만 키틀러가 영화의 출현은 단순히 당장의 "소설가들에게 어떤 형태의 경쟁을 유발"한 것을 넘어 "책이라는 것 자체가 시청각 조건 아래에서 어떤 새로운 위상"에 놓이는 결과마저 불러일으켰다고 말한 것처럼,[10] 그것은 전통적 매체의 본질 자체를 소급하여 재규정한다. 예컨대 '#문단_내_성폭력'이라는 소셜미디어의 해시태그가 한국문학 장 근간을 뒤흔들고 이를 재규정했듯 말이다.

　그런 의미에서 오늘날 유튜브의 존재를 이렇게 말해 본다면 어떨까? 이것은 현장 비평이나 리뷰의 현재적 경쟁(?) 플랫폼일 뿐 아니라, 비평이라는 기록 형식 자체를 종전과 다른 위상으로 이끄는 매체 조건이라고. 말이 나온 김에 유튜브를 조금만 더 자세히 들여다보자. 이들은 이곳에서 문자 그대로 모든 것에 관해 리뷰하고 비평한다. 전통적인 비평 대상인 예술뿐만 아니라 음식, 기계, 생활용품 등등 이른바 '상품'이 될 수 있는 것이라면 무엇이든 상자에서 꺼내(unboxing) 비평의 소재로 삼는 것이다. 이때의 리뷰는 영상 콘텐츠를 제작하여 올리는 방식뿐만 아니라 댓글을 비롯한 다양한 방식으로 수행되는데, 가히 모든 것이 모든 방식으로 비평되는 시대라 할 만하다.

　모든 것이 비평된다는 것은 그만큼 기존의 전통적 위계를 넘어 다양한 것들이 동등한 눈높이로 다루어진다는 의미이기도 할 것이다. 하지

---

10 프리드리히 키틀러 『광학적 미디어』, 윤원화 옮김, 현실문화 2011, 42면.

만 다시 '모든 것이란 아무것도 아닌 것'에 불과하다는 오랜 구절을 따른다면, 우리는 곧 다음과 같은 우려에 봉착한다. 모든 것이 비평될 만큼 중요하다는 것은 한편으로는 그 어떤 것도 특별히 중요한 것이 없는 시대가 되었다는 의미가 아닐까? 오늘날 아동청소년문학이 상정하는 대상 독자 세대의 감각은 매체 조건상 아마도 디스/리스펙트적 언어에 조금 더 친연성을 갖고 감응할 가능성이 크다. 모든 것을 다양한 감각적 방식으로 리뷰하느라 바쁜 상황 속에서, 이들에게 문학은 과연 어떤 의미가 될 수 있을까? 한정된 관심(attention) 자원을 애써 배분할 만큼 문학은 가치 있는 대상으로 떠오를 수 있을까? 바꿔 말하자면, 문학은 이들에게 (자신들의 언어와 매체 논리에 기초하여) 진정으로 리뷰·비평될 수 있을까?

5

한쪽에서는 여전히 출판 매체를 기본 전제로 한 비평이 생산된다. 진리, 이데올로기, 세계관 등등 표상의 언어들이 기록·공유되는 이 세계가 요구하는 것은 일종의 동일시(identification)이다. 이곳의 언어들은 문학(예술)이란 무엇이어야 하며 세계는 어떤 방향으로 나아가야 하는지, 어떻게 주체는 이 커다란 표상의 일부로서 자신을 동일시하고 참여해야 하는지에 관해 말한다. 앞서 언급한 "폐쇄적 문단 구조"나 "희한한 '동업자 의식'" 같은 것은 바로 이 동일시의 운동이 닫힌 체계에 이르렀을 때 발생하는 증상에 해당할 것이다. 이때 비판은 폐쇄적인 권력을 생산하는 어떤 동일시의 구조에 틈을 내려는 시도이기도 했다.

반면, 다른 한쪽에서는 모방과 감염의 체계 위에서 신체 수준의 커뮤니케이션이 확산·전파된다. 정동의 표출과 감염을 의도하는 조각난 몸짓으로서의 언어들이 범람하는 세계. 이곳에서 주체는 각자의 스마트폰을 매개로 비슷한 방향의 감각·정서의 표출들에 반응하며 잠정적·즉흥적으로 관계하고 해체하기를 반복한다. 표상을 공유하거나 동일시를 요구하지 않는 체계인 까닭에 이곳에서는 비교적 자유로운 비판이 이루어진다. 또한 숫자만 보더라도 활발한 상호적 커뮤니케이션이 발생하는 곳은 단연 이쪽이다. 하지만 그것은 늘 다양한 잠재적 가능성의 증대로 이어지기보다는 때때로 플랫폼이 구획한 정서적 정향에 따라, 예컨대 유튜브라면 좋아요/싫어요로 구축된 디스/리스펙트 형식의 반응 구조에 따라 더 많은 감염(자들)을 추수하기 위한 강렬한 과잉/결핍의 언어만을 양산하는 결과로 나타나기도 했다.

상대의 언어를 불가해한 방언이라 여기며 점차 양분화하는 두 세계 사이에서, 비평은 과연 무엇을 해야 할까? 아마도 이 두 세계의 언어를 연결하는 것이 앞으로 비평이 짊어지게 될 또 하나의 책무라는 식으로 말하는 것은 교과서적인 답안일 테지만, 그것이 가능한지 아닌지는 차치하더라도, 앞서 언급한 '비평적 글쓰기' 수업에서의 '적'처럼 그것은 두 세계 사이에서 어정쩡한 형태로 간신히 발만 걸치려는 시도에 불과할지도 모른다. 정말 비평의 조건 자체가 새로운 위상으로 이동했다면 이야기는 그리 간단하지 않다. 요컨대 모든 문제점을 '개연성의 부족'이라는 결론으로 봉합해서는 안 된다며 그 아래 밑줄을 긋고 동일시의 문법에 기초한 표상의 언어로 첨삭하고 나면 끝나는 사안이 아니라는 것이다.

아니, 문득 이런 의심이 피어오르기 시작한다. 이 두 세계가 진정 다른 영토이기는 한 걸까? 아무리 위대한 출판물이라고 하더라도 만약 검색되지 않는다면 그것은 오늘날의 이 세계에서 어떤 의미를 지닐 수 있을까?[11] 반대로, 아무리 강렬한 전파 체계를 갖추었더라도 감염을 일으킬 언어가 주어지지 않았다면 그것은 무슨 소용이 있는가? 두 세계는 이미 포개어져 있었다. 한쪽은 공백을 감추기 위해 비평(리뷰)의 언어 형식을 과잉 전유하고, 다른 한쪽은 다분히 존재론적인 이유로 모방과 감염의 체계에 의존하고 있던 것이다. 존재론적 위상의 현상황을 고려했을 때, 표상의 언어에 기초하여 표출의 언어를 첨삭해 온 그간의 관습은 이제 재고되어야 할 시기가 온 것 같다.

그러므로 우리는 오랜 시간 신성시되어 온, 또한 비평의 원점이라 할 수 있는 '비판'이라는 주제를 향해 재차 질문을 던져야겠다. 디스/리스펙트의 시대에 비판이란 과연 무엇이며 무엇이어야 하는가?

---

11 존 더럼 피터스(John Durham Peters)는 오늘날의 존재론을 다음과 같이 요약한 적이 있다. "만일 구글이 당신을 찾지 못한다면, 당신은 존재하지 않는다." 존 더럼 피터스 『자연과 미디어』, 이희은 옮김, 컬처룩 2018, 57면.

은하계를 여행하는 아동청소년문학평론들

2022년 아동청소년문학평론 결산

　우리는 지난 한 해(2021년 가을~2022년 가을) 아동청소년문학 각 부문을 아우르는 유의미한 평론집을 손에 얻었다. 대표적으로 동시 평론으로는 동시에 대한 깊은 애정을 바탕으로 동시대 중요 동시뿐 아니라 신인들의 수상작을 향해서도 다정히 말을 건네는 김륭의 『고양이 수염에 붙은 시는 먹지 마세요』(문학동네 2021), '동시'의 기원과 계보라는 근원에서부터 오늘날의 동시 생태계 전반에 이르는 방대한 동시계를 날카롭게 사유한 김제곤의 『동시를 읽는 마음』(창비 2022)이 눈에 띈다. 새로운 환경 위에서 아동문학의 윤리를 고민하고 특히 지역 아동문학의 가치를 성실히 일별한 김종헌의 『포스트휴먼 시대 아동문학의 윤리』(소소담담 2021), '소수자성'에 집중함으로써 중심에 포섭되기보다는 다양한 방향으로 뻗어 나가는 오늘날 청소년소설의 현주소와 새로운 비평적 주안점을 포착해 낸 오세란의 『기묘하고 아름다운 청소년문학의 세계』(사계절 2021) 역시 최근 아동청소년문학평론계의 중요한 성과물이라 할 수 있다.

 일반적으로 한 권의 평론집이 나오기까지에는 적잖은 시간이 소요된다. 가령, 김제곤의 평론집은 저자가 책머리에서 밝히고 있듯 세상에 나오기까지 약 20년의 세월이 걸렸다. 그만큼 한 권의 평론집에는 오랜 시간 저자가 응축하고 있는 비평적 세계관과 더불어 앞으로의 논의를 생산하기 위한 탄탄한 토대를 담기 마련이다. 그러므로 이들 비평집의 출간은 아동청소년문학계의 귀한 선물인 것이 사실이나, 한편 같은 이유로 한 해의 아동청소년문학평론의 현재적 상황을 점검하는 자리에 맞춤한 성격의 텍스트인지는 조금 더 생각할 필요가 있어 보인다. 조심스러운 주장이나, 올해의 평론계의 경향과 추세를 살피기 위해서는 오히려 각각의 지면을 통해 지금 현장에서 발표되고 있는 개별 평론들을 살피는 작업이 더 적절한 것이 아닐까?

 아마도 이 글은 한 해의 아동청소년문학평론을 평하는, 일종의 메타평론에 해당할 것이다. 지금까지는 중요하다고 여겨지는 소수의 비평(가)에서부터 논의를 출발하여 이들을 차례로 검토함으로써 나름의 지형도를 그리는 것이 이 작업의 일반적인 수순이었다. 하지만 이번에는 정반대의 관점에서 이 문제에 접근하려 한다. 이 글은 올해에 발표된 다수의 평론들을 시작점으로 삼을 것이다. 다음 '그림 1'은 2021년 9월부터 2022년 10월 사이 아동청소년문예지에 발표된 평론들이 주요하게 인용 및 참조한 저자 데이터에 기초하여 인용 연결망 네트워크 모델로 시각화한 결과이다.[1]

---

1 네트워크 시각화는 Gephi 0.9 소프트웨어를 이용했으며, 분석에는 Yifan-hu 알고리듬을 사용했다. 되도록 해당 기간에 발표된 모든 평론을 대상으로 삼고 싶었으나 물리적 한계와 저자의 부족함으로 인해 중요한 평론 데이터들이 더러 누락되었을 가능성에

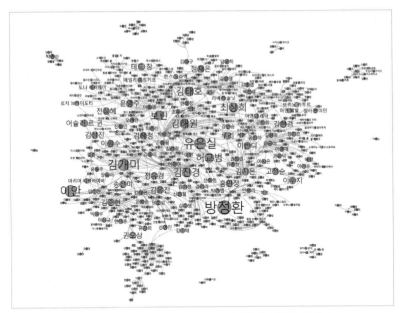

그림 1 아동청소년문학평론(2021.9.~2022.10.) 피인용자 연결망 그래프

복잡한 은하계의 모습처럼도 보인다. 이름이 클수록 내향 연결 정도 (in-degree)가 강하다는 것, 다시 말해서 많은 평론에서 인용되었다는 의미이다. 아마도 다수의 평자가 빈번히 인용한 인물일수록 그는 높은

미리 양해를 구한다. 여기서는 『창비어린이』('특집' '계간평' '평론'), 『어린이와 문학』 ('특집' '평론'), 『아동문학평론』('특집' '시인탐구: 작가론' '아평이 만난 작가: 작품 론' '이 계절의 비평'), 『동시마중』('격월평' '리뷰' '김제곤의 작품으로 읽는 동시사'), 『문장웹진』('Part.g: 리뷰'), 『웹진비유』('평론')에 실린 98편을 대상으로 삼아 데이터 를 반영했다. 이 가운데 '특집'에 게재되었더라도 문학평론이 아닌 경우에는 제외했으 며, 국내 평론의 동향을 살피기 위해 국외 저자의 글 역시 부득이 제외했다. 자료 제공 에 도움을 준 김재복 평론가에게 감사드리며, 더 많은 문헌을 전해 주셨음에도 모두 반 영하지 못해 송구한 마음도 함께 전한다. 데이터는 https://github.com/soohwankang/ critic_data/data에서 확인할 수 있다.

확률로 한 해의 평론계에서 중요한 화두였을 것이다. 물론 이 그래프는 오직 양적인 측면만 반영된 결과물에 불과하다. 그러므로 소수의 평자만이 인용했을지라도 질적으로 유의미한 평론이 존재할 가능성은 얼마든지 있다. 하지만 소수의 평론(가)을 출발점으로 삼는 논의 방식 역시 필연적으로 다수의 평론을 살피지 못하는 한계를 보여 오지 않았던가? 이 글은 이러한 한계를 극복해 보려는 노력의 일환이다. 이 점을 혜량해 주길 바란다.

한편, 노드 사이의 선은 이들 사이의 연결 관계를 의미한다. 이를테면 어떤 평론에서 인물 a, b, c가 동시에 인용된다면 이들은 한 평론 안에서 모종의 특징을 공유하는 연결 관계일 가능성이 크다. 그리고 다른 평론에서 누군가가 b, c, d, e라는 인물을 인용한다면 공통으로 인용된 b와 c는 두 평론을 연결 짓는 요인으로 기능한다고 볼 수 있다. 컴퓨터는 이러한 연결 관계를 계산하여 비슷한 성격의 노드(필자) 군집을 감지·구

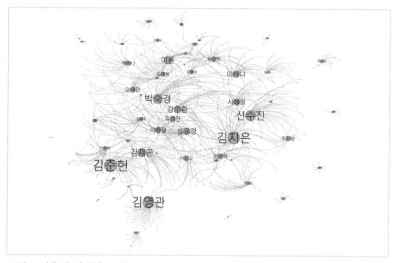

그림 2 인용자 연결망 그래프

분한다.[2] 같은 방식으로 외향 연결 정도(out-degree)가 강한 노드를 확대한다면, 필자에 해당하는 인용자의 연결망 그래프도 '그림 2'와 같이 그려 볼 수 있다.

다시 한번 강조하지만, 이 그래프만으로는 어떤 실체적 의미도 얻을 수 없다. 이것은 데이터 사이의 관계를 직간접적으로 드러내는 시각적 모형일 뿐이다. 여기에는 해석이 요구된다. 지금부터는 이 1년간의 평론 네트워크의 은하를 조금씩 더 확대해 보며 약간의 해석을 수행하려 한다.

'방정환'이라는 이름

군이 해당 부분을 확대하지 않아도, 우리는 '그림 1' 중앙 우측 하단에 방정환의 이름이 커다랗게 새겨져 있는 것을 확인할 수 있다. '어린이 선언' 100주년 즈음을 맞아 방정환이 여러 차례 거론된 것은 자연스러운 일처럼 보인다. 방정환의 작업을 집중적으로 재조명하고 그 의의를 살핀 경우뿐 아니라[3] '어린이 선언'으로부터 100년이 지난 현재 어린이가 처한 사회적 현실을 비추어 보기 위해 방정환을 참조한 평론도 있었다.[4] 방정환을 다룬 최근의 중요한 평론 중에는 김제곤의 「근대 동

2 군집의 구분은 색상별로 이루어져 있다. 지면의 한계상 여기서는 색상 구분이 어려우나 자세한 그림 역시 앞의 링크 주소에서 확인할 수 있다.
3 이에 속하는 평론으로는 박종진 「사랑과 의지의 결정체 『사랑의 선물』」, 『아동문학평론』 2022년 여름호; 김경희 「'사랑의 선물', 동화를 들려주시오」, 『아동문학평론』 2022년 여름호.
4 김지은 「다양성의 공동체」, 『창비어린이』 2021년 가을호 23~25면.

시의 출발점」(『동시마중』 2022년 9·10월호)이 있다. 이는 김제곤이 근대의 동시부터 2005년까지의 동시를 작품 중심으로 살피며 그 나름의 동시사를 창안하려는 기획에서 쓰인 첫 번째 글이다. 여기서 그는 최남선의 작품을 동시의 효시로 보기 어려운 이유, 그리고 근대 동시의 출발점으로 방정환의 작품을 세워야 할 까닭을 논의한다. 출발에 관해 논한다는 것은 동시사 안에서의 사실관계를 바로잡는 일만이 아닌, 우리 동시의 뿌리는 무엇이며 그 뿌리로부터 자양분을 얻어 미래로 뻗어 나갈 동시란 무엇인지를 새롭게 규정하는 작업이기도 하다. 방정환의 이름은 바로 이 지점에서 호명된 것이다.

이렇듯 과거의 역사 일부를 기리는 것을 넘어 어린이(문학)의 현재와 미래를 모색하기 위한 시작점으로서 여전히 방정환의 이름은 유효하다. 이것이 올해 방정환의 이름이 여러 비평적 화두 가운데 하나로 자리매김한 이유일 것이다.

그림책, 국제성과 로컬리티

'그림 3'에 나타난 우측 하단의 우주에서 눈에 띄는 이름은 단연 이수지다. 2022년은 실로 이수지와 한국 그림책 독자에게 각별한 해이기도 하다. 한스 크리스티안 안데르센 상의 수상자로 이수지가 선정되었기 때문이다. 한국의 그림책이 국내를 넘어 세계 무대로 나아가 더 많은 독자와 소통을 나누고 있는 오늘날, 그림책 평론계 역시도 바쁜 행보를 보여 주고 있다. 이수지의 텍스트를 집중적으로 살핀 평론도 더러 있었지만,[5] 오늘날 그림책이 제시하는 '다양성'의 한 예시로서[6] 또는 한국 그

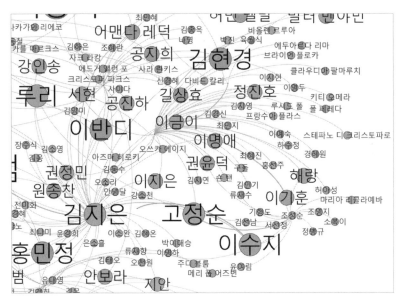

그림 3 그림책 평론 부분

림책이 보여 주는 변화의 흐름을 파악하기 위한 차원에서[7] 인용된 경우도 다수다. 이러한 작업들은 한국 그림책이 직면하는 국제성과 로컬리티의 문제를 사유하는 데 중요한 시사점을 만들어 냈다.

이 외에도 고정순, 권윤덕, 이기훈 등의 이름이 눈에 들어오는데, 특히 이곳에서 나는 권윤덕의 문제작 『용맹호』(사계절 2021)에 관한 신수진의 예리한 논평을 공유하고 싶다. 신수진은 이 텍스트의 미덕에 '경의'를 표하면서도, 한편 "역사적인 문제에서 피해자가 아닌 가해자의 입장

---

5 심향분 「이수지 그림책 이야기: 시각적인 텍스트로 이야기를 건네다」, 『아동문학평론』 2022년 가을호.

6 김지은, 앞의 글 31면.

7 조성순 「그림책, 변화의 흐름을 주도하다」, 『어린이와 문학』 2022년 여름호 202면.

에서 본다는 것은 고도의 '성찰'을 요하는 복잡한 문제"인 까닭에 "일차적으로는 어린이를 내포 독자로" 삼는 그림책이 이처럼 "성인도 직면하고 싶어 하지 않는 윤리적 난제를 안겨 주는 것"에 우려를 드러낸다. 여기에 더해 그는 "복잡한 인간 본성에 관한 문제를 다루고자 할 때는 작가의 문제의식이 고스란히 어린이의 문제의식이 될 수 있을지에 대해 조금 더 고민해 볼 필요도 있지 않을까"를 묻는다.[8] 신수진의 제언이 중요한 이유는 이것이 그림책을 넘어 아동문학 전체가 함께 숙고해야 할 문제인 까닭에서다.

동시 담론의 풍성함

이제 시선을 중앙 좌측 하단으로 옮겨 보자. '그림 4'를 보면, 김개미, 이안, 송선미, 정유경, 김유진, 김준현 등의 이름이 크게 눈에 띈다. 이름에서 추측할 수 있다시피 이곳은 동시·청소년시를 중심으로 관계 지어진 우주다. 이 가운데서도 김개미와 이안은 가장 큰 자리를 차지하고 있다. 이안이 시인이자 평론(해설)가로 인용되어 노드의 크기를 불렸다면, 김개미는 오직 시인으로서 호출되어 크기를 키운 쪽에 속한다. 그런 의미에서, 지난 한 해 동시 평론계에서 김개미는 적어도 양적으로는 가장 주목받는 시인이었다.

늘 비평적으로 주목받은 김개미지만, 특히 『레고 나라의 여왕』(창비 2018) 이후의 행보는 괄목할 만하다. 이 동시집을 향해 김유진은 "가장

---

8 신수진 「지지 않고 꿈꾸는 법」, 『창비어린이』 2021년 겨울호 258면.

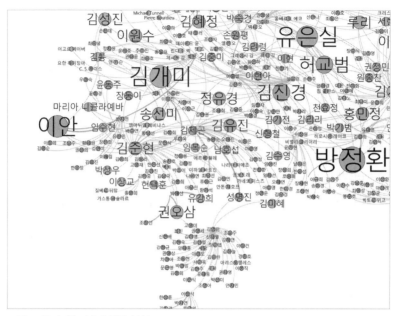

그림 4 동시·청소년시 평론 부분

분명한 모델 독자상을 세우고 '여자 어린이'라는 새로운 어린이 인식을 드러낸 텍스트"[9]라 평했고, 김지은은 '다양성'의 가치가 잘 반영된 사례로 이 텍스트를 인용했다.[10] 김개미의 이후 텍스트를 읽는 데에도 '새로운 어린이 인식'과 '다양성'은 여전히 유효한 렌즈처럼 보인다. 이 점은 조인정이 김개미의 『티나의 종이집』(천개의바람 2021)을 "어린이문학을 통해 다양한 가치를 말하고 보여 주는 노력"으로 독해한 대목에서잘 드러난다.[11] 또한 김개미의 이름이 올해 수차례 언급된 것은 그가 공

---

9 김유진『언젠가는 어린이가 되겠지』, 창비 2020, 151면.

10 김지은, 앞의 글 31면.

11 조인정「『티나의 종이집』이 보여 주는 세 가지 은유」, 『동시마중』 2022년 1·2월호 203면.

저자로 참여한『미지의 아이』(문학동네 2021) 때문이기도 한데, 이때에도 '새로운 어린이 인식'과 '다양성'은 '여성주의적 동시의 성취'로[12] 평가 되어 온 이 동시집에 접근하는 중요한 열쇠말이 된다. 여기서 알 수 있 는 사실은, 이 관계망에서 김개미의 이름이 큰 것은 단지 그가 훌륭한 동시를 썼기 때문만이 아니라(물론 이것이 일차적 이유지만), 동시 평 론계가 그만큼 '새로운 어린이 인식'과 '다양성'을 주요한 의제로 삼고 있으며 김개미의 텍스트가 특히 이에 부응했다는 점일 테다.

한편, '그림 2'와 '그림 4'를 함께 나란히 놓고 보면, 동시계 내부에서 크게 세 가지 색상의 군집이 목격된다. 이 군집은 크게 세 명의 필자인 김준현, 김제곤, 김영관에 의해 구성되어 있다. 김준현은 시인이면서 현 재 가장 활발히 동시·청소년시를 평하는 평론가이기도 하다. 특히 최근 청소년시의 재현, 원리, 동력 등을 살핀 그의 평론은 앞으로의 청소년시 논의에 좋은 주춧돌이 될 듯하다.[13] 김준현이 가장 뜨거운 텍스트와 담 론을 다룬다면, 김제곤은 다소간 역사적인 차원에서 동시에 접근한다. 단순히 근대의 초기 동시와 시인들을 다루기 때문만이 아니다. 최근 발 표한 '성명진론'에서 보듯 김제곤은 시인과 텍스트를 둘러싼 지난 역사 를 살피는 과정을 통해 시인이 앞으로 발휘할 어떤 가능성을 타진해 낸 다.[14] 김영관은『아동문학평론』지를 중심으로 계절평을 발표하고 있다. 해당 매체는 오랜 시간 동시뿐 아니라 동시조까지 꼼꼼하게 읽고 평해

---

12 이유진「아직 알지 못한 세계를 향해 어린이가 자라는 법」,『동시마중』2021년 9·10월 호 215~16면; 김준현「현실과 함께 나아가는 동시들」,『창비어린이』2021년 겨울호 71면.

13 김준현「청소년과 청소년시를 잇는 힘」,『창비어린이』2022년 가을호.

14 김제곤「순정함의 힘」,『어린이와 문학』2021년 겨울호.

왔는데, 이는 그림에서 나타나듯 중심보다는 외곽에 놓인 텍스트를 소홀히 대하지 않으려는 노력의 소산이기도 하다. 이렇듯 현재, 역사(과거), 비중심에 이르기까지 올해 동시 평론계에서는 풍성한 동시 담론을 발견할 수 있었다.

여전히 SF

정재은, 전삼혜, 윤영주, 남유하 등의 이름이 크게 발견되는 '그림 5' 영역은 SF 동화·청소년소설 평론의 은하계다. 그림에서 이곳은 우주의 중심보다는 상단부 외곽에 몰려 있는 형상이다. 하지만 커다란 노드의 크기와 더불어 적지 않은 연결망을 지닌 군집으로 포착된다는 점에서 여전한 SF의 영향력을 실감할 수 있다. 다른 은하계에 비해 외국 저자들이 비교적 커다란 크기로 출현한다는 점이 특징적이다. 테드 창, 로

그림 5 SF 동화·청소년소설 평론 부분

지 브라이도티, 도나 해러웨이, 에밀리 미드키프 등등 이론가뿐 아니라 작가의 이름도 크게 나타나는데, 아동·청소년 SF의 논의에서 여전히 해외 레퍼런스가 높은 중요도를 차지하고 있음을 직간접적으로 보여 주는 대목이겠다.

한편, 이은하의 중앙 상단부에 김이구라는 이름이 눈에 들어온다. 가장 외곽으로 뻗어 있는 한낙원이라는 작은 이름을 우주 중심부와 잇는 교두보의 자리에 그의 이름이 적혀 있다.[15] 실제로 그는 한국이 "과학소설의 불모지"라는 오해에 반박하고 더 나아가 우리 "과학소설의 새로운 가능성"을 모색하는 자리에서 한낙원의 이름을 가장 앞에 내세운 바 있다.[16] 도외시되었던 행성들을 성실히 돌아보고 연결 지음으로써 가능성의 토대로 삼는 태도. 다른 영역에서도 마찬가지지만, 여전히 김이구의 이름이 아동·청소년 SF 논의에서 중요한 이유도 여기에 있다.

동화·청소년소설, 확장과 심화

'그림 6'의 중심부에는 동화·청소년소설을 중심으로 구축된 연결망이 자리하고 있다. '그림 6'에서 제일 눈에 띄는 것은 정중앙에 있는 유은실의 이름이다. 유은실의 텍스트는 초기작 『우리 집에 온 마고할미』(바람의아이들 2005; 개정판 푸른숲주니어 2015)부터 근작인 『순례 주택』(비룡소 2021)에 이르기까지 폭넓게 인용되고 있었다. 정상성 패러다임에의 비

---

15 여기서 한낙원과 김이구를 인용하는 평론은 김윤의 「한낙원과 그의 시대」(『어린이와 문학』 2021년 겨울호)이다.

16 김이구 「과학소설의 새로운 가능성」, 『창비어린이』 2005년 여름호.

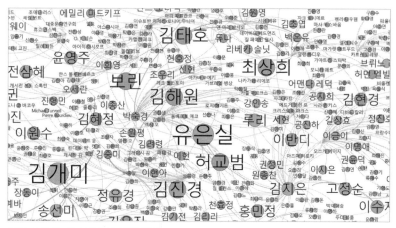

그림 6 동화·청소년소설 평론 부분

판,[17] 공동체 의례로 살펴본 아동문학,[18] 시리즈 아동문학에 대한 점검[19] 등등 유은실의 텍스트는 다양한 주제의식 위에서 호출된 셈이다. '다양성' '공동체' '시리즈 아동문학', 공교롭게도 이 키워드들은 올해의 동화·청소년소설 평론 전반을 가로지르는 의제이기도 했다.

먼저, 다양성이다. 유은실 주변으로 최상희의 이름도 크게 나타난 것을 확인할 수 있는데, 이때 최상희의 이름은 『마령의 세계』(창비 2021)를 인용하는 과정에서 호명된다. 이하나의 평론은 이 텍스트를 "가부장제 바깥으로 추방되어 보호받지 못했"던 중세의 마녀와 달리 "몹시 낡아 여기저기 손볼 곳투성이"인 가부장제에 포섭되기를 거부하는 현대의 마녀 '마령'의 이야기로 해석한다.[20] 이 소설 역시 크게는 정상성 비판

---

17 김지은, 앞의 글; 김젬마 「K-할머니의 이름은」, 『문장웹진』 2022년 9월호.

18 서정오 「잃어버린 의례를 찾아서」, 『어린이와 문학』 2022년 여름호.

19 한미화 「어린이가 먼저 찾는 책, 시리즈 동화」, 『창비어린이』 2022년 가을호.

의 논의 위에서 소환된 것이다. 또한 우리는 이론적 차원에서도 기존 정상성 담론을 어떻게 해체·재규정할 것인지를 평론계가 묻고 있음을 그래프를 통해 간접적으로 확인할 수 있다.[21]

이번에는 공동체다. 김해원이라는 커다란 이름은 대부분 『나는 무늬』(낮은산 2021)와 함께 호명된 결과다. 잘 알지 못하는 한 아이의 죽음의 진실을 밝히기 위해, 역시 서로 누군지 모르던 이들이 오직 타인의 슬픔에 공감하는 힘에 기대어 함께 연대하고 싸우는 이 소설은 자연히 우리의 마음에 '세월호'를 일깨운다. 이충일의 말처럼 소설은 "2014년 집단적 상실을 경험한 이후, 우리 청소년소설이 고투를 거듭하며 다다른 결론"이다.[22] 김해원이라는 커다란 이름은, 우리의 동화·청소년소설 평론이 경계를 해체하고 다양성에 기초해 그 외연과 영토를 확장하는 동시에, 우리가 상실한 공동체의 구심점을 회복하려는 노력 역시 게을리하지 않는다는 것을 보여 준다.

다음으로는 김진경, 허교범, 보린 등의 이름이 크게 눈에 띈다. 이들은 '시리즈 아동문학'의 현주소를 점검하는 평론들에서 공통적으로 언급된 이름들이다.[23] 오랜 시간 시리즈 아동문학이 그 나름의 성과물을 축적해 왔던 것에 반해 이 텍스트들이 진지한 평론의 대상으로 다루어

---

20 이하나 「소녀들은 전진한다」, 『창비어린이』 2022년 가을호 125면.
21 김현경, 김초엽, 김원영의 이름이 크게 나타난 점이 주목된다. 인용된 김현경 『사람, 장소, 환대』(문학과지성사 2015)와 김초엽·김원영 『사이보그가 되다』(사계절 2021)의 공통점은 기존 정상성의 원리에서 배제된 소수자의 주체-되기('사람'-되기 또는 '사이보그'-되기 등)의 문제를 다룬다는 점에 있다. 해외 이론가의 이름이 아닌 국내의 저자가 이 은하의 지적 구조에서 큰 크기를 확보하고 있다는 사실은 특기할 지점이다.
22 이충일 「공감이 능력이 되는 시간」, 『어린이와 문학』 2021년 겨울호 193면.
23 관련 평론들은 『창비어린이』 2022년 가을호 특집 '시리즈 아동문학의 현주소'를 참조.

지는 경우는 드문 편이었다. 하나 현시점 시리즈 아동문학만큼 활발히 생산·수용되는 텍스트가 또 있을까? 어린이 독자들의 뜨거운 호응을 얻은 시리즈 아동문학이 여타의 '문학'과 나란히 한 해 평론의 은하계의 한 자리를 차지하는 모습이 반갑다.

김태호의 이름도 지나칠 수 없다. 동화에서 소설까지 올해 가장 고르게 텍스트가 인용된 작가이기도 한 김태호이나, 그를 다룬 평론 가운데 특히 눈여겨볼 글은 박숙경의 「얼음과 불」이다. 여기서 그는 김태호가 "동화라는 특별한 소설"을 쓰고 있다고 말한다.[24] 이 평론은 일차적으로 '김태호론'에 해당하지만, 더 나아가 오늘날 '동화'의 외피를 입은 (하나 어쩌면 어른 독자들이 더 환호할 수 있는) 작품들이 적잖이 발간되는 상황에서 아동문학을 둘러싼 이 '전유'(appropriation)의 문제를 어떻게 볼 것인지를 묻는 작업이기도 하다. 중요한 화두를 제기했지만, 과거 '동화의 소설화 경향'이라는 주제로 격렬한 논쟁이 오갔던 것과 달리, 현재 이 논의를 받아 안는 비평적 대화는 좀처럼 보이지 않는다. 이것은 결코 사소한 문제가 아니다.

---

24 박숙경 「얼음과 불」, 『어린이와 문학』 2021년 겨울호 176면. 또한 비슷한 시기에 발표된 박숙경의 또 다른 글 「연대의 초대장」(『창비어린이』 2021 겨울호)에도 "동화라는 특별한 소설"이라는 표현은 재차 등장하는데 이때 논의되는 텍스트는 루리의 『긴긴밤』(문학동네 2021)이다. 이 동화는 당시 '올해의 책'으로 선정될 만큼 영향력 있는 텍스트였다. 이는 그만큼 박숙경이 이 시기의 동화계가 지닌 비평적 문제를 정면에서 다루었다는 의미이기도 하겠다.

더 많은 비평적 대화를 기대하며

다시 '그림 2'로 돌아가 보자. 제법 복잡해 보이는 그림이지만 특기할 점은 사실상 필자들 사이의 직접적인 연결은 희박하다는 것이다. 일부 정보와 논지를 공유하기 위한 인용은 있지만, 비평적 대화를 위한 상호 언급은 거의 존재하지 않았다. 김준현과 이유진의 주장을 비판적으로 경유한 끝에 시인과 동시의 책무를 역설한 김제곤의 「중심에 맞서는 방법」 정도가 여기에 속하는 글일 것이다.[25] 김제곤과 같은 중견 평론가가 이처럼 꾸준히 대화를 건네는 동안, 나를 포함한 젊은 평론가들은 어떠했는지를 돌아보게 된다. 물론 실명을 언급하는 것만이 비평적 대화의 유일한 방법이 아니라는 사실은 잘 알고 있다. 그러나 과연 아동청소년문학의 현재적 쟁점을 발견하고 생산적 논의를 위한 토양을 만드는 데 비평적으로 얼마만큼 기여하고 있는지를 돌이켰을 때, 나로서는 아무래도 자부심보다는 반성할 점들이 훨씬 더 많다. 지금보다 더 많은 비평적 대화가 필요하다. 앞으로의 아동청소년문학의 논의가 더욱 깊어지기 위해, 우주의 팽창 이외에도 우리가 고민해야 할 지점은 바로 여기에 있을 것이다.

---

25 김제곤 「중심에 맞서는 방법」, 『창비어린이』 2021년 가을호 58~60면 참조.

제2부

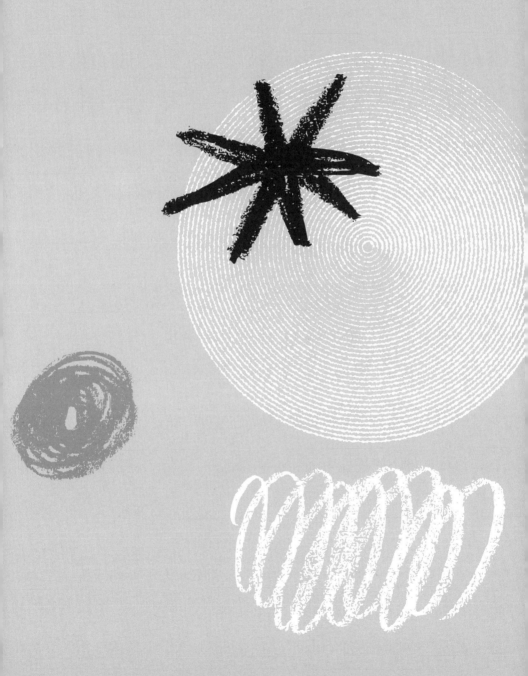

다시 너와 연결될 수 있다면

『꿈에서 만나』『스노볼』『단명소녀 투쟁기』를 읽으며

디지털 시대, 주체의 분열과 연결

"다시 너와 연결될 수 있다면, 너를 만나고 싶어 이제."[1] 아이돌 그룹 에스파(aespa)의 세계관은 독특하다. 이들은 현실세계의 '에스파'와 가상세계의 아바타에 해당하는 '아이'(æ)로 구분된다. 분리된 두 세계에 놓인 이들은 온전한 하나를 이루기 위해 싱크(synk)[2]를 시도하지만, 블랙맘바(black mamba)라는 존재가 이를 가로막는다. 에스파와 아이가 싱크에 성공하려면 광야를 떠도는 악당 블랙맘바를 물리쳐야만 한다. 결국 두 세계의 존재를 연결하고자 블랙맘바를 찾아 광야로 떠난다는 것이 이들의 핵심 설정이다. 일반적으로 가상세계의 아바타는 현실의 사용자에게 종속된 것으로 여겨지나, 흥미롭게도 에스파와 아이는 각

---

1 aespa「Black Mamba」(2020) 가사 중.
2 에스파와 아이가 서로 연결된 상태.

자 다른 두 세계에 자리하고 있을 뿐 위상에는 큰 차이가 없다. 즉, 이들은 서로의 '나'이면서 동시에 독자적인 존재다. '나'가 아닌 '너'와 다시 연결될 수 있기를 이들이 노래하는 것은 그 이유에서다.

게임 줄거리 같은 요약이지만 마냥 비현실적인 설정처럼 보이지는 않는다. 실제로 우리 역시 스마트폰 액정 너머로 비치는 소셜미디어 속 저마다의 '아이'를 보며 비슷한 물음을 던져 볼 수 있을 것이다. "거울 속의 나는 네가 아닐까. 일그러져 버린 환영인 걸까."[3] 특히 가상세계 속에서 구성된 '나'의 모습과 현실의 '나' 사이의 틈이 클수록 우리는 스크린(거울) 속의 '나'를 의심하고 더 나아가 환영으로 감지하기에 이른다. 마치 에스파와 아이의 관계처럼, 이때 두 세계의 '나'는 모두 부정할 수 없는 '나'이면서 동시에 '나'가 아니다.

문득 궁금해진다. 그렇다면 과연 진정한 '나'는 어느 편에 있는가? 쉬이 답하기 어려운 물음이다. 전술했듯 소셜미디어에 게시한 '나'의 이미지와 현실세계의 '나' 가운데 무엇이 진짜에 더 가까운가? 현실세계의 '나'는 젊은 인터넷 커뮤니티 사용자들이 자기(내면)의 분신으로 삼는 '자캐'나 '오너캐'[4]보다 더 진정한 것이라 말할 수 있을까? 특히 팬데믹 사태 이후 가상세계에서 더 많은 공적·사적 논의와 관계 맺기가 이루어지고 있는 지금, 진정한 '나'가 위치한 장소는 과연 어디인가? 이 질문에 흔쾌히 답할 수 있기 전까지, 저마다의 광야를 떠돌며 분리된 각각의 '나'를 연결하려는 우리의 시도는 무한히 지연된다.

한편, 필사적으로 두 세계의 '나'를 연결하려는 에스파의 세계관을

---

3 「Black Mamba」가사 중.

4 자캐란 '자작 캐릭터'의 준말로 작가 개인이 특정한 의도에 따라 창작한 캐릭터이며, 오너캐란 '오너 캐릭터'의 준말로 캐릭터의 주인인 작가 본인을 대표하는 캐릭터다.

조금 먼발치에서 바라보면 으스스하게 느껴지는 면이 있다. 이는 가상세계 속 또 다른 내가 현실 속 사용자의 통제 바깥에서 따로 존재한다는 의미이기 때문이다. 사용자가 로그아웃한 후 잠자리에 든 사이, 그렇게 연결이 끊어지고 정지되었으리라 생각했던 가상의 '나'가 몽유병이라도 앓듯 온라인 이곳저곳을 배회한다고 상상해 보자. 이것은 단지 우리의 정체성이 분열된 상태라는 것을 훨씬 넘어서는 이야기다.

하지만 돌이켜 보면 이 역시 놀라운 일인 것만은 아니다. 비록 현실의 '나'는 연결을 끊었더라도, 수많은 불특정 다수와 연결된 가상세계의 '나'는 그곳에서 끊임없는 상호작용을 수행하기 때문이다. '나'가 기존에 웹에 남긴 반응들(게시물, 좋아요, 리트윗 등등)은 해당 반응과 접속한 또 다른 사용자의 알고리듬에 개입하고, 또한 마찬가지로 다른 이용자의 활동은 가상세계 속 '나'의 타임라인의 질서와 배치를 시시각각 재편한다. 그러므로 잠든 두 세계의 '나'가 꾸는 꿈의 형태는 다를 수밖에 없다. 기억과 무의식적 욕망처럼 현실의 '나'는 내면 깊숙한 곳으로부터 꿈을 길어 올리지만, 가상의 '나'는 접속한 다른 사용자의 반응과 같은 외부로부터 꿈을 구성하기 때문이다.

따라서 "다시 너와 연결될 수 있다면"을 희망했던 에스파의 가사에서 방점은 '연결'이 아니라 '너'라는 정확한 대상 위에 찍혀야 한다. 디지털 미디어 세대에게 전 지구적인 연결은 마치 자연환경처럼 이미 주어진 상시적인 상태다. 이들의 불안은 폭발적으로 확장하는 타자와의 연결 상태 가운데, 각자가 남긴 행위, 반응, 표출 등으로 인해 '나'의 꿈의 형상과 성질이 마치 감염처럼 실시간으로 변형을 일으키는 상황 속에서, 정작 '너'(나)와의 싱크를 이루지 못한 채 분열되어 버린 스스로를 발견하는 데서 비롯되는 것이다.

확실히 베르나르 스티글레르(Bernard Stiegler)의 말처럼 오늘날의 디지털 환경은 우리를 더는 나누어질 수 없는(in-dividual) 의미로서의 개인이 아닌, 무수히 나누어지고 데이터화되는 분열체(dividual)적 존재로 이끄는 듯하다.[5] 조각나고 분열된 형태로서의 개인. 이 지점에서 주체는 상징적 정체성 그 자체로 인해 이미 분열되어 있다는 정신분석학의 오랜 명제를 떠올려 볼 수도 있겠지만, 늘 그렇듯 문제는 단순하지 않다. 이러한 분열과 연결에의 강박 사이에서 분투하는 세대를 향해, 이들을 위시하는 문학은 과연 어떤 말을 건네고 있을까? 이곳에서는 조우리, 박소영, 현호정의 소설[6]을 읽으며 그 단서를 찾아보려 한다.

꿈의 감염과 주체의 틈

청소년소설가 조우리의 『꿈에서 만나』는 감염처럼 전파되는 꿈을 서사화한 작품이다. 소설은 학생들 사이에서 하나의 질병이 배회하는 장면으로 출발한다. 병명은 'NARC-19'로, 기면증(narcolepsy)에서 착안

---

5 Bernard Stiegler, *The Age of Disruption*, Cambridge: Polity Press 2019, 190면.

6 이 글이 다룰 텍스트는 조우리 『꿈에서 만나』(사계절 2021), 박소영 『스노볼』(1·2권, 창비 2020~2021), 현호정 『단명소녀 투쟁기』(사계절 2021)이다. 세 텍스트는 모두 청소년을 주인공으로 삼고 있으나 세부적으로는 청소년소설, 영어덜트, 일반소설로 범주를 각기 달리 표방하고 있음을 밝혀 둔다. 여기서 각 장르의 정의와 개념상의 차이를 다루지는 않을 것이다. 이는 "영어덜트물, 청소년소설, 장르소설 이 세 갈래가 하나로 모이는 청소년소설의 장르화 경향"(오세란 「청소년소설다움을 넘어서」, 『기묘하고 아름다운 청소년문학의 세계』 사계절 2021, 60면)으로 서로 간의 경계가 불분명해지는 작금의 상황 때문이기도 하지만, 무엇보다 이 글에서는 오늘날 디지털 세대 독자군을 의식하며 쓰인 텍스트로부터 발견되는 어떤 징후들에 주목하려 하기 때문이다.

한 이름에서 보듯 약 2~3주 동안 발작적인 수면 상태에 빠지는 것이 증상이다. 길을 걷다가도 문득 잠에 빠지는 이 질병은 겉보기에는 정도가 심한 기면증처럼 보이지만 환자의 혈액에서 공통 바이러스가 발견되어 전염병으로 분류된다. 소설이 의도하는 바는 자명하다. 코로나19로 등교할 수 없고 친구와 거리두기를 해야 하는 혼란스러운 현실 속에서도 주의를 잃지 않고 학업 성적의 압박을 견뎌야만 하는 청소년들을 위로하려는 것이다. 이를 위해 소설은 지친 이들에게 잠을 선물하고 멀어진 친구들을 "꿈에서 만나" 볼 수 있도록 팬데믹 상황을 새롭게 고쳐 쓴다. 하지만 꿈을 다루는 만큼, 작품은 이 세대의 꿈과 현실을 둘러싼 어떤 무의식을 드러낸다.

주인공 니나는 이름보다는 '전교 1등'으로 불린다. 싱글맘으로 성공한 엄마를 본받아 "전문직 여성"이 되리라는 포부를 안은 채 "전 세계가 전염병에 걸리는 한이 있더라도 1등급의 길을 가겠다"(21면)며 다짐하는 인물이 바로 니나다. 이처럼 NARC-19에도 굳건했던 니나의 세계는 학생회장과의 만남을 기점으로 흔들리기 시작한다. 두 사람은 학교의 NARC-19 대처 방안을 안내하는 교내 홍보물을 제작하게 되는데, 서둘러 작업을 마친 뒤 책상 앞으로 달려가고 싶은 니나와 달리 회장은 며칠에 걸쳐 포스터 디자인에 정성을 기울인다. 고작 교내 포스터 따위가 뭐가 중요하냐며 마무리를 종용하는 니나에게 회장은 반문한다. "그럼 중요한 게 뭔데?"(36면) 그날 이후 니나의 머릿속에는 시도 때도 없이 회장이 던진 물음이 불쑥 솟게 되고, 그동안 주목하지 않았던 자기 내부의 틈을 자각한다. 니나는 아래와 같이 털어놓는다.

"나도 안 읽어 봤어. 엄마가 내 이름을 그 책의 주인공한테서 따왔다고 했어. 자기의 인생을 주체적으로 사는 강인하고 총명한 여성이라고, 내가 그렇게 자랐으면 좋겠다고. 그런데 스무 살이 넘어서 읽으라고 했어. 대학에 간 다음에 읽으라고……. 요새 나는 내가, 중요한 걸 다 놓치고 살고 있는 건 아닐까 하는 생각이 들어. 왜일까?"(55~56면)

여기서 말하는 책은 루이제 린저(Luise Rinser)의 『생의 한가운데』(1950)다. '니나'라는 이름에는 그가 주체적이고 강인하며 총명한 여성으로 자라기를 바라는 어머니의 염원이 담겨 있다. 니나는 분명 강인하고 총명한 여성 청소년이다. 하지만 그는 동시에 자신에게 진정으로 중요한 것과 스스로가 원하는 것이 무엇인지 모른 채 "중요한 걸 다 놓치고 살고 있는 건 아닐까 하는" 불안을 느끼는 존재이기도 하다. 자신이 무엇을 원하는지 알기 위해서는 스스로를 더 자세히 들여다보는 수밖에 없다. 하지만 니나는 학업을 이유로 자기 이름의 출처와 마주하는 것조차 가로막히고, 한편으로는 "읽어 보고 싶지만 읽어 보고 싶지 않아"(56면)라는 진술에서 보듯 본인 역시도 그 실체를 마주하기가 두려운 상태다. 이때 꿈은 그러한 불안을 우회하여 자신의 틈과 대면하는 하나의 경로가 된다.

공식적인 감염 경로가 발표되지 않은 상황에서, 인터넷상에는 기이한 가설이 퍼진다. "발병자가 수면 상태에서 만난 꿈속의 인물들이 현실에서 실제로 옮게 된다는"(41면) 내용이다. 당연히 그럴 리는 만무하다. 바이러스는 어떤 식으로든 접촉을 매개로 전염되므로, 감염자들은 높은 확률로 서로 가까웠을 것이다. 가깝게 관계하며 시간을 보낸 이가 꿈에 등장하는 일은 부자연스럽지 않다. 하지만 내가 누군가를 꿈꾸고 누군가가 나를 꿈꾸기를 바라는 마음이 조금 더 큰 십대 청소년 사이에서 이 가설은 믿고 싶은 것이며, 그렇기에 사실로서 전파된다.

멀리서 보면 이것은 가짜뉴스의 확산과도 비슷한 양상이다. 가짜뉴스의 핵심 또한 뉴스가 사실이기에 널리 공유되는 것이 아니라, 그 뉴스를 믿고 싶은 이들의 마음과 신체를 숙주 삼아 각자의 연결망 내부로 빠르게 전파·확산하는 데에 있기 때문이다. 공식적인 출처 없이 유포되는 가짜뉴스가 사람들을 붙드는 힘은 역설적이게도 비공식성에 있다. 그것은 미디어의 공식적인 언어가 제공하지 않는, 도저히 심정적으로 수용하기 어려운 지금의 현실을 이해할 수 있도록 돕는 꿈같은 말이기 때문이다. 즉, 이러한 뉴스 형식의 가설이 우리에게 가닿는 곳은 합리가 아닌 정서와 무의식이다. 논리적인 비판만으로 가짜뉴스의 소비가 중단되지 않는 것은 그 때문이다. 이때 소비의 본질은 세계의 뉴스를 '나'가 수용하는 방향을 뒤집어 '나'(의 무의식과 정서)를 세계에 기입하려는 욕망이므로.

이렇듯 바깥에서 날아든 꿈같은 말들로부터 우리가 마주하는 것은 다름 아닌 각자의 무의식적 소망일 따름이다. 작품 속에서 "누군가, 내 꿈을, 꿀 것이다. 비밀스럽게"(44면)라고 기대하는 청소년들은 단순히 바보여서 그 가설을 믿는 것이 아니다. 원인조차 알 수 없는 감염병으로 인해 송두리째 변해 버린 나의 현실을, 적어도 받아들일 만한 무엇으로 바라보게 하는 유일한 말이 그곳에 있었을 뿐이다. 감염병으로 난리통인 현실은 그 가설을 받아들이는 것만으로 "뜻밖의 핑크 기류"(43면)가 불어오는 장소로 전환된다. 그렇게 꿈은 하나의 뉴스가 되고, 현실은 그 뉴스에 의해 사후적으로 재구성된다.

어느 날 회장이 NARC-19에 감염되어 학교에 나오지 못하게 되자 니나는 자신도 그 병에 감염되기를 절실히 바랐다. 감염은 곧 회장이 자신의 꿈을 꾸었다는 증례가 될 것이므로. 이제 니나는 자신이 원하는 바를 더는 모르지 않는다. 그의 꿈은 회장을 향해 있다. 하지만 니나의 소망이 실체적 힘을 갖기 위해서는 이번에도 꿈은 바깥에서 날아들어야만 했다. 문득 깊은 잠에 빠지게 된 니나는 자신이 감염되었다는 "기쁨에 가슴이 터져 버릴 것 같"(62면)았음을 고백한다. 정말 회장은 니나의 꿈을 꾼 것일까? 누구도 알 수 없는 일이다. 하지만 감염이라는 외부로부터의 접촉, 연결, 반응을 증거하는 뚜렷한 징표가 니나를 사로잡았을 때, 니나의 꿈은 비로소 그의 현실을 새롭게 구성하기 시작한다.

일례로, 감염 이후 니나에게는 "간절히 학교에 가고 싶은 마음"(64면)이 솟구쳤는데, 이는 과거처럼 학업에 대한 조급함 때문이 아니었다. 회장이라는 자신에게 중요한 존재가 바로 그곳 학교에 있기 때문이다. 감염 이전과 이후 학교의 모습은 변함없으나, 이처럼 꿈은 현실의 학교를 바라보는 니나의 관점을 완전히 뒤바꿨다. 비록 외부로부터 온 꿈이지만, 이를 통해 니나는 분열된 자기 틈 사이에 감춰져 온 욕망을 확인하고, 그것에 기초하여 현실과 자신의 관계를 새롭게 재편할 수 있었다.

결국 '나'의 꿈만큼이나 중요한 것은 타자가 '나'를 꿈꾸는 것에 있다. NARC-19에 대한 기이한 가설을 믿는 한 감염은 타자의 꿈속에 내가 연결되었다는 확인과 그로부터 직간접적으로 전달되는 타인의 어떤 반응에서 기인하는 것이기 때문이다. 회장이 니나를 꿈꾸고 접속했을 때 비로소 니나의 꿈도 현실을 전환하는 힘을 갖기 시작했던 것처럼 말이다. 이같이 과거 주체가 라캉(Jacques Lacan)의 말처럼 '타자의 욕망을 욕망하는' 존재였다면, 지금과 같은 즉각성과 초연결성의 시대 속 주체는 타자의 반응에 의해 구성되는 것일지도 모른다. 동일시 등의 원리로 해명되어 온 꿈의 생성은, 이제 접촉에 따른 정동의 감염과 전파에 의해 이루어진다.

꿈에서조차 감염을 피할 수 없는 이 상황은 "유일한 투쟁은 좋은 감염과 나쁜 감염 간의 싸움뿐"[7]이라는 한 철학자의 말을 떠올리게 한다. 하지만 니나는 감염을 피하기보다는 적극적으로 "좋은 감염"을 원했다. 좋은 감염과 나쁜 감염은 어떻게 구분할 수 있을까? 앓기 전까지 우리는 사전에 이를 분간할 수 없지 않은가? 아마도 예전 같았다면 그것을 좋은 감염으로 기꺼이 떠안으려는 주체의 결단에서 비롯된다고 말했을 것이다. 하지만 소설에서 니나의 결단은 찾기 어렵다. 니나는 단지 꿈에 감응할 따름이다.

일반적으로 "짝사랑의 씨앗"(47면)이 마음에 심긴다면 우리는 그곳에서 한 그루의 사랑이 움트기를 바라게 된다. 서로를 향한 애틋한 마음을 토양 삼아 조금씩 관계의 뿌리를 내리고 줄기와 잎이 생장하다가 마침내 열매를 맺는 순간을 고대하면서 말이다. 하지만 그러한 개체적 형태의 사랑을 이들에게 기대해도 되는 걸까? 이곳에서 사랑은 개체가 아닌 바이러스의 형태로 확산된다. 더구나 이들은, 특히 니나는 상대를 그토록 열망하면서도 이름으로 서로를 부르는 것이 아니라 '학생회장'이나 '전교 1등'과 같은 부분적 특징으로 상대의 존재를 지칭한다. 이 모습은 두 세계 간의 만남이라기보다는, 분할된 존재의 조각 사이의 마주침에 가깝다. 결국 니나의 마음에 심어진 것은 정확히는 사랑의 씨앗이 아닌 조각 같은 것이 아니었을까? 그러므로 만약 이 소설이 디지털 세대 독자들의 마음에 가닿고 어떤 공감을 불러일으킨다면, 단지 코로나19 사태를 새로 쓴 작가의 의도가 전해진 것만이 이유는 아니겠다. 그보다는

---

7 슬라보예 지젝 『팬데믹 패닉』, 강우성 옮김, 북하우스 2020, 104면.

분열체가 된 지금의 주체가 꿈을 꾸는 방식을 보다 정밀하게 포착한 까닭에서일 것이다.

꿈의 감염으로부터 분열된 '나'의 틈을 들여다보는 것은, 다시 너(나)와 연결되기 위해 주체가 거쳐야 할 첫 번째 단계다. 하지만 우리는 감염과 같이 바깥에서 안으로 향하는 행로만으로 만족해야 하는 걸까? 타자의 외부적 반응으로 생성된 꿈에 의존하는 것 이외의 선택지는 없는 걸까?

좋았던 그때 그 시절로

제1회 창비×카카오페이지 영어덜트 소설상 대상작인 박소영의 『스노볼』(1·2권)은 현시대가 아닌 새롭게 재건된 포스트 아포칼립스적 세계상을 그린 소설이다. 하지만 종말 이후를 상상하는 이 소설의 곳곳에서 우리가 마주하는 것은 바로 현시대의 기술적 무의식이다.

소설의 배경은 지금의 인류 문명이 전쟁으로 인해 종결된 이후다. 평균 영하 41도의 혹독한 추위가 몰아치는 가운데, 이곳 세계는 돔 형태를 한 '스노볼'의 안과 밖으로 구분된다. 따뜻하고 온갖 상품이 즐비한 스노볼 내부와 그런 스노볼에 전력을 공급하기 위해 수많은 노동자가 발전소에서 전기를 생산해 내는 혹한의 바깥 세계. 안팎으로 구획된 스노볼의 상황은 한눈에도 불평등하지만, 이 구조를 문제 삼는 사람들은 거의 발견되지 않는다. 이는 아마도 스노볼의 내외부가 서로 적절히 상응하는 교환을 나누고 있다는 믿음 때문이겠다.

스노볼 바깥 사람들은 엄혹한 환경에서 노동하는 "대가로 스노볼 드라마를 마음껏 시청"(1권 26면)할 수 있고, 스노볼 안에서는 전력과 각종 혜택을 누리는 대신 '액터'로서 의무적으로 '스노볼 드라마'를 찍어야 한다. 수많은 카메라 앞에 노출되어 자신의 일상을 빠짐없이 녹화해 바깥으로 송출하는 것이 이 드라마의 골자다. 시청률이 낮은 드라마는 폐지되고 해당 액터와 디렉터는 스노볼을 떠나야 한다. 따라서 디렉터는 더 많은 관심을 유발하고자 액터의 삶을 자극적으로 편집하고 때로는 극한으로 몰아붙인다. 한편, 전력 생산이나 사생활 공유와 같은 "시민의 기본 의무"로부터 자유로운 이들이 있다. 스노볼 최고 권력자인 이본 미디어 그룹 가문이 바로 그들이다. 초월적 지위를 누리는 듯하지만 "지금의 스노볼 시스템을 만든 **재건** 가문으로서 이 시스템을 유지하고 액터와 디렉터를 보조하면서 자신들의 역할을 다하고 있기 때문"(강조는 원문, 1권 107면)이라는 이유로 대중은 이들을 용인한다.

정리하자면 스노볼은 세 항의 순환으로 작동하는 셈이다. 체제를 제공하는 이본 그룹, 노동을 제공하는 스노볼 바깥 사람들, 드라마를 제공하는 스노볼 거주자들. 다시 보아도 이들 사이의 교환은 평등하지 않다. 하나 작가가 공들여 건축해 낸 이 부조리한 세계로부터 균열의 가능성을 찾기란 쉽지 않아 보인다. 작품이 강한 몰입감을 제공하는 이유도 여기서 찾아볼 수 있을 것이다. 물론 웹페이지(카카오페이지) 연재라는 속성을 반영한 역동적인 전개와 속도감 있는 문체도 한몫했을 테지만, 소설의 흡인력은 무엇보다 주인공 '전초밤'의 여정에 따라 도통 무너지지 않을 것 같던 스노볼에 뜻밖의 틈이 생기고 그 간격이 점차 벌어지는 과정을 빠르게 쫓아 읽는 경험에서 연유하는 것이기 때문이다. 전초밤은 두 차례에 걸쳐 스노볼 체제에 균열을 일으킨다. 한 번은 바깥에서 안으로. 이는 우리가 니나와 이미 함께 경유한 행로다. 전초밤은 한 차례 더 나아간다. 안에서 바깥으로.

『스노볼』 1권은 전초밤이 동료들을 모아 스노볼 내부로 진입하여 생방송이 진행되는 방송국을 점거해 '고해리 프로젝트'를 폭로하는 줄거리로 구성되어 있다. 고해리 프로젝트란 스노볼 최고의 스타 고해리의 드라마가 — 액터의 변심, 부상, 실종, 죽음 등의 이유로 — 중단되지 않도록 대용품으로 활용하기 위한 '예비용 고해리들'을 유전자 복제 기술로 비밀리에 스노볼 바깥에서 키워 온 계획을 의미한다. 전초밤 역시 이 프로젝트의 일환으로 만들어진 아이였다. 스노볼 바깥 세계에서 스크린 너머로 또 다른 '나'인 고해리를 보며 꿈을 키우던 전초밤은 막상 스노볼이라는 '꿈의 세계' 내부로 진입한 이후에야, 니나가 그러했듯, 이 세계 전반과 자신을 되돌아본다.

드라마 속 고해리가 본질로 취급되고 도리어 혹독한 현실에 발붙이고 살아온 이들이 허구의 대용품처럼 여겨지는 이 역설적인 상황은, 스크린 속 '나'로 나타나는 욕망의 환시가 다양한 잠재성을 지닌 현실의 '나'들을 제한하고 압도하는 모습처럼 읽힌다. 이렇듯 가상이란 단순히 현실에서 실현할 수 없는 환상을 대리 충족해 주는 꿈의 공간이 아니다. 그곳이 전파하는 꿈의 내용과 경로가 오히려 우리의 현실을 재귀적으로 새로이 구축하기 때문이다.

이곳에 역습을 가하기 위해 전초밤은 꿈의 세계에서 빠져나와 스노볼 바깥의 (고해리 프로젝트에 의해 만들어진) 또 다른 '나'들을 찾아나서야만 했다. 다시 말해서, 분할된 '나'의 여러 잠재적 가능성을 마주하기 위한 모험을 떠나야 했던 것이다. 이해타산을 따지는 신시내, 걸핏하면 총을 들이미는 명소명, 출세를 위해 무엇도 서슴지 않는 배새린. 전초밤은 이 세계가 추방한 '나'들을 모아 스노볼로 향한다. 마침내 방송국을 점거한 이들은 생방송에서 각자의 존재를 이 비윤리적인 프로젝트의 증거로서 비추고, 한발 더 나아가 이렇게 말한다.

"저희는 고해리가 총 몇 명인지도 몰라요. (…) 우리 만나요. 다 모여요. 다 같이 목소리를 내서 망가진 삶을 되찾아요." (1권 425면)

흩어진 채 혹한의 현실에 던져진 '나'들을 연결하여 꿈의 자리로 향했을 때, 스노볼이 비추는 환영을 유지하기 위해 현실의 '나'들이 잠식되는 이 전도된 관계를 공중에 폭로했을 때, 심지어 아직 발견조차 되지 않은 미지의 '나'들을 꿈속으로 불러모으고자 할 때, 스노볼 체제는 일차적으로 흔들린다.

하지만 타격을 입은 것은 고해리 프로젝트에 관여한 일당 정도이지 스노볼이라는 근본적인 모순은 건재했으므로, 전초밤은 한 번 더 모험을 감행해야 했다. 이번에는 안에서 바깥으로. 2권에서 전초밤은 스노볼의 가장 깊은 곳에 감춰진 지하발전소에 잠입해 이를 폭파함으로써 스노볼의 체계를 내부로부터 무너뜨린다. 이때 전초밤과 일행들은 '나'들의 원본이라 할 수 있는 고해리와 만난다. 현시되지 못한 현실의 다양한 '나'들을 연결해 꿈의 자리에 등록하려는 모험이 1권이었다면, 2권에서 이들은 꿈속에서도 가장 깊은 곳에 감춰져 있던 '나'들의 근원인 고해리와 만나는 데 성공한다. 스노볼이라는 체제하에 다층적으로 분열된 '나'들 간의 연결이 완수되었을 때, 비로소 전초밤의 여정은 막을 내린다.

그런 의미에서 이 소설은 부조리한 세계를 전복한 영웅의 모험담이자 분열되고 억압되어 온 자기를 실현해 가는 한 여성 청소년의 성장담이기도 하다. 전초밤의 모험에는 늘 여성 조력자들이 곁에 자리했다. 일상 전반을 지배하는 오늘날 미디어의 영향력은, 작품에서 보듯 더 많은 잠재성과 욕망을 실현하는 것이 아니라 때때로 기존의 성차별적 응시와 억압을 강화하는 방향으로 발휘되기도 한다. 비록 같은 얼굴이지만 순종적이지 않고, 계산적이며, 폭력적이거나 야심적인 '나'가 현실에서 소거되고, 오직 사랑스러운 모습으로 누군가의 딸이자 여자친구인 형상만을 승인받는 상황은 비단 소설 속 이야기만이 아닐 것이다. 따라서 등장인물의 젠더는 중요한 변수로 기능한다. 상대적으로 더 큰 보여짐과 연출에의 압력에 시달리는 이들 간의 연대와 저항이 이루어지고, 끝끝내 이들의 손에 의해 불평등한 체제가 막을 내리게 되었을 때, 소설이 전하는 진정성과 장르적 즐거움은 배가되기 때문이다.

　한 가지 눈여겨볼 점은 이 소설이 스노볼 체제가 내파된 이후의 결말을 어떻게 그리는가에 있다. "제2의 이본이 나타나"(2권 462면)는 사태를 방지하기 위해 세계는 나름의 조치가 필요했을 것이다. 소설은 결말에서 한 편을 제외한 모든 스노볼 드라마를 종방시켜 사람들에게 자유를 선사한다. 텔레비전에서 방영되는 유일한 스노볼 드라마는 기존까지 촬영의 의무가 없었던 이본 미디어 가문을 담아낸 「투명 감옥」뿐이다. 처벌의 의미를 담는 처분일 테지만, 주목할 점은 기존 액터와 같은 평범한 인물이 아닌 유명인을 주인공으로 한 소수의 드라마만이 송출되는 20세기 매스미디어의 풍경이 복원됨으로써 세계의 안정이 이루어지고 있다는 것이다.

　물론 인터넷이나 스마트폰도 없고, 잡지 『TV 가이드』를 뒤적이며 채널 편성표를 살피는 등 스노볼 체제의 미디어 풍경은 이미 매스미디어 시절의 그것과 근사하게 묘사되고 있었다. 그러므로 소설이 매스미디어로의 회귀를 대안으로 그리고 있다는 말은 모순처럼 느껴질 것이다. 하나 이곳의 생태계는 수많은 콘텐츠의 난립으로 다중적 세계를 구성하는 유튜브의 풍경 일부와 차라리 더 닮아 있다.[8] 이는 미디어 통제에 기대어 불평등한 체제를 통치하는 설정의 또 다른 텍스트 『헝거 게임』(수잰 콜린스) 시리즈와 비교해 보면 더욱 분명히 드러난다.

판엠의 독재자 스노는 해마다 캐피톨 바깥의 각 구역에서 소년 소녀를 한 명씩 선발해 데스 게임을 시키며 이를 TV로 방영한다. 이것은 일반인을 대상으로 한 리얼리티 프로그램이라는 점에서 형식상 『스노볼』의 드라마와 유사하다. 그러나 스노의 미디어 통치 전략의 목표는 공포에 질린 대중이 희망을 포기하도록 만드는 데에 있다.[9] 이를 위해 미디어는 하향식으로 프로그램을 제작·송출하고, 대중은 꼼짝없이 스크린 앞에 모여 방송을 시청해야만 한다. 이 광경은, 집단의 본질을 구성하는 것은 "흥미, 관심사와 생각의 공유체(shared body)"를 통한 집단적 기억에 있다는 사회학자 모리스 알박스(Maurice Halbwachs)의 말을 떠올리게 한다.[10] 헝거 게임은 공포와 무력감을 집단적으로 공유하는 신체로

---

8 실제로 소설 속 스노볼 드라마는 우리가 텔레비전에서 흔히 볼 수 있는 '관찰 예능'과는 조금 다르다. 관찰 예능의 재미는 무대 위에서 볼 수 없었던 스타의 평범한 일상을 시청하는 것에 있다. 하지만 스노볼 액터는 애초에 평범한 거주자이며 그들에게는 스노볼 내부의 세계가 곧 무대다. 무대와 일상이 분리되지 않는 이들의 드라마는 인플루언서(가 되고 싶은 유튜버들)의 '브이로그'(vlog)에 좀 더 가깝다.
9 주인공 캣니스 에버딘은 '헝거 게임'을 이렇게 요약한다. "똑똑히 봐 둬. 우리가 너희 아이들을 데려다 희생시켜도, 너희들이 할 수 있는 일은 아무것도 없다는 것을. 손가락 하나라도 까딱하면 너희들을 마지막 한 명까지 박살내 버릴 거야." 수잔 콜린스 『헝거 게임』, 이원열 옮김, 북폴리오 2009, 23면.
10 Maurice Halbwachs, *The Collective Memory*, trans. Francis J. Ditter, Jr., Vida Yazdi Ditter, New York: Harper & Row 1980, 118면.

서의 대중을 생산하는 미디어 장치다.

하지만 스노볼은 정반대다. 이곳의 통치자는 우리와 같은 평범한 이들을 액터로 기용해 역으로 꿈을 생산하고 확산하는 데 주력한다. 액터들은 "열과 성을 다해, 카메라 앞에서 자신의 모든 것을 내던지며 쉬지 않고 사건 사고를 만들어"(1권 125면) 각자의 채널에 송출하고, 그 액터의 수만큼의 채널들이 모두 연결될 때 비로소 스노볼이라는 사회가 구성된다. 그렇다면 적어도 미디어의 관점에서 본 스노볼 내부의 세계는, 집단적 기억을 공유하는 형태이기보다는 무수한 개성을 지닌 '나'들이 모일 때에야 소급적으로 실체를 갖는 곳이라 할 수 있다. 이것은 소셜미디어 시대의 세계상에 더 가깝다.

그렇다면 앞서 언급한 스노볼의 세 항은 이렇게 고쳐 쓸 수 있겠다. 플랫폼을 제공하는 이본 그룹, 구독·조회수·후원으로 참여하는 스노볼 바깥 사람들, 콘텐츠를 게시하는 인플루언서로서의 스노볼 거주자들. 이렇듯 저 스노볼이라는 세계의 출처는 먼 미래도 지난 과거도 아닌 바로 작금의 미디어 현실이다. 결국 『스노볼』은 매스미디어적 통제의 외피를 두르고 있을 뿐, 실은 지금의 소셜미디어 체계가 만들어 내는 모순에 저항하고 분열된 '나'들을 잇는 이야기다. 앞서 매스미디어로의 '회귀'라는 표현을 사용한 것은 그 때문이다.[11] 매스미디어 시대를 그리는 중에도, 디지털 시대의 독자와의 접속을 최우선으로 삼는 이 소설의 무

---

11 전통적 매스미디어의 이상화는 전초밤 일당이 생방송 방송국을 점거한 시도에서도 사실상 동일하게 발견된다. 전통적인 방송 미디어가 진실과 정의를 실현하는 통로로 채택된 점이나, 생방송 뉴스가 마치 "전 세계가 지켜보고 있다"는 식의 비장한 감각을 선사하는 미디어로 기능하는 모습이 여기에 해당할 것이다. Todd Gitlin, *The Whole World is Watching: Mass Media in the Making and Unmaking of the New Left*, Berkeley: University of California Press 1980 참조.

의식은 소셜미디어의 체계 아래에 뿌리를 두고 있던 것이다.

하지만 우리는 묻게 된다. '진정한' 매스미디어로의 회귀를 통해 디지털 시대 속 주체의 분열이라는 문제는 해소될 수 있는 걸까? 유명인의 드라마를 시청하는 '관객'의 자리로 돌아가 집단적 기억을 공유하는 매스미디어 시대의 이상을 복원한다면, 전초밤이 분열된 자신의 조각들과 재회했듯 우리도 다시 너(나)와 연결될 수 있을까? 이미 20세기를 거쳐 지금 이곳에 도달한 경험에 따르면 전망은 밝지 않다.

접속의 정향을 뒤집기

회귀가 아니라면 우리에게 남은 선택지는 무엇일까? 여기 안에서 바깥으로 향하는 또 다른 텍스트가 있다. 제1회 박지리문학상 수상작인 현호정의 『단명소녀 투쟁기』는 제목에서 짐작할 수 있다시피 '여성 청소년의 투쟁기'로 새로 쓴 연명설화(延命說話)다. 열아홉 살 '구수정'은 용하다는 점쟁이 북두에게 "넌 스무 살이 되기 전에 죽는다"(12면)는 예언을 듣는다. 열아홉의 나이에 자신이 죽어야 한다는 것은 억울하거니와 이해할 수도 없는 일이므로 그는 주어진 운명을 거부하고 목숨을 연명하고자 북두가 일러 준 대로 남동쪽으로 떠난다. 그 길에서 수정은 죽기 위해 북쪽으로 가던 '이안', 커다란 개 '내일'을 만나 함께 저승으로 향한다. 이들의 여정은 육화된 죽음이라 할 저승의 신을 죽임으로써 종결된다. 단명의 운명을 짊어진 주인공이 절대적 존재를 찾아 연명을 구하는 것이 아니라 이를 물리치고 본인이 절대자의 자리를 자임하는 이야기라는 점에서, 소설은 연명설화의 현대적 재해석을 성공적으로 수행하고 있다.

이 작품을 안에서 바깥으로 향하는 서사라 말한 건, 우선 수정의 모험이 이루어지는 장소가 다름 아닌 꿈이기 때문이다. 현실의 수정은 병원에 누워 사경을 헤매고 있다. 손목을 긋고 스스로 생을 마감하려 했던 것으로 보이는 그는, 오히려 꿈속에서 연명에의 강한 의지를 내보인다. 여기까지만 들으면 꿈에서 저승의 신을 물리치고 꿈 바깥의 현실로 살아 돌아온 이야기라 추측할지도 모르겠지만 꼭 그렇지만은 않다. 마치 전초밤이 스노볼의 가장 밑바닥에 숨겨진 지하발전소로 향했던 것처럼, 수정이 마지막에 다다른 곳 역시 정확히 말하자면 꿈속의 꿈에 해당하기 때문이다. 수정의 꿈속에서 꿈을 꾼 이는 본인이 아닌 이안이었다. 반복되는 꿈속에서 이안은 자신과 수정이 병실에 나란히 누운 모습을 본다. "만약 그게 현실이고 이게 꿈이면 어떡하지?"(91면) 하는 불안을 토로할 만큼 꿈은 생생하다.

수정은 "깨지도 못하는 꿈이 어떻게 꿈이냐? 그건 정말 꿈이어도, 꿈이 아닌 거야"(92면)라며 이안의 말을 날카롭게 부정하지만, 정작 수정의 귀환은 자신이 부정했던 이안의 꿈을 현실화한 형상으로 이루어진다. 병실에서 깬 수정은 이안의 말이 맞았다는 사실에 웃음을 터뜨린다. 그러나 분명 수정의 말은 틀리지 않았다. 깨지 못하는 꿈을 꿈이라 부를 수는 없다. 그렇다면 이렇게 말해 볼 수는 없을까? 수정이 도착한 현실이란 꿈의 반대말이 아니라 차라리 꿈속의 꿈에 더 가까운 것이었다고. 아프고 죽음에 가까운 이들이 서로의 생을 나지막이 응원하는 이곳 병실이 바로, 온몸으로 생사를 건 투쟁기를 쓰던 이안과 수정이 꾼 꿈이었노라고.

지금껏 수행해 온 독해를 수정의 말에 그대로 적용한다면, 깨지 못하는, 그래서 현실과 쉽게 분리되기 어려운 가상(꿈)은 가상이어도 가상이 아니라는 말로 바꿔 써 볼 수 있겠다. 이는 '나'이면서 동시에 '나'가 아닌 형상을 스크린(거울) 너머에서 마주하는 디지털 세대의 당혹감을 살피면서 이미 한 차례 거쳐 온 이야기다. 하지만 소설은 성큼 한 발짝 더 내디딘 셈이다. 우리가 발 딛는 현실을 의문에 부치며 다음과 같은 물음을 던지기 때문이다. 가상이 우리의 현실 저편에 자리하는 꿈의 세계이듯, 어쩌면 현실 또한 가상세계가 꾸는 꿈인 것은 아닐까? 그렇다면 안에서 바깥으로라는 표현은 정정되어야 한다. 이것은 안에서 또 다른 안으로 향하는 소설이다.

지금부터는 이들의 구체적인 여정을 살펴볼 때다. 최초 수정과 이안은 연명과 죽음이라는 각자의 목표를 이루기 위해 저승의 신이 부여한 임무를 따른다. 그 임무란 저승의 신이 준 명부에 그려진 인물들을 찾아 죽이는 일이었다. 둘은 장소를 이동하며 명부에 떠오르는 이들을 찾아 차례대로 처치한다. 이 대목은 윤경희가 평했듯 "동시대의 디지털 미디어에 기반한 스토리텔링과 캐릭터 창작 기법"을 "응용하고 혼종"[12]하는 모습처럼 보인다. 그의 말처럼 "서사가 진행되는 데 있어서 장소 단위의 변화가 중요 요소로 설정되고, 장소마다 인물이 특정 과제를 수행하고, 과제를 성공적으로 완료할 때마다 생명-시간이 연장되고, 다음 장소로 이행하여 다음 임무의 수행을 반복하는 단선적 구조는 스테이지 공략형 게임의 스토리텔링 기법을 연상시킨다."[13]

자기 운명을 걸고 투쟁한다는 점에서 고전적인 주체의 꿈으로 읽히

---

12 윤경희 「연명담의 현대적 재구성과 재해석」, 현호정 『단명소녀 투쟁기』, 사계절 2021, 139면.

13 같은 글 144면.

기 쉬운 이 소설로부터 디지털 미디어의 흔적을 발견하는 윤경희의 안목은 분명 탁월하다. 다만, 장소 이동과 임무 수행을 반복하는 단선적 형식을 이유로 이를 디지털 스토리텔링의 영향이라 규정하는 것은 어딘가 허전한 면이 있다. 시험이 부여되고 이를 통과하는 과정 끝에 목표를 성취하는 이야기 구조는 이미 많은 설화에서 폭넓게 발견되는 특징이기 때문이다. 그러므로 우리는 이들의 "스테이지 공략" 형식의 투쟁기를 조금 더 세밀하게 들여다볼 필요가 있다.

추정컨대 명부에 떠오른 인물들은 현실 속 수정이 자살을 시도한 이유와 어떤 식으로든 결부된 것으로 보인다. 수정과 이안이 가장 처음 죽인 인물은 악사(樂士)로, 그는 마을 사람들의 추문을 노래하는 자였다. 악사를 죽인 후, 수정은 그가 자신의 담임교사와 닮았다는 것을 생각해낸다. 젊은 교사였던 그는 평소 자신의 친구들과 유흥가를 배회하곤 했고 종종 그곳을 지나던 수정과 마주칠 때마다 수정의 머리를 함부로 쓰다듬었다. "모멸과 분노를 누르기 위해 알지도 못하는 그의 가족을 상상하곤 했다"(68면)는 수정의 기억을 미루어 본다면 이것은 필시 수정을 모욕하는 행위였을 것이다. 추문을 노래하는 자와 닮은 그가 읊었을 노래의 내용을 우리는 어렵지 않게 상상할 수 있다.

그다음 이들이 죽인 인물은 청소부다. 그는 질서에 어긋나는 얼룩 같은 존재들을 청소하려는 자다. 마을의 질서를 어지럽힌다는 이유로 청소부는 수정과 이안을 죽이려 하나 역으로 죽임을 당하고, 그가 처치되자 임무를 완수했다는 듯 명부의 한 페이지가 날아올라 사라진다. 앞서 죽은 악사-담임 교사가 구체적인 인물인 것에 비해 청소부는 조금 더 추상적·상징적이다. 청소부는 본인들이 세운 기준과 잣대만을 폭력적으로 강요하는 기성세대 일반의 모습처럼 보이기 때문이다.

이후 명부에 등장하는 이들은 점차 사람의 형태를 벗어나기에 이른다. 눈-인간, 모기-인간, 허수아비-인간. 이들은 살아 움직이는 존재이기는 하지만 인간이라기보다는 신체의 부분이자 기괴한 조각이다. 이 부분 대상들은 아마도 수정을 응시하고(눈), 빨아들이거나 소진시키며(모기), 제자리에 서서 방관하는(허수아비) 추상적 존재 일반을 의미할 것이다. 그렇다면 수정의 여정은, 자신을 둘러싼 추문을 떠벌리는 자, 기성세대의 폭력적인 억압, 그런 상황에 놓인 수정을 응시하고 소진케 하며 방관하는 이들을 제거해 가는 과정으로 이해해 볼 수 있다.

이들을 물리치던 중, 다시 말해서 스테이지를 옮겨 가며 임무를 완수하는 가운데 문득 수정과 이안은 자신이 죽인 자들을 생각하며 슬피 운다. 일반적인 민담이나 게임의 문법에서 이 죽은 괴물들은 주인공이 통과해야 할 시험의 일부에 불과하며, 문제를 풀고 나면 이들의 페이지는 대개 다시 펼쳐질 일이 없다. 하지만 수정과 이안은 자신이 죽인 이들을 위해 눈물 흘린다. 다음 스테이지의 수순을 기다리던 독자라면 당혹감을 느낄 법한 전개다. 이는 마치 이미 넘기고 간 타임라인의 게시글이 새로운 의견과 함께 공유되어 재차 스크린에 나타난 상황처럼도 보인다. 수정과 이안이 자신과 접속했던 이들이 남긴 슬픔의 정동에 감염되어 더 나아가지 못할 때, 그렇게 이미 지난 죽음과 꿈에 관한 이야기를 현재의 타임라인 위로 반복적으로 되돌려 놓을 때, 단선적 시공간은 점차 비선형적으로 휘기 시작한다.

최종적으로 수정과 이안의 명부에 그려진 초상화는 바로 서로의 얼굴이었다. 살거나 죽기 위해 이들은 함께 싸워 온 상대방을 죽여야 한다. 이안은 죽고자 하는 인물이다. 그가 죽고 싶었던 이유는, "내가 정말 사랑하는 사람. 내가 제일 사랑하는 사람. 그 사람이 내가 죽기를"(37면)

바라며 학대했기 때문이었다. 지금까지의 명부 속 인물들이 모두 수정의 자살 시도와 관계되어 있었다면 이안도 그러할 것이다. 명부의 후반부로 갈수록 인물의 화소가 구체성보다는 추상성에 가까워지는 것을 고려한다면, 이안은 수정 안의 죽고 싶은 또 다른 내면일지도 모른다. 그 마음을 죽여 없애고 삶을 이어 가라는 것이 저승의 신이 말하는 질서이리라. 하지만 수정은 이안이 아닌 죽음에 칼을 겨누기로 한다.

저승의 신을 쫓던 수정은 모든 죽은 이들이 있는 지하 감옥 아래로 떨어진다. 이곳에는 수정과 이안의 손에 의해 죽은 이들도 갇혀 있다. 자신이 죽인 자들을 위해 울었던 수정은, 비록 복수당할지도 모를 테지만, 그들이 반갑다. 이때 갇힌 자들이 외친다.

> — 우리를 풀어 주면 우리가 살아날 텐데. (…)
> — 우리가 살아나면 다른 이들을 풀어 줄 텐데. (…)
> — 모든 이가 되살아나면 질서가 무너질 텐데. (…)
> — 그럼 저승의 신이 죽을 텐데. (106~107면)

지난 고통스러운 관계, 기억, 존재들을 죽이고 지우는 일은 '나'의 안정을 유지하는 방법이 될 수 있다. 하지만 이들은 죽지 않고 다만 깊숙한 심연 아래 갇혀 있을 뿐이므로, 수정은 조금 더 근원적인 해결책을 강구한다. 죽은 자들을 모두 풀어내 되살리고 저승의 신을 죽여 질서를 무너뜨리는 편을 택한 것이다. 수정은 게임이 제안하는 행로를 질서 있게 답습하는 게 아니라 차라리 무질서와 혼란의 불안에 맞서 세계를 재편하고자 한다. 최초 장소를 이동하며 단선적으로 관계 맺었던 이들과의 접속의 정향은 조금씩 비선형적으로 휘어 가다가 이윽고 무질서하고 무차별적인 방향으로 뻗어 나가기 시작한다. 그리고 바로 이 지점에서 우리는 오늘날의 미디어적 조건과 마주친다.

소셜 네트워크, 메시지, 그리고 일상의 모든 업로드는 미디어 생활의 배면에 숨어 잠재적인 재발견, 재연결, 재조정을 기다리다가 (우리 스스로와 타자의) 잠재적·준잠재적 연결을 재활성화해 과거 관계를 변형시키는, 다중의 (역설적이지만) 실시간 및 휴면 기억을 연속해서 축적한다.[14]

축적된 과거의 조각들은 언제든 연결되고 재활성화되어 그 관계를 변형시킬 준비가 되어 있다. 수정은 죽여 없애거나 묻어 버리고 싶었던 (일종의 휴면) 기억과 존재를 다시 끄집어내, 그들과 '나' 사이의 관계를 재발견하고, 접속의 정향과 연결점을 새롭게 조정함으로써 자신의 꿈의 세계를 새롭게 재편한 셈이다. "모든 이가 되살아나면 질서가 무너질 텐데." 무너지는 것은 정확히는 저승의 질서다. 수정이 기존의 접속 구조를 허물고 꿈의 질서를 주관하는 자리에 스스로를 놓았을 때, 비로소 그는 자신의 꿈이 그토록 꿈꾸던 삶과 다시 연결될 수 있었다.

많은 이들이 말한다. 이곳에 전통적 주체와 개인은 더는 없다고, 분열체로서 데이터화되고 알고리듬에 의해 처리되는 존재만 있을 뿐이라고. 일종의 묵시록적 예언처럼 들리는 말이기도 하나, 그럼에도 우리는 너(나)와의 연결을 포기할 수 없다. 만약 이 시점, 존재의 분열이 발생하는 근거지가 우리의 가상(꿈)에 있는 것이라면, 기존의 질서를 뒤엎는

---

14 Andrew Hoskins, "Memory of the Multitude: The End of Collective Memory," in Andrew Hoskins, ed., *Digital Memory Studies*, Routledge 2018, 88면.

주체화의 가능성이 새롭게 점화되는 자리 역시 그곳에 있을 것이다. 안에서 안으로 이르는 길은, 다시 말해 가상(꿈)의 토대 위에서 종전과 다른 세계를 상상하고 계획하기 위한 도정은, 감염의 논리와 경로를 흐트러뜨리고 꿈의 질서를 주도하려는 주체의 의지 없이는 불가능하다. 돌고 돌아서 결국, 문제는 다시 주체다.

어떻게든, 살기 위해, 달리는 소녀들

최양선, 김민경, 이꽃님의 청소년소설에서

1

소녀들은 왜 달리는가? 2020년을 전후로 출간된 몇몇 청소년소설들을 살피던 중 떠오른 물음이다.[1] 코로나가 전 세계를 강타하기 시작한 시기였지만, 이제 막 불어닥친 팬데믹이 초래한 당시의 풍경을 반영한 소설을 찾아보기는 힘들었을 때였다. 이 시기에 나는 달리는 여성 청소년들을 소설에서 만날 수 있었다. 달리게 된 계기는 각양각색이었으나, 이들은 모두 어떤 마음의 문제를 다루기 위한 목적으로 마치 죽을 듯이 달리고 있었다.

감염 확산을 막기 위해 우리가 각자의 집 안에서 격리해 있는 동안,

---

1 여기서 내가 가리키는 작품은 최양선 「일시 정지」(『달의 방』, 사계절 2021), 김민경 『지구 행성에서 너와 내가』(사계절 2020), 이꽃님 『행운이 너에게 다가오는 중』(문학동네 2020)이다.

우연히도 내가 택한 청소년소설 속 인물들은 우리를 대신해 문을 열고 각자의 운동장을 내달리고 있었다. 궁금했다. 달리기라는 것은 대체 어떤 의미이기에 비슷한 시기에 발표된 여러 작품에 걸쳐 이토록 반복적으로 달리는 소녀들이 등장하는 걸까? 이들처럼 직접 달려 본다면 그 마음을 조금이나마 이해해 볼 수 있을까? 하지만 달리기는커녕 반드시 외출해야만 하는 일이 아닌 이상 자가격리를 고수하던 당시의 나로서는 부득이 다른 사람의 말을 참고할 수밖에 없었다. 달리기를 사랑한 어느 소설가는 "우리는 결코 오래 살기 위해서 달리는 게 아니라 설령 짧게 살 수밖에 없더라도, 그 짧은 인생을 어떻게든 완전히 집중해서 살기 위해 달리는 것"이라고 말했다.[2]

어떻게든 완전히 집중해서 살기 위해서, 라는 문장은 이들의 달리기를 이해하는 데 좋은 출발점이 될지도 모르겠다. 이들의 달리기 역시 어떤 상태로 완벽히 몰입하거나 반대로 벗어나기 위한 목적을 일부 지니고 있기 때문이다. 하지만 다소 자기 계발적인 인상을 풍기는 위 문장(인용문)은 독자가 소녀들의 달리기로부터 전달받는 감상을 미묘하게 담아내지 못한다. 이들의 달리기에 더 가까워지기 위해 위 문장은 이렇게 고쳐 적을 필요가 있어 보인다: 어떻게든, 완전히, 집중해서, 살기 위해서. 위 문장을 숨 가쁜 호흡으로 한 마디씩 끊어 읽을 때, 우리는 살기 위해서 달려야 했던 이들의 절박함에 비로소 한 발 더 다가설 수 있다. 완벽한 집중을 통한 고양감과 이들의 달리기는 거의 관계가 없으며, 어떤 의미에서 이들은 달리도록 내몰리고 있는 편에 더 가깝기 때문이다.

달리도록 내몰리는 소녀. 예나 지금이나 고리타분한 생각이기는 하

2 무라카미 하루키 『달리기를 말할 때 내가 하고 싶은 이야기』, 임홍빈 옮김, 문학사상사 2009, 10면.

나, 소녀와 달리기는 종종 부자연스러운 관계로 여겨지곤 했다. 아이리스 매리언 영(Iris Marion Young)의 유명한 '소녀처럼'(like a girl)이라는 표현에 관한 현상학적 논의만 봐도 그렇다.[3] 어떤 운동에 '소녀처럼'이라는 성차별적 수식이 따라붙었을 때 — 예컨대 소녀처럼 달리기, 던지기, 휘두르기 등등 — 실제 소녀들이 취하는 동작과 관계없이 사람들이 흔히 떠올리는 어떤 전형적인 형상이 있다. 어딘가 어색하고, 몸을 충분히 움직이지 않는 식의 서툰 동작들. 영은 이러한 소녀들의 운동 양상이 생물학적 본질에서 기인한 것이라는 당시의 몇몇 주장에 반박하며, 이것은 그보다는 가부장적 사회 문화적 구조에 의해 형성된 양식에 더 가깝다고 말한다. 특히 여성을 대상화하고 억압의 정도가 큰 곳일수록 소녀들은 자신의 운동 능력을 충분히 펼치기보다는 오히려 의도에 반하는 방식으로 움직임을 축소하기에 이른다는 것이다.

영은 이때 비록 여성은 행위의 주체이지만 동시에 본인의 신체를 대상화된 방식으로 바라보기 때문에 이러한 결과가 일어나는 것이라 말한다. 여성들은 "거울을 통해 신체를 응시하며 이것이 타인에게 어떻게 보일지 걱정하면서, 몸을 가지치기하고, 모양을 만들며, 주형하고 꾸미"는 등 자라는 과정에서 자신의 몸을 대상으로 대하는 방법을 꾸준히 학습받는다. 하지만 주체성을 지닌 인간으로서 우리는 단순히 신체적 대상으로서만 살아갈 수 없는 법이다. 영은 주체로서의 자의식과 대상으로서의 자기 신체가 멀어지는 경험으로부터 '소녀처럼'이라는 형태의 어정쩡한 움직임이 출현하는 것이라 주장한다.[4] 즉, 소녀는 이것이 충분한 달리기가 아니라는 것을 의식적으로는 알지만 여성의 신체를

3 Iris Marion Young, "Throwing like a girl," *Human Studies* 3, 1980, 137~56면.
4 같은 글 154면.

대상화하는 성차별적인 사회 문화적 압력에 의한 반응으로 '소녀처럼'에 해당하는 움직임을 수행한다.

이렇듯 소녀와 달리기는, 특히 여성에게 더 억압적인 사회일수록, 대개 어울리지 않는 조합처럼 여겨지곤 했다. 하지만 이곳에서 살필 청소년소설 속 소녀들은 '소녀처럼' 달리지 않으며 또한 그러한 본인의 신체가 어떻게 비칠지도 크게 의식하지 않는 듯하다. 이들은 모두 달리기에만 집중한 채 전력을 다해 달린다. 이것은 '소녀처럼'이라는 양식을 주조해 온 성차별적 문화가 그만큼 상쇄되었음을 의미하는 걸까? 여기에 곧바로 답하기보다 먼저 이들의 달리기를 조금 더 자세히 들여다보도록 하자.

2

누구나 아는 이야기지만, 머리로 이해하고 자각하기에 앞서 몸으로 찾아오는 어떤 언어가 있다. 최양선의 「일시 정지」는 고등학생인 '다연'과 '해리'가 서로를 향한 사랑의 마음을 확인하기까지의 과정을 그린 단편소설이다. 여기서 달리는 이는 주인공인 다연이 아니다. 다연은 "다들 달리고 있는데 (…) 가만히 서 있"(14면)는, 제목처럼 '일시 정지'되어 있는 인물이다.

다연은 종종 자신의 시간이 중학교 2학년 때, 조금 더 자세히는 Y에게 상처를 입은 그 시점에 일시 정지되어 있다고 느낀다. Y는 다연에게 각별한 존재였으며 다연이 당시 Y에게 느낀 감정은 우정 이상의 것이었다. 하지만 어느 날부터 은근히 따돌림을 당하기 시작한 다연은 그 중심에 Y가 있다는 사실을 알게 된다. 자신이 Y에게 품었던 감정의 성질이 무엇이었는지, Y는 무슨 이유로 자신을 따돌렸는지, 다소간의 시간이 흘렀으나 아직도 다연은 그 무엇도 이해할 수 없는 상태다. 다연의 시간이 이 지점에서 일시 정지된 것은 그 이유에서다. 어떤 식으로든 마침표를 찍은 이후에야 우리는 새로운 문장을 적을 수 있으니까. 다연은 여전히 그때의 시간으로부터 되풀이되는 긴 문장 속에 고립되어 있는 상태였다.

이처럼 자신을 고립시킨 채 가만히 서 있던 다연에게 변화의 불씨로 다가온 인물이 해리다. 육상부인 해리는 다연과 달리 늘 달리고 있다. 다연은 그런 해리를 바라보면서 또다시 형언할 수 없는 감정이 일어나는 것을 느낀다. 이어서 소설을 구성하는 선명한 이항 대립들 ─ 멈춤과 달리기, 정지된 시간과 흐르는 시간, 무지와 앎, 고립과 개방 등등 ─ 을 차례로 마주하다 보면 우리는 다연이 전자에서 점차 후자로 다가서리라는 것을, 다시 말해서 자신을 고립시켜 온 지난한 과거에 종지부를 찍고 해리와 함께 새로운 문장을 써 내려가리라는 것을 어렵지 않게 예상할 수 있다. 하지만 중간항을 생략한 채 무작정 도약에 이를 수는 없는 법이다. 실제로 다연은 해리와의 시간을 사랑했지만 동시에 "Y와 있을 때도 이런 식으로 몸과 마음이 반응"(28면)했던 것이 떠올라 심한 불안에 시달린다. 해리의 등장이 곧 Y와의 기억을 소거하는 결과로 이르는 것은 아니기에, 다연은 대립하는 이항의 축을 건너기 위한 몇몇 단계를 거쳐야만 했다. 그 가운데 하나가 바로 달리기다.

달리는 해리를 지켜보는 편에 속했던 다연은 어느 날 문득 해리에게 "달릴 때 어떤 기분이야?"(18면)라며 묻는다. 이때 다연은 달리기에 관해 묻고 있지만 실제로 그가 궁금했던 건 해리의 마음이었을 것이다: 항상 운동장을 달리는 네 마음을 알고 싶다는 것. 다연의 물음에 해리는 다음처럼 답한다. "내가 없어지는 것 같아. (⋯) 완전히 사라지는 기분이랄까."(같은 곳) 복잡한 사념뿐만 아니라 심지어는 나조차 완전히 사라지는 진공과도 같은 기분. 이러한 완전한 집중 상태는 앞서 살펴본 무라카미 하루키(村上春樹)가 말한 달리기의 의미와도 비슷하게 들린다. 해리의 대답은 정말 자신이 소멸한다는 것보다는 — '나는 달린다. 그러므로 존재한다' 식의 의심할 수 없는 육체적 존재로서의 — 진정한 '나'만이 남고 다른 모든 것은 사라진다는 의미에 더 가까울 것이다.

'나는 생각한다. 그러므로 존재한다'라는 형태의 존재론, 다시 말해서 끊임없는 의심과 이성·합리의 언어로부터 자기 존재를 탐색해 온 오랜 경로를 답습하는 것으로는 아무런 진실을 얻을 수 없는 이들이 있다. 분명 몸과 마음에서 반응하고 있지만 자신이 가진 언어로는 이를 설명할 수도, 이해할 수도 없는 다연의 경우처럼 말이다. 그동안 다연은 Y와의 시간을 이해하고 견디기 위해 고립을 택했었다. 공교롭게도 이것은 전통적인 사색의 방식이기도 하다. 하지만 생각을 통해 자기 존재에 가 닿을 수 있는 여건이 모두에게 공평히 주어지는 것은 아니다. 이성애에 기초한 사회 문화적 문법을 기본값으로 삼는 이곳에서, 외부와의 연결을 끊고 자신에게 깊이 침잠했던 다연이 그럴수록 더욱 자신에 대한 적절한 언어를 고르지 못한 채 고통스러웠던 과거의 한 지점에 멈추게 된 것은 그 까닭에서다.

하지만 비슷한 성적 지향을 공유하는 해리는 진정한 자신과 조우하기 위한 방법으로 달리기를 택한다. 사색만으로는 닿을 수 없는, 그렇지만 몸과 마음의 차원에서 감지할 수 있는 존재적 진실이 있다는 것을 알기에, 해리는 자신이 "완전히 사라지는 기분"에 이를 때까지 전력을 다해 달려왔던 것이다. 해리와 함께 달리기 시작하면서 비로소 다연은 뒤늦게나마 알게 된다.

다연은 그제야 알았다. 해리가 얼마나 빠른 아이인지. 그리고 자신이 얼마나 느린 존재인지. 다연은 얼마 달리지 않았는데도 가슴이 답답하고 숨이 차올랐다. 그런데 몸 어딘가에서, 무엇인가가, 살아서 움직이고 있는 것만 같았다. 달린다는 건 이런 것이구나. 숨이 차지만 나를 제대로 느낄 수 있는 것이구나. (19면)

이때 다연이 "그제야 알았다"며 언급하는 목록들은 사실 그가 이미 다 알고 있을 법한 것들이다. 달리는 해리를 항상 지켜보았던 다연은 해리의 속력을 잘 알고 있었을 테며, 자신이 비록 잘 달리지 못하더라도 살아 움직이는 존재라는 것 역시 다연이 모를 리 없다. 그렇지만 직접 몸을 움직여 달려 보기 전까지, 그렇게 '제대로 느끼기' 전까지는 충분히 알 수 없는 것들이 있다. 다연은 달리면서 자신의 존재를 포함해 생각만으로는 도무지 이해할 수 없던 것들을 이제 제대로 느끼기 시작한다. 이때부터 그의 시간은 점차 앞으로 흐르기 시작한다.

이후 다연은 Y를 만나 그때 자신에게 왜 그랬는지를 묻기로 한다. 자신이 몸과 마음으로 느꼈던 바를 정확한 언어를 통해 매듭짓기로 결심한 것처럼. 오랜만에 만난 Y는 어린 시절 동성애(자)를 대하는 자신의 태도가 미숙했음을 고백하며 다연에게 용서를 구한다. 하지만 오랫동안 고립 속에 있던 다연은 Y의 말을 이해할 수 없었고 급기야 Y는 "무슨 뜻이냐니? 너 정말 너에 대해 모르는 거니?"(31면)라며 반문한다. 자신의 몸과 마음이 전하는 느낌, 그리고 타인의 시선과 응시를 종합적으로 겹쳐 본 이후에야 다연은 비로소 지난날 자신의 존재와 시간에 관해 사후적으로 깨달을 수 있게 된다.

결국 이들에게 달리기는 보이지 않고 언어화할 수 없지만 몸과 마음의 차원에서 실재하는 진실을 온몸으로 긷는 행위다. 체력의 일정 문턱을 넘어서는 순간, 이 세계의 질서와 문법 위에서 구성되었던 그동안의 '나'가 사라지고 잠재되었던 '나'라는 실체적 존재가 거친 숨과 함께 터져 나오는 경험. 고립을 넘어서는 연결의 가능성은 바로 이 지점에서 샘솟는다. 소설의 끝에서 다연은 자신의 정체성을, 그리고 해리를 향한 자신의 마음이 무엇인지를 알게 된다. "해리의 검은 눈동자가 보이고, 땀이 섞인 냄새가 맡아졌고 입가에 닿은 가을바람이 달콤했다. 무엇보다 해리를 향한 감정이 생생하게 온몸을 휘감고 있었다."(33면) 이제 다연은 몸과 마음이 건네는 말을 전보다 정확히 이해하고 번역할 수 있게 되었다.

명백히 있지만 아직 '나'에게 찾아오지 않은 존재들의 언어와 마주치는 것. 이것이 소녀가 달려야 했던 첫 번째 이유다.

3

어떤 달리기는 개인적 그리고 사회적으로 겪은 상실의 아픔을 달래기 위한 애도의 몸짓이 된다. 김민경의 『지구 행성에서 너와 내가』에서 달리는 이는 고등학생 새봄이다. 새봄의 어머니는 어느 날 교통사고로 세상을 떠난다. 받아들이기 힘든 어머니의 죽음을 애도하는 과정에서, 새봄은 납득하기 어려운 또 다른 죽음들을 목도한다. 어머니를 발인하는 날 뉴스를 통해 세월호 참사 소식을 접한 것이다. "죽음이 항상 나를 둘러싸고 있"다는 사실과 "그럼에도 나는 아무것도 할 수가 없다"(57면)는 무력감에 문득 공포를 느낀 새봄은, 이후 점차 우울증세를 보인다. 새봄은 최초 불안과 슬픔을 견디기 힘든 날이면 소리를 지르거나 물건을 던지곤 했으나, 어느 순간을 기점으로 강박적으로 바깥으로 나가 달리기 시작한다.

"나도 잘 알고 있다. 자꾸 뛰쳐나가 달리는 것이 정상적인 행동은 아니라는 걸"(48면)이라는 말에서도 나타나듯, 새봄은 강박적으로 달리는 본인의 행동이 일종의 증상임을 머리로 인식하고 있지만 정작 자신의 신체를 통제하지는 못한다. 이것은 다소 다른 맥락이기는 하나, 앞서 아이리스 매리언 영이 말했던 주체로서의 자의식과 대상으로서의 자기 신체 사이에서 거리를 느끼는 경험과도 유사해 보인다. 새봄은 의식적으로 자신의 몸을 움직여 달리는 것이라 보기 어렵다. 새봄의 달리기는 자신에게 엄습하는 불안과 두려움을 덜어 내기 위해 몸과 마음이 어떻게든, 살기 위해, 즉각 반응한 결과이기 때문이다.

이 지점에서 지그문트 프로이트(Sigmund Freud)의 애도와 우울에 관한 공식이 떠오른다. 애도는 사랑하는 대상을 상실한 데에서 오는 일견 자연스러운 반응일 것이다. 상실한 이에게 쏟았던 ─ 프로이트에게는 '리비도'에 해당할 ─ 마음이 갈 곳을 잃었을 때 우리는 종종 슬픔 안에서 길을 잃는다. 얼마간의 시간이 흐른 뒤 우리는 슬픔에 가려졌던 현실 원칙들을 하나씩 수용하면서 차츰 마음을 추스르기 시작한다. 이것이 애도의 일반적인 과정이다. 하지만 이러한 일련의 애도를 완수하는 데 실패했을 때 우울의 상태에 갇힐 수도 있다는 것이 프로이트의 견해였다.[5]

다른 에너지와 마찬가지로 마음의 에너지 또한 무한한 것은 아니어서 우리는 충분히 애도하고 난 뒤에는 현실을 살아가기 위해 이 에너지를 상실한 이로부터 회수하여 다른 곳에 쏟을 필요가 있지만, 이 작업이 늘 성공적인 것은 아니다. 이에 실패했을 때 프로이트는 이 에너지가 다른 곳으로 향하는 것이 아니라 상실한 대상과의 '동일시'에만 사용될 뿐이며, 결국 주체는 상실한 대상과 작별하지 못하고 오히려 동일시를 통해 그를 자신의 자아 속에 자리하게 만든다는 것이라고 말한다. 자신이 아닌 상실한 대상이 자아의 자리를 대신 차지하는 상황. 그 까닭에 우울증자는 떠난 이를 향한 상실감에 관해 말하는 것처럼 보이지만 실제로는 "자아와 관련한 상실감"에 고통을 호소한다는 것이다.

우리 또한 새봄의 증상이 사랑하는 이의 죽음 자체보다는 "그럼에도 나는 아무것도 할 수가 없다"는 무력감에서 본격적으로 비롯되었다는 사실에 주목해야 한다. 즉, 상실한 대상이 무력한 자아의 자리를 대신할 때, 그렇게 정작 자신은 텅 빈 상태가 되어 버렸을 때 새봄의 무의식은 우울을 향해 기울었던 것이다. 그렇다면 새봄이 이유를 알지 못한 채 달려왔던 원인도 같은 맥락에서 읽어 낼 수 있지 않을까? 우리는 적어도 달리는 순간에는, 마음껏 팔다리를 움직일 수 있고 숨이 벅차오르는 것을 느낄 수 있으며 그에 따라 속도를 조절할 수도 있는 등 의식과 몸 사이의 연결성 그리고 몸에 대한 통제권을 어느 정도 체감할 수 있다. 결국 새봄은 자신이 텅 비어 있는 상태라는 것에서 오는 불안을 지우기 위한 무의식적 방편으로 달리기를 택한 것이 아니었을까?

새봄은 본인의 슬픔이 "온전히 나의 몫, 내가 짊어져야만 하는 나의

---

5 지그문트 프로이트 「슬픔과 우울증」, 『정신분석학의 근본 개념』, 윤희기·박찬부 옮김, 열린책들 2004 참조.

몫"인 까닭에 "그 누구와도 함께할 수 없다고 생각"(202면)해 왔다. 어떤 의미에서 새봄은 달리고 있었을 뿐이지 앞절에서 살펴본 다연의 초반부 상태처럼 오래도록 자신을 고립해 오고 있었던 셈이다. 그렇다면 해결의 실마리도 비슷한 지점에서 찾아볼 수 있을 듯하다. 다연의 전환점이 해리와의 달리기였다면, 새봄의 경우는 여느 날처럼 운동장을 달리던 자신 옆에 문득 '지석'이 다가와 나란히 뛰었던 사건이 여기에 해당하겠다. 홀로 달리며 자신의 텅 빈 상태에서 오는 불안을 겨우 달래던 새봄은 지석과의 달리기를 통해 "꼭 나 혼자 해야 하는 건 아니구나"(118면)라는 생각에 이르게 되고, 이때부터 새봄의 증상은 점차 와해되기 시작한다.

물론 최초 새봄에게 "죽음을 극복하고 싶다"(136면)는 마음이 떠오른 것은 도서관에서 우연히 발견한 『모비 딕』을 읽으면서부터지만, 이때까지만 해도 아직 새봄의 의식과 신체 사이의 거리는 좁혀지지 않은 상태였다. 하지만 지석이 곁에 자리하면서, 자신을 집어삼킨 슬픔과 상실의 아픔을 함께 나눌 수 있는 존재가 새봄의 세계에 들어오면서부터 비로소 새봄은 점차 회복의 단계에 접어든다. 새봄은 이제 뛰고 싶을 때만 달린다. 더구나 홀로 고립되어 달리는 게 아니라, "우리, 뛰자!"(225면)라며 상대에게 손을 건네는 상황으로까지 나아간다. 이것은 이하나의 말처럼 새봄이 지석과의 사랑을 통해 "혼자 슬퍼하지 않고, 함께 기억하는 법"[6]을 배울 수 있었기에 가능한 일이었다. 이로써 우리는 새봄의 의식과 신체 사이의 틈이 어느덧 좁혀졌음을, 즉 한동안 상실했던 자신을 비로소 되찾았음을 알게 된다.

6 이하나 「죽음에서 삶으로 상전이를 추동하는 힘」, 『창비어린이』 2021년 겨울호 204면.

이 소설에서 소녀는 애도와 기억의 주체가 되기 위해서, 우울의 상태에 갇힌 자신을 어떻게든 되찾고 싶은 마음에 이끌려 달려온 것이었다. 소녀의 달리기는 함께 달리고 읽고 기억하는 존재와의 마주침으로 소기의 응답을 얻을 수 있었다. 그런데 이 지점에서 잠시, 서두에서 제기한 질문으로 재차 돌아가야 할 필요를 느낀다. '소녀들은 왜 달리는가?' 본문에서 이들이 달리는 나름의 이유를 거론하고는 있지만, 여전히 해소되지 않는 궁금증은 왜 하필 달리기인가 하는 물음이다.

나는 살기 위해 달릴 수밖에 없다. 보통 아이들처럼 지내려면 달려야 한다. 내 강박 때문에 주목을 받다니 그저 놀랍고 신기하기만 하다. 체육 선생님이 또 체육대학 얘기를 할까 봐 걱정도 된다. 하지만 아무러면 어때, 타인에게 피해 주는 것도 아닌데. (51~52면)

새봄은 왕복달리기에서 우수한 성적을 거두어 체육 교사로부터 체육대학 진학을 권유받는다. 강박적인 그의 달리기가 한편으로는 뜻밖의 육상 훈련으로 기능했기 때문이다. 조심스러운 주장이나, 불안 강박에 의해 초래된 행동이라는 점과 신체적 자기 통제권을 확인하고자 하는 의도가 숨어 있다는 점에서 새봄의 달리기는 자해의 논리와 일정 부분 상통하는 면이 있다. 하지만 새봄의 달리기로부터 자해와 같은 위험성은 거의 발견되지 않는다. 새봄의 말처럼 달리기는 "타인에게 피해 주는 것도" 아니며 심지어는 대학 진학처럼 우리 사회가 청소년에게 기대하는 바와도 조응하는 까닭에서다. 「일시 정지」에서도 달리기가 교내 육상부인 해리로부터 비롯되었다는 것을 떠올려 본다면 상황은 크게 다르지 않다.

이들 달리기의 심층에는 이성애적 규범을 벗어난 자기 정체성과 사랑에의 탐색, 개인적·사회적 참사에 대한 애도와 기억처럼 관점에 따라 불온한 것으로 비칠 만한 사항들이 담겨 있다. 하지만 외관으로만 보았을 때, 이들의 달리기는 안온한 행위로 포착될 뿐만 아니라 심지어 입시 제도와 부합하기까지 한다. 소녀들이 어떻게든, 살기 위한, 방편으로 달리기를 택한 이유도 혹시 이 지점 아래 감춰져 있는 것은 아닐까?

4

제삼자의 시선에서는 크게 위험해 보이지 않는, 때에 따라서는 학교 제도와 불화하지 않을 만큼 안전한 운동처럼 비쳤던 이들의 달리기가 실상 본인에게는 살기 위한 간절한 몸부림이었다면, 이 엄청난 간극은 도대체 어디서 기인하는 걸까? 이제 우리에게 남은 마지막 소녀의 달리기를 살펴볼 때다.

이꽃님의 『행운이 너에게 다가오는 중』에는 아버지의 가정폭력으로부터 달아나기 위해 달리는 소녀 '은재'가 등장한다. 폭력을 휘두르는 아버지에게 들키지 않고 집에 들어가고자 창문을 몰래 넘는 은재의 모습을 같은 반 친구인 형수와 우영이 목격하는 장면으로 시작한 이 소설은, "지금 행운이 다가오는 중이라고. 그러니 조금만 더 기다려 보라고"(197면)라는 서술자의 독백으로 마무리된다. 희망을 암시하는 마지막 문장을 통해 우리는 은재가 마침내 끔찍한 가정폭력으로부터 달아나는 데 어느 정도 성공했음을 유추할 수 있다. 처음부터 은재의 달리기가 통한 것은 아니었다. "결국엔 아빠가 다시 돌아올 거야"(47면)라는 은재의 체념 어린 독백에서도 알 수 있듯, 아무리 도망치고 숨고 경찰에게 도움을 청하더라도 은재는 아버지의 손아귀에서 벗어날 수 없었다. 집으로 돌아올 수밖에 없는 무력한 상황에서 그럼에도 은재는 날마다 달렸다.

> 은재는 그냥 달리는 법이 없다. 아빠가 뒤에서 쫓아오고 있는 것처럼 죽을 힘을 다해 달린다. 달리다 보면 심장이 터질 것같이 뛰고 목이 찢어질 것처럼 갈증이 나지만, 아직 살아 있다는 걸 알게 된다. 아빠의 주먹이, 발길질이 영혼을 갉아먹고 조금씩 죽어 가게 만들지만 그래도 아직은 이렇게 살아 있다고. (60~61면)

'살아 있음'을 확인하는 달리기. 지금껏 살펴본 소녀들의 다른 달리기와 비슷해 보이는데, 다만 한 가지 차이가 있다면 은재의 달리기는 온전한 자신만의 달리기가 아니라는 것이다. 그는 자신을 뒤쫓아 오는 위협적 존재인 아버지를 상상하며 맹렬히 달린다. 이것은 긴박한 도망과 추격의 달리기인 셈이다. 상상 속 추격자로부터 급히 달아나 몸을 피해야 하는 형편인 까닭에 무라카미 하루키가 말한 '자기 인생을 향한 완전한 집중' 같은 것은 생각조차 할 수 없으며, 달리기의 끝에는 오직 간신히 생존했다는 일시적 안도감만 있을 뿐이다. 이처럼 은재는 달리기라는 긴박한 도피를 통해 하루하루를 겨우 연명하는 위험한 처지에 놓여 있다.

여느 날처럼 죽을힘을 다해 도망치듯 달리는 은재의 주력을 본 축구부 최 감독은 문득 영입을 제안한다. 뒤쫓아 오는 '괴물'로부터 벗어나기 위한 목숨을 건 도주였던 은재의 달리기가 교내 축구부라는 나름 상징적인 질서와 마주친 순간일 텐데, 은재는 몇 번의 거절 끝에 축구부에 가입한다. 이전까지 자신의 가정 사정을 들키지 않기 위해 모든 관계를 거부하며 자신을 고립시켜 왔던 은재가 축구부원이 되기로 한 것은 일차적으로 최 감독과 축구부원들의 사려 깊은 관심과 환대가 만들어 낸 결과겠다. 하지만 구성적인 측면에서 보았을 때, 지금껏 살펴본 두 텍스트가 달리는 소녀에게 전환점을 제공하기 위한 수단으로 함께 달리는 인물들 ─ 다연에게는 해리, 새봄에게는 지석 ─ 을 마련했다는 점을 떠올려 본다면, 축구부에 가입하기로 한 은재의 선택은 소설적으로 거의 필연적 결과였을 것이다.

물론 서사가 필연적 결과대로만 흐른다면 다소 도식적인 전개로 느껴질 테지만, 이때의 필연이란 표층에서 읽히는 것이 아닌 내적으로 단단히 기능하는 필연을 가리킨다. 은재는 축구에서 인생을 발견한다. 요컨대 인생은 축구공 같은 것이어서 빼앗기면 어떻게든 되찾아 와야 하며 어려운 상황에 놓였을 때는 주변 동료에게 패스하여 이를 잠시 부탁할 수도 있다는 것이다. 축구에 몰입하면서 점차 은재는 '자기 인생을 향한 완전한 집중'이 무엇인지를 어렴풋하게나마 실감한다. 앞서 새봄의 극복이 상실한 자아를 되찾는 과정에서 이루어진 것처럼, 고립에서 벗어나기 위해 우리가 가장 먼저 할 일은 자신을 회복하는 것이다. 은재가 홀로 밤새 공을 차며 달리기 시작했을 때, 오랜 시간 정신없는 도주의 연속에 불과했던 달리기에서 그는 비로소 자신의 인생을 마주하는 방법을 발견한다. 자신을 회복한 자리에서, 이로부터 점차 누군가와 함께 달리고 싶은 마음이 퍼져 나가는 순간을 소설은 놓치지 않고 포착한다.

결국 이 소설은 앞의 두 텍스트와는 달리 함께 달리면서 고립을 벗어나는 인물의 이야기가 아니라, 고립을 넘기 위해 함께 달리고 싶은 마음에 몸부림치는 인물에 관한 이야기다. 은재가 자신을 되찾고 마음을 열면서, 친구들 역시 은재가 처한 상황과 그의 마음을 일부 확인하면서, 소설의 후반부는 이들이 함께 달리는 것을 가로막는 공동의 적인 은재의 아버지에 맞서는 내용으로 자연스럽게 수렴된다. 친구들과 최 감독의 도움을 받기는 하나 최종적으로 이 가정폭력의 종지부를 찍는 것은 은재의 몫이었는데, 은재는 경찰서에 찾아가 그동안 카디건으로 감춰왔던 수많은 폭력의 흔적들을 증거 삼아 아버지를 신고한다. 이미 실패해 본 경험이지만 경찰서에 들어선 은재의 태도는 사뭇 다르다. 그의 곁에는 이제 빼앗긴 인생을 되찾기 위해 협력하는, 어려울 때면 잠시 인생을 건네 부탁할 수 있는, 함께 달리는 친구들이 자리하기 때문이다. 여기서도 달리기는 소녀의 해방을 중개하는 마중물로 떠오르고 있다.

결국 은재는 스스로 자신의 인생을 구한 셈이다. 앞서 인용한 소설의 마지막 문장은 마치 포기하지 않고 인내하다 보면 행운이 다가와 문제를 해결해 주리라는 의미처럼 보이지만, 이 소설 전반에서 행운의 영향력은 거의 없다. 지금까지 은재의 달리기에 집중하느라 이 소설의 가장 흥미로운 특징에 관해 언급하지 못했는데, 이 소설의 서술자는 '행운'이라는 추상적 존재다. 무려 행운의 시점에서 서술되는 소설이지만, 정작 이곳에서 '운 좋게' 자신의 문제를 해결하게 되는 행운의 인물은 단한 명도 등장하지 않는다. 행운은 좀처럼 사건에 개입하지 않으며 — 겨우 인물의 목덜미에 바람을 불어넣어 그가 돌아보게 하는 정도가 최대한의 개입이다 — 다만 인물들을 관찰하고 이따금 논평을 덧붙일 뿐이다.

사실상 3인칭 관찰자 시점에 해당하는 1인칭 소설인 셈인데, 인상적인 것은 이러한 시점의 형식이 곧 이 작품의 메시지로 이어진다는 점이

다: 행운이 할 수 있는 일은 생각보다 거창하지 않다는 것. 그리고 무엇보다 행운은 어느 날 우리에게 도착하는 존재가 아니라 영원히 "다가오는 중"이거나 '이미 지나친' 상태라는 것. 그러므로 포기하거나 좌절한 상태로 머물기보다는 바깥으로 나가 달리고 서로에게 손을 건네며 관심을 기울일 때 비로소 — 비록 거창하지는 않을지언정 — 행운을 자신의 것으로 받아안을 수 있다는 것. 은재가 죽음의 상태에 매여 있는 것이 아니라 살아 있음을 확인하기 위해 처절하게 달렸을 때, 행운이 그의 주변을 떠나지 않고 조금씩 더 가까이 다가섰던 것은 그 이유에서다.

최종적으로 은재는 축구부의 일원이 되어 경기에 나선다. 은재의 달리기는 마침내 축구부라는 상징적 질서 속으로 안착한 것이다. 은재의 달리기는 폭력과 학대로부터의 도피라는 위험 신호를 내포하고 있었지만, 이번에도 그의 달리기는 학교 제도와 조응하는 형태로 전환된다. 은재에게 축구는 함께 달리며 자신의 인생을 마주하는 시간이면서 동시에 사회적으로 인정받는 공식적 활동이기도 하다. 자기실현과 사회적 인정이 일치하는 일은 몹시 드문 경우이므로 이는 분명 행운이라 할 만하다. 그리고 어떤 의미에서 실제로 은재를 비롯한 소녀들의 달리기는 행운에 기대는 면이 없지 않다.

달리기는 본디 고독한 운동이며 그렇기에 이 시간 동안 우리는 온통 자신에게 집중하는 것이다. 하지만 자신을 이해할 수 없거나 잃어버린 소녀에게 이 고독의 시간은 생으로의 집중이 아닌 고립만을 초래할 뿐이었다. 그렇지만 소녀들은 계속 달린다. 오직 스스로 감내하기 위해, 자신에게 드리워진 슬픔의 얼룩이 누군가에게 전이되지 않게, 이들은 가장 고독한 방식으로 겨우 자신의 '살아 있음'을 확인하고자 달리기를 택한 것이다. 소녀들의 문제는 함께 달리는 존재와의 마주침으로 가까스로 실마리를 찾는다. 이들에게 발견되기 전까지 소녀들의 달리기는 때때로 공회전에 불과한 몸짓에 지나지 않는다. 이러한 몸짓이 전하는 신호를 알아채고 함께 달리기로 마음먹는 이들을 만날 수 있는 확률은 극히 낮다. 이것은 엄청난 행운이다.

그렇지만 소녀들은 조금 더 직접적으로 신호를 전할 수 있는 다른 방법을 궁리하는 대신 달리기를 고집한다. 이처럼 철저히 고립된, 타자와의 관계가 없기에 결과적으로 무해한 방식의 생존법을 구사하는 소녀들이 연달아 청소년소설 속에서 발견되었던 것은 과연 우연이었을까? 문득 이런 생각이 떠오른다. 혹시 이제는 '소녀처럼 달리기'를 넘어, '소녀여서 달리기'를 택해야만 하는 상황에 관해 말할 시점인 것은 아닐까?

5

소녀여서 달리기. 생각이나 이해에 앞서 신체 수준에서 반응하는 성차별적 압력이 '소녀처럼'이라는 특정한 운동 양식을 만들어 낸 것이라면, 어떻게든, 살기 위해, 달리기라는 특정 운동을 생존법으로 채택하는 경향이 소설 속 소녀들에게서 유독 빈번히 발견되는 현상 역시 같은 방식으로 이해해 볼 수는 없을까? 우리는 '소녀처럼'이라는 수사적 형태의 움직임이 소녀의 본질이 아니라는 사실을 이제 잘 알고 있으며, 그까닭에 소녀들은 더 이상 '소녀처럼' 달리지 않는다. 하지만 여전히 몸과 마음의 차원에서 이들을 억압하는 구조적 힘은 사라지지 않은 채 얼굴을 달리하며 우리 주변을 배회하고 있다. 그러므로 우리는 물어야 한

다. 말하고 애도하고 맞서는 대신 누가 소녀로 하여금 달리도록 하는
가? 이제껏 소녀의 달리기에 맞춰졌던 렌즈의 초점을 잠시 옮길 때가
되었다. 어디로? 은재를 아버지로부터 구하기 위해 집으로 달려갔던 지
영의 말로 답을 대신하겠다. "다 알고 있었잖아요. 은재가 아픈 거, 혼자
인 거, 무서워하는 거."(183면)

　우리는 이미 다 알고 있다. 우리는 모두 이 구조의 공모자이므로.

위조화폐와 가상화폐 사이에서

최양선의 청소년소설들을 읽으며

위조화폐와 가상화폐로서의 소설

시인 보들레르(Charles Baudelaire)의 「위조화폐」는 예술에 관한 보들레르의 관점이 담긴 텍스트로 유명하다. 내용을 간단히 정리하자면 이렇다. 담배가게에서 나온 '나'와 친구는 적선을 요구하는 거지를 만난다. 친구의 적선은 '나'가 베푼 것보다 놀라울 만큼 후했다. 이에 '나'는 "자네가 옳아. 놀라는 즐거움 다음으로는, 놀라게 하는 즐거움보다 더 큰 즐거움은 없으니까"라고 말한다. 하지만 재차 놀랍게도 친구는 "그건 위조화폐였어"라고 답한다. 최초 '나'는 그런 친구의 행위를 "그 불쌍한 사내의 생활에 사건을 하나 일으키고 싶다는 욕망"이라 추측하며 수긍한다. 하지만 실상 친구의 행위는 진짜 돈을 쓰지 않으면서 자선도 할 겸, 또한 선의를 베풀어 신의 마음도 얻으려 한 타산적인 의도에서 연유한 것이었고 이에 '나'는 친구에게 실망한다.[1]

흥미로운 태도다. '나'가 분노한 이유는 친구가 화폐를 위조해서도, 그런 위조화폐로 가난한 자를 속인 것도, 또는 이것을 계기로 화폐를 사용한 자가 곤란에 처할 수 있으리라는 가능성 때문도 아니었다. 아니, 오히려 '나'는 친구가 이 불행하고 무료한 거지의 삶에 뜻밖의 사건을 일으키고 싶다는 마음에서 위조화폐를 건넨 것이라면 기꺼이 지지하는 쪽이다. '나'가 참을 수 없는 것은, 친구의 행위가 그저 거지와 신의 마음을 얻을지도 모른다는 타산적·경제적 의도에서 비롯되었다는 점이며, 또한 자신이 벌인 일이 악행이었음을 전혀 인식하지 못한 채 적선의 형식만을 흉내 내었다는 데에 있다. 이는 본문의 마지막 문장에 잘 나타나 있다. "사람이 사악하면 결코 용서받을 수 없는 일이지만, 자신이 사악함을 안다는 것은 어느 정도 장한 일이다. 그러니 악덕 가운데서도 가장 돌이킬 수 없는 것은 어리석음에서 악을 저지르는 것이다."[2]

'소설'을 대입하여 이 일화를 읽는다면 독자는 이야기를 동냥하는 거지, 그리고 작가는 그런 우리에게 소설이라는 위조화폐를 쥐어 주는 친구에 해당할 것이다. 아무리 현실을 있는 그대로 반영하여 정밀히 재현하고자 노력하더라도 모든 소설은 본질적으로 위조화폐다. 그러므로 유용함이나 실용의 측면에서 소설의 가치를 입증하라는 세간의 요구는 그 질문부터가 잘못되었다. 위조화폐가 유용성을 지닌 사회란 얼마나 끔찍한가? 우리는 현실에서 이것을 써먹을 수 없다. 그럼에도 우리는 왜 이들을 향해 끊임없이 새로운 서사를 요청하며 손을 내미는 걸까? 아마도 일차적으로 독자란 '놀라는 즐거움'을 찾아 헤매고 소설가란 '놀라게 하는 즐거움'을 추구하는 데서 보람을 느끼는 집단이기 때

1 샤를 피에르 보들레르 『파리의 우울』, 황현산 옮김, 문학동네 2015, 80~81면.
2 같은 책 81면.

문일 테며, 더 나아가서는 한 편의 소설이 각자의 삶에 사건을 일으키는 불씨가 되기를 바라는 마음 때문일 것이다.

한편, 누군가는 지금 이곳의 현실을 근사하게 위조하기보다는 이곳에 없는 가상의 현실을 새로 쓰는 방편을 선택하기도 한다. 이를테면 SF나 판타지 등의 장르소설처럼. 보들레르가 쓴 위조화폐의 비유를 빌린다면, 이들은 가상화폐에 가까운 모양새다. 가상화폐의 가치는 현재가 아닌 아직 도래하지 않은 — 어쩌면 영영 오지 않을지도 모를 — 가상적 현실로부터 비롯한다. 이것이 미래의 대안적인 통화(通貨)로 기능하리라는 기대감은 가상화폐 가치의 주요한 등락 요인 가운데 하나다. 위조화폐처럼 가상화폐 대부분도 당장 현실에서 써먹을 수 없기는 마찬가지다. 앞으로 일어날 사건의 가능성과 기대감을 담보 삼아 가치를 얻는다는 점에서도 비슷하다. 다만, 현실을 위조하는가 혹은 가상의 대안적 현실을 위조하는가에 따른 차이가 있을 따름이다.

청소년소설이라고 크게 다를 리 없다. 시험에 출제되는 것이 아닌 이상에야 이것은 도통 써먹을 데가 없다. 심지어는 '놀라는 즐거움'에 차마 이르기 어려울 만큼 청소년의 현실을 위조하는 데 실패한 경우도 심심찮다. 이해할 만한 일이다. 청소년기를 현재진행형으로 살고 있는 청소년 독자와 이 시기를 사후적으로 돌아보는 어른 작가 사이에 가로놓인 현실적 시차는 어느 정도 불가피한 것이어서, 청소년문학은 훨씬 더 까다로운 수준의 위조 기술이 요구되기 때문이다. 하나 이러한 어려움에도 불구하고 이들이 청소년소설을 계속해서 쓰는 이유는, '놀라는 즐거움'은 물론이거니와 (화폐 체계와 같이 공고해 보이는) 기존 세계와 질서를 뒤흔드는 '사건'으로서의 경험을 청소년 독자에게도 선사하고 싶은 마음 때문이리라.

고백하자면 이 글은 순전히 최양선의 『그 애 집은 어디일까』(낮은산 2021)라는 한 권의 얇은 소설에서 출발했다.[3] 이 소설은 최양선이 드디어 사건에 육박하는 위조화폐를 우리에게 건넬 만반의 준비를 갖추었음을 조용히 웅변하는 듯했다. 어쩌면 한낱 위조화폐에 불과한 소설이 이 세계에 존재해야 할 이유를 이 작품에서 찾을 수 있을 것만 같았다. 그렇지만 사실상 단편에 해당하는 작품과 장편소설을 구분 없이 나란히 세운 채 논의하는 일은 합당한 처사가 아니겠다. 그러므로 이 글에서는 ─ 부분적으로 『그 애 집은 어디일까』와 같은 단편소설을 함께 참조하되 ─ 최양선의 장편 청소년소설들을 중심으로 그가 우리에게 건네온 화폐들의 궤적과 앞으로의 가능성을 살펴보려 한다.

어쩌면 영원한 숙제, 물질과 영혼

청소년소설에 한정하여 최양선이 지나온 바를 이렇게 요약해 볼 수는 없을까? '가상화폐에서 위조화폐로.' 그 나름의 가상화폐를 발행하여 ─ 예컨대 영혼을 찾고 싶은 외계인(『너의 세계』, 창비 2014)이나 시간을 빨아들이는 뱀파이어(『밤을 건너는 소년』, 사계절 2017)처럼 이질적인 가상의 존재를 통해 ─ 당대의 현실을 새로이 비추길 원했던 그는, 어느 순간을 기점으로 위조화폐를 이용하여 우리에게 '놀라는 즐거움'을 전하려는 듯하다. 가상화폐를 제작하던 그가 특별한 위조화폐를 발행하기까지, 여기에는 어떤 상황들이 놓여 있는가?

---

3 이 소설은 단편 청소년소설로 『창비어린이』 2020년 가을호에 최초 발표된 바 있다.

우선, 최양선의 첫 장편 청소년소설인 『너의 세계』에서 출발해 보자. 엘리시온 행성 거주자인 '시오'의 지구 탐사기라 할 수 있는 이 소설의 핵심어는 물질과 영혼일 것이다. 지구인인 우리의 시선에서 물질과 영혼은 반의어 관계처럼 보이지만, 엘리시안인 시오는 영혼이 마치 물질처럼 소유 가능한 것이리라 믿는다. 시오의 착각은 단순히 그가 외계인인 까닭에 인간에 관한 이해가 부족한 데서 기인한 걸까? 아주 틀린 말은 아닐 테지만, 핵심은 이들 엘리시안이 누구보다 진지한 태도로 지구와 인간을 관찰하는 존재라는 점에 있다.

어떤 이유에서인지 엘리시안은 지구와 인간을 '완전체'로 여기며 자신들의 존재와 행성을 최대한 이들에 가깝게 만들고자 한다. 막상 그렇게 구축된 엘리시온의 풍경은 어떠한가? 이곳은 각 계층에 급수를 매겨 상급에 해당하는 이들일수록 더 많은 양과 빈도의 ─ 수장이 소유한 물질로서 인간에 가까운 형상을 유지하도록 돕는 ─ '인간 유전 물질'을 충전받을 수 있는 사회다. 특권 계급일수록 이른바 더욱 '인간다운 모습'으로 살 수 있는 생태. 이것은 엘리시안이 목격한 지구와 지구인의 모습이기도 할 것이다. 결국 독자가 저 먼 가상의 행성 엘리시온에 관해 읽을수록, 텍스트가 실제로 겨냥하는 효과는 우리가 발 딛고 선 세계를 낯설게 바라보는 데에 있다. 물 안에 있는 물고기는 물을 볼 수 없다. 작가가 지구 바깥의 시선을 창안하여 재차 우리에게 지구를 비춘 것은 그 이유에서겠다.

그렇다면 물질과 영혼을 동일시한 시오의 착각은 다름 아닌 지금 우리가 물질과 영혼을 향해 드러내는 태도에서 비롯된 것일지도 모른다. 시오는 엘리시온의 원본이라 할 수 있는 지구에 도착한 끝에, 정확히는 알래스카의 샤먼 '타냐'를 만나 사랑을 깨닫게 됨으로써 본래부터 자기 안에 잠재해 있던 영혼의 존재를 발견한다. 엘리시온으로 돌아온 시오가 전파한 진실은 실로 단순하다. 모든 존재는 이미 영혼을 갖고 있다는 것. 우리에게는 상식처럼 보이는 이 깨달음이 엘리시온에 균열을 일으킨다.

영혼의 존재를 자각하는 경험이 엘리시온을 뒤흔들었다면, 원본에 해당하는 우리의 세계에서도 이것은 힘을 발휘할 것이다. 실제로 물질의 소유를 기준에 두어 서로를 구획하는 것이 아니라, 우리에게 잠재해 있는 영혼을 믿고 진정성 있는 교감을 나눌 때 비로소 '완전체'로서의 존재와 공동체에 이를 수 있다는 시오의 발견은 우리에게도 똑같이 적용될 수 있는 메시지다. 물론 이 역시도 상식적인 교훈이기는 하다. 하지만 소설이 보여 주듯 상식을 아는 것만으로는 아무 소용이 없다. 엘리시온의 부조리한 권력 구조는 바로 우리의 세계를 탐사하고 모방한 결과이지 않았던가? 우리는 물질의 소유량이 존재들을 구분 짓는 가치 척도가 될 수 없음을, 우리의 영혼은 물질 그 이상의 것임을 잘 알고 있다. 그러나 영혼의 존재를 모르는 엘리시안과 달리, 우리는 잘 알면서도 이 부조리한 체계를 구성한다. 심지어는 영혼의 존재를 냉소하며 그 자리에 물질을 두는 행위를 '현실적'인 처사라고 여기면서 말이다.

소설은 엘리시안의 눈을 통해 우리의 현실이 어떻게 서로의 영혼과 존엄을 잠식하는지, 더 나아가 어떻게 우리는 잘 알면서도 이러한 부조리한 구조에 손을 보태고 있는지를 반사한다. 아는 것만으로는 부족하다. 이에 작가가 택한 방법은 우리가 아는 것(이라고 믿는 것들)을 재차 보여 주는 것이었다. 작가가 엘리시온을 배경으로 한 가상화폐를 발행했던 이유도 여기에 있다. 따라서 누군가 이 소설을 향해 다소간 상식적인 교훈을 전하려는 것이 아니냐고 비판한다면 나는 전적으로 동의하기 어렵다. 상식적인 교훈이 실제 우리의 세계에서 통용되는 바를 되비추는 것이 이 소설의 핵심인 까닭에서다. 비판의 지점은 오히려 다른 곳에 숨어 있는 듯하다. 요컨대 이런 물음이다. 이 텍스트는 가상화폐로서의 매력을 충분히 발휘하고 있는가?

엘리시온의 모습은 지구 안에서도 고도로 자본주의가 발달한 대도시의 형상을 모방한 것에 가까워 보인다. 마치 대도시를 모방하는 것이 이들 외계인에게도 자연스러운 선택이라는 듯. 어째서 우리는 가상의 행성을 구상할 때조차 자본주의를 넘어서는 세계를 상상하기 어려운 걸까? 그래서인지 알래스카에 도달하여 깨달음을 얻는 시오의 모습은, 두 행성 간의 차이로부터 충격을 얻는 것이기보다는, 도시와 시골 또는 중심 세계(국가)와 주변 세계(국가) 간의 교류 정도에 불과해 보이기도 한다. 이때 우리는 (알래스카로 대표되는) 후자에 속하는 세계를 향해 더 알고 싶은 마음이 일어나는 것에 반해, 작가가 마련한 행성 규모의 가상세계에는 오히려 무관심해진다. 이곳은 이미 잘 알고 있는, 대도시의 현실을 모방한 세계에 불과하기 때문이다.

가상화폐가 단순히 현실의 화폐 체계를 돌아보게 하는 데서 멈춘다면, 또한 이것이 실제 화폐로서 기능하리라는 기대감을 충분히 선사하지 못한다면 가치를 잃고 만다. 엘리시온이 지금 이곳의 현실을 반성하도록 이끄는 충실한 렌즈로 기능하는 것은 사실이다. 하지만 가상화폐로서 발행된 이 세계에 대해 우리가 어떤 실체적 호기심이나 대안적 상상력을 길어 올리기 어려운 것은, 이곳이 사실상 지구를 비추기 위해 마련된 커다란 거울에 지나지 않는 세계라는 점에서 기인한다. 우리는 거울이 비춘 상을 바라보며 '놀라는 즐거움'을 얻을 수 있을지는 몰라도 거울 속 세계를 향해 질문을 던지지는 않는다. 거울 뒷면에는 아무것도 없음을 잘 알기 때문이다. 바로 이 지점에서, 잘 세공된 거울이자 렌즈임에도 텍스트는 가상화폐로서의 약점을 노출한다.

그럼에도 최양선이 전하는 묵중한 메시지만큼은 쉬이 증발하지 않고 우리의 마음에 남는다. 특히 물질과 영혼의 자리가 뒤바뀐 듯한 모습을 도처에서 목격할 수 있는 오늘날의 현실을 떠올린다면, 그가 얼마나 긴박한 심정으로 가상화폐를 발행했을지 우리는 어렵지 않게 짐작할 수 있다.[4] 이후에도 물질과 영혼이라는 주제는, 시기마다 구체적인 모습을 조금씩 달리할 뿐, 최양선이 발행하는 화폐들의 열쇠말이 된다.

시간과 영혼

영혼을 물질의 형태로 소유하고자 한 시오의 꿈은 분명 불가능한 것일 테지만, 물질과 영혼 간의 거래는 문학에서 오랜 기간 모티프로 사용되어 왔다. 일반적으로 이때의 거래는 악마와 인간 사이에서 이루어진다. 『밤을 건너는 소년』에서는 뱀파이어인 '시온'과 인간 사이에서의 거래가 여기에 해당할 것이다. 아주 틀린 말은 아니지만, 이 소설에서 직접적으로 이러한 은밀한 거래를 나누는 이들은 모두 인간이다. 먼저, '재민'과 '철진'. 여기서 물질을 건네는 이는 재민이며 철진은 영혼을 손본다. 재민은 학업으로 인한 스트레스를 푼다는 이유로 힘이 센 철진에게 돈과 장소를 제공하고, 돈이 필요한 철진은 약한 아이를 골라 아지트로 끌고 와서는 구타와 위협을 일삼는다. 재민은 철진이 행사하는 폭

---

4 이러한 작가의 문제의식은 이미 초기 동화들에서부터 꾸준히 제출되고 있었다.

력을 커튼 뒤에서 바라본다. 철진이 한 아이의 영혼을 무너뜨리는 동안 재민은 모종의 관람료를 지불하고 이 모습을 지켜보는 것이다.

가질 수 없다면 차라리 부숴 버리겠다고 했던가. 영혼을 물질처럼 소유할 수는 없겠으나, 이들이 보여 주듯 물질의 거래를 통해 영혼을 파괴하고 멍들게 하는 일은 일정 부분 가능하다. 물론 이 과정에서 가장 큰 상처를 입는 이는 폭력의 피해자일 테지만, 사적으로 폭력을 사고팔며 심지어는 그로부터 시각적 쾌락까지 추구하려는 이 끔찍한 행위의 당사자인 재민과 철진의 영혼 역시 온전한 상태일 리는 없다. 결국 이 과정에서 영혼은 공멸하고, 남는 것은 오직 거래되는 물질뿐이다. 영혼이 없고 물질만 남은 풍경, 어쩌면 이 모습이 『너의 세계』 속 엘리시안이 모방하고자 한 지구 도심지의 풍경은 아니었을까?

시오는 영혼을 발견하기 위해 도시 바깥의 알래스카 설원으로 향해야 했다. 하지만 이 아이들은 어떠한가? 부모로부터 학업에의 압박에 시달리는 재민, 폭력 서클 '용호파'로부터 돈을 상납할 것을 강요받는 철진에게는 알래스카와 같은 대안의 장소에 눈을 돌릴 여유란 없어 보인다. 이들은 자신에게 반강제적으로 할당된 성과들 — 이를테면 모의고사 성적이나 일정 수준의 상납금 등등 — 을 매 순간 달성하는 데 몰두하느라 바쁘다. 그래서일까? 시오가 샤먼 타냐를 만나기 위해 떠났던 것과 정반대로, 『밤을 건너는 소년』에서는 뱀파이어 시온이 전학생의 모습으로 이들에게 찾아온다. 마치 너희들의 불가피한 사정을 잘 알고 있다는 듯. 함께 전국을 유랑하며 마술로 생계를 이어 가는 것처럼 보였던 시온 부자는 사실 인간의 시간을 빨아들이는 뱀파이어였다.[5] 이들의

5 시온의 부자는 현대사회의 조건에 맞게 진화한 결과로 피 대신 인간의 시간을 흡수한다. 이와 비슷하게 영국의 코미디 「뱀파이어에 관한 아주 특별한 다큐멘터리」(What

정체가 드러나면서, 지금까지 소년들이 처한 어두운 '밤'의 현실을 날카롭게 그려 낸 위조화폐라 여겼던 텍스트의 성격은 빠르게 뒤집히기 시작한다.

이전까지 소설은 이 소년들이 밤의 세계에 떨어지기까지의 어떤 교착상태를 비춘다. 이것은 명백한 폭력의 가해자인 소년들 역시 벗어나기 어려운 또 다른 폭력적 상황에 처해 있음을 보여 줌으로써 이루어진다. 가령, 이 소설의 또 다른 중요 인물인 '덕수'는 고등학교를 자퇴하고 나이트클럽에서 '박쥐'라는 이름으로 일한다. 손님들이 남긴 음식으로 근근이 끼니를 해결할 만큼 덕수의 상황은 곤궁한데, 그럼에도 그가 집을 나올 수밖에 없었던 것은 아버지 때문이었다. 친구에게 사기를 당해 재산을 모두 잃은 덕수의 아버지는 거의 폐인이 되어 덕수를 방치했고, 이후 생존을 위해 덕수가 돈을 모을 때마다 이를 갈취했다. 이때 덕수의 폭력은 고양이나 비둘기와 같은 동물을 향한다. 재민과 철진이 왜소한 아이들을 희생자로 삼았던 것처럼, 소년들은 자신이 처한 폭력적인 상황에 반응하는 방식으로 더 약한 대상을 향해 폭력을 자행하기를 택한 것이다.

소년들이 보인 폭력의 출처는 또 다른 더 큰 폭력이었다. 이렇듯 소설은 폭력의 악순환적 구조 속에 끼어 있는 소년들의 딜레마를 복잡하게 심문하고 있었으나, 당혹스러운 것은 이 현실적 문제들이 돌연 뱀파이어의 등장과 함께 장르적으로 흡수되어 버린다는 사실이다. 이들 뱀파

We Do in the Shadows, 2019~)에서는 지루한 대화를 이어 가며 회사원들의 기력을 흡수하는 '에너지 뱀파이어'라는 존재가 등장한다. 피를 빨아들여 인간을 공포에 몰아넣던 뱀파이어조차 바야흐로 생존을 위해 존재 차원에서 현대 인간 사회를 위조해야 하는 시대가 도래했다.

이어 부자는 자신들의 존재를 감추기 위해 "누군가 사라지길 바라는 인간의 시간을"(186면) 빨아들인다. 약한 이들의 영혼을 파괴하는 대가로 물질을 거래하던 재민과 철진은 뱀파이어의 먹잇감이 되기에 적합한 대상이었고, 이들은 결국 시온에게 시간을 빼앗기며 응징된다. 이로써 텍스트가 제기한 구조적 딜레마는, 폭력의 고리에서 상위 단계에 위치하는 이들은 그대로 둔 채, '밤'의 세계를 헤매던 소년들의 존재만을 빨아들이며 일단락을 맞는다.

이것을 어떻게 바라봐야 할까? 딜레마의 마술적 봉합일까? 또는 폭력을 행사하는 이들 몇몇이 사라지더라도 폭력의 근본 구조는 잔존하리라는 메시지를 장르적으로 형상화한 결과물일까? 하지만 무엇이 되었든, 현실이라는 화폐 체계에서 발견되는 심각한 모순을 해결하려는 돌파구로 그 끝에 내놓은 해답이 가상화폐의 발행이라면, 독자가 '놀라는 즐거움'과 동시에 허탈함을 느끼는 것은 전혀 이상하지 않은 귀결일 것이다. 여전히 문제는 위조화폐와 가상화폐 사이에서의 어떤 균형감이다. 허탈하다는 것은 곧 이 아름다운 화폐가 우리에게 사건을 불러일으킬지는 미지수라는 의미이다.

다만, 이 텍스트에서 내가 주목하는 점은 물질과 영혼이라는 열쇠말 옆에 '시간'이라는 선명한 축이 더해졌다는 데 있다. 금전 사기의 피해자인 덕수의 아버지는 아들인 덕수에게 비슷한 사기를 저지른다. 아버지는 친구가 자신에게 그랬듯 (이 경우에는 혈연에 기초한) 믿음을 대가로 덕수를 속여 돈을 훔친다. 이때 아버지가 빼앗은 것은 표면적으로 돈-물질이지만 그 결과 덕수가 잃은 것은 그의 영혼이었다. 누군가에게는 아버지가 덕수로부터 훔친 금액이 대단치 않게 보일지도 모른다. 하지만 여기에는 덕수가 그동안 쏟은 노력, 인간에 대한 믿음, 더 나은 삶을 살 수 있으리라는 희망이 담겨 있었고 이를 통해 덕수는 겨우 자신의 영혼을 붙들 수 있었다. 그리고 이때 시간은 사실상 이 모든 것을 이루는 기본 요소이다.

어쩌면 영혼은 현대 청소년에게 통용되기에 지나치게 낭만적인 관념일지도 모른다. 그러므로 뱀파이어가 시대 조건에 따라 진화해야 했듯, 영혼도 현대적 상황에 감응하는 형태로 번안되어야 할 필요가 있으며 이것이 최양선에게는 시간에 해당하는 듯싶다. 사실 최양선의 초기 작인 동화 『몬스터 바이러스 도시』(문학동네 2012)의 '녹슨시(市/時)'라는 배경에서 나타나듯 그에게 시간이란 이미 오래전부터 우리의 영혼과 존재에 밀접히 관계하는 주제였다. 다만 이제는 여기에 물리적 구체성이 덧붙여진 셈인데, 이러한 향방은 그의 단편소설 「상대의 법칙」(『창비어린이』 2012년 겨울호)[6]에 암시된 바이기도 하다.

'상대'는 물리법칙으로 자신의 모든 세계를 설명할 수 있다고 믿는 인물이다. 자신이 점점 비뚤어지는 이유는 '저항의 법칙', 중혁의 부모가 서로를 사랑하지 않음에도 가정을 유지하는 것은 '관성의 법칙', 어떤 경우에도 자신이 쏟은 노력이 사라지지 않으리라는 것은 '질량 보존의 법칙' 때문이라 생각한다. 마치 법칙이 선행하고 현상은 뒤따라온다는 결정론적 관점 같지만, 소설의 빛나는 대목은 물리법칙이라는 추상의 세계가 문득 우리의 마음과 포개어지는 순간을 비출 때다.

이틀 전, 오토바이가 생길 테니 함께 달려 보자고 상대에게 말했다.
"우리는 한번 속도를 내면 멈출 수 없을지 몰라. 가속도가 붙어서. 가속도

---

6 이 소설은 소설집 『미식 예찬』(창비 2017)에 묶여 발간되었다. 인용 면수는 소설집 기준.

는 무게에 비례하잖아. 우리 무게가 얼마나 무겁냐?"

"너나 나나 열여섯 살 평균 몸무게야."

"마음의 무게를 말하는 거야."

상대 말은 적중했다. 정말 멈출 수가 없었다. 속도가 높아질수록 짜릿했다. 겁도 났다. 하지만, 왠지, 계속, 이대로, 달려야만 할 것 같았다. (72면)

우리 마음의 무게는 과연 얼마나 무거울까? 물론 마음의 무게는 측정될 수 없으므로 이를 가속도의 법칙에 적용한다는 것은 불가능한 일이다. 여기서 중요한 것은 당연히 물리법칙의 적용 가능 여부가 아니며, 이것이 적어도 그동안 생각해 보지 못한 영혼의 무게라는 주제를 환기하는 계기로 우리를 이끈다는 것이다. 주지하다시피 관찰과 실험 없이 법칙은 성립할 수 없다. 상대의 믿음은 결정론자의 그것이 아니라 오랜 시간 마음의 실험을 반복해 온 이의 어떤 확신이었다.

이곳이 최양선의 세계가 품은 씨앗이 심겨 있는 자리이다. 물질세계의 법칙이 영혼을 미리 결정짓는 것이 아니라, 영혼의 재발견과 실험으로부터 기존 법칙을 새로 쓰고자 하는 시도. 위조화폐와 가상화폐의 발행을 오간 그동안의 궤적은 이 소실점에서 포개어진다. 이제 다시, 시간에 관해 말할 때다.

존재를 응시하는 시간

시공간이라는 표현이 있듯 시간 옆에는 반드시 공간이 함께한다. 또한 시간과 공간은 절대적으로 존재하는 것이 아니라 이것을 관찰하는 이의 존재를 전제할 때 비로소 성립할 수 있으며, 최양선이 발행하는 화폐에서 영혼은 바로 이 자리에 있다. 세 번째 장편 청소년소설 『별과 고양이와 우리』(창비 2018)를 읽으며 더 자세히 말해 보자. 환청 때문에 피아노를 치기 어려운 피아니스트 '세민', 별을 좋아하던 언니가 세상을 떠난 이후 빛이 아른거리는 환시를 보는 '지우', 전파상을 운영하던 할아버지의 죽음 이후 옥탑방에서 홀로 지내며 생계를 꾸리는 '유린', 이셋이 우연히 별자리 음악 캠프에서 만나 우정을 나누는 것이 이 텍스트의 골자다.

세민과 지우가 겪는 환청이나 환시는 병원에서의 진찰로는 원인을 알 수 없는, 이를테면 영혼의 상처에서 비롯된 증상 같은 것이리라. 상처를 품은 채 각자 고립된 자리에 놓여 있던 이 전혀 다른 세 존재는 어느 순간 하나의 별자리처럼 이어진다. 시작은 이들이 서로의 — 일종의 마니토에 해당하는 — '별'로 선정된 우연 때문이었다. 세민은 지우의, 지우는 유린의 별이었다. 누군가 나의 별이 되었을 때, 오랜 시간 상대를 응시하며 그가 지닌 아름다움을 보려고 노력할 때, 여러 참가자 가운데 한 명에 불과했던 아이로부터 이들은 이윽고 눈부신 빛과 동시에 의외의 어둠을 발견한다. 이는 지우와 유린이 각자의 별에게 쓴 편지에도 잘 나타나 있다.

"안녕, 지우야. 나는 너에게서 나는 많은 소리를 들었어. (…) 너는 아이들 속에 함께 있는 것 같으면서도 어쩐지 외로워 보였어. (…) 깊이 잠들었을 때 네 숨소리가 무척 포근했어. (…) 그리고 나서 조금 흐느끼기도 했어. 무슨 일인지는 몰라도 너무 힘들어하지 말라고 말해 주고 싶었어." (66~67면)

"나의 별 세민에게 (…) 시간이 지날수록 네가 특별해졌어. 너에게서 빛이 보였다고 할까. (…) 아니, 나는 진짜 빛을 봤어. 별처럼. 그때부터 매 순간 너를 지켜봤어. 너는 늘 혼자 있더라. (…) 연주가 시작되기 전 너는 무척 들뜬 눈빛으로 무대를 보고 있었어. 하지만 연주가 시작되니까 표정도 바뀌더라. 뭐랄까, 슬퍼 보였어. 너의 그 눈빛만 기억에 남아." (127~28면)

이들은 모두 자신의 별로부터 빛과 어둠을 동시에 관찰한다. 이 모습은 마치 별자리 캠프 사회자가 전하는 '빛은 입자이면서 파동의 성질을 갖는다'는 양자역학의 명제와 닮았다. 지금에야 상식처럼 받아들여지는 명제이지만 사실 거의 상반되는 것처럼 보이는 입자와 파동의 성질을 하나의 물질이 동시에, 심지어 그것도 확률적으로 지닌다는 것은 쉽게 이해하기 어려운 일이다. 또한 양자역학에서 흥미로운 것은 관찰자 효과 (observer effect)와 같이 관찰 행위 자체가 결과에 함께 포함된다는 데에 있다. 즉, 「상대의 법칙」에서 상대가 외우는 법칙들처럼 절대적 물리법칙이 선행하고 이로부터 생성된 현상들을 우리가 관찰하는 것을 넘어, 관찰자의 능동적인 관측 행위 자체가 물리 현실에 개입한다는 것이다.

물론 이 말은 관찰자의 마음이나 의지가 현실을 바꾼다는 식의 허무맹랑한 이야기가 아니다. 예컨대 우리가 현미경으로 무엇을 보기 위해서는 빛이 해당 물질에 반사되어 렌즈에 이르는 등의 상호작용이 필요하며 이 과정에서 ―물리량에 영향을 주는 등, 특히 양자역학과 같은 미시세계에서라면 더더욱 ―관측 대상과의 물리적 간섭을 피하기란 불가능하다. 그러므로 관측 조건이 달라지면 입자였던 빛은 파동으로 관측될 수도 있는 것이다. 또한 관찰 없이, 다시 말해서 관측 이전의 순수한 빛이라는 존재는 어떤 방식으로도 증명될 수 없다. 관찰자의 관찰 행위가 물리 현실에 개입한다는 말은 이런 의미이다.

지우와 세민은 자신이 그토록 다채로운 소리를 내고 있었는지, 음악에 몰입해 있는 그 순간이 얼마나 빛나는지, 편지를 전해 받기 전까지는 전혀 모르고 있었다. 물론 이러한 관측 결과는 이들의 관찰자인 유린과 지우가 소리와 빛에 민감한 아이라는 점에서 비롯된 것이다. 하지만 이 시점부터 소리와 빛은 각자 자신의 존재를 새롭게 재규정하는 중요한 요소로 떠오른다. 음악(소리)에 대한 강박에 쫓기며 살던 세민이 자기 안에서 빛을 인식하고, 눈앞에 보이는 현실성(빛)에 집착하던 지우가 눈을 감을 때에야 조금씩 들리는 소리의 가치를 스스로에게서 발견할 때, 이미 내 안에 잠재해 있던 것이지만 차마 발견하지 못했던, 그래서 지금까지 없는 것으로 여기며 살았던 어떤 세계가 조금씩 고개를 들기 시작한다.

누군가의 진중한 응시로부터 자신을 재발견했을 때 이들에게는 비로소 자신도 누군가를 관찰하며 이해하고 싶은 마음이 샘솟는다. 별자리 캠프가 아닌 서로의 관찰자가 쓴 편지를 읽은 이후에야 세 친구의 우정이 본격화된 것은 그 때문이다. 앞서 뱀파이어인 시온의 말처럼 시간을 빼앗는 일이 누군가를 지워 사라지게 하는 것이라면, 시간을 나눈다는 것은 그 반대를 의미할 것이다. 세 친구가 서로의 공간을 직접 오가면서, 이들 각자가 홀로 견뎌야 했던 시간에 귀 기울이며, 상대를 응시함으로써 그 마음을 이해하고자 노력할 때, 마침내 이들은 일방적인 대상-관찰자 관계가 아닌 별자리로 이어진 서로의 별이 된다. 더 나아가 이들은 차츰 증상의 차도를 보인다. 즉, 우리는 모두——마치 입자이면서도 파동인 물질과 같이——불확정적인 위태로운 존재임을 직면한 끝에 영혼의 회복에 이르게 된 것이다.

여기서 이런 물음이 떠오른다. 어쩌면 이들이야말로 진정 '밤을 건너는 아이들'이 아닐까? 앞에서 본 덕수, 재민, 철진은 사실상 밤을 건너지 못한 채 어둠의 세계 안에서 시간을 잃고 점차 소멸하는 형상에 가까웠다. 하지만 세민, 지우, 유린은 서로를 세밀히 관측함으로써 그 따스한 시선과 마음에 힘입어 각자의 밤을 건너고 종국에는 별자리처럼 연결된다. 이들은 전작의 소년들을 대신하여 밤을 건너고 있다. 이 대목을 다음과 같이 독해해 볼 수는 없을까? 전작의 끝에서 가상화폐를 발행해 급히 봉합한 지점을 다시 찬찬히 뜯어보고 싶었던 작가의 (무)의식이 이 아이들로 하여금 밤을 대신 건너게 한 것은 아닐까? '밤을 건너는 청소년들'의 현실을 재차 책임지고 싶은 태도, 이것이 작가가 가상화폐에서 위조화폐의 발행으로 선회하게 된 궁극적인 이유는 아니었을까?

『달의 방』(사계절 2021)이나 『그 애 집은 어디일까』와 같은 최양선의 후속작을 보면 — 청소년소설은 아니지만 『세대주 오영선』(사계절 2021)의 경우에는 특히나 — 그가 가상화폐보다는 위조화폐를 발행하는 작업을 꾸준히 이어 가고 있음을 확인할 수 있다. 그는 자신의 행보를 통해 이렇게 말하는 듯하다. 엘리시안이나 뱀파이어 같은 가상의 관점을 세우지 않아도 현실을 관찰하는 측면을 조금 달리하는 것만으로도 우리는 현실을 새롭게 규정할 수 있다고. 아니, 관측이라는 행위야말로 그 어떤 접근법보다 밀도 높은 형태로 우리의 현실에 개입하는 방법이라고. "'보이지 않는 것'은 이 세상에 존재하지 않는다는 것이다. 사라져 버리는 일이다. 나는 이상하게 그 말이 애틋하고 슬펐다."(「달의 방」 40면) 최양선의 위조화폐는 '보이지 않는 것'들을 어떻게든 바라보(도록 만들)기 위한, 이로써 밤의 세계로 내몰린 이들의 현실을 단순히 애틋함이나 슬픔과 같은 낭만적 영역으로 남겨 두지 않기 위한 노력의 소산이다.

재개발로 철거를 앞둔 아파트를 배경으로 한 『그 애 집은 어디일까』에서도 주인공은 '그 애'와 함께 그동안 못 보고 지나쳤던 아파트 구석구석을 찾아 관찰한다. 401동 오빠가 수선할 옷을 찾기 위해 자주 들렀던 헌옷수거함, 하얀 고양이가 생전에 드나들던 구멍 난 아파트 담벼락, 자신의 기억이 담긴 물건들을 하나둘 파묻었던 403동 할머니의 앞뜰, 빈집 베란다 틈으로 고양이들이 모여들어 전등 대신 눈빛으로 어둠을 밝히던 403동 101호…… '나'의 관찰을 따라 읽다 보면, 우리는 재개발이 단지 한 건물을 허물고 다시 세우는 것이 아닌, 이 장소에 거주했던 모든 존재의 시공간과 결부된 사건임을 깨닫게 된다. 물론 이 사실을 소설은 말하지 않는다. 다만, 함께 응시하고 관찰하도록 할 뿐.

바로 이 지점에서 최양선이 발행하는 위조화폐만의 특징이 드러난다. 일반적으로 위조화폐는 화폐에 시선이 오래 머물지 않게끔 최대한 똑같이 현실의 화폐를 모방한다. 자세히 바라보면 이것이 위조라는 사실을 들키기 때문이다. 이러한 조급함에서인지, '리얼리즘'을 표방하는 몇몇 화폐들은 현실의 문제뿐 아니라 정답까지 명쾌하게 그려 넣음으로써 독자가 더 자세히 들여다보기를 멈추도록 만들 때가 있다. 하지만 최양선은 다른 방식을 택한다. 물질과 영혼이라는 주제어처럼 우리의 현실을 구성하는 요소이면서도 동시에 '보이지 않는 것'이기에 비현실적인 듯 보이는 세계를 위조함으로써, 결과적으로 우리가 더 바라보고 관찰하게끔 이끌기 때문이다.

이것이 2009년부터 작품을 발표하며 적지 않은 시간 동안 입지를 다져 온 중견작가 최양선의 행보를 새삼 새롭게 기대하는 이유다. 나는 벌써 그가 우리에게 쥐여 줄 위조화폐를, 자세히는 이것이 우리의 세계에 일으킬 작은 균열과 사건을 기대한다.

『아몬드』와 '사이코패스'라는
어떤 도시괴담에 관하여

1

'사이코패스'. 이 용어가 언젠가부터 유행어처럼 사용되었다. 어린 시절 '사이코'라는 말을 처음 들었을 때를 기억한다. 유별난 행동을 하는 친구를 향해 정신이 이상하다는 식으로 표현하면 너무 나아간 것 같고, 미쳤다고 말하는 건 또 너무 모욕적인 것이 아닌가 싶었는데, 사이코는 꼭 그런 부류의 사람을 부르기에 적합하고 세련된 표현처럼 들렸다. 고백하자면 그 말을 들은 건 나였다. 친구가 무엇 때문에 나를 그렇게 불렀는지는 기억나지 않지만 그 용어가 선사한 인상만은 여전히 남아 있다.

2000년대 중반부터였던가? 아마도 어떤 연쇄살인 사건이 계기였던 것으로 기억하는데, 내 주변에서는 슬슬 사이코패스라는 말을 사이코와 구별해서 사용하는 사람들이 생겨나기 시작했다. 당연히 정신병리학과 무관한 엉터리 구분이었지만, 사람들은 두 용어를 이렇게 나누었다. 사이코는 감정이 과잉인 사람들, 사이코패스는 그 반대인 부류. 그리고 무엇 때문이었는지는 잘 떠오르지 않지만, 나는 사이코패스라는 말도 들어 본 적이 있다. 하지만 처음 사이코라는 말을 들었을 때와는 달리, 나는 그 표현이 썩 농담처럼 들리지 않았다. 패스(path)라는 단어가 하나 더 붙었을 뿐인데, 그것이 병리(pathology)를 의미하는 접미어라는 것을 당시의 내가 알았을 리 없음에도 저 말이 내게는 몹시 위험하게 들렸다.

그러다 어느 시점에 가서는 사이코패스의 유형 내부에서 더욱 섬세한 구분이 도입된다. 이른바 소시오패스(sociopath)라는 분류가 추가된 것이다. 사이코패스나 소시오패스 모두 반사회성 인격 장애의 유형으로 알려져 있지만, 통상적으로 둘은 선천적인가 아니면 후천적인가, 감정이 없어서 공감이 불가능한가 아니면 감정은 있으나 공감하지 않는 것인가에 따라 구분된다. 이때 전자는 사이코패스, 후자는 소시오패스의 특성이라 알려져 있다. 물론 전문가들은 저 둘이 명확히 구분되기 어렵다고 말하며, 용어 사용에 대한 합의 역시 정확히 이루어진 것처럼 보이지 않는다. 그러거나 말거나, 사이코패스와 소시오패스의 구분은 언론에서조차 저런 식으로 광범위하게 사용되고 있다. 저 둘은 용례만 다를 뿐, 이해할 수 없는 타자이자 어떤 잠재적 위협으로 여겨진다는 특징을 공유한다.

동전이 양면으로 이루어져 있듯, 너무 큰 공포는 커다란 매혹을 동반하곤 한다. 많은 경우 사이코패스나 소시오패스라는 용어는 끔찍하고 불가해한 사건·사고 보도 옆에 병렬되곤 했다. 그들은 마치 공감 불능의 '괴물'처럼 호명된다. 하지만 어째서인지 우리는 저 괴물들을 문학, 드라마, 영화 어디에서든 쉽게 만나 볼 수 있었다. 그것도 아주 매력적인 캐릭터로서 말이다. 조금은 지겹기도 하다. 근래 내가 본 작품에서 대부분의 반사회성 인격 장애 캐릭터는 남성이었고 그는 어김없이 여성, 아동, 소수자, 동물 등을 상대로 가해했다. 지나치게 많은 작품이 캐릭터의 어떤 '위험한 매력'을 부각하고자 약자를 잔혹하게 희생시키는 방식의 재현을 마치 공식처럼 반복했다. 몇몇 작품은 제작자가 어느 지점에서 저 인물 유형에게 매혹을 느끼고 있으며 그에게 어떤 욕망을 투사하고 있는지를 자백하는 듯 보였다.

손원평의 『아몬드』(창비 2017; 개정판 다즐링 2023)는 조금 달랐다. 주인공 선윤재는 '감정 표현 불능증'을 앓는다. 감정을 이해할 수 없는 윤재에게 어머니와 할머니는 이정표와 같은 존재였으나, 그 둘은 이른바 '묻지 마 범죄'에 의해 희생된다. 윤재는 혼자가 되지만 '심 박사' '곤이' '보라' 등을 만나며 성장에 이르게 된다. 여기까지가 소설의 간략한 줄거리다. 작품에서 윤재는 친구들로부터 '사이코패스'라는 말을 듣는다. 하지만 그는 약자를 희생시키는 것이 아닌, 오히려 희생당하는 편에 가까운 인물이다. 더 나아가, 희생을 무릅쓰는 인물로 거듭난다. 소설은 윤재의 '감정 없는 상호작용'들로 가득 차 있다. 청소년소설치고는 이상하게 들리는 말이다. 흥미로운 것은 저 이상한 소설이 청소년 독자 사이에서 꽤 많은 호응을 불러일으켰다는 점이다. 이곳에서 나는 『아몬드』 자체보다는 소설을 둘러싼 이야기들, 그 가운데서도 특히 사이코패스라는 어떤 도시괴담에 관해 이야기하고 싶다.

2

 혹시 '도시괴담'이라는 말이 문제가 될까? 사이코패스는 실재하는 존재이며, 어느 날 갑자기 그로부터 무차별적 범죄의 피해자가 될지도 모른다는 공포도 허무맹랑한 것이기보다는 실제 사건에 기초한 것일 텐데, 괴담이라는 말은 신중하지 못한 표현처럼 보이기도 한다. 하지만 사이코패스를 정신병리학적 차원에서 진지하게 접근하는 것은 철저히 내 능력 바깥의 일이며, 관심사도 아니다. 내가 주목하는 것은 사이코패스가 공포적 유희거리로서 향유되는 양상이다. 심지어 그것은 사이코패스 체크리스트를 만들어 재미로 자타를 점검하거나, 사이코패스에 대한 인터넷 괴담을 창작·구독하는 등 일상의 차원에서도 쉽게 소비되곤 한다. 도시괴담으로서의 사이코패스란 딱 그런 의미이다.

 앞에서 썼듯 윤재의 병명은 감정 표현 불능증, 다른 말로 알렉시티미아다. 윤재의 문제는 편도체의 손상에서 기인한 것이므로 저 반사회성 인격 장애의 유형과는 무관하다. 하지만 친구들은 앞서 언급한 엉터리 분류에 의거해 그를 사이코패스라고 불렀다. 확실히 앞의 구분에 의하면, 그는 사이코보다는 사이코패스에 가까운 유형이다. 그는 감정을 이해하지 못하고 심지어 생명에의 위협 앞에서도 공포를 느끼지 않는다. 그런 까닭에 윤재는 어떤 상황에서도 침착하다. 감정을 드러내거나 남들을 위협하는 일도 없다. 하지만 오히려 주변인들은 그런 윤재의 모습에서 공포를 느낀다. 이유는 간단하다. 누구도 그의 속을 알 수 없기 때문이다. 만약 그가 사이코처럼 감정을 마구 표출하는 인간이었다면 사람들은 그에 따라 적절한 반응을 할 수 있을 테다. 그러나 사이코패스는 다르다. 그들은 미리 적절한 신호를 주지 않으므로 적절한 예측 또한 불가능하다.

선천적/후천적 구분에 따를 때도 윤재는 소시오패스의 유형이 아니다. '타고난' 존재라는 점, 그것은 사이코패스에 대한 도시괴담이 유독 무시무시하게 들렸던 요인 중 하나이다. 누군가는 그런 건 없다고 말할지도 모른다. 가령, 웃는 사람을 무작위로 살인한 자를 "사회학적"(63면)으로 이해하고자 했던 ─ 그가 이렇게 '괴물'이 되기까지는 그 나름의 이유가 있을 것이라는 ─ 시각들처럼. 사실 이처럼 살인자를 합리의 차원에서 이해하려는 것은 저 사건을 불가해한 공포로 남겨 두지 않으려는 노력의 소산인 까닭에 유의미하다. 하지만 그럼에도 예외가 있다면? 『양들의 침묵』(토머스 해리스)에서 한니발 렉터는 스탈링에게 이렇게 말한다. "내게는 아무 일도 발생하지 않았소, 스탈링 요원. 내가 발생했을 뿐." 만약 정말 그렇게 '발생한' 이들이 있다면, 원인 없이 발생한 결과로서의 존재들을 과연 우리는 어떻게 받아들여야 하는 걸까?

해석은 무지의 상태라는 공포를 제어하기 위한 대표적인 방편이다. 그러나 원인을 알 수 없다면, 보이는 것은 그저 발생뿐이라면, 그 대상은 해석의 그물망에 포섭되지 않은 채 공포 또는 그것의 또 다른 이름인 매혹으로 배회할 따름이다. 한니발 렉터가 꾸준히 탐미주의적으로 소비되었던 것도 그 이유에서일 테다. 윤재의 상태를 이해하는 이들이 아니라면, 사람들에게 윤재는 다소간 그런 존재였을는지도 모른다. 물론 윤재는 한니발처럼 식인은커녕 살인을 저지른 적도 없지만, 살인의 현장에서 그는 남들과 달리 태연한 반응을 보였기 때문이다. 마치 『이방인』(알베르 카뮈)의 뫼르소가 어머니의 죽음 앞에서 눈물 흘리지 않았을 때, 사실상 이미 그때 사형을 언도받은 것과 다름없었듯이. 할머니를 잃고 어머니가 크게 다친 상황에 놓인 윤재를 향해 사람들은 오히려 "눈 하나 깜짝 않고 아무렇지 않다고 말하는 아이"(88면)라며 수군거렸다.

주위의 관심을 끌고자 "야, 엄마가 눈앞에서 죽었을 때 기분이 어땠냐?"(86면)라는 질문을 던진 잔인한 친구만 문제인 것이 아니라, 사방에서 윤재로 하여금 "학교라는 공간이 (…) 적합하지 않을 수도 있다"(89면)는 신호를 보내왔다. 오직 그가 공감하지 못한다는 이유에서 말이다. 사실 윤재가 사이코패스와 소시오패스 중 어느 유형과 더 닮았는지, 그가 얼마나 감정 표현 불능증자의 모습을 잘 재현하고 있는지 등은 크게 중요하지 않다. 내가 주목하는 것은 공감을 할 수 없는 윤재라는 인물에 역설적으로 많은 독자들이 공감을 표했다는 점이다. 바꿔 말하자면, 그들은 자신과 윤재를 동일시했다.

기존의 많은 사이코패스 캐릭터가 공포이자 매혹을 불러일으킨 것에 반하여, 외관상 그들 캐릭터와 닮은 윤재는 오히려 그의 바깥이 얼마나 공포스럽고 위험한 세계인지를 보여 준다. 독자는 윤재 바깥의 세상이 그에게 가하는 폭력을 읽으며 정작 그는 느낄 수 없었을 공포를 그 대신 체감하게 된다. 어쩌면 『아몬드』가 많은 청소년 독자의 마음을 사로잡은 이유 역시 그 때문일지도 모른다. 요컨대 사이코패스 유형의 인물을 통해 공포를 연출하는 방식을 새롭게 했다는 점, 다시 말해서 작품이 종전과는 다른 '공포의 변증법'을 구현했기 때문은 아니었을까?

3

나는 지금 『아몬드』가 우리에게 없던 새로운 작품이라는 식의 상찬을 하려는 것이 아니다. 하지만 분명 이 텍스트가 우리에게 없던, 우리 (무)의식의 사각지대를 비추는 거울로 일부 기능했음은 인정해야 한다고 생각한다. 비록 『아몬드』가 공포문학은 아니지만, 작품이 만들어내는 어떤 공포의 효과에 관해 더 논의하기 위해 잠깐 프랑코 모레티(Franco Moretti)의 분석을 참조해 보자.

프랑코 모레티는 『공포의 변증법』에서 공포문학이란 "분열된 사회의 공포로부터, 그리고 그것을 치유하려는 욕망에서 태어났다"고 진단한 적이 있다.[1] 여기서의 '공포문학'이란 프랑켄슈타인의 창조물이나 드라큘라와 같은 괴물이 등장하는 문학을 일컫는 것이며, 저 '분열된 사회'란 노동자와 부르주아 간의 계급 분열을 가리킨다. 드라큘라와 계급 분열이라니, 이는 사이코패스라는 현대적 괴물을 독해하는 데에는 어울리지 않는 틀처럼 보인다. 하지만 공통점이 있다면, 고전적인 괴물들이 세계 바깥의 존재였던 것과 달리, 저 괴물들은 모두 내부적 위협이면서 동시에 위력을 지닌 존재라는 점이다. 즉, 숲속이나 탑에 기거하는 괴물 따위가 아닌, 당장 내 옆에 있는 이가 불현 얼굴을 바꿔 나를 해할지도 모른다는 공포를 '치유'하려는 욕망의 결과로 제출된 것이 공포문학이라는 형식이다.

모레티의 관점을 수용한다면, 한 연구자가 한국 드라마에 유독 '재벌 소시오패스 캐릭터'가 자주 등장하는 이유를 한국사회의 계층적 단절 상황(재벌/서민) 때문이라 지적한 것도 꽤 일리 있게 들린다.[2] 요약하자면, 대중은 재벌에 대한 동경과 불만을 동시에 품고 있는데, 그러한

---

1 프랑코 모레티 『공포의 변증법』, 조형준 옮김, 새물결 2014, 20면.
2 박상완 「한국 텔레비전드라마의 재벌 소시오패스 캐릭터 연구」, 『한국극예술연구』제53호, 2016 참조.

재벌을 응징하되 그에게 괴물로서의 소시오패스라는 설정을 부가하여 그 응징의 당위성을 얻으려는 심리가 드라마의 인기 요인이라는 것이다. 여기서 발견되는 것은, 재차 모레티의 표현을 빌린다면, 재벌 소시오패스 인물 개인을 벌함으로써 저 "분열된 사회의 공포"를 "치유하려는" 대중의 이데올로기다.

이 결론은 공포를 불러일으키는 괴물(로 상정된 개인)을 응징함으로써 미봉적인 평화와 안정을 구하려는 경향의 작품 일반을 분석하는 데도 유용해 보인다. 누군가는 다음과 같이 말할지도 모르겠다. 그렇다면 진정한 해결책을 모색하지 않는 저 공포문학이란 결국 도피주의적 장르에 지나지 않는가? 왜 아니겠는가. 하지만 모레티가 말하듯, 공포란 비합리성과 위협으로 가득한 사회를 받아들이기 위해 우리가 지불해야 할 대가다. 근대적 개인으로서 이 부조리(absurd)한 사회체를 온전히 자신의 정합적인 세계로 받아들여야 하는 이상, 공포는 해소될 수 없다. 단지 각자의 방식에 따라 다스려질 뿐. 그것은 어떻게든 제어되고 통제되어야 한다. 사이코패스를 둘러싼 도시괴담 역시 해소될 수 없는 공포를 다스리려는 현대인들의 한 가지 방법일지도 모른다.

하지만 『아몬드』에서 괴물은 윤재 바깥에 있다. 특히 "더 이상 경우의 수를 늘려 가며 예상되는 대화를 만들어 줄 엄마가 없"(88면)게 된 시점부터, 윤재에게는 그를 둘러싼 모두가 조금씩은 다 불가해한 괴물이었다. 마치 공포문학의 형식이 뒤집힌 것처럼 보인다. 하나의 괴물을 특정하여 부조리한 사회체를 안정시키려 했던 공포문학과 달리, 여기서는 윤재라는 특정한 개인이 괴물 같은 사회체 속에 내던져져 있다. 윤재가 놓치고 간 공포를, 독자는 자신의 것으로 주워 삼는다. 그와 동일시하면서 말이다. 결국 공포문학의 독법으로 이를 이해하자면, 『아몬드』의 독자들은 '분열된 사회'가 아닌 '분열된 자신'을 위해서, 즉 대면하기 어려운 자기 내부의 공포스러운 틈을 밀봉하고자 역으로 세상이라는 괴물을 불러낸 것이 아니었을까?

물론 윤재 주변에는 그를 돕는 인물들도 존재한다. 하지만 이 소설을 사랑한 독자들이 이입할 수 있었던 인물이란, 윤재를 위해 "고통, 죄책감, 아픔이 뭔지 알려 주려" 했던 곤이도, "꽃과 향기, 바람과 꿈을 가르쳐"(174면) 준 도라도 아니었을 것이다. 그들은 그저 윤재가 세계라는 괴물에 맞설 수 있도록 어떤 징검다리를 놓아 주는 인물 정도에 해당한다. 여타의 작품과 마찬가지로, 윤재의 성장은 또한 독자의 성장이다. 곤이를 철사로부터 구한 후 윤재는 다음과 같이 진술한다. "비로소 나는 인간이 되었다. 그리고 그 순간 세상은 내게서 멀어지고 있었다."(248면) '세상'이라는 괴물이 죽고 퇴장했을 때, 개인은 비로소 하나의 '인간'이 된다. 마치 거울에 비친 것처럼 공포문학의 방식과는 반전된 양상으로 공포가 다스려진 순간이다.

4

한 가지 짚고 넘어갈 것이 있다. 공포문학이 비록 공포를 불러일으키는 요인을 치유하고 싶은 욕망에서 출발했다고 한들, 독자가 원하는 것은 결국 공포라는 점이다. 가령, 무시무시한 사이코패스 살인자가 등장하는 영화를 볼 때, 관객은 그 인물이 징벌받기를 바라면서 동시에 그가 얼마나 잔인한지를 보기 원한다. 인물의 악행이 잔혹할수록 징벌의 정도는 더 강력해질 것이며, 이처럼 죄와 벌 사이의 낙차가 클수록 징벌의

쾌감은 커진다. 즉, 공포가 클수록 만족은 더 커진다. 모레티가 "작품이 무서울수록 그만큼 교화적"이라고 주장한 것도 그 때문일 테다.[3]

작품에서 만족할 만한 공포와 처벌이 등장한다면, 독자는 지독한 악인이 응당한 처벌을 받은 권선징악의 서사를 읽었다고 여길 것이다. 하지만 통쾌한 기분으로 책장을 덮기 전에 생각할 문제가 있다. 이를테면 다음과 같은 물음이다. 그 괴물이 처벌받기 전까지, 독자가 본 것은 혹시 단순히 그의 악행만이 아닌 우리의 어떤 내밀한 기대가 아니었을까? 다시 말해서, 인물의 악행을 읽으며 분노하는 동안에도, 소설은 사실 인물이 더 잔혹하고 악독하며 무시무시했으면 하는 독자의 무의식적 바람을 실현하고 있었던 것은 아니었을까?

지나친 해석일지도 모르겠다. 사이코패스 인물에 의해 잔혹하게 희생당하는 다른 등장인물을 보면서 어떻게 독자가 그런 기대를 품을 수 있겠는가? 높은 확률로 독자들은 저 등장인물이 악인으로부터 피하기를 바랐을 테다. 그 마음이 거짓이라 생각하지는 않는다. 다만, 나는 지금 프로이트가 말한 '꿈-왜곡 현상', 자세히 말하자면 자신의 진짜 "소원을 은폐하기 위해 그런 소원이 억제되는 상황"의 꿈을 만들어 내는 정신 현상에 기대어 해석을 시도해 보려는 것이다.[4] 인물이 악인에게 희생당하지 않기를 바라는 것처럼 의식의 차원에서 감지하는 소원이 있다면, 동시에 누군가는 그 아래 감춰진 또 다른 소원을 품을 것이다.

저 이면의 '진짜 소원'이 무엇인지를 여기서 정확히 지목하기란 어려운 일이지만, 앞서 언급된 바를 추려 본다면 두 가지로 압축된다. 하나는 분열된 사회체의 안정, 다른 하나는 괴물 그 자체를 보는 것. 전자

---

3 프랑코 모레티, 앞의 책 62면.
4 지그문트 프로이트『꿈의 해석』, 김인순 옮김, 열린책들 2016, 224면.

라면 이를 실현하기 위해 분열된 사회 구성원을 단결시킬 거대한 악으로서의 괴물적 인물을, 그리고 대중 사이에서 수행(perform)될 어떤 거대한 처벌을 요청할 것이다. 후자의 독자라면 정반대로, 괴물적 인물의 악행을 오락으로서 향유하는 데에 어떤 정당성을 얻기 위해 — 달리 말하자면, 그것을 즐겼다는 사실을 감추기 위해 — 커다란 처벌을 요청할 것이다. 사회냐 괴물이냐. 둘 사이에는 모종의 공통점이 존재한다. 무엇을 택하든, 그것을 실현하기 위해서는 결국 누군가의 잔혹한 희생이 필요하다는 점이 첫째이며, 둘째는 괴물을 처벌함으로써 그들의 진짜 소원이 이루어지기 위해 누군가의 희생이 동원되었다는 사실이 은폐된다는 점이다.

다시 『아몬드』로 돌아가 보자. 전술했듯, 소설은 공포문학을 뒤집은 방식으로 독해될 수 있었다. 같은 독법으로 이를 읽는다면, 우리는 소설에서 잔혹하게 희생된 인물들의 면면을 다시 평가해 볼 수 있다. 먼저, 집단구타로 죽은 구멍가게 주인아저씨의 아들 — 끔찍한 일이지만, 한편으로 그는 죽음으로써 다섯 살의 윤재가 남들과는 조금 다르다는 것을 알리는 기능을 도맡는다. 그를 도우려 했던 윤재는 오히려 "네가 조금만 진지하게 말했더라면 늦지 않았을 거"(19면)라면서 책임을 추궁받았다. 다음은 할머니와 어머니 — 윤재의 조력자인 그들은 잔혹한 사건의 피해자이면서, 동시에 윤재의 곁을 떠남으로써 그를 잔혹한 세상에 홀로 서도록 만드는 역할을 한다. 자신의 가족을 해친 이는 '사회학적'으로 이해하려 하면서, 그런 사건을 겪은 자신은 오히려 괴물 취급하는 세상을 윤재는 이해할 수 없다.

여기서 희생자들은 모두 같은 역할을 부여받는다. 세상이라는 괴물의 불가해함과 잔혹함을 드러내고, 그와 윤재가 점차 홀로 대면하도록 만드는 일이 바로 그것이다. 앞에서 언급한 사회냐 괴물이냐의 물음을 바로 이 지점에서 동일하게 적용해 보면 어떨까? 뒤집힌 공포문학 식으로 '진짜 소원'에 대한 독해를 이어 간다면 다음과 같이 말할 수 있겠다. 하나는 분열된 개인의 안정, 다른 하나는 괴물 그 자체를 간접적으로 경험하기. 전자의 경우라면, 분열된 자아를 안정시킬 어떤 거대한 공포로서의 자기 바깥의 세계를 등장시키고 종국에는 그것을 응징할 필요가 있겠다. 후자는 이번에도 역시 정반대로, 세상이 얼마나 괴물스러운지를 보(여주)고자 했음을 감추기 위해 그것이 처벌되는 서사를 요청할 것이다. 이번에도 희생자들은, 윤재를 내세운 저자/독자의 진짜 소원을 실현하기 위한 번제의 제물처럼 바쳐진다.

그 결과, 소설의 끝에서 윤재는 철사와 대면한다. 윤재 바깥의 불가해한 세상이 취할 수 있는 가장 괴물스러운 모습이 있다면 이는 아마도 철사의 얼굴일 것이다. 그의 모습은 진정 사이코패스, 세간의 엄밀한 구분에 따르면 소시오패스와 가까웠다. 이상한 일이다. 곤이를 매혹하고 윤재를 끌어들인 자의 형상이, 역설적으로 곤이와 윤재가 그토록 고치고자 노력했던 윤재의 특징과 상당 부분 겹쳐 있기 때문이다. 윤재는 자신을 사이코패스라 부르며 예외적인 괴물처럼 취급했던 세상이, 정작그 괴물의 모습을 하고 있음을 마주하게 된다. 윤재는 철사의 칼에 찔린다. 그동안 세상이 얼마나 괴물스러운지를 알리기 위해 윤재 주변의 사람들이 그를 대신하여 당했던 희생을 이제 윤재가 직접 입게 된 것이다. 이를 계기로 윤재는 "몸속 어딘가에 존재하던 둑이 터"(248면)지면서 새롭게 태어난다. 자기 바깥의 세상으로부터 입을 수 있는 폭력의 최대치를 경험하고 난 이후에야 비로소 윤재는 부활이라는 보상을 얻는다.

5

흥미로운 것은, 기실 윤재가 한 일이란 세상의 폭력에 기꺼이 자신의 몸을 던진 것뿐이라는 점이다. 철사를 찌르고 윤재를 구한 것, 다시 말해서 자신의 손을 더럽힌 이는 다름 아닌 곤이였다. 그런 점에서 『아몬드』는 주인공 윤재가 세상이라는 불가해한 괴물을 응징하는 서사가 아니다. 다시 태어난 윤재는 "새롭고, 알 수 없는"(258면) 길을 향해 걸어간다. 윤재는 분명 성장했다. 기억해야 할 것은 윤재의 이러한 성장의 경로에는 언제나 주변인들의 희생이 자리했다는 사실이다.

희생자들은 죽음으로써 윤재의 문제를 발견해 주고, 또 죽거나 다침으로써 윤재를 세상과 홀로 맞서도록 해 주었으며, 마지막에는 손에 피를 묻힘으로써 윤재를 대신하여 세상을 응징해 준다. 어째서일까? 소설은 윤재가 본의 아니게 입증한 어떤 진정성을 통해 이를 서사적으로 설득하려 한다. 윤재는 어떠한 감정이나 계산 없이 그저 "그 앤 내 친구니까"(229면)라는 당위만으로 몸을 던지는 인물이다. 어떠한 이해관계 없이 자신을 희생할 수 있는 태도. 이것은 윤재의 주변인들에게 일종의 진정성으로 번역되어 그를 대신하여 기꺼이 괴물과 대적할 수 있도록 만든다. 이렇듯 그들이 문제 삼고 교화하려 했던 윤재의 특성은 이윽고 그들을 움직이는 요인으로 뒤집힌다. 그들의 희생에 힘입어 마침내 윤재의 속성을 닮은 괴물이 쓰러지자, 놀라운 일이 벌어진다. 윤재가 눈물을 흘릴 줄 아는 인간이 된 것뿐만 아니라, 의식불명의 어머니 역시 갑자기 깨어난 것이다. 마치 옛이야기의 주인공이 괴물을 처치하는 즉시 그간 저주에 걸렸던 세계가 불현듯 이전의 질서를 회복하게 되는 것처럼.

흥미로운 점이 또 하나 있다. 앞서 한 차례 언급했듯이, 사이코패스로 취급되던 윤재를 곤경에 빠뜨린 인물 — 예컨대 윤재에게 할머니가 죽는 걸 본 기분이 어땠냐고 묻고, 단순히 "재미있을 것 같아서"(220면) 곤이에게 누명을 씌운 아이 — 과 최후에 마주한 철사의 모습이야말로 영락없는 사이코패스의 형상에 해당한다는 점이다. 공감의 부재는 물론이거니와 순수한 악의만으로 폭력성을 표출하는 이들은 윤재의 입장에서 괴물과도 같은 존재다. 하지만 세간은 윤재와 소설 속 괴물들을 모두 똑같은 사이코패스처럼 바라본다. 다만 여기에는 사이코패스적 특성을 바탕으로 누군가를 해치는가 아닌가 정도의 차이가 있을 따름이다. 전자가 해당 특성의 괴물적인 면이라면, 윤재가 속하는 후자는 가능성의 측면일 테다.

윤재가 마주한 괴물들은 분명 자신의 속성을 닮은 존재이지만, 소설에서 이들과 윤재는 정확히 분리되어 있다. 밝은 면과 어두운 면으로 양분된 동전의 모양새로. 이런 경우 세계 내의 안정을 위해서 해야 할 일은 많지 않다. 어두운 면을 아래로 덮고 밝은 면을 위로 두면 된다. 정확히 양분되어 있는 소설 속 세계를 읽으며, 독자는 손쉽게 한쪽 면을 편들 수 있다. 괴물과 구원받아야 할 세계 사이의 경계가 분명하고, 독자가 안정과 치유를 위해 간명한 선택을 할 수 있다는 점에서 이번에도 소설은 정확히 공포문학의 속성과 포개어진다.

기존의 도시괴담에서 사이코패스는 원인 없이 발생한 괴물이자, 적절한 신호를 주지 않는 까닭에 적절한 예측이 불가능한 인물이었다. 『아몬드』는 그러한 인물 유형의 밝은 면과 어두운 면을 깔끔하게 양분한 뒤 어두운 면을 덮는 방식으로 그 나름의 안정을 도모한다. 전술했다시피 그것을 가능케 한 것은 주변인들의 희생이었다. 이들의 조건 없는 헌신이 우연에서 태어난 것은 결코 아니었으리라. 작가 스스로도 "인간을 인간으로 만드는 것도, 괴물로 만드는 것도 사랑이라고 생각하게 되었다. 그런 이야기를 해 보고 싶었다"(261면)라고 말하고 있으니까. 하지만 공교롭게도 이야기의 주인공은, 그리고 독자들이 동일시할 법한 인물은 "인간을 인간으로 만드는" 또는 "괴물로 만드는" 자가 아닌, 바로 윤재다. 다시 말해서, 『아몬드』는 무엇인가를 '만드는' 능동적 인물이 아닌 '만들어지는' 피동적 인물에 관한 이야기이다. 이제 슬슬 이야기를 마무리할 때가 된 것 같다.

6

지금까지 우리는 사이코패스라는 현대적 괴물을 소재로 한 도시괴담의 형식을 뒤집어, 공포문학의 독법 위에서 『아몬드』를 읽어 보았다. 마지막으로 해명해야 할 질문은 이것이다. 그렇다면 선천적으로 감정을 이해할 수 없는 윤재에게 이입할 만큼 오늘날 청소년 독자 내부의 분열을 일으키고 있는 요인이란 과연 무엇일까?

청소년들의 문제를 논할 때마다 빈번하게 언급되는 것들이 있다. 먼저, 학업에 대한 부담감. 이는 지나치게 손쉬운 진단이다. 실제로 학업 스트레스는 윤재가 앓았던 감정 표현 불능증과 어느 정도 상관관계를 지닌다는 연구가 존재하는 것은 사실이다.[5] 하지만 소설에서 공부로 인해 압박감을 호소하는 인물은 좀체 찾기 어렵다. 그렇다면 교우관계?

---

5 신현균 「청소년의 학업 부담감, 부정적 정서, 감정표현불능증 및 지각된 부모양육행동과 신체화 증상과의 관계」, 『한국심리학회지: 임상』 제21권 제1호, 2002 참조.

이 역시도 충분한 요인은 아닐 것이다. 윤재는 물론 감정 표현 불능증으로 인해 관계에 어려움을 겪기는 하나, 그럼에도 곤이, 도라, 심 박사 등등 그에게는 노력하지 않아도 친히 다가오는 고마운 인물들이 있다.

그보다는 차라리 감정 표현 불능증이라는 상태에 집중해 보도록 하자. 소설은 윤재의 진술로 가득 차 있다. 윤재는 상호작용의 방식을 새로 배우기는 하나, 처음부터 끝까지 세상이 자신에게 요구하는 바를 이해하지는 못한다. 감정을 알지 못하는 화자의 진술이므로, 소설에서 감정에 관한 서술은 언제나 관찰되거나 추론되는 식으로만 쓰인다. 비록 직접 소설에 적혀 있지는 않으나, 그럼에도 우리는 윤재의 진술로부터 일관되게 어떤 유사 감정을 감지한다. 그것은 당혹감이다.

윤재는 세상이 자신과 주변인들에게 왜 이런 식으로 구는지 이해하지 못한다. 하지만 거기서 멈추지 않고 윤재는 이를 이해하려 노력한다. '공감 교육'을 한다며 나비의 날개를 찢던 곤이가 화를 내며 윤재를 오래 떠났을 때, 그는 생각한다. "그 애는 나비에게 그런 짓을 하고 나서 왜 화를 냈을까. 내가 반응하지 않아서? 자신을 막지 않아서? 결국 그런 짓을 하고 만 스스로에게 화가 나서?"(159면) 윤재는 이해할 수 없는 상태에서 멈추지 않고, 언제나 더 나아가길 원했다. 어쩌면 이것은 불가해함이 가져오는 당혹감을 해소하려는 윤재 나름의 시도였을지도 모른다. 소설에서 당혹감은 적혀 있지 않은 채로 말을 건네는 윤재의 유일한 감정이었다. 혹시 이곳이 독자가 윤재에게 이입했던 위치, 다른 의미에서는 자신의 진짜 소원을 묻어 두었던 지점이 아니었을까?

이 소설에 이입한 청소년 독자들이 자기 바깥의 세상을 향해 느끼는, 하지만 좀체 드러내지 않는 감정이란 아마도 이 당혹감의 형태와 닮아 있는 것이 아닐까? 마치 윤재처럼. 앞서, 나는 공포문학이 자신이 속한 불안정한 사회체를 견디기 위해 괴물을 소환한다는 주장을 여러 차례 언급했다. 이 소설은 불안정한 자신을 견디기 위해 역으로 사회체라는 괴물을 소환하고 있다는 말과 함께. 자기 안의 분열을 의식하고 이를 수용한다는 것은 여간 감당하기 어려운 일이 아니다. 이는 사회가 요구하는 바를 이해하기 힘든 개인이 경험하는 당혹감만을 가리키는 것이 아니다. 가령, 이런 경우를 생각해 보자. 세상 모두가 애도하거나 분노하는 사건 앞에서, 심지어 자신도 함께 기꺼이 슬픔이나 분노를 표하고 있는 와중에도, 마음 깊숙한 곳에서 해당 사건을 자신의 일처럼 받아들이는 이들이 쉬이 이해되지 않는다면? 더 상상하기 두려운 가설은 다음과 같은 것이다. 혹시 자신이 표출하는 격정적인 감정이 실상은 왜 그래야 하는지 이해할 수 없는 자신의 본심을 감추기 위한 것이었다면? 그렇다면, 혹시 나는 사이코패스인 것인가?

"주체는 (상징적) 정체성 그 자체"에 의해 분열한다는 것은 오랜 정신분석학의 명제이다.[6] 상징적 정체성이란 본인의 의사와는 관계없이 사회적 상징체계에 의해 주어지는 정체성이다. 어떤 사건이 발생했을 때, 우리는 개인의 실존적 차원에서 그에 반응하기도 하지만, 동시에 국민, 시민, 학생, 청소년 등등 주어진 정체성으로서 합당한 반응을 수행하기도 한다. 그러므로 분열된 자신의 형상을 내부적으로 발견한다는 것은 자못 자연스러운 일이겠다. 다만, 이것을 대면하고 받아들이는 일은 다른 문제다. 반복해서 말하건대, 그러한 자기 안의 분열을 대면하고 특히나 부정적인 자기의 측면을 진심으로 받아들이기란 쉽지 않은 일이다.

하지만 소설은 이를 봉합해 준다. 분열된 자신의 일부를 닮은 사이코

6 슬라보예 지젝 『라캉 카페: 헤겔과 변증법적 유물론의 그늘』, 조형준 옮김, 새물결 2013, 992면.

패스의 형상은 기실 윤재가 아닌 세상의 것이었으며, 윤재는 줄곧 세상의 폭력에 시달릴 뿐인 선량한 약자인 데다가, 심지어 윤재는 그런 세상을 물리치는 데에도 자신의 손을 더럽히지 않는다. 윤재는 이처럼 자기 안의 괴물을 대면함으로써 성장에 이르는 것이 아닌, 그를 사랑하는 이들에 의해 '인간'이라는 종착지로 운반된다. 끝에서 의사는 감정 표현 불능증이라는 진단이 오진일 수도 있는 말로 윤재에게 펼쳐질 가능성의 틈을 더 크게 열어 준다. 윤재의 당혹감은 일순간에 해소되고 전환의 계기를 맞는다. 많은 청소년 독자가 이 소설을 사랑한 것은, 불행했던 윤재가 새롭게 구원을 얻기까지의 과정에서 매력을 느꼈을 뿐만 아니라, 어쩌면 윤재로부터 자신의 소망이 대리 실현되는 모습을 보았기 때문은 아니었을까?

7

여담이지만, 윤재의 감정 표현 불능증이 어떤 시대에는 이상적인 인간의 모습처럼 이야기되기도 했다. 이마누엘 칸트(Immanuel Kant) 시대의 이상에 따르면 "감정 표현을 자제하는 성격이 균형 잡힌 성격"이었다. 심지어 지나친 감정은 병처럼 여겨졌다. 칸트는 『인간학』에서 "정념은 순수한 실천이성을 좀먹는 암이며, 대개 치료가 불가능하다"고 말한다.[7] 외관상 윤재는 저 시대의 이상을 표현하는 인물과 가깝다. 물론 차이는 있다. 윤재는 감정 표현을 자제하는 것이 아니라 표현할 감정이

---

7 수전 손택 『은유로서의 질병』, 이재원 옮김, 이후 2002, 70면에서 재인용.

없는 것이었으며, 윤재의 저 균형 잡힌 성격의 외양은 순수이성비판 따위를 통해서가 아닌 선천적인 문제에서 기인한 것이기 때문이다. 하지만 감정을 얼굴 밖으로 표현하지 않는 인간이라는 점에서, 저 둘의 종착지는 같다. 다만 이르는 방식이 다를 뿐이다.

감정을 "순수한 실천이성을 좀먹는" 것으로 여겨 온 근대의 합리적·이성적 인간상이 과연 어떤 세계와 인간을 만들어 냈는지, 우리는 이를 20세기라는 극단의 시대를 통해 확인했다. 저 합리성과 이성이라는 이름 아래에서, 몇몇 범주의 인간은 말할 수 없는 운명에 처하곤 했다. 어떤 시대에는 여성으로 태어났다는 것, 특정 인종에 속한다는 것, 이성애자가 아니라는 것, 장애를 지닌다는 것 등등 특정 정체성을 타고난 것 자체가, 곤이의 표현을 빌린다면 "세상에서 제일 재수 없는 말"(154면)과 다름없는 것이기도 했다. 과연 오늘날이라고 상황이 다를까?

억압된 목소리가 귀환하는 오늘날, 청소년들은 세상과 불화하는 분열된 자기 안의 목소리와 점점 더 자주 맞닥뜨리게 될 것이다. 어쩌면 앞으로의 청소년문학이 전진해야 할 영토가 있다면, 바로 저 당혹의 순간을 조명하고 서사화하는 일일지도 모른다. 당장의 안정과 치유를 목표하는 공포문학 또는 뒤집힌 공포문학도 나쁘지 않다. 하지만 지금 우리에게는 그 이상의 것이 필요하다. 그 출발은 아마도 『아몬드』가 멈춘 지점에서 이루어지게 될 것이다. "여기서부터는 아주 다른 얘기다. 새롭고, 알 수 없는."(258면)

정체성은 말할 수 있습니까?

최상희, 은이정, 이진의 단편 청소년소설을 중심으로

새삼스럽지만 '정체성'

'정체성'에 관해 말하는 것이 누군가에게는 철 지난 이야기처럼 들릴지도 모르겠다. 돌이켜 보면, 이스라엘 출신의 사회학자 니라 유발-데이비스(Nira Yuval-Davis)가 '정체성 정치'에 대해 비판한 시기는 1997년이다. 그는 정체성이란 계급, 젠더, 인종, 섹슈얼리티 등에 의해 일시적으로 구성되는 것이므로 이에 천착하기보다는 다른 위치에 있는 이들과 대화에 참여하는 "횡단"의 정치를 주장했다.[1] 20여 년 전 제기된 그의 주장은 꽤 상식처럼 들린다. 2019년 한국의 상황은 어떨까? 글쎄다. 이곳에서 열거하지는 않겠으나, 근래 정치성 정치에 관한 비판을 지면을 통해 심심치 않게 접하고 있다. 비슷한 양상으로 '정치적 올바름'

---

[1] 니라 유발-데이비스 『젠더와 민족』, 박혜란 옮김, 그린비 2012, 227~33면.

에 관한 비판도. 이미 '횡단의 정치'가 안착한 상황이라면 굳이 20년이 지난 지금 그것을 비판하는 목소리가 제기될 필요는 없을 것이다.

마치 수업 진도처럼 담론에도 어떤 진도가 있다고 믿는 사람들이 있다. 그들은 종종 답답해하는 것처럼 보인다. 하기야, 1990년대에 이미 '서구에서는 끝난' 정체성에 관한 이야기를 이곳에서는 아직도 하고 있으니까. 그래서일까? 자신의 정체성을 내세우며 차별과 싸우는 이들은 때때로 다음과 같은 꾸짖음을 듣는다. 성소수자의 정체성 투쟁이 (단순히 LGBT에 친화적인 것처럼 홍보하는) 자유주의적 기업의 이익에 어떻게 복무하는지 아느냐, '생물학적 여성'만 참여 가능한 집회는 성 환원주의로 퇴보하는 것 아니냐 등등.

문제는 어떤 곳에서는 끝난 이야기가 다른 어떤 곳에서는 새로운 이야기의 출발점이 된다는 것, 무엇보다 근본적으로는 세상에 끝난 이야기란 없다는 사실이겠다. 말을 하는, 그래서 이야기를 만들어 내는 사람들이 존재하는 이상 적어도 담론의 차원에서 끝난 이야기란 존재하지 않는다. 더불어 그들은 이야기를 새로 쓴다. 문학의 경우를 보자. 고봉준이 말하듯 "'강남역 살인사건-문단 성폭력-미투'로 이어지는 국면"을 지나면서, '페미니즘'(여성)과 '퀴어'(성소수자)는 "한국문학의 변화를 견인"하는 대표적인 키워드로 자리매김했다.[2] 한국문학의 변화란 이렇듯 문학 바깥에서 터져 나온 소수자들의 분노와 저항의 목소리로부터 촉발된 것이었다.

당연히 청소년문학도 예외일 수 없다. 그것은 단순히 이른바 '일반문학'의 경향이 그러하기 때문이 아니다. 오히려 '스쿨 미투' 등의 사안에

2 고봉준 「다른 목소리들」, 『문학3』 제2호, 2018, 31~32면.

서도 볼 수 있듯, 현재 청소년 사회의 현실과 저변을 뒤흔들고 있는 가장 커다란 동력이란 청소년 소수자의 목소리 그 자체가 아닌가? 그러므로 만약 현재 청소년소설에서 어떤 변화가 감지된다면, 그 동인이란 높은 확률로 현실의 청소년 소수자들이 제기하는 목소리일 테다. 청소년문학을 읽고 쓰는 행위란, 오세란의 표현을 빌리자면, 곧 "약자로서의 청소년 편들어 주기"와 같은 것이다.[3] 만약 약자로서의 청소년이 처한 현실과 그들의 주체성에 귀 기울이고자 노력하는 것이 청소년문학의 본령이라면, 청소년소설은 지금 제기되고 있는 청소년 소수자들의 목소리에 반드시 감응해야 할 필요가 있다.

한편, 이때 경제활동, 주거, 정치참여 등등 여러 측면에서 사회적으로 운신을 제한받는 청소년 소수자들은 다층의 억압에 놓이기 쉽다. 그들은 청소년이면서 동시에 여성, 성소수자, 외국인, 장애인 등등 이 세계의 '보편'의 자리에서 밀려난 소수자이다. 그들의 목소리를 놓치지 않고 경청하기 위해, 우리는 저들 정체성 사이의 교차성(intersectionality)을 늘 염두에 두어야 한다. 요컨대 그들 정체성 내부에서 벌어지는 '횡단'을 주목해야 한다는 것이다.

물론 어려운 일이다. 가야트리 스피박(Gayatri C. Spivak)이 말하듯, 하위주체의 목소리는 가정된 보편의 질서 속에서 그 자체로는 재현되기 어렵기 때문이다. 더구나 청소년 소수자의 경우, 그들의 정체성은 저 하위주체로서의 정체성들이 교차하는 데서 생겨난 것이므로 그들의 '말'을 포착하기란 더 어려운 작업이겠다. 그렇다면 관점을 조금 조정해 보는 것은 어떨까? 우리가 주목해야 할 목소리란 재현되어 눈에 보

---

3 오세란 「청소년문학과 청소년문학이 아닌 것」, 『청소년문학의 정체성을 묻다』, 창비 2015, 77면.

이는 말뿐만이 아닐지도 모른다. 그보다는 감추어진 목소리, 다시 말해서 정체성 그 자체가 말을 거는 순간을 포착해 보는 것은 어떨까?

최근 청소년 소수자들이 처한 현실과 감응하려는 시도들이 청소년소설의 장 곳곳에서 목격되고 있다. 여기서는 '여성'과 '퀴어'라는 키워드로, 2018년에 발표된 최상희, 은이정, 이진의 단편 청소년소설[4]을 살펴보면서 다음 질문에 답해 보려 한다. 정체성은 말할 수 있는가?

사라지지 않으려는 어떤 세상, 여성-청소년

2018년 11월 3일 학생의 날, 서울에서 한 집회가 열렸다. '여학생을 위한 학교는 없다'라는 이름으로 치러진 스쿨 미투 집회였다. 참여한 재학생과 졸업생들은 자신이 겪은 성폭력 피해, 그리고 학교와 교육당국이 가한 2차 가해에 대해 발언했다. 집회에 참여한 청소년 페미니스트들은 몇몇 가해 교사를 처벌하는 것을 넘어 "교사의 부당한 행위를 거부하거나 고발하는 것이 불가능"한 학교의 체계를 고쳐야 한다고 주장했다.[5] 현시점 스쿨 미투는 청소년 사이에서 가장 큰 파급력을 지닌 운동이다. 그것은 단지 교실에서의 특정한 문제를 바로잡는 것에 그치는 것이 아닌, 오랜 시간 그 세계를 지배해 왔던 질서 자체를 의문에 부치

---

4 여기서 다룰 작품은 다음과 같다. 최상희 「B의 세상」, 『창비어린이』 2018년 봄호; 은이정 「버건디 센트」, 『어린이와문학』 2018년 11월호; 이진 「빛 속으로」, 『작가들』 2018년 여름호.

5 선담은 「"여학생을 위한 학교는 없다" 서울서 '스쿨미투' 첫 도심 집회」, 『한겨레』 2018년 11월 3일자.

기 때문이다.

최상희의 「B의 세상」은 여성 청소년이 처한 현실에 발 빠르게 응답한 작품 중 하나이다. 여기서 B는 교사 A의 성폭력을 고발한 학생이다. A가 B에게 저지른 '17개의 욕설, 39건의 언어 학대, 11건의 성희롱'의 내용을 담은 고발문을 읽고서 학생들은 곧바로 다음과 같이 반응한다. A는 누구일까? 그보다 더 궁금한 것은, 피해자인 B는 과연 누구일까? A의 정체를 묻는 것은 자연스러운 일이겠다. 특히 학교 구성원이라면 누구나 학생에게 지속적인 성폭력을 가한 저 문제의 교사를 밝혀내고 싶은 마음일 테니까. 하지만 학생들이 더 알고 싶은 이의 정체는 B였다. 그들은 "모이기만 하면 B의 정체를 추적하는 데 여념이 없었다."(115면) 어째서일까?

여기서 잠깐, A와 B가 누구인지 후보를 좁히던 "아이들" 뒤로 꽤나 구체적인 익명의 학생들이 눈에 띈다. 그들의 이름은 2학년 1반 19번이거나 21번이며, 3학년 5반 27번이거나 23번이다. 그들은 다소 혼란스러워 보인다. 혹시 자신이 고발문을 쓴 것은 아닐까 거의 착각이 들 만큼, 저 고발문의 내용이 곧 그들 각자의 이야기였기 때문이다. 외모를 평가당하고, 언어폭력에 노출되고, 불쾌한 신체접촉을 강제당할 때조차 그들은 "선생님이 무안해하지 않도록"(110면) 참아야 했다. 아니, 단순히 참는 것을 넘어 스스로를 설득해야 했다. 그것은 '농담'에 불과했다고, 학생을 더 잘 지도하기 위한 교사의 '선의'였다고.

누군가는 B의 고발문을 통해 자신의 지난 기억을 떠올렸다. 단순히 불쾌한 기억 정도로 남아 있던 그 경험이 정확히 무엇이었는지를, 그들은 다시 생각하게 된다. 그들은 희미하게나마 'B의 세상'과 연결되어 있다. 반면 누군가는 B의 세상을 이해하기는커녕 그것의 존재 자체를 모른(체한)다. 언젠가 23번은 자신을 뒤에서 끌어안은 체육교사 때문에 비명을 지른 적이 있다. 하지만 어떤 이도 23번의 비명에 제대로 응답하지 않았으며, 그곳에는 오히려 "반 아이들의 웃음소리가 왁자하게 터졌"(같은 곳)을 뿐이었다. 고발문 이후에도, 그날 23번이 내지른 비명이 무엇이었는지 그리고 자신이 낸 웃음소리가 어떤 의미였는지를 여전히 알지 못하는 이들이 있다. 이른바 'A의 세상'을 떠받치는 토대가 바로 그들이다. 이 지점에서 우리는 쉽게 추측할 수 있다. A보다 B의 정체를 더 궁금해하는 저들이 과연 둘 중 누구의 세상에 발을 딛고 있는지를, 또한 그들이 B와 함께 비명을 질러 줄지 아니면 왁자한 웃음소리로 답할지도.

학생들은 고발문의 내용을 읽고 "최소한 B가 남학생은 아니다"(108면)라고 확신한다. 하지만 문제는 내용만이 아니다. B는 피해의 내용을 횟수와 함께 정확히 기록했다. 만약 B가 원했다면, 그는 A를 고발한 뒤 위의 내용을 명확하게 진술할 수도 있었을 테다. 하지만 고발문은 익명으로 게시되었다. 이미 이 지점에서, 익명의 고발문이라는 형식은 B가 폭로한 내용보다 더 많은 말을 하고 있다. 여기에는 A가 처벌받기 어려우리라는 체념과 더불어, 어쩌면 자신의 말이 의심받을지도 모른다는 걱정, 그래서 오히려 피해자인 자신이 A의 세상 한가운데로 내몰려 진실이 아닌 추문과 싸워야 할지도 모른다는 좌절이 담겨 있기 때문이다. 그렇다. 고발문의 내용뿐만 아니라 형식을 미루어 보더라도, 최소한 한국 사회에서 B는 남학생일 수 없다.

물론 모든 여학생이 B의 세상에 가담해 있음을 자처하지는 않는다. 새롭게 올라온 고발문을 둘러싼 반응에서 이를 알 수 있다. 새 고발문 역시 B가 A의 성폭력을 고발하는 내용이었다. 약간의 차이가 있다면,

구체적인 정황과 횟수를 기록하는 대신 다음 내용을 덧붙였다는 점이다. "A의 요구를 B는 거부할 수 없었습니다. A는 B의 미래를 손에 쥐고 있었기 때문입니다."(114면) 첫 번째 고발문과 달리, 이번에는 실질적인 조치가 이루어졌다. B가 A를 특정하여 경찰에 신고했기 때문이다. 수학 교사이자 3학년 진학 담당인 A는 정직 처분된다. 가해자가 처벌받았으니 행복한 결말이겠다. 하지만 아무도 B의 승리를 축하하지 않았으며 교실의 분위기는 도리어 냉랭했다. "알고는 있었지만 참았다"던 여학생은 "다 B 때문이야. B 때문에, B가 잘못한 거야"라며 흐느꼈고, 심지어 누군가는 "A 교사 구명 운동"(117면)을 벌였다.

이유는 간단하다. '유능한 입시 전문가'인 A가 학생들의 "미래를 손에 쥐고 있었"으므로. A는 학교에서 사라졌으나 여전히 그곳은 A의 세상이었다. 하지만 B를 탓하고 A를 구명하려는 저 여학생들을 향해 그들 또한 A의 세상에 가담하고 있는 것이라 손쉽게 비난할 수 있을까? 물론 그들을 전적으로 옹호하기는 어렵겠다. 다만, 그들을 여타의 방조자와 등치하기 전에, '여성-청소년'의 정체성에 가해지는 이중의 억압에 관해 생각해 보자는 것이다. B가 마주하는 현실은 청소년의 문제 또는 여성의 문제 하나만으로 포개어지지 않는다. 그것은 여성의 문제이면서 동시에 청소년의 문제, 정확히는 저 두 정체성이 교차하는 지점에서 발생한다. 그들은 입시제도 등을 이유로 '미래'를 저당 잡힌 채, 전방위적으로 만연한 여성혐오 문화의 장 위에 내던져져 있다. 남학생과 달리, 그들의 침묵 아래는 "나도 당했지" "싫었지"(118면)라는 의식의 공유가 자리한다. 하지만 그 유대감이 B의 세상 위로 떠오르지 못하고 쉬이 가라앉았던 것은 그만큼 저 이중의 억압이 가하는 무게를 견디기가 어려웠기 때문이리라.

한편, A의 세상이 행사하는 위력만큼이나 진정으로 공포스러운 것은 자기 존재의 무력함을 확인하는 일이다. 우리는 최상희의 전작 『하니와 코코』(비룡소 2017)에서, 뭐가 제일 무섭냐는 '공 여사'의 물음에 "저는…… 내가 아무것도 할 수 없다는 게 무서워요"(135면)라고 답한 '하니'의 말을 기억한다. 그 점에서 두 번째 고발문을 쓴 27번 '주운'—그는 소설에서 유일하게 이름을 가진 인물이다—에게 가장 힘든 일은 어쩌면 "세상은 달라지지 않아"(119면)라며 서명지를 내밀던 23번의 무력한 태도였을지도 모른다. 하지만 하니가 공 여사의 손을 잡았을 때 비로소 새로운 세상이 가능했던 것처럼, 여기서는 주운이 그 역할을 한다.

> "아무것도 하지 않으면."
> 주운은 말하며 23번의 손을 가만히 잡았다.
> "이 세상이 사라지고 말아, 아무것도 하지 않으면."
> 주운은 흐릿하고 싸늘한 친구의 손을, 마치 놓으면 친구가 영영 사라지기라도 할 것처럼 힘을 주어 꽉 잡았다. 사라지고 싶지 않다고, 너와 나는 사라질 수 없다고, 우리는 사라져서는 안 된다고, 주운은 손을 맞잡은 채 생각하고 또 생각했다. (119면)

그가 A를 고발한 이유는 거창한 것이 아니었다. 다만 사라지지 않기 위해서, 이중의 억압이 짓누르는 무게에 흔적 없이 가라앉지 않기 위해서, 그렇게 자신을 포함한 B의 세상이 여기 있음을 알리고자 주운은 목소리를 낸 것이다.

A는 교실로 돌아오지 않았으나 결말은 비관적이다. B의 흔적은 지워져 갔고 그 자리에 남은 것은 또 다른 A들이었다. 결말의 풍경 위로, 오

늘날의 교실 현실이 겹쳐진다. 피해를 공론화했다는 이유로 질책을 당하는 피해자들과 여전히 그들의 목소리에 무관심한 학교 당국 등등.[6] 최상희의 저 서늘한 시선은 앞서 언급한 스쿨 미투 집회에 참여한 청소년들의 호소와 크게 다르지 않다. 세상이 달라지는 것은 몇몇 가해 교사를 처벌하는 것을 넘어 이곳의 근본적인 체계가 변화할 때다. 더 많은 이들이 자신 옆의 B의 손을 꽉 잡을 때, 무엇보다 자신이 곧 B임을 자임할 때, 그렇게 사라지거나 희미해지지 않으려 할 때 변화의 단초는 마련된다. 실제로 오늘날 스쿨 미투가 학교 사회를 뒤흔든 것은 그러한 학생들의 연대 때문이었다.

단순히 주인공인 주운에게 무슨 일이 벌어지고 있는지 그 줄거리를 좇는 독법만으로는 부족하다. 최상희의 「B의 세상」을 더욱 선연하게 읽기 위해서는 반드시 여성-청소년을 자기 정체성으로 삼는 이들이 직면해 있는 억압과 성차별적 맥락을 경유해야만 한다. 그럴 때에야 우리는 비로소 오늘날의 B들이 묵음으로 발화하는 내면의 목소리에 닿을 수 있다. 또한 그와 더불어, A와 B 가운데 그 누구도 택하지 않은 채 고고하게 C의 세상에 서서 상황을 조망한다는 것이 불가능한 일이라는 것도 알 수 있다. 누군가는 사안을 유보하거나 관여하지 않는 등 그 나름의 중립 지대를 확보하려 할지도 모른다. 하지만 사실상 그것은 아무것도 하지 않음으로써 현재의 상태를, 다시 말해서 A의 세상을 편드는 일에 다름 없다.

---

6 2018년 스쿨 미투 운동이 벌어진 학교는 총 69곳이었으며 서울에만 21곳이 있었으나, 교육청 감사를 받은 곳은 6곳뿐이었으며 징계 현황은 파악조차 되지 않는 실정이다. 「'스쿨 미투' 고발했는데 … "학교 무관심, 변한 게 없어요"」, KBS 뉴스 2019년 1월 26일 방송.

적어도 이곳의 세상은 A와 B의 것으로 양분되어 있다. 한쪽을 향해 잔뜩 기울어져 있는 저 현실의 운동장 가운데 과연 어디에 설지, 이제 우리는 선택해야 한다. B가 말을 건넨 이상, 우리 역시 이미 오래전부터 이곳 운동장 위에 올라서 있었다는 사실을 더 이상 모른 체할 수 없게 되었기 때문이다.

나의 세상 바깥을 향한 부정, 성소수자-청소년

정체성을 말하면서 성소수자에 관해 언급하지 않기란 어려운 일이겠다. 특히 정체성 정치를 통해 차이의 수용에 기초한 형식적 평등을 요구하는 것을 주요 전략으로 삼았던 과거 성소수자 운동의 역사를 돌이킨다면 더욱 그러하다. 오늘날 한국의 청소년 성소수자의 상황은 어떠한가? 누구나 쉽게 예상하듯, 결코 순탄치만은 않아 보인다. 가령, 2014년에 발표된 한 연구 결과에 따르면, 한국의 18세 이하 성소수자 가운데 무려 45.7퍼센트가 자살을 시도한 것으로 나타났다.[7] 충격적인 수치다. 이는 청소년 성소수자들이 처한 현실이 어떠한지를 드러내는 단적인 지표일 것이다. 공개적으로 드러내든 감추든, 자신을 성소수자로서 정체화하는 순간부터 그들은 자기 정체성을 둘러싼 내외부적인 압력을 견뎌야만 하는 상황에 내몰린다. 이러한 현실에서 과연 청소년문학은 그들의 목소리를 어떻게 재현하고 있을까?

은이정의 「버간디 센트」의 줄거리는 다음과 같다. '박수빈'은 졸업을

---

7 나영정 연구책임, 성적지향 성별정체성 법정책연구회 연구수행 『한국 LGBTI 커뮤니티 사회적 욕구조사』, 한국게이인권운동단체 친구사이 2014, 36면.

앞둔 중학생이다. 그는 아버지의 의사에 따라 공고에 진학하려 한다. 화물 트럭을 운전하는 마초적인 아버지와 달리, 수빈의 은밀한 취미는 매니큐어 바르기이다. 아버지가 나간 사이 그는 여느 날처럼 매니큐어를 바르고 있었다. 하지만 술에 취한 채 평소보다 일찍 귀가한 아버지에게 그 모습을 들킨 수빈은 걷어차이고 호통을 듣는다. 아버지가 잠든 사이, 그가 아파트 9층에서 내던진 매니큐어들을 찾고자 수빈은 밖으로 나온다. 하지만 한 번도 쓰지 않은 버간디 센트 색상 매니큐어마저 모두 깨져 있는 것을 발견한 그는 좌절하고, 여기서 소설은 끝을 맺는다.

아버지가 수빈을 다그치는 모습은 흡사 영화 「빌리 엘리어트」(2000)의 한 장면을 떠올리게 한다. 여기서는 탄광 노동자이자 마초인 아버지가 발레를 하는 아들 '빌리'를 보고는 크게 혼낸다. 이유는 수빈의 아버지의 그것과 크게 다르지 않다. 빌리가 자신처럼 자라길 바란 그는 이른바 '남자다움'을 길러 주기 위해 빌리를 권투 학원에 보냈다. 하지만 체육관에서 빌리는 뜻밖에도 발레에 빠지게 된 것이다. 분노하는 아버지의 표정으로부터 관객들은 이내 또 다른 감정을 감지한다. 바로 불안이다. 그는 다음과 같은 이유로 불안해한다. 혹시 빌리가 정말 천재라면? 단순히 충분한 지원을 못할까 봐 걱정하는 것이 아니다. 정확히는 사랑하는 이를 위해, 현재의 자신을 구성해 온 정체성과 삶의 방식 전체를 바꿔야 할지도 모른다는 데서 오는 불안인 것이다.

반면 수빈의 아버지에게서는 그러한 식의 복합적인 정서가 읽히지 않는다. 다소 일차원적으로 보이는 아버지의 분노로부터 우리는 그가 품는 다른 성질의 불안을 감지해 볼 수 있다. 아버지의 최초 반응을 떠올려 보자. 매니큐어를 바르는 아들의 생경한 모습을 본 그는 의문을 갖기도 전에 즉각적인 분노를 퍼붓는다. 마치 수빈이 다른 소년들과 다르다는 것을 이미 알고 있다는 듯. 그 점에서 비록 작가가 전면에 드러내고 있지 않으나, 추측건대 수빈은 게이 청소년일 것이다. 다만, 저 아버지의 반응이 다소 난데없이 읽히는 것은 소설에서 수빈의 성적 지향을 알 수 있는 재현이 거의 전무했기 때문이다.

소설의 초중반까지, 정확히는 수빈이 진학 상담을 마치고 하교할 때까지만 해도 그 누구도 이야기가 이런 식으로 흐르리라 예상하지 못했을 것이다. 왜냐하면 학교에서 수빈은 공고에 진학할 '보통의 남학생'으로서 자기 역할을 충실히 수행하고 있기 때문이다. 어째서? 이른바 정상성에서 이탈하는 이를 향한 청소년 또래 문화, 특히 남학생 문화의 가혹함을 우리는 잘 알고 있다. 성소수자이면서 동시에 청소년인 이들의 자살시도율이 높은 것도 이와 결코 무관하지 않다. 이처럼 죽지 않기 위해서 자기 존재를 감추고 더러는 부정하는 이들이 있다.

수빈은 발톱에 바른 매니큐어를 바라보며, 예뻐서 지우기는 싫고 학교에서 친구들에게 들키면 어쩌나 고민하다가 결심한다. "몇 달만 지나면 졸업인데 찍히면 좀 어때."(86면) 그것은 수빈이 자기 존재에 대해 보인 가장 담백한 반응이었다. 그는 "불쌍한 거짓말쟁이"(같은 곳)가 되느니, 설령 그것이 낙인으로 돌아올지라도 진실한 자신의 모습을 택한 것이다. 소설이 이 순간을, 그리고 수빈의 정체성에 관해 조금 더 과감하게 파고들었다면 어땠을까? 만약 그랬다면 우리는 수빈이 아버지로부터 겪은 폭력에서뿐만 아니라, 앞서 수빈이 보여 준 모든 사소한 말과 행동에서도 좌절의 경험을 읽어 낼 수 있었을지도 모른다.

이번에는 학교 바깥의 성소수자 청소년이다. 이진의 「빛 속으로」의 주인공 '진후'는 그간의 청소년소설에서 보기 드문 인물이다. 그는 청소년이자 아이돌이며, 커밍아웃하지 않은 게이다. 취미를 감춘 수빈과 다르게, 5인조 남자 아이돌 그룹 엑스지의 막내 진후는 아예 팀에서 "어설픔과 여성스러움을 담당"(109면)하며 이를 전면에 내세운다. 진후의 '여성스러움'이 줄곧 환영받은 것은 아니다. 그 때문에 진후는 학창시절 내내 여자, 미스 김, 트랜스 등으로 불리며 괴롭힘에 시달려야 했으니까. 수빈과 달리 진후는 아무리 노력해도 '보통의 남학생'을 연기할 수 없었다. 아이돌이 된 것도 학교를 벗어나고 싶어서였다. 기획사조차 처음에는 진후를 고치려 했다. 진후가 더 이상 '남자다움'을 강요받지 않은 것은 그의 특성이 상품으로서의 가치를 입증한 이후부터였다.

진후의 유일한 낙은 블로그에서 '19금 팬픽' 「빛 속으로」 — 이는 엑스지 1집에 실린 곡의 제목이기도 하다 — 를 찾아 읽는 것이다. 다수의 팬픽처럼 「빛 속으로」 역시 엑스지 멤버들 간의 동성애를 그렸는데, 물론 여기서의 동성애란 "눈물과 땀과 피와 체액이 어쩌고저쩌고"(118면)와 같은 자극적 요소들로 이루어진 판타지에 가까운 것이었다. 진후는 재미 때문이 아니라 오히려 그것을 경멸해서 팬픽을 읽는다. 함께 욕할 대상이 존재할 때에야 비로소 진후는 형들과 소통할 수 있었기 때문이다. 실존하는 동성애(자)에 관해 함부로 묘사하는 것이 불만인 진후와, 팬픽 자체를 혐오하는 다른 멤버들 사이의 경멸의 지점은 다르지만, 여하튼 무언가를 함께 욕하는 순간만큼은 진후는 잠시나마 '무리'에 속할 수 있었다.

'무리'는 성소수자 청소년을 위협하는 문화적 요인이 되곤 한다. "무리 바깥의 약한 존재를 먹잇감 삼아 무리 안으로 들어가 안주하는 삶"을 이른바 "진짜 남자가 되기 위한 통과의례"(121면)로 삼는 남자 청소년의 문화에서 그들은 '먹잇감'으로 지목되기 십상이다. 실제로 진후는 이질적 존재라는 이유로 학교폭력에 시달렸다. 학교만 벗어나면

될 줄 알았으나 착각이었다. 이미 "온 세상이 남학교처럼 굴러가고 있었"(108면)기 때문이다. 멤버들이 먹잇감으로 삼은 대상은 여성이었다. 그들은 여배우의 몰카를 보며 품평하고, 단톡방에서 특정 여성을 성희롱하며, 성폭력 가해자는 두둔하고 오히려 피해자를 욕하면서 무리의 공고함을 확인한다. 불행히도 이는 이른바 '보통'의 한국 남성 청(소)년의 형상이기도 하다. 가장 큰 죄악은 무리의 질서를 교란하는 일이다. 이러한 문화를 자양분 삼아 사회로 진출한 이들이 세상을 '남학교'처럼 만든 대가가 무엇인지, 우리는 최근 각계에서 터져 나오는 성폭력 고발을 통해 그 내용을 확인했다.

하나 진후는 형들의 무리에 낄 수 없었다. 이는 생래적으로도 거의 불가능한 일이었다. 어떤 폭력과 멸시조차도 "진후가 타고난 뿌리를 바꾸지는 못했"(121면)기 때문이다. 학창시절부터 지금까지 진후는 무리에 속하지 못하는 자기 존재를 부정하고 혐오했다. 예쁜 외모의 아이돌로 누구보다 많은 사랑을 받는 와중에도 그는 외로웠다. 어쩌면 그가 팬픽을 경멸하면서도 굳이 그것을 빠짐없이 찾아 읽는 이유란, 설령 뒤틀린 형태일지라도 그로부터 어떤 위안을 얻어서였을지도 모른다. 비록 상상만으로 쓴 '엉망진창'의 재현으로 가득 찬 글이지만, 팬픽의 세계는 진후의 정체성이 상수로 적용되는 유일한 곳이었기 때문이다.

지난한 자기혐오의 어두운 길을 지나 진후는 결단의 순간을 맞는다. 언젠가 진후는 자신을 촬영하는 '사생팬'들 앞에서 다음과 같이 선언한다.

진후가 하는 모든 말과 행동들은 진후를 에워싼 팬들의 손에 들린 고화질 디지털카메라의 메모리 카드와 여러 대의 스마트폰 클라우드에 빠짐없이 저

장되고 있었다.

　(…) 진후는 (…) 세상에서 가장 사랑스럽고 상냥한 완벽한 소년의 목소리로 말했다.

　"저는 박병호가. 정말. 싫습니다." (122면)

'박병호'는 '지우'의 본명으로, 그는 진후를 가장 많이 괴롭혀 온 멤버다. 하지만 어떤 의미에서 진후는 그를 동경했다. 왜냐하면 지우는 늘 무리를 주도하는 사내였기 때문이다. 자신을 둘러싼 저 렌즈들 앞에서 문득 진후는 무엇인가를 본 것 같다. 이를테면 '렌즈에 비친 나'의 모습에만 신경 써 온 자신을, 그리고 더 나아가 '렌즈를 비추는 자'가 누구였는지를.

　저 응시의 폭력으로 인해 소수자들은 종종 자기 존재를 감추고 더러는 부정한다. 무리를 이탈하는 모습이 렌즈에 포착되는 즉시 그는 십중팔구 먹잇감이 되므로. 그렇게 누군가는 교실의 눈을 피해 '보통의 남학생'을 연기했다면, 진후는 저 렌즈로 대변되는 세상의 눈을 피해 "가장 사랑스럽고 상냥한 완벽한 소년"의 모습을 연기해야 했다. 십대의 우상이자 교실 바깥의 청소년인 진후조차 저 억압에서 자유로울 수는 없었던 것이다.

　폭력의 순환은 그것이 소수자 자신에게 되돌아왔을 때 완성된다. 지우가 이따금씩 진후의 눈앞에 억지로 스마트폰에 동영상을 재생해 들이민 것처럼. 그의 스크린에는 디지털 성폭력에 노출된 여성, 또는 괴롭힘을 당하던 중학생 시절 진후의 모습이 재생되고 있었다. 즉, 저들의 렌즈를 통해 소수자가 자신을 인식하고, 이로써 자기 존재가 추하고 약한 것임을 내재화할 때 혐오의 굴레는 단단히 구축된다. 문득 저 렌즈

너머에 선 지우의 얼굴을 맞닥뜨린 진후는 더 이상 이 세계의 논리에 동참할 수 없게 된다. 어쩌면 무리 바깥으로 추방된 저 소수자들이야말로 진후 자신이 속할 진정한 무리의 일원임을 감지했기 때문일 테다.

지우를 향해 난생처음 "나의 세상 안쪽이 아닌 바깥을 향한 혐오"(122면)를 표한 진후는 눈물을 흘린다. 마치 오래도록 마음에 자리한 응어리가 녹아 눈 밖으로 흘러나오듯. 이제 진후는 "빛 속으로" 한 발을 내딛었다. 그것은 늘 어딘가에 감춰야만 했던 자기 정체성에 대한 긍정을 암시하는 동시에, 그간 어둠의 영역에서 소수자를 먹잇감 삼아 무리를 결속해 왔던 남성중심주의적 폭력의 세계로부터 완전히 등을 돌렸다는 의미이다. 어떤 면에서 진후는 「버간디 센트」의 수빈이 "아빠에 대한 미움이 낯설고 무서워"(90면) 삼킨 눈물을 대신 흘려 준 셈이다.

"혐오에 찬 눈물 맛은 달았다"(122면)던 진후의 진술은 복잡한 심상을 자아낸다. 우리는 때때로 '모든 혐오는 나쁘다'라는 주장을 접한다. 하지만 진후의 눈물에서 우리는 그것이 얼마나 공허한 말인지를 알 수 있다. 진후가 지우를 혐오한다고 말했을 때, 최소한 그것은 폭력과 배제를 동력으로 삼는 세계에 대한 거부의 선언이자, 소수자로서의 자신을 긍정하는 신호탄이 되었다. 정말 나쁜 것은 '모든 혐오'가 아니라, '모든' 이라는 수사 뒤편으로 실재하는 정체성 간 권력의 불평등과 차별의 맥락을 가리는 일이다. 진후가 흘린 눈물의 맛을 이해하기 원한다면 우리는 먼저 들어야 한다. 말하는 이가 처한 현실을, 즉 그의 정체성이 말하는 바를 말이다.

다시, 정체성은 말할 수 있습니까?

이 글에서 다루지는 못했으나, 근래 청소년문학은 외국인, 난민, 장애인 등등 다양한 사회적 소수자를 재현하려는 움직임이 여느 때보다 활발하다. 청소년 소수자를 단순히 소재로서만 차용하는 것이 아닌, 그동안 재현되지 않았던 그들의 목소리를 드러내려 노력한다는 점에서 주목할 만하다. 그러나 여전히 몇몇 작품에서, 작가의 선한 의도에도 불구하고, 작품 속 인물이 아닌 작가의 목소리가 앞서는 경우를 목격하게 된다. 그럴 때 작품은 성인 작가가 청소년 독자에게 전하는 교훈의 메시지로 전락하기 쉽다.

널리 알려진 일화로 레프 톨스토이(Lev N. Tolstoy)는 『안나 카레니나』를 쓸 당시, 집필의 과정에서 비로소 자신의 소설 속 인물들이 어떤 운명을 맞게 될지를 깨달았다. 앞으로의 스토리가 어떻게 진행되는지를 알기 위해 톨스토이는 점점 더 빠른 속도로 글을 썼다. 이는 마치 톨스토이가 말하기 위해 등장인물을 이용하는 것이 아닌, 오히려 작품 속 인물들이 직접 말하기 위해 톨스토이를 빌린 순간처럼 보이기도 한다. 어떤 의미에서 톨스토이는 이를 잘 듣고 받아쓰기를 한 셈이다. 으레 그렇듯 위대한 작품에서 작가는 직접적으로 드러나지 않는다. 작품 스스로가 말을 건넨다. 청소년 소수자를 재현하는 작품을 읽고 쓸 때, 이 모든 과정에서 우선적으로 요구되는 태도란 그들의 감춰진 목소리에 귀 기울이는 것이겠다.

한편, '보편'이라는 서사가 놓쳐 온 저 다양한 타자에 주목한다는 것을 섣불리 보편의 포기로 이해해서는 곤란하다. 어떤 점에서 그것은 오히려 보편을 탐문하는 일이기 때문이다. 진정한 보편은 오직 좌절을 경험하는 정체성의 자리에서 출현한다. 인권, 그것은 인간이라면 누구나 타고난 권리라고들 말한다. 하지만 우리는 저 '인간'의 자리에 자신의 정체성을 기입하기 위해 치열하게 투쟁해 온 이들의 역사를 기억한다. 그리고 그것은 지금 이 순간까지도 새로 쓰이고 있다. 그런 까닭에 소수자의 목소리를 쓴다는 것은 곧 인간이 무엇인지를 새로 쓴다는 의미이다. 정체성은 말할 수 있는가를 묻기 전부터, 그들은 이미 말하고 있었다. 아니, 말하기를 멈춘 적이 없다. 단언컨대, 인간이 무엇인지를 고민하는 이들이 많아질수록 그들의 목소리는 더 크게 전해질 것이다.

편지는 언제나 목적지에 도착한다

청소년소설에서의 노동들

1

지금으로서는 크게 놀랍지 않은 말처럼 들리겠으나, 19세기에 제기되었던 한 급진적인 주장을 다시 읽는 것에서 시작해 보자. 카를 마르크스(Karl Marx)의 『정치경제학 비판을 위하여』의 서문 일부다.

그들 존재의 사회적 생산에서, 인간은 불가피하게 자신의 의지와 상관없이 어떤 일정한 관계, 즉 물질적 생산력의 발달 단계와 부합하는 생산관계 속으로 진입하게 된다. 이러한 생산관계의 총체는 사회의 경제적 구조를 구성하는데, 그것이 진정한 토대이며, 그 위에서 사회적 의식의 일정한 형식과 상응하는 법적 그리고 정치적 상부구조가 발생한다. 물질적 생활의 생산양식은 삶의 사회적·정치적·지적 과정 전반을 좌우한다. 인간의 의식은 그들의 존재를 결정하지 않으며, 그 대신 인간의 사회적 존재가 그들의 의식을

결정한다.[1]

이 대목은 흔히 '의식이 존재를 결정하는 것이 아니라, 존재가 의식을 결정한다'라는 한 문장으로 요약되곤 한다. 최근 나는 어떤 유튜브 콘텐츠를 보던 도중 정확히 앞의 인용문에 부합하는 삶에 관한 진술을 들을 수 있었다.

"아침 8시 10분에 출근해서 [저녁] 8시 반까지 일을 했거든요. 잔업을 하고 있는데 무거운 중량물을 들다가 찡겨 가지고 손이 찢어진 거예요, 손가락이. 그래서 피가 철철철 나서 차를 얻어 타고 병원에 갔어요. [진료 접수할 때] 제가 9904 이렇게 [생년월일을] 쓰고 있으니까 간호사 선생님이 '99면 완전 얼라네?' 이러는 거예요. 난 이때까지 내가 당연하게 어른이라고 전제하고 행동하고 그랬는데 그러고 보니까 난 앤 거예요."[2] ([ ] 안은 인용자의 보충)

이 소년은 18세 때부터 공장에서 노동을 시작했다. 가난한 공장 노동자라는 그의 "사회적 존재"가 의식을 움켜쥔 사례일 텐데, 이 소년은 불의의 사고로 인해 잠시 노동의 현장에서 벗어나 있을 때, 신원을 접수하며 출생 정보를 적는 그 순간에야 새삼 자신이 청소년이었음을 깨닫는 경험을 한다. 문득 이런 생각이 든다. 그가 손을 다치지 않았다면, 그래

---

1 Karl Marx, "Preface," *A Contribution to the Critique of Political Economy*, Moscow: Progress Publishers 1977. (https://www.marxists.org/archive/marx/works/1859/critique-pol-economy/preface.htm)

2 유튜브 씨리얼 채널 「10대 때 받는 용돈 차이가 내 인생에 끼치는 영향」, 2021. 6. 10. 8:39~9:10 구간. (https://www.youtube.com/watch?v=tkLVrAklCuM)

서 계속해서 공장에 있었다면 그가 소년이라는 사실은 그에게, 간호사에게, 그리고 우리에게까지 여전히 발견되지 않았을지도 모른다.

지나친 과장일까? 이 글을 쓰는 순간에조차 나는 노동하던 청소년들이 공장에서, 지하철에서, 도로에서, 배에서, 심지어는 자신의 자택에서 사망했다는 소식을 전해 듣는다. 그때마다 우리는 하던 일을 잠시 멈추고 그들을 애도하며 세상을 향해 분노한다. 가끔은 속으로 울음을 놓을 때가 있다. 사람이 이렇게 죽어서는 안 된다고. 하지만 그 외침은 자꾸만 내게 물음으로 되돌아온다. 이번에도 우리는 그들이 각자의 일터에서 완전히 벗어났을 때, 더는 일할 수 없는 상태가 되어 이 구조의 쳇바퀴로부터 토해 내졌을 때야 비로소 뒤늦게 그들의 존재를 알은체한 것이 아니었을까? 애도의 시간이 끝나면 우리는 각자의 생활로, 바꿔 말하자면 사회적 관계의 총체 일부 속으로 되돌아간다. 이 순간 우리는 서로의 공범이다.

2

일하는 청소년. 어쩌면 그들은 "도둑맞은 편지"처럼 언제나 가장 잘 보이는 곳에 있는, 하지만 그렇기에 가장 깊숙하게 감춰진 존재일지도 모른다.[3] 다방면에 걸쳐 우리의 일상을 구성하는 존재이지만, 오직 삶 바깥으로 내몰렸을 때만 발견된다는 점에서 그러하다. 그렇다면 우리에게 가장 먼저 발견된 이들의 이야기에서부터 출발해야겠다. 수신지

---

3 에드거 앨런 포 『도둑맞은 편지』, 김진경 옮김, 문학과지성사 2018.

를 잃어버린 그들의 도둑맞은 생을 우리는 어떻게 위로할 수 있을까? 우리는 무엇을 해야 할까?

누군가는 기억-하기를 말한다. 진형민의 소설 「그 뒤에 인터뷰」⁴는 배달 노동 중 교통사고로 죽은 정현에 대해 친구들이 각자 인터뷰하는 장면으로 구성되어 있다. 친구들은 저마다의 정현을 기억한다. 카메라는 그들이 말하는 정현에 관한 시시콜콜한 이야기부터 은밀한 사연까지 다양한 내용을 모두 기록한다. 하지만 자세히 들여다보면, 그들은 정현에 관해 말하고 있기보다는 사실상 정현을 매개하여 자기 자신에 관해 말하고 있다. 정현에게 털어놓지 못한 비밀과 마음들, 자신이 겪고 있는 배달 노동의 어려움과 문제들, 시험지를 훔친 것보다 흡연이 훨씬 더 큰 처벌을 받는 불합리한 교칙을 향한 불만 등등. 이 인터뷰의 끝에서 반장이 제기한 질문은 우리의 생각을 대변하는 듯하다.

뭐 하나 물어봐도 돼요? 이 인터뷰 왜 하세요? 사람들 기억을 다 모은다고 정현이가 될까요? 정현이가 원치 않는 기억이면 어떡해요? 사람들은 자기가 기억하고 싶은 것만 기억하잖아요. 저는 제 기억을 못 믿겠어요. 제 마음도 못 믿겠고요. 지금은 마음이 이렇지만 금방 다 잊고 또 아무렇지 않게 살아갈지도 몰라요. (186면)

실제로 그럴 것이다. 기억은 퍼즐과 달라서, 분리된 조각은 서로 매끄럽게 포개어지기 어려울 뿐 아니라, 꼭 맞는 자리를 찾은 것처럼 보여도 완성된 그림은 대개 우리의 기대를 벗어나곤 한다. 그렇기에 친구들의

---

4 진형민 「그 뒤에 인터뷰」, 『곰의 부탁』, 문학동네 2020.

인터뷰를 모두 모으더라도 그 최종적인 형태는 정현이면서 동시에 정현이 아닐 것이다. 카메라가 담은 것은 정현의 조각이 아닌, 정현을 통해 건져 올려진 각자 자신의 조각들이기 때문이다. '정현을-기억하는-나'들의 집합. 시청자들이 화면으로 만나게 될 형상은 정현보다는 이쪽에 더 가까울 것이다. 즉, 안타깝게도 우리는 화면을 통해 정현을 만날 수 없다.

그렇다면 자신조차 믿을 수 없는 기억과 마음을 모으는 이 일들에 무슨 의미가 있을까? 어쩌면 이미 죽은 정현에게는 의미가 없는 일일지도 모른다. 하지만 '그 뒤에 인터뷰'라는 제목처럼 적어도 그것은 그 뒤에 살아남은 — 이를테면 이후의 또 다른 '정현'들과 서로의 공범으로서의 우리 모두를 포함하는 — 이들에게 의미를 지닌다. 본문의 맥락과는 조금 다르지만, 프랑스의 한 정신분석학자는 「도둑맞은 편지」로부터 다음과 같은 교훈을 읽어 낸 적이 있다. "편지는 언제나 그것의 목적지에 도착한다."[5] 수취인을 잃은 채 소멸한 생이라 생각했지만, 그의 말처럼 편지는 이미 우리에게 전해졌다. 이 인터뷰는 단지 정현을 복원하기 위해서 기록되는 것이 아니다. 정확히는 회신하기 위해서다.

기억한다는 것은 두 가지 의미를 담고 있다. 하나는 과거의 기억을 망각의 영역으로부터 *끄집어내* 재생하려는 노력을 가리키며, 다른 하나는 카메라가 친구들의 인터뷰를 녹화한 것처럼 현재의 순간을 의식에 기록하는 행위를 말한다. 이렇듯 기억이란 온전히 믿을 수 없는 과거(를 재생하려는 시도)와 현재(를 기록하려는 의지) 간의 경합 속에서 발생하는 효과 같은 것이다. 누군가의 죽음을 수취인 불명으로 남겨 두지 않

---

5 Jacques Lacan, "Seminar on 'The Purloined Letter'," in Bruce Fink, trans., *Écrits*, New York: W. W. Norton & Company 2007, 30면.

고 각자의 방식으로 회신하여 그의 지난 생을 지금의 시제로 대신 이어 쓴다는 점에서 기억-하기는 —— 비록 믿기 어려운 기억과 마음에 의존해야 하지만, 아니 바로 그 때문에 —— 생각보다 더 정치적인 행위다.

기억-하기라는 행위로 인해 정현은, 청소년 배달 노동자로 규정되는 "사회적 존재"를 넘어, '정현' 그 자체로 우리의 기억과 의식에 남는다. 마치 서두의 인용문을 뒤집어 우리의 의식이 정현이라는 존재를, 그리고 그 뒤의 우리라는 존재를 결정하는 것처럼 보이는 순간이다. 바로 이곳이 그 뒤의 본격적인 이야기가 시작되는 지점이다. 기억하기 위해 애쓰는 존재는 희미하게나마 자신이 향해야 할 곳을 안다. 반장의 말처럼 말이다. "마지막으로 정현이에게 하고 싶은 말, 없어요. 정현이한테 가서 저 혼자 말할래요. 아직 못 가 봤는데 어딘지는 알아요."(187면)

3

편지는 언제나 목적지에 도착한다, 라는 문장의 시제에 관해 잠시 생각해 본다. 편지는 아직 부쳐지지도 전달되지도 않았지만 이미 도착이 결정되어 있다는 점에서 이는 미래완료에 가까운 문장이기도 하다. 청소년들의 노동은 이 미래완료와 어떻게 결부될 수 있을까? 노동에 관하여 사실 우리는 아주 오래전부터 미래완료적인 문장을 구사하도록 훈련받아 왔다. 나는 커서 어떤 일을 하는 사람이 될 것이라는 다짐들. 어려서부터 우리는 시기별로 이런 식의 미래완료의 문장을 장래 희망란에 꼬박꼬박 적어야 했다. 그것은 아직 찾아오지 않은 미래의 시제 위에서 현재의 희망을 기록하는 일이었다. 가만히 생각해 보면, 이때 완료되는 것은 나의 희망이라기보다는 지금의 이 사회적 관계였다. 장래 희망을 세우기 위해서는, 우선 현재의 사회를 앞으로의 꿈을 실현할 수 있는 토대로서 전제하는 일이 불가피하기 때문이다.[6] 우리는 미래를 빌려 쓰는 대가로 현재를 수용해야만 한다.

그렇다면 우리가 받아들인 그날의 현재란 대체 무엇이었나? 실마리는 그날 우리가 적어 낸 장래 희망이 아닌 그 빈칸에 쓰이지 못한 수많은 종류의 노동에 있을 것이다. 기록한다는 것은 동시에 무엇인가를 기록하지 않고 배제한다는 것을 의미한다. 그날 우리는 앞으로의 꿈만을 적어 낸 것이 아니었다. 정확히는 미래완료의 시제 뒤에 숨은 진짜 질문에 대한 답, 즉 지금 이 세계에 기록될 수 있을 만한 일과 그렇지 못한 일이 무엇인지를 작성했던 것이었다. 물론 그 직종의 목록이 구체적으로 무엇인지를 특정하기란 거의 불가능하다. 이유는 단순하다. 그것은 기록되지 않았기 때문이다. 따라서 이 세계는 어느 순간 우리에게 주어진 것이 아니다. 비록 대개는 "불가피하게 자신의 의지와 상관없이" 행한 것이기는 하나, 아주 오랜 과거부터 현재까지 우리는 이 세계를 함께 작성해 왔다.

여기서 새로운 질문이 떠오른다. 만약 이 모든 것이 불가피한 일이었다면, 우리 모두가 아주 오랜 시간 동안 공모한 결과가 바로 지금의 세상이라면, 이제 우리의 분노를 담은 편지는 대체 누구를 향해 전달되어야 하는 걸까? "아직 못 가 봤는데 어딘지는 알아요"라고 생각했지만,

---

6 그런 이유로 "너는 커서 무엇이 되고 싶니?"라는 질문은 현대 자본주의 사회의 이데올로기를 함축하는 대표적 문장으로 종종 언급된다. Christopher Parkes, *Children's Literature and Capitalism: Fictions of Social Mobility in Britain, 1850-1914*, London: Palgrave Macmillan 2012, 191면.

우리는 진짜 우리가 향해야 할 목적지를 분명하게 알고 있는 걸까? 바꿔 말하자면, 편지는 정말 목적지에 도착할 수 있을까?

4

다른 글(이 책 제3부의 「서로의 곁을 넓혀 가는 이들의 이야기」)에서 나는 진형민의 「헬멧」(『곰의 부탁』, 문학동네 2020)을 다루면서, 배달 노동을 하는 주인공이 겪는 어떤 곤란함에 관해 말한 적이 있다. 종민은 배달 노동자이지만 동시에 신분상으로는 개인사업자였다. 비록 오토바이 대여비와 수수료를 지불하기는 하나, 서류상 그는 고용되지 않았기에 그에게 일을 시키는 고용주 같은 것은 없었다. 단지 배달 대행 앱의 알람만 있을 뿐. 그 점에서 종민은 누가 자신을 착취하는지, 누구를 향해 책임을 묻거나 저항해야 하는지, 즉 누구에게 이 편지를 발송해야 할지를 좀처럼 알기 힘든 상황에 놓여 있다. 물론 이는 종민만의 문제가 아니다. 불안정한 노동에 의지해야 하는 이들이라면 누구나 겪는 곤란이다.

그렇다면 분노해야 할 대상이 비교적 명확해 보이는 경우라면 어떨까? 김해원의 『나는 무늬』(낮은산, 2021)라면, 편지봉투 겉면에 주소를 쓰는 일이 어려워 보이지는 않는다. 첫 장과 마지막을 펼쳐 보는 것만으로도 이 소설이 긋고 있는 전선(戰線)의 형태는 쉽게 확인된다. 소설의 가장 앞에는 피의자 문희에 대한 신문조서가, 가장 뒤편에는 그런 문희를 구제하기 위해 친구들이 쓴 탄원서들이 배치되어 있다. 한편에는 피의자와 탄원자가, 다른 한편에는 고소인이 대치하고 있는 모습. 편은 선명히 나뉘어 있다. 그리고 그 가운데 한 청소년 배달 노동자의 죽음이 있다.

문희의 할머니가 장례를 치르던 날, 교통사고로 사망한 진형도 그곳으로 실려 온다. 족발집 사장은 그가 오토바이를 훔쳐 타다가 사망한 것이라 말했다. 하지만 문희와 그의 친구들이 찾아낸 진실은 전혀 달랐다. 서빙을 하던 그는 밀려드는 주문 때문에 면허도 없이 오토바이를 몰고 배달을 나가야 했고 그때 사고를 당한 것이었다. 죽은 이를 위로하기는커녕 책임지지 않으려고 그에게 도둑이라는 누명을 씌운 어른. 그는 누가 보아도 우리의 분노가 향해야 할 대상일 테지만, 앞에서 잠깐 말했듯이 피의자 신분은 그가 아닌 문희였다. 고소의 이유는 명예훼손이었다. 문희가 죽은 진형을 추모하는 그림을 SNS에 올렸고, 그 여파로 족발집 사장의 명예가 훼손되고 영업에 지장을 받았다는 것이 그 요지다. 수신자가 잘못되어도 한참 잘못된 상황이다.

청소 노동을 하던 문희의 할머니도 진형도 모두 노동 중에 사망했으나, 두 죽음 모두 정당하게 대우받지 못했다. 할머니의 죽음은 산업재해 신청이 가능한지 알아보는 단계에 있고, 진형의 죽음은 여전히 공식적으로는 업무와 관계없이 일어난 사건이다. 평소와 다른 업무 지시로 인해 결국 죽음에 이르렀지만 그 일을 지시한 이들은 사안에서 쏙 빠져 있다. 책임을 져야 하는 이들은 너무나도 명백해 보인다. 하지만 정작 편지는 오히려 수신자와 발신자의 주소가 뒤바뀐 형태로 전달되었다. 우리는 지금 이 상황을 어떻게 이해해야 하는 걸까?

여기서 잠깐, 두 죽음 사이에는 한 가지 공통점이 더 있는 듯하다. 오랜 시간 우리가 작성했던 어떤 목록, 그러니까 이 세계에 기록될 수 있을 만한 일과 그렇지 않은 일 가운데, 두 사람은 모두 후자에 가까운 직무에 종사하던 중에 사망했다. 문희의 외숙모의 말은 이를 간접적으로 드러낸다. "어머니 동료라는 분이 산재 보상 얘기를 하는데, 그런 거 하면 시끄럽지 않겠어? 과로사 인정받기가 쉽겠어? 괜히 어머니가 빌딩 청소하셨다는 거만 주변 사람들한테 알리는 꼴이지."(55면) 그래서일까? 우리가 알고 있는 목적지는 자명해 보이는데, 법은, 사회는, 세상은 이렇게 엉뚱한 목적지로 우리를 데려오곤 한다. 그 세계는 이곳에 적혀 있지 않다는 것이 그들의 항변이다. 오직 조문에 적혀 있는 것만이 판결의 근거가 될 수 있으므로.

우리 눈으로 볼 수 있는 것은 지구와 같은 행성이 아니라 대개 별이라고 부르는 항성이다. 별은 스스로 불을 내뿜다가 소멸한다. 할머니는 이 행성에서 힘껏 불을 내뿜다 소멸했다.
엄마도 그랬을 것이다.
그리고 이진형도. (281면)

지금 이 순간도 저마다의 밝기로 명멸과 소멸을 반복하고 있음에도, 세상에는 기록되지 못한 우주가 너무도 많다. 이제 문희와 함께 우리는 무엇을 더 해야 할까? 진실을 구하는 것만으로도 이토록 벅찬데, 편지를 쥔 채 우리는 어디로 향해야 하는 걸까?

5

이렇게 말하는 것도 가능하겠다. 우리가 적어 낸 미래완료의 문장에서, 청소년의 노동은 사실상 존재하지 않은 것과 진배없다고. 청소년의 노동은 늘 현재의 시제로 포착되기보다는, 장래 희망란에 쓰인 아직 오지 않은 미래로 건너기 위한 잠정적인 발판 정도로만 여겨지고 있다고. 그렇게 청소년들의 노동은 이중으로 지워진다. 기록될 수 있는 일과 그렇지 못한 일의 구분에 따라 한 번, 그다음에는 일하는 이들의 현재 시제를 박탈함으로써 또 한 번. 이때 시제의 문제는 단순히 시간만의 사안이 아니다. 시간과 공간은 언제나 함께 간다. 우리는 시제의 문제에서 공간에 따른 시차(時差)를 추가로 고려해야 한다. 이는 단순히 경도의 차에서 비롯되는 시차만을 가리키는 것이 아니다. 같은 한국 안에서조차 우리는 단일한 시차를 살지 않는다.

6

이진의 『카페, 공장』(자음과모음 2020)은 정, 영진, 민서, 나혜가 빈 공장을 카페로 탈바꿈시키는 여정을 담고 있다. 그들이 사는 오동면은 경기도와 강원도의 경계에 있는 곳으로, 공간은 남아도나 인구와 시설은 턱없이 부족한 마을이다. 이들이 시골의 폐공장에서 카페를 시작한 계기는 단순하다. 주말에 다 같이 놀러 간 서울 "연리단길에서 요즘 제일 핫한 카페"(26면)의 풍경이 오동면의 공장들과 너무도 비슷했기 때문이다. 공장 창고 같은 외관에 콘크리트와 파이프관이 그대로 노출되어 있는 카페의 구조는 실제 공장과 흡사했다. 외양뿐 아니라 카페를 채우고 있는 소품도 익숙한 것들이었다. 사과 상자를 조립해 만든 테이블, 집에 있는 것과 똑같이 생긴 유리컵, 할머니 방에서 본 듯한 낡은 철제 선풍기, 할아버지 방에 있는 것과 닮은 가죽 소파 등등 이른바 '레트로'라는 이름으로 유행하는 소품들.

누군가의 일상과 현재가 이곳 서울에서는 조악한 과거 시제로서 소비되고 있었다. 공장, 자연, 노인, 낡은 소품들, 대도시가 자기 바깥으로 멀리 밀어낸 풍경들이 오늘날 상품이 되어 되돌아온 것이다. 네 사람은 장난삼아 오동면의 빈 공장을 서울의 카페처럼 흉내 내기로 한다. 아니, 흉내라는 말이 적절한 걸까? 누군가의 밀려난 현재를 모사하여 상품화하는 이들, 그리고 빈 공장을 자신들의 일상과 현재로 채워 가는 이들 가운데 정말 흉내 내는 쪽은 과연 어디이겠는가. 아무튼, 이들의 카페 운영은 애초의 계획과는 달리 장난으로 마무리되지 않았다. 시행착오를 거듭한 끝에 이들이 세운 '카페, 공장'은 소문을 듣고 외지인들이 찾아올 만큼 점차 발전했다. 어떤 의미에서 이들의 노력은 대도시로부터 도둑맞은 그들의 현재를 다시 자신들의 터전에서 회복시키려는 시도이기도 하다.

앞에서 잠깐 언급한 「헬멧」의 종민과 달리, 이들의 지위는 실질적인 개인사업자에 해당했다. 각자의 소질을 살려 카페 공장에서 정이는 바리스타를, 영진은 매니저를, 민서는 디자이너를, 나혜는 셰프를 맡아 일하지만, 동시에 그들은 실제로 이 공간을 경영하는 청소년 사업자이다. 모든 책임은 전적으로 이들 자신에게 달려 있다. 이들이 부친 편지는 결국 각자 자신에게 되돌아올 것이다. 그러므로 만만치 않은 노동 강도임에도, 자신들이 한 달 동안 번 돈보다 보름 정도 카페에서 아르바이트한 친구의 수입이 두 배나 더 많더라도, 이들은 누군가를 탓하는 대신 마진율을 계산하고 메뉴 가격을 논의해야 했다.

여기서 한 가지 대비가 발생한다. 앞에서 우리는 기억-하기, 또는 진실을 추적하는 과정을 거쳐 노동으로 인해 소외되고 잘못 규정된 누군가의 존재를 회복하려는 이들의 노력에 관해 살펴봤다. 하지만 이곳 카폐 공장에서의 청소년들은 역으로 일하는 과정에서 자기 존재를 발견한다. 비록 여전히 벌이는 형편없고 일은 고되며 누구에게 하소연할 곳도 없어 가끔 외로울 때도 있지만, 그럼에도 이들이 카페를 닫을 수 없는 것은 그 이유에서다.

> 카페 공장은 재미있다. 책임감이나 자기만족 같은 말을 붙일 필요도 느끼지 못할 만큼 재미있으니까 계속하는 것뿐이었다. 아이들은 지금껏 이만큼 재미있는 일을 해 본 적도, 이렇게 많은 사람들에게 관심을 받은 적도 없었다. (⋯)
> 한자리에 그대로 머물러 있는 것에는 나름의 소중함이 있다는 삶의 이치를 깨닫기에 아이들은 아직 한창 자라는 와중이었다. 열 평 남짓한 카페 공장은 스마트폰과 서울에만 존재하던 넓은 세상을 아이들과 연결해 주는 정거장이었다. (170~71면)

카페 공장은, 과거완료 시제의 형태로 날마다 고립되어 가던 각자의 자리 위로 현재의 열정을 불러온 거의 유일한 매개체였다. 자기 삶의 현재 시제를 회복할 때 청소년의 노동은 실현된다. 일에서 자기 존재를 발견하고, 내가 딛고 선 자리의 가치를 깨닫게 되면서, 기존 세계가 다시 새롭게 연결되고 규정되는 경험을 할 수 있기 때문이다.

하지만 불행히도 이 순간은 오래 지속되지 못했다. 작은 마을에서 이들 카페의 소문이 어른들의 귀에 들어가지 않을 리는 만무했다. 영진의 어머니는 카페 공장으로 찾아와 영진을 다그친다. "너, 엄마한테 제대로 설명해. 중간고사 성적 떨어진 것도 여기서 노느라고 그런 거였니?"(174면) 이번에도 그들의 노동과 그들 존재는 현재성을 인정받지 못한 채 아직 오지 않은 미래 속으로 떠밀린다. 네 사람은 자신들이 카페 공장에서 일군 현재 시제를 지키기 위해 싸우지만, 결국에는 공장 건물 주가 나타나 쫓겨난다. 이번에도 그들의 현재는 도둑맞는다. 건물주가 이들에게 빼앗은 카페 공장을 조금 손봐서 다시 개점한 것이다. 일동면 에서 가장 잘 보이는 곳에 도둑맞은 그들의 현재가 있다. 다시, 편지는 갈피를 잃은 모습이다.

7

오늘날 노동하는 청소년들이 겪는 곤경을 이렇게 말해 볼 수는 없을 까? 편지를 어디로, 그리고 어떻게 보내야 할지 알 수 없는 곤란함. 누군 가는 발송해야 할 주소지가 너무도 흐릿한 탓에 낙담하고, 동시에 누군 가는 너무도 명백해 보였던 수신자와 발신자 사이의 관계가 뒤집히는 상황에 탄원해야 했다. 청소년이라는 이유로 혹은 대도시와의 시차를 이유로, 그들 고유의 현재 시제를 빼앗긴 이들의 목소리는 쉽게 응답받 지 못했다. 이미 지나간 또는 아직 오지 않은 채 완료되어 버린 이들의 편지에 회신하는 일은 어려운 일이므로. 그렇게 세상은 청소년과 그들 의 노동으로부터 여러 층위의 현재 시제를 빼앗고 있지만, 그럼에도 그 들의 삶에는 완전히 사라지지 않는 것이 있다.

카페는 사라졌지만 아이들은 어른들이 말해 주지 않아도 알았다. 삶에는 완전히 사라지지 않는 것도 있다는 것, 사라지지 않는 것들에는 우리 스스로 이름을 붙일 수 있다는 것. (213면)

편지가 언제나 목적지에 도착한다는 것은 편지 자체의 본질에서 기인하는 것만이 아니라, 어쩌면 읽고 쓰며 감응하는 주체 본연의 의지 때문이기도 할 것이다. 절망스러운 상황에도 불구하고, 여전히 기억-하기를 멈추지 않는 이들이 있다. 끝까지 진실을 외면하지 않는 이들이 있고, 도둑맞은 현재를 회복하기 위해 애쓰는 이들이 있다. 새롭게 건져 올린 기억과 진실에 기초하여 빼앗긴 시제로 지금의 삶에 스스로 이름을 붙이고 존재를 다시 쓰는 이들이 있다. 때때로 갈피를 잃은 것처럼 보이기도 했지만, 이들이 있기에 편지는 이번에도 정확히 목적지에 도착했다. 이제 응답할 시간이다.

콤플렉스는 나의 힘

이진 『아르주만드 뷰티 살롱』과 『원더랜드 대모험』

콤플렉스를 팝니다

우리는 모두 저마다의 콤플렉스를 가지고 있다. 콤플렉스와 내면의 불안을 극복하기 위해 씨름하는 일은, 아마도 사회적 개인이라면 평생을 걸쳐 치러야 할 자신과의 싸움일지도 모른다. 특히 청소년기는 그 장구한 싸움의 출발 단계라는 점에서 중요하다. 많은 경우 이 시기에 개인은 세계와의 단절과 좌절을 경험하곤 한다. 나는 이제 안다. 더 이상 나의 외모, 성격, 태도, 스타일, 출신, 정체성 등이 다른 모든 이에게 사랑받을 수 없다는 사실을. 심지어 혐오의 이유가 되기도 한다는 것을. 무엇보다, 이를 내가 원하는 대로 무작정 고칠 수 없다는 사실까지도. 누군가는 자기 존재 자체를 마치 저주처럼 느낄 것이다. 그 점에서 콤플렉스는 필연적으로 청소년문학에서 중요한 위치를 차지할 수밖에 없는 주제 중 하나다.

하지만 콤플렉스에의 대안이 청소년문학에서만 모색된 것은 아니다. 가령, 한동안 '자기계발서'가 열풍이었다. 자기계발서가 출판·소비된 규모는 양적으로도 거대했고, 자아, 경영, 미용, 공부법, 재테크, 교양 등등 그것이 다룬 범주 또한 방대했다. 이는 세계적 추세이기도 했다. 사회학자 미키 맥기(Micki McGee)에 의하면 1972년부터 2000년까지 미국인의 30~50퍼센트가 자기계발서를 구입했다고 한다. 이러한 흐름은 '자기계발 산업'을 발생시켰다. 자기계발 산업은 종종 성형시술 산업과 비교되기도 했다. 단지 개인의 만족을 위해 자신의 신체, 자아, 성격에 변형을 가하기 때문만은 아니다. 그것이 제시하는 특정한 '이상적 표준 모델'(ideal standard model)이 존재한다는 점에서 그렇다.

이상적인 신체의 상을 기준으로 시술이 이루어지듯, 자기계발의 양상도 마찬가지다. 그러니까 딱 '공부의 신'처럼 공부하고, '지도 밖으로 행군하라' 만큼의 모험심을 기르고, '아프니까 청춘이다'라는 정신으로 인내하고……. 물론 이상적인 상을 설정한 후 이에 도달하기 위해 자기를 계발하는 일은 바람직해 보인다. 다만, 문제는 그것 대부분이 "효과가 없다"는 사실이다. 자기계발 산업의 막대한 확장에도 불구하고, 우리는 여전히 불만족스러우며 정신적인 만족과 행복을 충족시켜 주는 사회의 도래는 요원해 보인다. 다만, 또 다른 자기계발서가 발행될 뿐. "이런 책들은 불행을 없앤 것이 아니라 오히려 고통은 어디에나 만연해 있다는 생각을 강화"할 따름이었다.[1] 자기계발 산업이 영토를 확장할수록 우리가 불안을 느끼는 영역도 함께 늘어난다. 즉, 자기계발서는 표면적으로 행복(해지는 법)을 판매했으나, 막상 우리가 구입한 것은 콤플

---

1 레나타 살레츨『선택이라는 이데올로기』, 박광호 옮김, 후마니타스 2014, 55면.

렉스였던 셈이다. 그것도 종류별로.

행복으로 위장한 콤플렉스의 유통, 그리고 이상적 표준(모델)을 전제로 구동되는 산업, 두 측면에서 자기계발서의 열풍은 콤플렉스와 밀접하게 관계했다. 어디선가는 이상적 모델로 기업인을, 지식인을, 헬스트레이너를, 탐험가를 내세운다. 해당 모델은 대개 첨단에서 현재의 체계가 작동하는 욕망·논리와 부합하는 인물이다. 우리는 세계가 표준으로 제시하는 이상에 가까워지고자 언제든 외모, 내면, 습관, 자아 등등 모든 것을 변형할 준비가 되어 있다. 그렇게 우리는 그들이 욕망(하라고 말)하는 것을 욕망한다. 비록 그것이 "효과가 없다"는 사실을 잘 알고 있다 하더라도.

여기서 다룰 텍스트는 이진의 장편 청소년소설이다. 『원더랜드 대모험』(비룡소 2012), 『아르주만드 뷰티 살롱』(비룡소 2014)이 그 대상이다. 두 장편소설 그리고 콤플렉스를 주제로 한 청소년 테마 소설집 『콤플렉스의 밀도』(고재현 외, 문학동네 2014)에 실린 단편 「백조의 냄새」에 이르기까지, 그의 작품을 관통하는 키워드가 있다면 바로 콤플렉스일 것이다. 그의 주인공들은 자신을 어떤 표준으로 가정된 대상에 미달하는 존재로 감지한다. 그는 부반장처럼 부자가 아니며(『원더랜드 대모험』), 엄마처럼 44사이즈가 아니고(『아르주만드 뷰티 살롱』), 연예인인 같은 반 친구와 달리 "어떻게 된 게 엄마랑 아빠 얼굴의 못난 부분만 귀신같이 골라 닮"(「백조의 냄새」 108면)은 외모를 하고 있다. 그들의 서사는 이곳으로부터 출발한다. 태초에 콤플렉스가 있었기에, 그들은 자신의 욕망과 대결하고자 "뷰티 살롱"에 수강 신청하고 "대모험"을 치른다.

모든 서사를 통과한 이후, 등장인물의 콤플렉스는 과연 소멸되었을까? 물론 그럴 리 없을 것이다. 그렇다면 콤플렉스는 어떻게 처리될까?

그대로 남을까? 아니면 더 깊숙한 내면 아래로 감춰질까? 여기서는 이
진의 작품들을 따라가며 인물의 성장과 콤플렉스 사이의 화해가 만나
는 접점을 탐색해 볼 것이다. 추가로, 가장 실용적인 것처럼 보였던 자
기계발서가 실패한 자리 위에서 오늘날 가장 무용해 보이는 서적 중 하
나인 (청소년)문학의 역할과 의미에 대해 자문해 보도록 하자.

(비)정상인이 되려면, 『아르주만드 뷰티 살롱』

『아르주만드 뷰티 살롱』부터 살펴보자. 우선 '뷰티 살롱'이라는 장
소가 눈에 띈다. 글쎄, 청소년과 뷰티 살롱이 과연 어울리는 조합일까?
'아르주만드'라는 상호 역시 정체불명이다. 심지어 이곳이 원래는 '아
르주만드 떡볶이'였다는 사실을 떠올린다면 더더욱 수상하다. 조금 더
자세히 안을 들여다보자.

이곳은 어린 시절을 이란 테헤란에서 보낸 사장 아르주만드 민과, 파
키스탄에서 온 요리사 오마르가 운영하는 떡볶이 가게다. 일요일이 되
면 아르주만드 뷰티 살롱으로 바뀐다. 뷰티 살롱은 미용 분야에 소질을
지닌 민 사장이 부업으로 운영하는 사업이다. 학교 앞 분식점의 존재는
전혀 낯설지 않다. 대개의 학생들은 방과 후 그곳에서 떡볶이를 먹고,
우정을 쌓고, 그 시기에 나눌 법한 고민을 나눈다. 특히 외모에 대한 콤
플렉스는 빠지지 않는 이슈이다. 바로 그것이 '뷰티 살롱'과 청소년이
만나는 접점이다.

이진의 소설 속 인물들은 자신이 표준에 미달한다는 자각 위에서, 또
다른 특수자들을 만나고 그에 반응한다. 여기서는 다이어트에 성공해

'44사이즈'가 되고 싶은 세아, '3등 징크스'를 벗어나고 싶은 윤지, '여성미'를 찾고 싶다는 화영, 세 친구가 아르주만드 뷰티 살롱에서 만난다. 그들은 각자의 콤플렉스와 대결하는 동시에, 이전까지는 자신의 관점에서 이해되지 않았던 타인의 콤플렉스를 조금 더 가까이에서 바라볼 기회를 얻는다.

먼저, 세아는 65킬로그램이다. 또래 사이에서는 몸무게가 60킬로그램대라는 것만으로도 이미 심각한 이슈인 까닭에, 무려 5킬로그램을 덜어 내어 자신의 몸무게를 소개했음에도 교실 안은 무거운 적막만이 흐른다. 언젠가 록산 게이(Roxane Gay)가 한 소설에서 "13킬로그램 초과한 사람이 130킬로그램 초과된 사람처럼 다루어"지는 것을 보고 당혹스러워했듯[2] 세아 또한 이와 유사한 '비참함'을 느낀다. 하지만 이 비참함은 정작 자기 안에서 발생하는 감정이 아니다.

> 날 비참하게 만드는 건 내 몸뚱이가 아니라 내 주변을 이루는 것들이다. 엄마가, 하마 같은 어른들이, 애들이, TV와 인터넷에 떠다니는 아이돌과 얼짱 모델들의 사진들이 나를 비참하게 만든다. (24면)

세아에게 비참함을 가져다주는 것은 몸무게 앞자리가 '6'이라는 이유로 애통해하는 친구들의 분위기, 어른들의 충고, 각종 미디어에 의해 노출되는 미인의 상들이다. 이처럼 세아의 주변인들은 하나같이 그의 체중에 대한 스트레스를 자극한다. 특히 그를 압박하는 인물이 바로 어머니다. 어머니는 아침마다 세아의 방문 앞에 체중계를 가져다 놓

---

2 록산 게이 『나쁜 페미니스트』, 노지양 옮김, 사이행성 2016, 105면.

고, 세아를 볼 때마다 그가 "성인병에 걸려 죽기라도 할 것처럼 난리를 치"(24면)며, 이따금씩 "여자한테는 외모도 재산이야. 젊을 때부터 부지런히 갈고닦아야 (…) 늙어서 엄마처럼 고생 안 한다고"(50면) 일장 연설과 신세타령을 늘어놓는다. 세아는 그런 어머니의 닦달에 대들어 보지만 일면 수긍하기도 한다.

> 덧붙여 엄마의 말에는 무소불위의 위엄이 있다. 엄마는 44사이즈고, 우리 집에서 제일 일찍 일어나 머리를 말고, 날씬한 몸에 딱 맞는 원피스를 입고, 이태원에서 특별 주문한 A급 명품 짝퉁 가방을 메고, 깨끗하게 닦아 놓은 정장 구두를 신고 출근한다. 말하자면 우리 집에서 '사람 구실'을 하는 사람은 엄마뿐이었다. (49면)

"사람 구실"이라는 말에서 알 수 있듯, 세아는 '사람'이라면 응당 어머니처럼 살아야 한다는 것을 어느 정도 인정하는 편이다. 대학을 갓 졸업한 오빠는 온라인게임 중독자다. 아버지는 퇴직금으로 동네에 작은 치킨 가게를 개점했다가 빚만 남기고 망해 지금은 새벽에 주유원으로 일한다. 가계 경제를 책임지면서 동시에 외모까지 빈틈없이 관리하는 어머니에게서 세아가 "무소불위의 위엄"을 보는 건 자연스러운 일일지도 모른다. 그는 마치 살아 움직이는 자기계발서의 표준 모델처럼 보인다.

자기계발서의 모델이 그렇듯, 어머니는 자기처럼 살라고 말한다. 살을 빼면 백화점에서 원피스를 사 주겠다며 보상을 제시하기도 한다. 하지만 막상 세아가 뷰티 살롱 등록비를 요구할 때는 "이제는 너까지 돈 갖고 속을 썩여? 돈 십만 원이 뉘 집 강아지 이름인 줄 알아?"(60면)라며 단칼에 거절한다. 대부분의 자기계발서는 절제, 성실, 노력을 극으로 밀어붙여 목표에 달성하기를 요구한다. 어머니에게 뷰티 살롱은, 물론 수강비가 아깝기도 하거니와, 무엇보다 진정성의 체계를 벗어나는 편법으로 간주되었을 것이다.

아버지에게 몰래 돈을 구한 세아는 아르주만드 뷰티 살롱에 등록한다. 세아는 그곳에서 윤지와 화영을 처음 대면한다. 그들을 직접 겪어본 이후 세아는 알게 된다. 그들이 하나같이 이상화되어 있었다는 사실을. "사람이 아니라 꼬리를 활짝 펼친 공작새"(37면)처럼 세련되고 예쁜 뷰티 살롱의 주인 (세아는 그를 이렇게 부른다) '만두 언니', "아이돌처럼 생긴 아라비아의 왕자"(33면) 또는 "사우디아라비아의 최고급 호텔 셰프"(126면)라는 소문만 무성한 오마르, 교수 가정의 딸로 "전교 3등으로 유명한 애"(44면)인 윤지, 여성이지만 175센티미터가 훌쩍 넘는 훤칠한 키에 짧은 헤어스타일과 남자 같은 말투로 "우리 학교의 왕자님"(66면)이라 불리는 화영, 그들은 모두 어떤 표준을 초과하는 이상화된 표상으로서 사람들의 입에 오르내렸다.

누군가는 그들을 선망의 대상으로 여겼다. 하지만 낭만화된 정도가 심한 인물일수록, 정작 그들이 원한 것은 세상의 표준과 정상성에 가까워지기였다. 가령, 만두 언니는 자신이 경험한 아라비아의 낭만적인 풍경과 정취에 관해 끊임없이 말했지만, 사실 그에게 절실했던 것은 한국에서의 안정적인 정착이었다. 임대료를 충당하기가 어려워질수록 그는 더욱 환상에 매달렸다. 만두 언니의 환상은 도피에의 욕망보다는 절박한 안정에의 욕구를 지시하는 신호에 가까웠다. 그렇다면 그의 동업자인 오마르의 경우는 어떤가?

"아저씨 원래는 파키스탄 군인 출신이라고 주인 언니가 말해 줬어요. 그런데 어쩌다가 주방장이 된 거예요?"

"우리 나라는 많이들 군인이 돼. 때로는 어린애들도."

"어린애들도요?"

"그래. 너 같은 어린애들."

(…) 나 같은 애들이 군인이 되는 나라라니. 만두 언니의 이야기 속에 등장하는 사막의 나라들은 언제나 신비롭고 풍요롭기만 했는데. 푸른 달빛이 비치는 아름다운 사하라 사막에서, (…) 신비의 땅에서, 총알이 날아다니고 애들이 죽는다고? (143면)

사막의 나라들이 신비롭고 풍요로운 것은 일면 진실일 테다. 하지만 만두 언니가 말한 내용대로의 "신비의 땅"은 그곳에 없었다. "푸른 달빛"을 보며 누군가는 풍요를 회상하고 다른 누군가는 어린이들의 죽음을 말한다. 낭만화는 반드시 어떤 진실의 이면을 표백하기 마련이다. 숭배가 손쉽게 혐오로 뒤집어질 수 있는 건 그 까닭에서다. 이러한 경향은 이방인에게 특히 더 가혹하다. 일례로 학교 주변에 검은 승용차를 몰고 다니는 변태가 출몰한다는 소문에 반 친구들은 오마르를 의심한다.

"거기 외국인 노동자 있다며?"

"맞아. 거기 주방장이 불법 체류자라며. 내가 초등학교 때 안산 공단에 살아서 아는데, 걔네 다 범죄자들이야. 우리나라 여자들 성폭행하고 죽여서 산에다 갖다 버린대. (…)"

"불법 체류하는 외국인들은 가난하니까 차 같은 건 못 사지 않을까? 내 생각에는 한국 사람일 것 같아." (131면)

"아이돌처럼 생긴 아라비아 왕자"가 "범죄자"로 뒤집어지는 과정은 순식간이다. 표준-정상성의 범주를 이탈하는 존재들에게는 언제나 어떤 '가정된 표상'이 쓰여 있기 때문이다. 표준-정상성에 교란이 발생할 때, 타자를 향한 환대는 쉽게 추방으로 이어진다. 타자들이 대응할 수 있는 방식은 한정적이다. 만두 언니처럼 (아라비아라는 환상으로) 도피하거나, 오마르처럼 (비록 세아를 구했음에도 "경찰서 가면 머리 아파" [184면]지는 까닭에) 숨거나, 화영처럼 (자신의 취향·지향과는 무관하게 이성애적 연애의) 표준에 자신을 맞추고자 하거나, 심지어는 윤지처럼 (1등이라는 이상적 자기를 실현하지 못할 바에야) '자살소동'을 벌이거나…….

세아는 조금 다른 선택을 한다. 세아는 모델 오디션에 참여한다. 이 오디션은 "십대의 자연스러운 모습을 그대로 보여 줄, 개성 넘치는 이미지 모델"(136면)을 뽑는 자리로, 만두 언니가 수강생들의 의지를 북돋기 위해 신청한 것이다. 임대료의 문제로 아르주만드 뷰티 살롱이 문을 닫으면서 오디션 참가가 흐지부지되나 싶었으나 세아는 출전을 감행한다. 그곳에서 세아는 오디션의 공지가 거짓임을 알게 된다. 우연히 화장실에서 직원들의 대화를 듣게 된 것이다. "그런 광고 믿고 오는 애들도 멍청하지. 그렇잖아? 세상에 누가 뚱뚱하고 못생긴 애들을 모델로 써?"(204면) 세아는 뒤늦게 오디션장에 온 윤지에게 이 사실을 알리고 둘은 분노한다. 그러고는 결심한다. "어떻게든 튀어 보기라도 해야 속이 풀리겠어."(207면)

오디션장에 들어간 두 인물은 제일 자신 있는 포즈를 취해 달라는 주문을 받는다. 기성 모델 같은 포즈를 선보였던 다른 참가자와 달리, 그들은 "아르주만드 뷰티 체조의 마무리 동작"(209면)을 한 채 방방 뛰기 시작한다. 두 사람은 오디션 공지에 실린 문자 그대로 "십대의 자연스러운 모습을 그대로 보여 줄, 개성 넘치는" 포즈를 선보인 것이다. 그리고 그 결과 당연히도 오디션에서 탈락한다. 다만, 그들의 영상이 유튜브에 "오디션장 엽기고딩"이라는 이름으로 나돌 뿐이었다.

공지에 적힌 내용을 준수했다는 이유로, 그들은 "엽기"라는 비정상성의 기호로 분류되었다. 그렇다면 도대체 "십대의 자연스러운 모습"은 무엇인가? 우리는 청소년들에게 자연스러운 모습과 넘치는 개성을 기대한다. 하지만 실상 그 개성은 표준 모델에 부합하는 한에서만 허용되곤 한다. 다른 참가자들이 기성 모델의 포즈를 따라 한 건 그 이유에서다. 그러나 세아와 윤지는 자기 자체를 드러냄으로써, 비록 우스꽝스러운 형태였으나, 그러한 공지나 표준 이면에 기입된 배제의 논리를 밝힌다. 그들의 진정 자연스러운 모습과 넘치는 개성을 용인하고 이에 환호한 이들은 미용이나 연예 산업의 종사자들이 아니었다. 그곳은 불특정다수의 또 다른 '나'들로 구성된 가상의 공간, 인터넷 세계였다.

'꿈과 환상의 판타지'라는 동어반복, 『원더랜드 대모험』

『원더랜드 대모험』은 구로공단의 '벌집촌' 주거에 사는 주인공 승협의 모험담이다. 이번에는 '원더랜드'다. 앞서 살펴본 아르주만드 뷰티 살롱과는 달리 원더랜드는 그 출처가 명확해 보인다. 이 가상의 놀이공원은 필시 1989년 7월에 완공된 잠실의 롯데월드를 참조하여 구축한 공간일 것이다.

원더랜드의 슬로건은 다음과 같다. "꿈과 환상의 판타지 세상, 원더랜드." 이는 1980년대 말 서울의 풍경을 떠올리게 한다. 1980년대는 최초로 서울시 도시기본계획이 수립되고 실시된 시기다. 특히 86아시안 게임과 88올림픽을 대비하면서 계획은 "국제도시로서의 면모"를 갖추는 데에 초점이 모아진다. 이러한 이른바 '86·88의 시대'에 서울, 특히 그중 강남은 "한국 중산층 주거의 새로운 모델"이자 "'강남몽(江南夢)'을 공유하는 욕망의 게젤샤프트"로서 확고하게 구축된다.[3] 이 "꿈과 환상의 판타지"적 도시의 중심에 원더랜드가 세워진 것이다.

기실 꿈, 환상, 판타지는 동어반복이다. 하지만 동어반복만큼 환상의 본질을 정확하게 지시하는 수사가 또 있을까? 상표와 무늬만 다른 똑같은 상품을 반복적으로 구입하는 우리의 모습을 떠올려 보자. 우리는 여기서 동어반복적인 처방만을 내리는 자기계발서의 패턴을 떠올려 볼 수도 있을 것이다. 가령, 왜 괴로움에도 불구하고 우리는 공부해야 하는가? 성공하기 위해서. 왜 성공해야 하는가? 괴로움에서 벗어나기 위해서. 어떻게 해야 성공하는가? 괴롭도록 공부해서. 그리고 처음으로 되돌아가기를 반복할 것.

아무튼 우리는 더 나은 삶을 살기 위해서 "꿈과 환상의 판타지 세상"을 좇는 것이리라. 승협은 어려서부터 그게 무엇인지를 조금씩 감지하며 커 왔다. 그의 부모가 더 나은 세상을 위해 투쟁하는 모습을 가까이에서 쭉 지켜봐 왔기 때문이다.

엄마와 아빠는 언제나 투쟁 중이었다. 내가 아주 어릴 적부터 공장장들과 머리카락이 부족한 대통령을 상대로 싸우고 또 싸웠다. (…) 대통령은 바

---

3 김백영 「올림픽은 강남 개발에 어떤 영향을 미쳤는가?」, 박배균·황진태 편저 『강남 만들기, 강남 따라 하기』, 동녘 2017, 254~55, 262면.

꿰었지만 공장장들은 바뀌지 않았다. 공장장들은 여전히 엄마 아빠에게 줘야 할 돈과 휴가를 주지 않았다. (…) 내가 잘하는 건 싸움뿐이었고 나는 지는 게 싫었다. 엄마 아빠는 매번 공장에서 쫓겨났다. 투쟁에 졌기 때문이다. 하지만 집 없는 개처럼 떠돌아다니면서도 투쟁을 멈추지 않았다. 질 게 뻔한 싸움을 뭐 하러 하지? 무엇을 위해서? (28~29면)

승협은 창신동, 의정부, 인천, 동대문을 거쳐 구로에 도달한다. 이사가 잦았던 이유는 그의 부모가 "블랙리스트"에 오른 노동운동가였기 때문이다. 승협은 "질 게 뻔한 싸움"을 하는 부모를 좀처럼 납득하기가 어렵다. 동생은 훈계조로 말한다. "아빠랑 엄마가 하는 일 덕분에 우리가 옛날보다 더 나은 세상에서 살 수 있는 거야." 심장병을 앓는 까닭에 동생 은경은 비록 학교에 다니지 못하지만 승협보다 책도 많이 읽고 공부도 잘한다. 그런 동생이 한 말이기에 마냥 허튼소리는 아니겠으나, "이따위 코딱지만 한 단칸방 어디가 더 나은 세상"(29면)인지를 승협이 이해하기란 쉽지 않다.

부모의 연이은 패배와 그 대가를 잘 알고 있는 승협은 부모와 달리 싸움에 능했다. 그는 문제아에 속했다. 특히 부반장은 승협에게 가장 많이 시달리는 인물 중 하나다. 부반장은 아파트에 살았다. 그는 원더랜드가 지어진 "강변의 부자 동네에 있는 중학교"(34면)에 들어갔다가 버티지 못하고 돌아온 아이였다. 다시 말해서, '강남'이라는 서울의 '원더랜드'로의 진입에 좌절한 인물인 셈이다. 승협과 부반장의 가족이 전입(轉入)한 이유는 모두 꿈 때문이다. 하지만 꿈의 내용이 상이한 만큼 그것을 실현하는 방법 또한 달랐다. 꿈을 이루기 위해 전자가 택한 방식이 투쟁이었다면, 후자의 경우는 대개 투자 내지는 (부동산) 투기를 선택했다.

승협은 그런 부반장의 돈을 빼앗아 오락실에 가고, 일요일이면 몇몇 친구들과 부반장의 집으로 가 게임을 하거나 "후랑크 소세지" 등등 군 것질거리들을 잔뜩 해치운다. 그러던 중 승협은 깨닫는다. "재믹스가 없으면 비디오 보면 되고, 비디오가 싫증나면 만화책 보면 되고. 놀거리가 끝도 없이 튀어나오는"(59면) 부반장의 집이 문득 원더랜드처럼 느껴졌던 것이다. 그곳은 자신이 사는 '벌집'과는 확연히 다른 "더 나은 세상"의 현시처럼 보였다.

일반적으로 부모 세대는 공장——노동의 현장에서 자신의 계급을 자각하지만, 승협은 주거 공간에서 그것을 의식한다. 언젠가 작가는 이렇게 고백한 적이 있다. "90년대 중반, 중학생이 된 나는 본격 계급 체험을 하게 되었다." 그가 말한 "계급 체험"이란 "주거 공간의 형태, 보다 정확히 말하면 아파트의 평수가 신분과 계급을 결정한다는 자각"에서 온 것이었다.[4] 아파트는 단순한 주거 모델 이상의 의미였다. 벌집촌에 사는 승협이 '베란다'라는 공간 자체가 인식의 지평에 없는 나머지 그 단어를 듣고 "무슨 만화에 나오는 악당 이름"(56면)을 떠올린 것처럼, 새로운 주거 공간은 새로운 세계를 발생시킨다. 직접적인 경제활동에 참여하지 않는 청소년들은 자연스럽게 아파트(의 위치, 평수, 브랜드 등)를 통해 자타의 계급을 감지했다. 같은 학교, 같은 교실에서는 가려졌던 그들 사이의 격차는 집으로 돌아가는 행로에서 점점 드러나기 시작한다. 청소년기에 그것은 계급성으로 인지되기보다는 콤플렉스, 열등감, 우월감 등과 같은 이름으로 의식에 각인되기 마련이었다. 공간은 물질적인 형태로 이상-표준을 생산하고 분배한다. 자신이 배치된 공간의 자리 위

---

4 이진 「성장판 멈춘 반포 키드의 20년」, 박재현·김형재 편 『확률가족: 아파트키드의 가족 이야기』, 마티 2015, 100면.

에서 콤플렉스는 출현한다.

하지만 원더랜드, 그 앞에서는 모두가 평등했다. 왜냐하면 그 누구도 "세계 최초로 생기는 실내 놀이동산" 원더랜드에는 가 본 적이 없기 때문이다. 원더랜드에 대해서는 모두가 똑같은 환상을 나눠 가졌다. 특히 자유이용권을 살 돈이 없었던 승협에게 그곳은 실재하는 장소이기보다, "꿈과 환상의 판타지 세상"이라는 광고 문구에 더 가까운 공간이었다. 그러던 중 문득, 승협은 원더랜드로 입장할 계기를 부반장의 집에서 찾는다. 부반장의 서재에서 발견한 잡지 『보물왕국』에서 기념행사로 독자 35명을 추첨하여 원더랜드 초대권을 증정했던 것이다. 그는 아직 부반장이 채 다 보지도 않은 『보물왕국』 7월호를 집으로 가져와 응모권을 오려 편집부에 보냈고, 당첨된다. '의사(pseudo, 擬似) 원더랜드'인 부반장의 집을 경유하여 그곳에서 가져온 열쇠를 발판 삼아 승협은 진짜 원더랜드로 입장한다.

원더랜드에 당도한 승협은 말 그대로 "대모험"을 겪는다. 『보물왕국』에 당첨된 아이들을 대상으로 벌어진 개장 기념 특별행사 때문이다. 대회의 내용은 해괴하지만 간단하다. 놀이기구를 타면서 특정한 미션을 수행하는 것이다. 아이들은 흔들리는 놀이기구에 탄 채로 종이접기를 하거나, 어지러운 놀이기구를 탄 뒤 달리기 등을 시합한다. 누군가는 무서워 울었고 누군가는 어지러워 구토를 했지만, 그럼에도 아이들은 최선을 다했다. 3등까지 상품을 주는 까닭에서였다. 상품이 무엇인지는 아무도 모른다. 사회자의 소개만이 간접적인 정보를 암시한다. "원더랜드에는 우리 친구들이 원하는 것, 꿈속에서도 갖고 싶어 하는 것들 전부가 준비되어 있답니다!"(94면) 아이들은 각자의 상품을 머릿속에 그리며 경쟁에 임한다. 1등 상품이 장학금 200만 원일지도 모른다는 소문을 들은 승협 역시 열정적으로 대회에 참여한다. 그는 "내가 그토록 하고 싶었지만 오로지 돈이 없어서 할 수 없었던 일들"(114면)을 떠올려 본다.

행사에서 아이들은 이름이 아닌 1~35번으로 호명되었다. 이름이 제 거되면 우리는 마치 숫자처럼 균질한 성질의 것으로 치환될 수 있으 리라 생각한다. 그럼에도 유독 승협의 눈에 띄는 참가자가 있다. '안영 자' 또는 '아리사 영 안', 그는 두 가지 이름을 가지고 있다. 영자는 국 제결혼 가정 2세다. 어떤 아이는 영자를 향해 "튀기"니 "유전자가 열 성"(103면)이니 하는 혐오표현과 편견을 아무렇지도 않게 쏟아 낸다. 승 협은 표준-정상성에 자리해 있는 것처럼 보이는 아이들보다는, 이국적 인 외모의 영자에게 더욱 호감을 느낀다. 번호가 인위적으로 부과하는 표준성이 포괄해 내지 못하는 영자라는 존재로부터 승협은 어쩐지 자 신의 모습을 본 것 같다.

대회만큼이나 해괴한 여러 아이들을 물리치고 승협은 어렵사리 1등 을 차지한다. 시상식과 함께 주최 측이 준비한 상품들이 모습을 드러낸 다. 3등은 두 개, 2등은 세 개, 1등은 다섯 개까지 원하는 상품을 선택할 수 있다. 하지만 주최 측이 준비한 상품 중 200만 원은 없었다. 30인치 컬러텔레비전, 50리터 냉장고, 재믹스, 퍼스널 컴퓨터, 백과사전 세트, 제주도 4박 5일 여행권 등등 고가의 상품들이 즐비했지만 승협에게는 모두 소용이 없는 것들이었다.

나는 재촉에 못 이겨 상품을 훑어보았다. 재믹스 상자가 제일 먼저 눈에 들어왔지만 우리 집에는 재믹스를 연결할 텔레비전이 없다. 그러면 재믹스 와 함께 30인치 텔레비전을 골라 가면 되지 않을까 싶었지만 너무 커서 집 안에 두면 식구 중 한 명이 밖에서 자야 할 것 같았다. (…) 제주도 여행권에 잠깐 마음이 갔지만 우리 엄마 아빠는 내가 태어나고 나서 단 한 번도 4박 5일은커녕 2박 3일 휴가도 써 본 적이 없는걸. 마지막으로 '뷰티 슬림'이라는 물건이 눈에 띄었지만 가까이에서 상품 설명을 읽어 보니 살 빼는 기구였다. 우리 집에는 살을 찌워야 할 사람은 있어도 빼야 할 사람은 없다. (220면)

부반장의 집이 의사 원더랜드가 될 수 있었던 것은 단지 그의 집에 장난감이 많았기 때문만은 아니었다. 정확하게는 그 상품들이 배치될 수 있는 형태의 공간을 소유했기 때문이었다. 승협은 처음 200만 원 이야기를 듣고는 그 돈이면 "30인치 컬러텔레비전도 살 수 있다. 물론 재믹스도 살 수 있다. 비디오데크도 살 수 있고, 만화책은 수백 권도 넘게 살 수 있다"(113면)고 생각했다. 착각이었다. 각각 다른 꿈의 상품이라고 생각했지만 사실은 동어반복이었던 것이다. 사회자가 "우리 친구들이 원하는 것"이라 호언장담했던 것들은, 아파트로 대표되는 건설 산업에 의해 표준화된 이상적 상품에 불과했다. 막상 승협이 상상한 상품들이 눈앞에 제시되었을 때 그는 아무것도 고를 수 없었다. 승협은 그저 돈이 없어서 이 상품들을 구입할 수 없었던 게 아니었다. 그것은 애초에 허락되지 않는 "꿈과 환상의 판타지"였던 셈이다.

어쩌면 이는 우리가 통과해 온 1980년대 서울의 초상일지도 모른다. 서울은 '한강의 기적'이 낳은 원더랜드다. 이 도시가 생산한 "꿈과 환상의 판타지"는 '87년 체제'를 거쳐 수도권을 넘어 전국의 각 도시를 지배하게 된다. 누구나 그곳에 진입하기를 욕망했지만 대다수의 이들에게 그것은 사실상 허락조차 되지 않았다. 하지만 우리는 아직 이 꿈에서 깨지 않았다. 오늘날 청소년들의 장래 희망이 '건물주'가 된 데에서 그 사실을 확인할 수 있다.[5]

원더랜드에서 대모험을 치른 승협은 자신이 선 자리, 그리고 자신의 욕망을 수렴하는 동시에 발신자이기도 했던 '꿈과 환상'의 정체를 어렴풋하게나마 감지한다. 그는 "꿈과 환상이라는 건 내 손이 닿지 않는 곳, 내 세상 바깥에서 흘러가는 일들을 뜻하는지도 모른다"(229면)고 되뇐다. 실제로 그랬다. 승협의 욕망이나 콤플렉스는 자신이 선 자리 위에서 발생하지 않았다. 그것은 마치 '세상의 이치'라는 말처럼, 모두가 공유하는 듯 보이지만 불분명한 소문의 형태로 바깥에서 흘러 들어왔다.

소설의 마지막 대목에서 승협은 가족의 모습을 바라본다. 정부로부터 동생 은경이의 수술비를 지원받게 되어 "이제부터 나는 데모는 안 나갈래요"라고 말하는 어머니, 어머니에게 고함치며 "지원금은 지원금이고"(227면) 그와 별개로 계속 싸우려는 아버지, 그런 아버지를 향해 "아빠. 나 수술받고 다 나으면 나랑 같이 투쟁하자"(228면)라고 말하는 동생이, 승협의 시야 속으로 한꺼번에 포착된다. 승협은 관찰자인 동시에 가족의 일원이다. 이 장면에서 우리는 1980년대 말 서울을 가로질러 온 '꿈과 환상'이 승협과 그의 가족에게, 그리고 시대의 일원이자 소산인 우리에게 어떤 형태의 자국을 남겼는지를 발견할 수 있다.

이 자국의 의미를 읽는 일은 지금의 청소년 독자들에게도 중요하다. 이는 1980년대만의 이야기가 아니기 때문이다. 신도시, 재개발, 학군, 임대아파트 거주 아동에 대한 차별 등의 화두에서 알 수 있듯, 승협의 시대를 출처로 삼는 "꿈과 환상의 판타지"는 여전히 동어반복적인 꼴로 재생산되고 있다. 아니, 더욱 증폭되고 있다. 추정컨대 승협의 나이

---

5 JTBC 취재진이 서울 시내 초중고등학생 830명을 대상으로 설문조사한 결과, 고등학생의 장래 희망 1위는 공무원(22.6%), 2위는 건물주와 임대업자(16.1%)였다. 「공무원·건물주가 '꿈' … 청소년들의 현주소」, JTBC 뉴스룸 2016년 2월 29일 방송.

는 현재 청소년 독자의 부모 세대일 것이다. 현재의 콤플렉스와 대면하는 일만큼 중요한 것이 있다면 바로 당면한 문제의 출처와 궤적을 더듬는 일이다.

그러므로 콤플렉스는 나의 힘

『아르주만드 뷰티 살롱』이 또 다른 '나'의 콤플렉스에 대해 말한다면, 『원더랜드 대모험』은 그러한 '나'를 만들어 낸 앞선 '나'의 콤플렉스에 대한 이야기다. 뷰티 살롱과 원더랜드를 거쳐 주인공들은 콤플렉스를 생산하는 세계의 이면을 목도하고, 이를 자양분으로 성장한다. 하지만 성장을 기점으로 주인공의 모습이 크게 달라진 것처럼 보이지는 않는다. 세아는 59.9킬로그램으로 감량하여 6으로 시작했던 몸무게 앞자리를 바꾸는 데 성공하나 이는 부수적인 변화일 뿐이다. 앞으로도 그의 외모 콤플렉스는 내용을 달리하며 계속될 것이다. 승협은 "원더랜드는 어땠어?"라고 묻는 동생의 물음에 어깨를 으쓱하며 "별거 없어"(229면)라고 답할 만큼 젠체한다. 하지만 여전히 그는 자신의 가난을 의식하며 이전처럼 말썽을 피울 것이다.

한동안 유행했던 광고 문구가 떠오른다. "그래도 안 생겨요." 뷰티 살롱을 수강하고 원더랜드에서 대모험을 치렀지만 막상 크게 변한 건 없었으며 딱히 생긴 것도 없었다. 하지만 광고 문구의 맥락과 달리, 이진의 소설 속에서 그것은 좌절과 체념의 포즈와는 거리가 멀다. 콤플렉스의 조건은 여전히 존재한다. 하지만 인물들이 콤플렉스를 생산해 내는 세계와 관계 맺는 방식은 완전히 뒤바뀌어 있다. 아마도 그들은 모험 이

전의 '꿈과 환상'이 늘어놓던 동어반복을 더 이상 믿지 않을 것이다.

우리는 "내 세상 바깥"으로부터 부과된 이상-표준과 자신을 일치시키려 노력하지만, 정작 그 속에 우리와 부합하는 자리는 드물다. 부재할 때도 더러 있다. 같은 국적이 같은 국민으로서의 평등한 권리를 보장하리라 생각했지만 실상 영자를 동등한 존재로 포함시키지 않고 밀어냈듯. 그것은 문자 그대로 '꿈과 환상'에 불과할지도 모른다. 하지만 우리는 꿈과 환상을 섣불리 폐기할 수 없다. 오히려 그것은 계속되어야 한다. 꿈과 환상이란 비단 실재하지 않는 거짓을 가리키는 말이 아니다. 세계의 압력과 불안을 견디기 위해 개인은 늘 그것을 필요로 한다. 또한 우리는 공동체와 사회를 유지하기 위해, 한편으로는 더 나은 사회를 구상하기 위해 꿈과 이상을 공유해야 할 필요가 있다.

문제는 어떤 꿈인가 하는 물음이다. 적어도 자신의 꿈과 환상의 출처를 목도하고, 그것이 생산하는 동어반복의 욕망을 몸소 체현한 이라면 이전과는 다른 꿈을 꿀 수 있을 것이다. 그러한 성장에 가닿는 방법은 하나뿐이다. 우리는 직접 뷰티 살롱으로 그리고 원더랜드로 가야 한다. 즉, 문제를 우회하기보다는 문제의 한가운데를 직접 통과함으로써 거듭 새로운 꿈을 구상해야 한다는 것이다.

일반적으로 자기계발서는 구체적인 답을 제시한다. 저자의 실화로 구성된 책이라는 점에서 믿을 만해 보이기도 하다. 그러나 서적의 내용이 사실인지에 관한 여부는 차치하더라도, 대개 저자의 행로를 답습할 수 있는 독자의 수는 제한적이다. 운 좋게 책에 쓰인 내용을 모두 이행하더라도 저자가 이룬 성취에 이르기란 거의 불가능하다. 물론 독자들은 그 사실을 잘 알고 있다. 하지만 그들은 읽는다. 그래도 기사소설을 읽고 풍차로 달려든 돈키호테보다는 스티브 잡스를 읽고 창업을 준비하는 편이 더 현실적으로 보이지 않는가? 결국 그들은 자신에게 위안을 줄 수 있는 환상을 구입하는 셈이다.

그렇지만 살펴봤듯, 자기계발서의 한계란 답을 판매하는 것처럼 보이나 사실상 동어반복의 문제들을 늘려 갈 뿐이라는 점이다. 질문을 판다는 것, 이는 문학의 처지도 다르지 않다. 완결된 서사를 통해 문학은 어떤 답을 건네는 듯하지만 사실 독자에게 남는 것은 질문이다. 이는 무용해 보인다. 그러나 필요한 것은 어설프게 대안과 답을 발명하려는 시도가 아닌 차라리 무용함의 한가운데를 돌파하려는 자세다. 좋은 문학이라면 독자들에게 보다 좋은, 즉 동어반복을 넘어서는 근원적인 질문을 던지게끔 만들 것이다. 빌 게이츠를 읽으며 미래를 설계하다가 안 되면 스티브 잡스를 읽고 그다음에는 마크 저커버그로 옮겨 가는 우리의 모습에서, 불현듯 기사소설을 읽다 돈키호테가 되기로 한 이달고의 형상을 자문하도록 하는 것만으로도 문학은 제 소임을 다한 것이리라. 그 출발은 자신의 콤플렉스와 대면하는 데서부터다. 콤플렉스는 사라지지 않는다. 다만, 그것은 우리가 새로운 꿈과 환상을 구상하도록 만드는 힘이다.

순수에서 다양한 빛깔의 사랑으로

청소년소설의 사랑과 연애

　다양한 정의가 있을 테지만, 청소년소설은 일차적으로 청소년을 위한 소설 양식일 테다. 그리고 청소년을 '위하는' 저 방식과 관점은 시대에 따라 달라지기 마련이다. 이는 청소년소설이 등장인물의 사랑을 다루는 양상에서도 고스란히 반영된다. 가령, 어느 시기의 청소년소설은 청소년들을 '위해' 되도록 사랑을 순수 그 자체로 형상화하고, 어느 시기에는 로맨스에 관해서는 되도록 감추려 하며, 반대로 어느 시기에는 그들이 겪는 다양한 사랑의 방식을 적극적으로 재현하려 한다. 이 지점에서 다음과 같이 말하는 것은 조금 과한 주장일까? 시대별 청소년소설을 통해 우리가 알 수 있는 것은 당대 청소년의 실상이라기보다는, 그들을 '위하는' 이들에 의해 상상되거나 발견된, 심지어는 발명된 청소년의 모습에 가까울지도 모른다고. 작품을 살펴보며 더 자세히 이야기해보자.

순수한 사랑의 시대

많은 이들이 청소년 주인공의 사랑을 다룬 작품으로 황순원의 「소나기」를 떠올리리라 생각한다. 시골 소년과 서울에서 전학 온 소녀 사이의 사랑을 그린 「소나기」를 대표하는 수식이 있다면 아마도 '순수'일 것이다. 순박한 소년은 어째서 소녀가 매일 개울가에 앉아 길을 막고 있는지, 그런 소녀에게 다가가 말을 붙이는 대신 개울둑 건너에 앉아 기다리는 자신을 향해 왜 소녀는 조약돌을 던지는지 알지 못한다. 이렇듯 "여간 잔망스럽지가 않아" 보이는 행동들로 호감을 암시하던 소녀는 끝에서 소년의 흔적을 간직한 채 삶을 마감한다. 끝내 자신의 마음을 고백하지 못한 두 사람이지만, 바로 그 때문에 두 사람은 서로를 때 묻지 않은 모습으로 마음속에 새길 수 있게 된다.

이 소설이 발표된 시기는 한국전쟁 중인 1952년 10월이다. 학창시절 처음 교과서에서 이 작품을 접했을 때, 소설의 분위기와는 사뭇 다른 시대적 배경에 놀랐던 기억이 있다. 파괴와 죽음을 도처에서 경험해야 했던 전쟁의 한복판에서 황순원이 「소나기」를 쓴 이유는 꽤 자명해 보인다. 이 참혹한 시대를 살아야 하는 이들을 '위해', 그는 무엇보다 순수의 회복이 절실하다고 생각했을 것이다. 실제로 황순원은 대담에서 "전쟁의 상처와 갈등으로부터 벗어나고 싶어서" 「소나기」를 쓰게 되었다고 말한 적이 있다. 갈등이 가장 파괴적인 형태로 나타나던 시공간에서, 역설적으로 순수를 대표하는 작품이 탄생하게 된 데에는 이런 배경이 자리한다.

한편, 이를 뒤집어서 읽는다면 이러한 결론도 가능할 것이다. 만약 작품 속에서 사랑의 순수성이 특히 강조된다면, 이는 단순히 그 시대의 사랑이 순수했기 때문이 아니라 어쩌면 정반대일 가능성을 품는다. 사람들의 사랑이 순수하기를 바라는 작가의 마음이 그 작품을 쓰도록 종용했을 것이기 때문이다.

견뎌 냄으로써 비로소 아름다워지는

황순원 이후에도 많은 경우 청소년들의 사랑은 순수한 형상으로 그려지곤 했다. 명칭에서도 나타나듯, 이른바 '순정소설'의 인기가 이를 잘 보여 준다. 한국에서 순정소설을 연재·출간한 대표적인 잡지로는 월간지 『여학생』(1965.11.~1990.11.)이 있다. 청소년 사이의 연애가 좀처럼 허락되지 않았던 시절, 순정소설은 그들이 사랑의 격정을 간접적으로 체험하는 통로 중 하나였다.

여기서 출간된 작품들 가운데 주목할 만한 작품으로는 이청준의 『백조의 춤』(여학생사 1979)을 꼽고 싶다. 『백조의 춤』은 『여학생』지에 1971년 2월호부터 1972년 3월호까지 연재되었던 소설로, 1991년『젊은 날의 이별』(청맥 1991)로 개제되어 재출간된다. 혹자는 이청준이 사춘기 소녀의 비밀스러운 사랑과 성장을 다룬 "하이틴 로맨스"를 썼다는 사실에 놀랄지도 모르겠다. 대체로 이청준은 「병신과 머저리」(『병신과 머저리』, 문학과지성사 2010)나 『당신들의 천국』(문학과지성사 2012)과 같이 우리의 아픈 현대사 속 개인의 고뇌를 첨예하게 다룬 소설가로 기억되는 편이기 때문이다. 아직 『백조의 춤』을 읽지 않은 독자라면, 작품을 감상하는 것과 더불어 이청준의 새로운 면모를 발견하는 것 역시 또 하나의 재미겠다.

소설은 무용을 꿈꾸는 고등학생 미영과 그의 이종사촌인 대학생 지훈 사이의 사랑을 그린다. 잠깐, 순수한 사랑을 이야기하던 중에 갑자기 사촌 간의 사랑이라니? 앞의 「소나기」에 비해 『백조의 춤』의 소재는 다소 충격적으로 비칠 수도 있겠다. 하지만 『백조의 춤』에서의 사랑이 순수할 수 있었던 것은 역설적으로 그것이 금지된 사랑이었기 때문이다. 소설의 막바지에 지훈은 미영을 향해 말한다. "말하지 않아도 우린 다 알고 있잖아. 그것이면 그만이야. 그리고 우린 그렇게 말하고 싶은 것을 모두 말해 버리지 않고 견뎌 냄으로써 비로소 아름다워질 수 있는 거야." 끝내 그들은 서로의 마음을 인정하지만, 딱 그 자리에서 멈추기를 택한다. 비록 사랑하는 마음을 품더라도 그것을 바깥으로 표현하는 것은 불가능하므로, 결국 두 사람 사이에 남는 것은 오직 상대방을 향한 애틋한 마음뿐이다. 그들의 금지된 사랑은 침묵을 통해 "비로소 아름다워"진다.

이렇듯 「소나기」와 『백조의 춤』에서의 사랑이 순수한 형상으로 남을 수 있었던 이유는 그것이 마음을 넘어 그 이상의 구체적인 표현과 행동으로 이어지지는 않았기에 가능했던 것이다. 하지만 두 작품이 비록 순수에 이르려는 목적지는 비슷할지라도, 『백조의 춤』과 「소나기」는 인물을 묘사하는 데서 변별점을 보인다. 후자의 경우 두 주인공은 순수한 사랑을 형상화하기 위해 동원된 도구적 인물 같은 느낌을 준다. 그들에게는 별다른 내적 갈등이나 고민이 존재하지 않기 때문이다. 그에 비해 이청준은 두 주인공의 심리 묘사와 고뇌의 풍경을 세심하게 그려 냄으로써, 청소년 독자로 하여금 보다 이입할 수 있는 자리를 만들어 낸다. 이는 순수한 사랑을 형상화하되, 청소년들이 동일시할 수 있도록 서사를 쓰는 것이 곧 그들을 '위한' 일이라고 여겨졌기 때문일 것이다.

더 다양한 빛깔의 사랑으로

그렇게 청소년소설에서, '순수한 사랑'과 같은 어떤 교훈, 그리고 현실 청소년 독자의 삶 사이의 저울추는 점차 후자 쪽으로 기울기 시작한다. 특히 청소년의 연애가 예전처럼 통제되지 않는 시대로 차츰 접어들면서 연애는 학업, 친구, 꿈, 가족 등등 청소년의 일상 속 고민의 목록 중 하나로서 다루어지게 된다. 다시 말해서, 이제 연애란 청소년의 자아 일부를 구성하는 무수한 영역 가운데 하나의 요소로 편입하게 된 것이다. 현시점에 청소년의 연애가 침묵해야 할 애틋한 무엇이라고 생각하는 이는 많지 않을 테다. 이를 반영하듯, 현재의 많은 청소년소설은 그들의 연애를 전면화하고 그것을 다양한 방식으로 그려 내고자 노력한다. 이로써 청소년들의 사랑은 더 이상 '마음'에만 머물지 않고 점차 '몸'을 통해 표현되기에 이른다.

최영희의 단편 「첫 키스는 엘프와」(『첫 키스는 엘프와』, 푸른책들 2014)에서 주인공 채아는 자신의 첫 키스 상대로 여학생들 사이에서 '엘프'라고 불리는 최상연을 점찍는다. 계기를 만들기 위해 채아는 학교 담벼락에 자신과 상연이 키스했다는 낙서를 적어 거짓 소문을 내고, 이후 가짜 연인 행세를 하게 된 두 사람은 뜻밖에도 진짜 첫 키스를 나누게 된다. 앞서 살펴본 소설에서 사랑은 주인공의 마음속에 순수한 형상으로 간직되어 그들의 성장을 도왔다. 하지만 여기서는 순서가 정반대다. 채아가 원한 것은 진지한 사랑보다는 애초부터 첫 키스 ― 육체적 성애였고, 이를 계기로 그는 성장한다. 또한 더 이상 청소년의 사랑을 애틋한 시각이 아닌, 발랄하고 유머러스한 문체로 접근한다는 점에서도 인상적이다.

한편, 다자 연애(polyamory)처럼 전통적인 연애 모델에서 벗어난 사랑을 다룬 작품도 존재한다. 전경남의 『하하의 썸 씽』(자음과모음 2015)에서 주인공 하하는 혼란스럽다. 자신과 사귀면서 동시에 다른 남자를 만나는 여진을 이해할 수가 없기 때문이다. 따지는 하하에게 여진은 답한다. "난 내 심장을 믿어. 심장은 정확해. 난 널 만날 때 심장이 뛰고 흥분이 돼. (…) 근데 놀랍게도 어제 그 사람을 만날 때도 그런 마음이 드는 걸 어떡해!" 하하로서는 받아들이기 힘든 여진과 엄마의 사랑을 통과하면서, 소설은 청소년 독자가 다양한 방식의 사랑을 상상할 수 있게 한다.

성소수자, 장애인 등등 사회적 소수자 청소년의 사랑을 다룬 작품도 속속 발표되고 있다. 송경아의 『누나가 사랑했든 내가 사랑했든』(창비 2013)의 주인공 성준이 사랑하는 이는 누나의 남자친구인 희서다. 정은의 『산책을 듣는 시간』(사계절 2018)은 청각장애를 지닌 수지와 시각장애를 가진 한민의 관계를 유려하게 그려 낸다. 이 작품들은 모두 실재하지만 좀처럼 가시화되지 않는 어떤 청소년들의 사랑을 재현하고자 노력한다. 이렇듯 오늘날 청소년소설이 청소년을 '위하는' 방식은 실재하는 다양한 청소년들의 목소리에 닿으려는 시도로 점차 향하고 있다.

연애와는 거리가 먼 것처럼 보이는 청소년 역사소설조차도 예외는 아니다. 김종광의 『처음 연애』(사계절 2008)는 연애소설의 외피를 하고 있지만 사실상 현대사에 기초한 역사소설에 가깝다. 소설이 재현하는 각 시기별의 연애는 '4·19혁명'부터 '2002 월드컵'에 이르기까지 당대의 정치·사회적 상황을 반영한다. 또 다른 본격 역사소설의 예로 이금이의 『거기, 내가 가면 안 돼요?』(1·2권, 사계절 2016)가 있다. 작품은 일제강점기와 해방정국 시기를 다루면서, 한반도라는 제한적 공간을 넘어 일본·중국·소련·미국 등을 경유한다. 이 거대한 스케일의 서사를 움직이는 동력은 주인공 수남과 강휘의 사랑이다. 즉, 이 작품에서 청소년의 연애란 단순히 개인 간의 사랑에 국한하는 것이 아닌 역사를 추동하는 힘이기도 하다.

최근에는 청소년 테마 소설집 『사랑의 입자』(김리리 외, 문학동네 2018)처럼 사랑을 주제로 삼되 다양한 관점에서 이를 서사화하려는 시도도 존재한다. 또한 청소년소설은 아니나, 진형민의 『사랑이 훅!』(창비 2018)처럼 또래 사이의 관계를 성숙한 관점에서 풀어낸 고학년 동화의 출현도 주목할 만하다. 비록 교훈주의와 순수에의 강박에서 우리가 완전히 벗어났다 단언하기는 어렵더라도, 앞에서 살펴본 예시들처럼 오늘날 청소년소설에서 연애는 분명 이전보다 풍부하고 다양한 색상으로 그려지고 있다.

어른들은 종종 말한다. 뭘 몰랐던 시절이기는 하나, 청소년 때의 연애가 순수했고 그때가 좋았다고. 그들은 마치 '좋았던 옛 시절'을 말하듯 그때를 회고한다. 어른들이 웃으면서 그 시절을 아름답게 떠올릴 수 있는 이유는 사실 별게 아니다. 이미 시간이 많이 흘렀기 때문이다. 그들의 회고 속에는 만남과 이별의 과정을 치러 오면서 겪어 온 다양한 감정의 지층들이 켜켜이 쌓여 있다. 하지만 정작 현재 '그 시절'을 살고 있는 당사자들, 즉 오늘날 청소년의 입장은 그들과 결코 같지 않다. 저마다의 상황과 경험의 차이에 따라 혼란스러움은 배가될 것이다. '순수했던 그 시절'을 말하는 어른들조차 당시에는 비슷한 마음이었으리라. 혼란스러운 사랑의 여정을 통과하는 십대에게 청소년소설은, 비록 확실한 안

내서는 될 수 없을지언정 다정한 동행자는 될 수 있을 것이다. 그 과정에서 더 많은, 그리고 더 다양한 청소년들의 사랑이 발견되고 쓰이기를 희망한다.

제3부

세 죽음과 어떤 죄책감

백온유 『유원』

"나는 미안해하며 눈을 떴다." 백온유의 장편 청소년소설 『유원』(창비 2020)의 첫 문장이다. 그리고 이 소설은 다음 문장으로 마무리된다. "무사히 돌아온 나를 부둥켜안아 주었다." 소설을 제대로 읽기 전에 우선 첫 문장과 마지막 문장을 확인해 보는 것은 누구도 궁금해하지 않을 나의 오랜 습관 중 하나다. 최소한의 단서로 소설이 어떻게 전개될지를 짐작해 보려는 것인데, 물론 추측이 다 들어맞는 것은 아니다. 오히려 틀릴 때가 더 많았다. 그래도 이야기가 어떻게 흐르리라는 나름의 방향성을 미리 설정해 두면, 비록 작중 인물들이 방황을 거듭하고 잘못된 선택을 반복하더라도 덜 힘든 마음으로 책장을 넘길 수 있다.

『유원』의 두 문장을 읽고서 나는 안심했다. 아직 자세한 사정은 모르지만, 미안함을 느끼던 주인공은 어떤 여정을 거쳐 무사히 돌아와 행복한 결말을 맞겠구나, 더구나 그 자리에는 "부둥켜안아" 줄 친구가 있는 모양이구나. 과연 그럴까? 나의 예감이 틀리지 않았기를 바라면서, 주인공이 무사히 돌아오기까지 그 성장의 여정을 동행해 볼 시간이다.

책임질 수 없는 죄책감

『유원』은 화재 사건으로부터 살아남은 주인공 유원의 성장기를 다룬다. 첫 문장에서 보다시피 그는 미안해하며 눈을 뜬다. 살아남았다는 것, 그래서 아침에 눈을 뜰 수 있다는 사실 자체에 미안한 것이다. 너무 어린 시절에 벌어진 일이기에 유원에게는 기억이 많이 남지 않은 듯하다. "기사에 나와 있다"(32면)거나 "그랬다고 한다"(34면)는 표현에서 보듯, 유원은 자신의 기억이 아닌 누군가의 진술에 의지하여 당시의 사건을 술회한다. 그런 유원은 누구에게 미안함을 느끼는 걸까?

먼저, 유원의 언니 예정. 불이 난 11층 아파트에서, 당시 열일곱 살이었던 예정은 침착하게 동생 유원을 젖은 이불에 말아 바깥으로 던져 대피시켰다. 그리고 예정은 불길 속에서 목숨을 잃는다. 유원이 미안함에 눈을 뜬 저 날은 바로 죽은 예정의 생일이었다. 사고 이후, 유원의 가족과 주변인들은 12년 동안 한 해도 빠짐없이 예정의 생일을 기념했다. 올해도 그들은 유원의 집에서 예정을 추도하는 예배 시간을 갖는다.

죽은 이를 그가 태어난 날에 기억하는 사람들. 그 자리의 누구도 예정이 부활하리라고 믿지는 않겠지만, 모두가 한자리에 모여 예정을 기리는 이 순간 이 자리에서만큼은, 여전히 예정은 그들 사이에 살아 있다. 이 자리에 없음으로써 그 누구보다 강력하게 현존하는 존재. 예정은 죽은 채 여전히 유원 곁에 살아 있는 것이다. 기억조차 잘 나지 않는 언니에게 유원이 미안함을 품을 수 있는 이유는 그 때문이다.

다음은 아저씨 진석. 아저씨는 11층에서 던져진 유원을 받아 안는다. 그 충격으로 아저씨의 오른쪽 다리뼈는 산산조각이 난다. 화물 트럭 운전을 하던 그는 직장을 잃고 재활에 매진했지만 결국 다리를 회복하는 데 실패한다. 그런 아저씨를 언론은 '의인'이라 보도했고 사연을 접한 사람들은 그를 위해 성금을 모으기도 했다. 그 도움으로 치킨 가게를 개업하기도 했지만 오래가지는 못했다. 수시로 잠적하는 등 가게 운영에 불성실했고 집을 나와 가족과도 멀어지게 된 아저씨는, 결국 망가졌다.

그는 수시로 늦은 밤에 유원의 집을 불쑥 찾아와 숙식을 청하거나 돈을 빌렸다. 망가진 채 유원의 곁을 배회하는 그의 형상은, 분명 예정처럼 죽은 것은 아니었지만, 동시에 살아 있다고 말할 수도 없는 것이었다. 예정과 정반대로, 아저씨는 살아 있는 상태로 죽어 있다. 유원은 "아저씨를 망가뜨려 놓은 것이 다른 누구도 아닌 나"(82면)라고 자책한다.

살아 있는 죽음(예정)과 죽어 있는 삶(진석), 유원은 그 두 죽음 모두에 자신의 책임이 있다고 느낀다. 그것이 유원이 겪는 마음의 문제다. 이 죄책감에서 벗어나지 못하는 한 유원의 시간은 화재가 벌어졌던 그때 그곳에 붙들린 채 앞으로 흐를 수 없다. 더 나아가기 위해 유원은 어떻게든 이 죄책감을 해결해야 한다.

하지만 그것이 어떻게 가능할까? 일반적으로 죄의식은 주체가 그 죄의 책임을 감당할 때에야 해소될 수 있다. 그런데 유원이 책임질 수 있는 일이 무엇이 있나? 예정과 아저씨에게 벌어진 결과는 이미 돌이킬 수 없는 것이며, 사후적인 책임을 지는 일 또한 철저히 유원의 능력 바깥에 있다. 무엇보다 유원에게는 죄책감을 가질 만한 잘못이 없다. 그는 단지 살아남았을 뿐이다. 마치 원죄처럼, 영원히 해소될 수 없는 죄의식의 교착 속에서, 유원은 살아간다.

아니, '살아간다'는 말이 유원에게 과연 적절한 걸까? 물론 유원은 두 사람의 희생으로 12년 전 사고에서 목숨을 구한다. 하지만 어떤 의미에서는 유원 또한 그 자리에서 죽음을 맞은 셈이다. 그것은 조금씩 자라나는 유원을 붙잡아 자꾸만 그를 화재가 일어났던 그 시간 위로 붙박는 사람들에 의해서다. 유원을 통해서, 누군가는 죽은 예정을 바라보고 누군가는 그날 자신의 희생이 얼마나 가치 있는 것이었는지 확인하고자 했다.

친구들도 마찬가지다. 그들은 알게 모르게 현재의 유원이 아닌 끔찍한 사건을 겪은 과거의 유원으로서 그를 대한다. 심지어 일면식도 없는 이들조차 '댓글'로 유원을 붙들었다. 이곳이 유원이 죽은 자리이다. 그들이 바친 희생이, 그리고 그들이 베푼 호의가 의미 있기 위해서, 유원은 그에 걸맞은 '생존자'로서의 상으로 고정되어야 했다. 현재의 자신을 박탈당했다는 점에서 유원의 죽음은 '삶 없는 삶'에 해당할 것이다.

살아 있는 죽음, 죽어 있는 삶, 그리고 삶 없는 삶. 이렇듯 소설의 시작점에는 유원을 둘러싼 세 죽음이 나열되어 있다. 우리는 이 소설이 죽음에서 삶으로 향할 것임을 알고 있다. 그것은 단지 청소년소설의 문법이 그러하기 때문도, 또는 슬쩍 미리 읽은 소설의 마지막 문장이 희망적이었기에 그런 것도 아니다. 오히려 답은 소설의 첫 문장에 있다. 유원이 죄책감을 느끼고 있다는 것.

보통 죄책감은 해서는 안 될 행위를 했을 때 발생한다. 하지만 앞에서 살폈듯, 유원은 화재 사건에서 어떤 잘못도 저지르지 않았다. 그렇다면 그의 죄책감은 대체 어디서 기인하는가? 만약 우리가 유원을 바라보는 시선을 조정하지 않는다면, 더 자세히는 유원을 삶 없는 삶으로 이끈 이들의 시선과 크게 다르지 않은 방식으로 계속 바라본다면, 우리는 그의 죄책감을 결코 이해할 수 없다. 우리의 시선은 현재의 유원을 향해 이동해야 한다.

> *나는 나를 살린 우리 언니가 싫어.*
> *나는 나를 구해 준 아저씨를 증오해.* (126면. 이탤릭체는 원문)

그것은 유원이 그 누구에게도 밝힌 적 없는 내면 깊숙한 비밀이다. 즉, 유원이 느끼는 죄책감은, 마땅히 고마워해야 할 사람들을 "싫어" 하고 "증오해" 하는 현재적 감정에서 생겨난 것이다. 차라리 죽는 편이 더 낫기 때문에? 물론 아니다. 그보다는 살고 싶어서, 부연하자면 더 제대로 살고 싶어서가 아닐까?

현재가 없는, 삶 없는 삶이라는 주어진 운명에 유원은 더 이상 얽매이고 싶지 않다. 하지만 언니와 아저씨가 여전히 유원의 주변을 배회하는 이상 이는 어려운 일이다. 두 죽음은 모두 유원의 현재를 흡입함으로써 각자의 생명력을 유지하고 있기 때문이다. 유원의 죄책감이 발원하는 지점은 바로 이곳이다. 살고 싶어서, 역설적으로 자신을 살게 해 준 사람들을 증오하게 되는 상황.

해결하기 어려운 곤경 속에서, 유원은 자신을 과거의 시간 아래로 붙드는 현재의 사람들을 피하여 스스로를 고립시킨 채 미래를 응시하곤 한다. 점심시간이 되면 유원은 학교 옥상 문 앞에 홀로 앉아 영어 단어를 외운다. "미래의 내게 도움이 되는 일을 했다는 만족감"(17면)을 느끼면서. 하지만 현재라는 발판을 생략한 채 미래로 도약하려는 시도는 공허할 따름이다. 바로 그때 사건이 발생한다. 수현을 만난 것이다.

죄짓기와 두 세계의 화해

유원과 수현은 옥상 문 앞에서 서로를 마주한다. 수현은 마스터키를 이용해 건물 이곳저곳의 잠겨 있는 옥상을 열고 그곳에서 혼자 시간을 보내는 것을 즐기는 아이인데, 마침 우연히 유원과 맞닥뜨린 것이다. 수현은 유원에게 제안한다. "들어올래?"(50면) 수현의 비밀 공간 속으로 초대를 받은 유원은 금방 마음을 연다. 유원이 수현에게 호감을 느낀 이유는 여럿 있겠으나, 가장 먼저는 그가 유원의 과거에 크게 관심을 보이지 않는다는 점이다. 늘 자신을 과거 화재 사건과 결부하여 대했던 다른 친구들과 사뭇 다른 모습에 유원은 편안함을 느낀다.

이상한 일이다. 유원을 과거의 시간으로 붙들던 이들과 대화할 때, 그들의 대화는 철저히 과거를 외면하고 있었다. "유원아, 지금 영어, 영어!"(58면) "응! 오늘 수업에서 시험 문제 나온대"(61면)와 같이 지금 당장 벌어지는 일들에 관해서만 그들은 이야기했다. 정확히는 현재에 관한 대화라고 보기도 어렵다. 시험 문제로 출제될지 안 될지도 모르는, 더 나아가 그 시험이 무슨 소용이 있는지도 알 수 없는, 불분명한 '현재 없는 미래'에 관해서만 그들은 대화했다.

하지만 유원은 수현 앞에서 사고 당시의 이야기를 털어놓는다. 유원이 이를 남에게 자진하여 고백한 것은 처음이다. 지금의 자신을 있게 만든 과거들을 자연스레 공유하면서, 그들은 함께 발을 딛고 설 공통의 현재를 마련해 갔다. 결국 삶 없는 삶을 넘어서기 위해, 과거로의 정박에서 벗어나 현재를 살아가기 위해, 유원에게 필요했던 것은 역설적으로 과거의 시간을 나눠 가질 친구였다. 그렇게 삶 없는 삶이라는, 유원을 사로잡았던 어떤 죽음이 서서히 걷히기 시작한다.

소설이 중반부를 지나면서 한 가지 비밀이 밝혀지는데, 수현이 사실은 유원을 구해 준 아저씨의 딸이었다는 것이다. 그러니까 유원이 직접 말해 주기 전까지, 수현이 특별히 유원의 과거에 관해 궁금해하지 않았던 이유는 다른 게 아니라, 이미 충분히 알고 있다고 생각했기 때문이었다. 수현 본인 역시도 그날의 사건과 가깝게 연결되어 있었으므로.

수현은 아버지 진석을 통해 유원에 관해 많이 전해 들었다고 했다. 좋은 이야기들이었을 것이다. 그래야 자신의 희생이 가치 있을 수 있으니까. 그렇지만 그런 유원 때문에 진석은 망가졌다. 어떤 의미에서 수현은 유원의 처지와 비슷했다. 유원이 현재 없는 미래로 시선을 보낼 때, 수현은 미래 없는 현재에 몰두했던 것이다. 당장 어려운 이들을 돕고 불의에 저항하고자 수현은 시간이 날 때마다 봉사와 일인시위의 현장으로 향하는 인물이다. 즉, 수현은 거꾸로 선 유원인 셈이다.

현재 없는 미래, 그리고 미래 없는 현재. 두 상이한 세계가 화해에 이르는 접점은 뜻밖에도 아버지다. 이때 아버지는 물론 진석을 가리킨다. 그는 수현의 생물학적 아버지이면서, 동시에 죽을 뻔한 유원에게 삶을 선사했다는 점에서 유원의 상징적 아버지이기도 하다. 아버지에 관한 논의는 자연스레 정신분석학에서 주체 형성을 이야기할 때 쉬이 동원되는 '부친 살해'의 은유를 떠올리게 한다.

여기서 아버지의 이름은 금지의 체계로서 우리에게 규칙, 선악, 윤리 등의 척도로 작용한다. 그것을 내면화할 때 비로소 우리는 공동체의 구성원으로 승인될 수 있다. 하지만 이러한 금지의 체계는 결코 모두에게 동일할 수 없고, 자의적으로든 타의적으로든 다른 기준이 적용되기 마련이다. 마치 어린 시절 유원의 장난을 제지하던 할아버지의 말처럼 말

이다. "얘. 너 그러면 안 돼. 그러면 안 돼 너는."(85면)

두 죽음으로 말미암아 살아남은 유원에게 유·무언으로 가해진 금지의 압력은 그가 "조심성이 많은 아이로"(같은 곳) 자라는 데에 커다란 영향을 끼친다. 유원은 실수해서는 안 되고, 다쳐서도 안 된다. 자신을 위해서가 아니다. 그러지 않으면, 예정과 아저씨가 치른 희생 앞에서 죄를 짓는 것이기 때문이다. 하지만 유원은 죄책감을 느끼고 있다. 실수하지도 다치지도 않았으며, 어떤 잘못도 저지르지 않았지만, 그는 죄의식을 느낀다.

그것은 전술했다시피 '아버지'로 대표되는 금지의 체계를 향한 반발심에서 연원한다. 그리고 바로 이 죄의식에서 주체는 형성된다. 위반 없이는 주체도 없다. 가령, 만약 유원이 이러한 금지를 절대적으로 내면화하고 추호도 의심하지 않는다면, 그는 죄책감을 덜 느끼는 대신, 자신이 아닌 두 죽음을 위해 "조심성이 많은 아이"가 된 것처럼, 앞으로도 삶 없는 삶이라는 죽음 상태에서 벗어날 수 없었을 것이다. 하지만 그는 다른 상태를 욕망했다.

다만, 유원은 이 죄책감을 어떻게 다루어야 할지 몰랐다. 그도 그럴 것이, 현재 없는 미래만을 응시했던 유원에게 현재의 이 죄의식을 책임지기란 불가능했다. 가령, 유원은 아저씨를 향한 부채감을 해소하는 한 가지 방편으로 "사회복지학과와 재활학과"(44면)로의 진학을 떠올린다. 그곳으로 진학하면 먼 미래에 아저씨를 도울 수 있으리라 믿으며. 그것은 당장 대면해야 할 죄책감을 불확실한 미래 속으로 지연시키는 일일 뿐이다.

하지만 유원은 수현을, 그러니까 미래 없는 현재에 놓여 있는 또 다른 아버지의 딸을 만난 것을 계기로 달라진다. 유원의 집 근처에서 유원,

수현, 아저씨 세 사람은 조우한다. 어느 날 방송 출연을 제의받은 아저씨가 출연을 주저하는 유원을 직접 설득하려고 불쑥 집을 찾았다가 벌어진 일이다. 주저하는 유원을 대신해 수현은 소리 지른다. "할 말 없다고 했잖아! 나 좀 괴롭히지 마요. 우리 전부 다 그만 괴롭혀!"(172면)

수현은 유원이 대면해야 할 죄의식을 향해 용기를 내어 대신 소리쳐 준 셈이다. 유원은 깨닫는다. 자신을 괴롭히는 이 죄책감을 해소하는 유일한 방법이란 아버지의 금지를 위반하는 것, 즉 죄를 직접 저지르는 일 뿐이라는 것을. 유원은 수현을 통해 죄의식을 회피하지 않고 대면하는 용기, 그래서 주체로 거듭나는 방법을 배울 수 있었다. 유원이 다시 자신을 찾아온 아저씨 앞에서 이번에는 머뭇거리지 않고 분명한 태도로 그를 거스를 수 있었던 것은 바로 그 때문이다.

한편, 아버지와의 관계를 극복해야 하는 것은 수현도 마찬가지였다. 수현이 미래 없는 현재에 전념했던 것은 아버지에 대한 연이은 실망 때문이었다. 언젠가 유원이 수현을 향해 아저씨가 얼마나 가족들을 그리워했는지를 말했던 날, 수현은 화를 내며 말한다.

"이제 알아. 아빠는 해로운 사람이야. 아빠는 이 세상에 해로워. 너한테도, 나한테도. 아빠는 변하지 않을 거야. 포기해야 돼. 나는 아빠랑 다르게 살 거야. 너도 내 노력을 우습게 보지 마."(184면)

즉, 수현은 아버지에게 거듭 실망하지 않기 위해, 혹여나 막연한 희망이라도 품지 않기 위하여 자신의 세계에서 부단히 미래를 삭제해 왔던 것이다. 더 나아질 수 있다는 믿음, 희망은 종종 기대를 배반하고 더욱 더 큰 좌절로 되돌아오기도 한다. 반복되는 좌절을 추스를 여유가 없는 수현은 그렇게 희망과 믿음을 포기하는 편을 택한다.

하지만 수현 역시 유원을, 다시 바꿔 말하자면 현재 없는 미래의 세계를 사는, 아버지의 또 다른 딸을 만나면서 기존의 단단했던 세계 일부가 깨지기 시작한다. 어쩌면 수현은 유원을 통하여 아버지로부터 뜻밖의 모습을 발견했을지도 모른다. 그날 11층에서 떨어지는 아기를 본 진석이 자신의 몸이 부서지더라도 즉각 아이를 구하기로 한 것은 부정할 수 없는 사실이니까. 그건 아직 오지 않은 앞으로의 시간을 계산하며 행동을 주저하는 대신 지금 당장 해야 한다고 믿는 일을 한 것이니까. 그리고 바로 그런 아버지의 모습이, 어떤 의미에서는 지금 수현 자신의 모습이기도 하니까.

소설의 끝에서, 수현은 유원과 재회한 자리에서 이렇게 말한다. "너랑 있으면 그래도 아빠를 손톱만큼은 칭찬해 주고 싶어져. 진심이야."(209면) 공동의 아버지를 극복함으로써 유원은 현재를 그리고 수현은 미래를 자신의 세계 속으로 불러들인다. 서로 다른 두 세계가 만나 화해를 이룬 자리에서, 유원과 수현은 성장한 것이다.

아직 열리지 않은 저 너머로

지금까지 보아 온 것처럼 유원은 앞에서 제시되었던 세 가지 죽음을 차례차례 극복해 간다. 먼저 수현을 만나 자신의 삶에 현재를 불어넣었고, 죽어 있는 삶의 형상으로 자신을 배회했던 '아버지' 진석을 대면하고 오래도록 품어 온 진심을 토로했으며, 마지막으로는 살아 있는 죽음으로 유원에게 중압감을 불러일으켰던 예정과 화해한다.

이전까지의 유원은 자신을 통과해 예정을 바라봤던 시선으로부터 혐오와 죄책감을 느꼈다. 하지만 이제 유원은 받아들일 수 있다. 자신에게서 예정의 상이 드리워지는 것을 피하기보다는, 오히려 "이 모든 것을 누리게 해 준 언니"의 "용기를 닮고"(226면) 싶다고 말하면서. 다시 소설의 마지막 문장이다. "무사히 돌아온 나를 부둥켜안아 주었다." 누구나 예상했다시피 유원이 세 죽음을 극복하고 무사히 착지한 자리에는 수현도 함께 있었다. 부둥켜안은 두 사람에게서, 현재와 미래의 두 세계가 포개어지는 순간을 언뜻 본 것만 같다.

죄책감으로 시작하여 두 세계의 화해로 마무리되는 소설 『유원』은 정지된 시간에 매인 이들이 주체로 성장하는 과정을 단단하지만 무겁지 않은 태도로 그려 낸다. 그 시작점은 수현이 건넨 한마디였다. "들어올래?" 비록 우연한 마주침이었지만, 용기는 때때로 그러한 우연을 필연으로 승화시킨다. 그들은 상대가 매여 있는 자리로 무작정 다가서지도, 반대로 상대를 자신의 곁으로 끌어당기지도 않았다. 그들의 만남은 닫혀 있었던 옥상 너머로, 아직 열리지 않은 공간 속으로 함께 발을 내딛는 데에서 출발했다.

잠긴 문을 여는 행동은 그 자체가 규칙을 어기는 일이다. 유원과 수현의 첫 만남은 그 점에서 이미 앞으로 일어날 위반을 예고하고 있었던 셈이다. 여전히 우리 앞에는 아직 열리지 않은 수많은 문이 있다. 용기를 내라고, 『유원』은 닫힌 문 앞에 멈춰 선 우리를 향해 사려 깊은 목소리로 말하고 있다.

서로의 곁을 넓혀 가는 이들의 이야기

진형민 『곰의 부탁』

1

『곰의 부탁』(문학동네 2020)은 진형민 작가의 첫 청소년소설집이다. 사실 우리에게 그는 동화작가로 잘 알려져 있다. 진형민은 현실 사회에서 쟁점이 되는 사안들을 동화로 녹여 내는 데 탁월한 재능을 지닌 작가로 정치, 경제, 윤리 등등 어린이의 세상과는 다소 거리가 있어 보이는 이 키워드들이 어떻게 자신의 삶과 직결하는지를 설득력 있게 제시해 왔다. 그러한 이유로 누군가는 진형민이 발표한 일련의 동화를 가리켜 "어린이 시민 학교 3부작"이라 부르기도 했다.[1]

---

[1] 3부작으로 거론되는 작품은 『기호 3번 안석뿡』(창비 2013), 『소리 질러, 운동장』(창비 2015), 『우리는 돈 벌러 갑니다』(창비 2016)이다. 박숙경은 앞의 두 작품은 민주주의 제도에 관하여, 마지막 『우리는 돈 벌러 갑니다』는 자본주의 체제에서의 돈에 관해 질문을 던진다고 말한다. 박숙경 「희망을 찾아서: 2017년 동화·청소년소설 총평」, 『창비

무모해 보였던 학생회장 선거에 도전했던 아이들(『기호 3번 안석뽕』), 운동장을 확보하기 위해 야구부와 대결했던 아이들(『소리 질러, 운동장』), 친구의 축구화를 사고자 돈을 벌려 했던 아이들(『우리는 돈 벌러 갑니다』). 당시 초등학생이었던 그들은 "어린이 시민 학교"를 졸업하고 현재는 청소년으로 자랐을 것이다. 그 과정에서 '사랑'이라는 통제하기 어려운 뜨겁고 내밀한 감정 때문에 마음고생했던 날도 꽤 있었을 것이다(『사랑이 훅!』, 창비 2018). 그 시절 이들이 체득하고 배운 '시민성'과 '사랑'의 감각은 과연 청소년이 된 지금의 현실 앞에서도 유효하게 작용할까?

2

『곰의 부탁』 속 주인공들은 이 세계가 '표준'이라고 가정해 온 삶의 형태에서 조금씩 이탈해 있는 존재다. 그들은 이성이 아닌 동성을 사랑하고(「곰의 부탁」), 임신중절을 한 언니가 준 콘돔을 지갑에 넣고 다니며(「12시 5분 전」), 생계를 위해 배달 노동을 하거나(「헬멧」「그 뒤에 인터뷰」), 성별만을 이유로 폭력 범죄의 표적이 되고(「언니네 집」), 다른 피부색 때문에 이방인으로 취급되며(「자물쇠를 채우지 않은 날」), 살기 위해 국경을 넘나드는(「람부탄」) 위태로운 운명의 청소년들이다. 무엇이 문제인가? 누군가를 사랑하는 것, 돈을 벌기 위해 일하는 것, 특정한 성별, 인종, 국적으로 태어나는 것, 여기에는 그 어떤 특별함도 찾아볼 수 없다. 모든 인간은 태어나서 사랑하고 일을 한다. 하지만 왜 유독 그들은 위태로움에 시

어린이』 2017년 겨울호 71~72면.

달려야만 했는가?

이에 답하기에 앞서, 다음 질문을 우회해 보자. 진형민의 아이들은 어떤 자리에 놓여 있는가? 먼저 점검해 볼 장소는 '학교'다. 언젠가 김민령은 진형민이 "학교를 무척이나 이상화하고 있다"는 점에 주목한 적이 있다. 그의 동화에서 학교는 종종 "원칙이 통하고 정의가 승리하는 곳일 뿐 아니라 다양한 구성원이 어울려 긍정적인 해답을 찾아가는 공동체"로서의 배경으로 설정된다.[2] 이는 아마도 "어린이 시민 학교"의 풍경에 관한 묘사일 것이다. 그렇다면 그곳을 졸업한 이후, 각자 새로운 학교로 흩어진 진형민의 청소년들에게도 여전히 학교는 이상화된 공간일까?

글쎄다. 차라리 그 반대가 아닐까? 오히려 그들은 학교 바깥에서만 위로를 얻을 수 있었다. 「곰의 부탁」은 '나'가 친구인 곰 그리고 양과 함께 겨울 바다로 떠나는 이야기다. 곰과 양은 게이 청소년으로 서로를 사랑하고 있다. '나'는 곰과 양에 대해 함부로 숙덕이던 아이들과 달리, 두 사람의 비밀을 공식적으로 공유하는 친구이다. 그런 그들에게 학교는 절망적인 공간이다. 그곳에서 곰과 양은 자신의 존재를 감춰야만 했으므로. "다양한 구성원이 어울려 긍정적인 해답을 찾아가는 공동체"로서의 학교는 이곳에 없었다. 다양성을 가진 구성원을 재단하기 위한 숨 막히는 시선과 응시만이 있었을 뿐. 그들이 되도록 학교로부터 멀리 달아나고 나서야 비로소 위로를 얻을 수 있었던 것은 그 이유에서다.

「자물쇠를 채우지 않은 날」의 지용에게도 학교는 전혀 이상적인 장소가 아니다. 국제결혼 가정 자녀인 지용은 학교에서 소외를 느낀다. 그

---

2 김민령 「리얼리즘 아동문학이 서 있는 자리」, 『창비어린이』 2018년 가을호 29~31면.

것은 단지 몇몇 아이들이 생김새를 이유로 지용을 못살게 굴기 때문만이 아니다. 어느 날 수학 교사가 지용을 향해 "'구구단을 19단까지 외우는 나라' 출신이라 역시 다르다"(147면)는 말을 칭찬이랍시고 공연히 말한 적이 있다. 비록 지용의 출신은 한국이며 외려 "구구단을 19단까지 외우는 나라"에 관해서는 잘 알지 못하지만, 그는 굳이 말을 꺼내지 않는다. 어차피 그들에게 지용은 철저한 이방인이니까. 자신들과 지용을 다른 존재라며 구별 짓는 시점에서, 이미 그들의 의도가 선한지 악한지 여부는 아무런 상관이 없다.

괜찮으냐는 친구 재희의 물음에 지용은 곰곰이 생각한다. "언제부터인가 나는 괜찮지 않았다. 앞으로 더 괜찮지 않을까 봐 날마다 속이 졸아들었다."(162면) 학교는 지용이 그들과 다르다는 것, 그들 사이에 온전히 포함될 수 없다는 것을 나날이 확인시켜 주는 장소에 지나지 않았다. 그런 지용이 위로를 얻는 장소 역시 학교 바깥이다. 지용을 다시 한국으로 데려온 할머니의 장례식장에서 그는, 다르기에 오히려 "우리 좀 잘 맞는 거 같지 않냐"(154면)던 재희의 품에 안겨 눈물을 쏟기 시작한다.

「12시 5분 전」에서 은비와 영찬은 콘돔 때문에 헤어진다. 은비가 지갑에서 콘돔을 흘린 것을 본 영찬이 말도 없이 돌아간 것이 그 이유였다. 영찬의 반응은 여성과 청소년에게 성적으로 정숙하기를 요구하는 우리 사회의 편견에서 영향을 받은 것이기도 했지만, 동시에는 어떤 당혹감 때문이었다. 실은 영찬도 지갑 속에 콘돔을 가지고 있었다. 하지만 영찬은 그것으로 정확히 무엇을 해야 하는지 알지 못했다. 그에게 콘돔은 그저 친구들과 "한바탕 낄낄"(53면)거릴 만한 물건, 그래서 "학생이 콘돔을 왜 그냥 사!"(52면)라고 다그칠 어머니 몰래 숨겨야 할 물건에 불과했다. 하지만 은비의 콘돔은 달랐다. 여기에는 막 임신중절 수술을 마친 사촌언니 수연의 애틋한 당부가 담겨 있었다.

영찬의 친구들이 이를 낄낄대며 가벼운 것으로 여기게 된 것도, 수연이 홀로 모든 책임과 고통을 감내해야 했던 것도, 이는 모두 우리 사회가 청소년의 섹스에 관한 것이라면 일단 감추고 침묵하기를 요구해 온 결과일 테다. 여기서도 학교는 어떤 "긍정적인 해답"을 제공해 주지 못한다. 그보다는 차라리 이태원의 콘돔 자판기에 적힌 글귀 "누구나 안전하게 사랑할 권리가 있습니다"(53면)로부터 그들은 반성과 깨달음을 얻는다.

이 소설집을 통틀어 학교를 이상적인 장소로 여기는 인물은 딱 한 사람이다. 「람부탄」의 세디게. 전쟁을 피해 아프간을 탈출한 세디게는 이란을 거쳐 어렵사리 말레이시아에 도착한 난민이다. 무엇을 좋아하냐는 오미드의 물음에 그는 이렇게 말한다. "나는 학교가 좋아. 아무도 떠나지 않는 학교."(111면) 분명 앞에서 살펴본 학교는 자신의 정체성을 숨겨야 하는 억압의 공간, 자신을 타자화시키는 배제의 공간, 자신의 감정과 욕구에 침묵하기를 요구하는 은폐의 공간과 다름없었다. 그들은 모두 학교를 떠나서야 그 나름의 위로를 얻을 수 있었다. 하지만 세디게의 말은 정반대다. 그는 학교를, 심지어 아무도 떠나지 않는 학교를 원한다.

학교는 누군가에게 억압과 제약의 공간이었다. 그런 학교를 세디게는 어째서 간절하게 바란 것일까? 여성, 무슬림, 난민…… 세디게는 그야말로 자신이 서 있는 세계의 질서에 포함되지 못하는 인물이다. 바꿔 말하자면, 그에게는 억압과 제약의 기회조차 제대로 주어지지 않은 것이다. 조금 이상하게 들리는 말이지만, 자유는 오직 제약 위에서만 발생할 수 있다. 언어가 대표적인 예다. 언어를 통해 자유롭게 의사 표현을 할 수 있기 위해서는 먼저 문법적 제약에 단단히 결속되어야만 한다. 그 이후에야 자신이 가진 언어의 한계와 제약을 차례차례 극복해 가면서 우리는 더 넓은 자유에 가닿을 수 있게 된다.

하지만 세디게, 그리고 세디게와 비슷한 운명을 지닌 아이들에게는 학교라는 최소한의 제도적 제약조차 쉬이 허락되지 않았다. 체류 허가서에 적힌 기간이 만료되는 대로 그들은 생존을 위해 그곳을 떠나야만 했다. 그들의 언어와 목소리가 세계 위로 떠오르지 못한 것은, 단지 그들에게 가해지는 제약 때문만이 아니라, 정확히는 제대로 된 제약조차 주어지지 않은 데서 기인하는 것이었을지도 모른다. 결국 세디게에게도 학교는 이상적인 공간이 아니다. 그가 이상화한 학교의 모습이란 현재의 학교가 아닌 아직 도래하지 않은, 어쩌면 영영 오지 않을지도 모를 세디게의 바람이었던 것이다.

3

"원칙이 통하고 정의가 승리하는 곳일 뿐 아니라 다양한 구성원이 어울려 긍정적인 해답을 찾아가는 공동체"로서의 학교는 그들에게 더는 존재하지 않는 듯하다. 그렇다면 그들의 미래는 전적으로 학교 바깥에 있는 걸까? 이 지점에서 우리는 세디게의 목소리에 조금 더 주목할 필요가 있다. 그는 "아무도 떠나지 않는 학교"라는, 너무도 자명하게 존재하는 것처럼 들리지만 정작 이 세계에 없는 학교의 상을 희구했다. 혹시 이렇게 말해 볼 수는 없을까? 진형민의 인물들은 단순히 학교를 떠나 위로를 구한 것이 아니라고. 어린 시절 체득한 시민성과 사랑의 감각에 근거하여, 학교 바깥에서 그들은 아직 도래하지 않은 새로운 '학교'를,

바꿔 말하자면 "해답을 찾아가는 공동체"를 각자의 방식으로 함께 쌓아올리고 있었던 것이라고.

그들은 왜 이미 존재하는 '학교'를 떠나 자기 손으로 직접 그들만의 공동체를 만들어야 했을까? 조금은 이상한 접근법일지도 모르겠지만, 나는 이 소설에서 보이지 않는 존재에 관해 말하는 것으로 답을 모색해보고 싶다. 『곰의 부탁』에서 진형민의 인물들은 한 가지 공통점을 공유한다. 바로 '아버지'가 없다는 것이다. 그들의 아버지는 이미 죽었거나, 양육의 책임을 지지 않고 부재하거나, 언급되지 않아 존재 여부를 알수 없거나, 또는 등장하더라도 사실상 유명무실한 상태다. 하지만 그 누구도 그런 아버지를 향해 그리움을 표하지 않는다. 차라리 그 반대에 가깝다.

"망할 거면 빨리 망했으면 좋겠어."

인류 종말 얘기인가 했더니, 피자집 얘기였다.

"나도 딴 데 가서 돈 받고 알바 좀 하게."

아버지가 사장이면 좋을 줄 알았는데 아니었나 보다. 하긴 가족끼리는 돈 안 주고 일을 시켜도 어디 가서 신고도 못 한다. 은주는 자기네 가게가 진짜로 금방 망할 것 같다면서 희망이 보인다고 했다. (「헬멧」 84~85면)

여기에는 그리움도 애틋함도 없다. 사실 '나'는 은주네 피자집에서 다시 배달 일을 하고 싶다고 말하려 했다. 배달 대행업체는 분명 벌이 자체는 더 좋았지만, 그날 사정에 따라 수입은 불안정했고, 부당한 일이 벌어져도 자신을 보호해 줄 이는 아무도 없었으며, 무엇보다 위험했다. 비가 오는 날 배달을 하다 사고를 당해도, 명백히 노동하는 중에 발생한

재해임에도 그것은 단지 개인의 불행 정도로 치부되었다. 그래서였다. '나'는 은주네에서 다시 일하고 싶다고, 최저시급만 맞춰 달라고 말할 작정이었다. 하지만 '나'가 말을 꺼내기도 전에, 은주의 아버지는 배달 대행이라는 발상을, 그러니까 그 누구도 책임지지 않아도 되는 이 시스템이 기발하다며 연이어 칭찬했다. 은주는 그런 아버지가 곧 망하리라는 "희망"에 부풀어 있다. '나'는 결국 아무 말도 하지 못한 채 배달 대행업체로 돌아간다.

여기서 우리는 한 가지 사실을 알아챌 수 있다. 실상 은주의 희망은 진즉에 실현되었다는 것이다. 그의 아버지는 이미 망했다. 다만 그것을 아직 서로가 모르고 있을 뿐. 앞의 대화는 '가(부)장'이라는 이름으로 득세했던 그들의 존재가 오늘날의 현실에서 더는 작동하지 않는다는 사실을 가리킨다. 이는 은주의 아버지가 위험한 조건 위에 놓인 '나'의 처지를 파악하려 하기보다는, 오히려 그 무책임한 시스템을 찬탄하는 대목에서 잘 드러난다. "가장의 책임"을 운운하던 그들의 시대는 망했다. 그것이 진형민의 인물들이 공통으로 마주하고 있는 세계의 풍경이다.

물론 아버지가 없다는 그들의 공통점을 새로운 것이라 말하기는 어렵다. 진형민의 소설로부터 15년 전, 김애란 소설의 한 인물은 다음과 같이 말한다. "내겐 아버지가 없다. 하지만 여기 없다는 것뿐이다. 아버지는 계속 뛰고 계신다."3 그 시기에도 이미 아버지는 없는 존재였다. 문제는 "하지만" 뒤에 덧붙인 내용이다. 아버지는 단지 이 자리에 없을 뿐 "계속 뛰고 계신다"는 것. 그 때문에 이따금 마음 위로 떠오르는 그의

---

3 김애란 「달려라, 아비」, 『달려라, 아비』, 창비 2005, 15면.

존재를 잊기란 거의 불가능하다. 비록 우스꽝스러운 형상이기는 하나, 이때의 아버지란 물리적으로는 부재하지만 정신의 차원에서 여전히 배회하는, 그래서 성장하기 위해 어떻게든 극복해야만 하는 존재였다. 하지만 진형민의 인물들에게 아버지라는 존재는 그조차도 되지 못한다. 바꿔 말하자면, 그들은 극복하고 넘어서야 할 지점 자체가 보이지 않는 혼란한 공터 위에 서 있는 셈이다.

그렇다면 다시 처음의 질문으로 돌아와 보자. 왜 유독 진형민의 인물들은 위태로움에 시달려야만 했는가? 이 세계가 그들 소수자에게 가하는 부당한 폭력 때문에? 맞는 말이다. 하지만 그러한 새삼스러운 진단만으로는 충분하지 않은 듯하다. 현재 그들이 겪고 있는 새로운 문제는 바로 '아버지'가 부재한다는 것, 바꿔 말하자면, 맞서 싸우고 극복함으로써 성장의 발판으로 작용할 상징적 대상이 더는 존재하지 않는다는 점에서 일정 부분 기인한다. 마치 학교로부터 제대로 된 제약의 기회조차 얻지 못한 세디게의 상황처럼 말이다. 앞에서 인용한 문구를 빌리자면 이렇게 말할 수 있겠다. 진형민의 인물들에겐 아버지가 없다. 그들은 계속 뛰고 있기는커녕 그 어디에도 없는 존재다.

말하자면 이런 것이다. 많은 청소년소설에서 등장인물이 이른바 자본주의적 체계의 모순을 체감하는 대표적인 계기는 아르바이트의 과정에서다. 조금이라도 더 노동력을 착취하려는 고용주, 그리고 을의 위치에서 핍박을 받는 청소년 노동자 사이의 대립적인 구도. 그 속에서 청소년들은 '청소년'이면서 '노동자'라는 어떤 정체성의 교차로 인해 더욱 다층적인 모순과 좌절을 경험하곤 한다. 하지만 「헬멧」에서 '나'는 사실상 누구에게도 고용되어 있지 않다. 그들은 분명 노동자이지만 동시에 신분상으로는 개인사업자다.[4] 자신을 착취하는 이가 정확히 누구인지,

누구를 향해 저항하고 맞서 싸워야 하는지, '나'는 쉽게 겨냥할 수 없는 상태에 놓여 있다. 그런 '나'가 할 수 있는 일이란 "조용히 헬멧을 눌러"(86면)쓰는 일뿐이다.

성차별적 구조도 마찬가지다. 오랜 시간, 우리는 성차별을 생산하는 기제로 가부장제를 지목해 왔다. 그렇다면 가부장제가 제대로 작동하지 않는 것처럼 보이는 오늘날 이러한 모순은 과연 해소되었는가? 그럴 리가. 이 시대 가부장이라는 존재는 분명 은주의 바람처럼 망한 듯하다. 출산과 임신중절을 여성 홀로 감내하는 상황(「곰의 부탁」 「12시 5분 전」)에서 보듯, 소설 속 남성들에게서는 이제 가부장으로서의 일말의 책임의식 같은 것조차 찾아보기 어렵다. 여전히 지속되고 있는 여성에 대한 차별적·폭력적 구조는 아무래도 전통적인 가부장의 얼굴과는 달라 보인다.

하지만 상황은 조금도 나아지지 않았다. 어쩌면 더 악화되었을지도 모른다. 「언니네 집」에서의 언니가 당한 사건에서 나타나는 것처럼 "자기가 함부로 할 수 있는 사람"(132면)들을 향한 젠더 폭력의 정도는 일면 더욱 잔혹해지고 교묘해졌기 때문이다. 이때 '나'는 누구를 향해 싸워야 하나? 남성 일반으로 그 적을 확장하면 될까? 가능한 답지 가운데 하나가 될 수는 있을 테지만, 적의 범주가 확대되고 추상화될수록 구체적으로 싸우고 저항하는 일은 아울러 힘들어진다.

---

4 참고로 2019년 8월 주로 음식을 배달하는 서울 지역 배달원 300명을 대상으로 조사한 '음식배달 노동자 실태 조사'에 따르면, 개인사업자 자격으로 대행업체와 계약한 배달원은 64.0%, 근로자 자격으로 근로계약을 맺은 배달원은 33.3%로 전자의 비율이 훨씬 높은 것으로 나타났다. 이영재 「음식배달 라이더, 1건당 3천 원 벌어 대행업체에 300원 낸다」, 『연합뉴스』 2019년 11월 26일자.

극복하고 대항해야 할 상징적 대상을 스스로가 찾아내어 구체화해야 하는 시대의 청소년들. 진형민은 이 세계의 소외된 청소년들의 형상을 그리는 동시에, 저항과 성장의 내러티브조차 온전히 손에 쥐기 어려운 그들의 고립감과 곤란함을 함께 비춘다. 그들이 기존의 학교를 거점으로 "해답을 찾아가는 공동체"를 만들고자 하기보다, 오히려 학교 바깥에서 이를 새롭게 모색하고자 한 이유도 바로 여기에 있지 않을까?

4

「곰의 부탁」에는 '모데나의 연인'에 관한 인상적인 삽화가 등장한다. 이탈리아 모데나 지역에서 손을 잡은 모습으로 죽은 두 사람의 오래된 뼈가 발견된다. 사람들은 그들을 '모데나의 연인'이라 불렀다. 어느 날 검사 결과 뼈의 주인이 둘 다 남자라는 사실이 밝혀지자 사람들은 돌연 말을 바꾸기 시작했다. "두 사람은 형제라고, 사촌이라고, 전쟁 때 같이 싸우다 죽은 전사들이라고."(26면)

그런 사람들이 있다. 자신이 알고 있는 방식 이외의 삶이 의식의 지평 속에 존재하지 않는 사람들. 더 나아가, 그런 자신의 편견에 기초하여 타인의 삶을 함부로 재단하려는 사람들. 그리고 한편에서는, 그러한 지평 위에 세워진 거푸집을 벗어나 미지의 세계로 향하는 이들이 있다. 이렇게 말하면 낭만적으로 들리지만 그들의 삶의 여정은 그 어느 때보다 위태롭기만 하다. 그들에게 주어진 암울한 현실과 슬픔 속에서도 우리가 희망을 품을 수 있는 것은, 서로의 곁을 함께하는 이들이 든든히 자리하기 때문일 테다.

거창한 일을 하는 것은 아니다. 옆에 있어 주는 것, 이야기를 들어 주는 것, 함께 울어 주는 것, 그것만이 서로를 위해 해 줄 수 있는 전부다. 하지만 바로 이 지점에서 소설은 변화의 가능성을 탐색하는 듯하다. 서로 다른 이들이 모여 각자의 슬픔을 공유하며 공통의 지반을 만들어 가는 것, 그렇게 점점 서로의 곁을 넓혀 가는 것. 아마도 "해답을 찾아가는 공동체"는 오직 그 과정에서 우리 앞에 나타나게 될 것이다.

'정상성'이라는 덫으로부터

문경민 『훌훌』

1

문경민의 『훌훌』(문학동네 2022)은 집을 떠나 모든 과거를 '훌훌' 털어내고 싶은 고등학생 '유리'의 이야기이다. 여기까지만 들었을 때 유리의 시도가 실패하리라는 것을 예측하기란 어렵지 않다. 문학은 자기 자신을 포함한 모든 것을 배반하려는 시도 같은 것이며, 이것은 거의 공식에 가깝다. 그럼에도 우리가 애써 유리의 이야기를 좇는 이유는, 그 실패 속에서 마주하게 될 어떤 뜻밖의 진실을 기대하기 때문일 것이다.

잠깐 '집'에 관해 이야기해 보자. "집만 한 곳 없네"(There's no place like home). 이것은 『오즈의 마법사』의 끝에서 도로시가 외운 주문으로, 적지 않은 수의 성장담 줄거리를 축약한 문장이기도 하다. 미숙했던 주인공들은 집으로 대표되는 일상의 터전과 울타리를 넘어 자신의 욕망을 실현하려 노력한다. 하지만 실제로 부딪혀 본 세상은 상상했던 것과 전혀 달랐고, 방황 끝에 집으로 돌아온 그들은 '집만 한 곳 없네'라는 깨달음을 얻으며 그렇게 이야기는 종료된다. 다소 시시하게 들리는 결말이다. 그 고생 끝에 얻은 교훈이 겨우 '집만 한 곳 없네'라니? 하지만 우리는, 앎이란 늘 뒤늦게 온다는 사실을 기억해 둘 필요가 있다. 머리로 아는 것만으로는 충분치 않다. 예컨대 책으로 자전거를 타는 방법을 공부했더라도 여러 차례 넘어지고 휘청거리는 경험을 직접 몸으로 반복하지 않고서는 결코 자전거를 이해할 수 없는 것처럼, 이들은 집을 떠나 미지의 세계를 한참 헤맨 이후에야 몸소 자신의 토대이자 뿌리이기도 한 집의 소중함을 재발견하게 되는 것이다. 보통 이 순간을 우리는 '성장'이라 부른다.

『홀홀』에서 유리의 성장도 어느 정도는 '집만 한 곳 없네'라는 사실을 깨닫는 여정으로 요약할 수 있다. 정확히 말하자면 '가족만 한 것 없네'일 것이다. 알 수 없는 이유로 입양과 버려짐을 겪어야 했던 유리에게 최초 가족은 "싹둑 끊어 내고" 싶은 "징글징글한 과거"(32면)에 불과했지만, 소설의 끝에서 유리는 오히려 과거에 더 단단히 뿌리내림으로써, 가족과 새롭게 관계를 맺는 과정으로부터 성장을 이루기 때문이다. 하지만 한 가지 차이가 있다. 제목과 달리 유리는 집과 가족 그 무엇으로부터도 홀홀 떠나 본 적이 없다는 점이다. 유리는 어떻게 집을 떠나지 않고서도 집만 한 곳이 없다는 깨달음을 얻을 수 있었을까?

2

발단은 어머니 서정희의 죽음이었다. 갑작스레 어머니의 비보를 전해 들은 유리의 마음에는 묘하게도 슬픔보다는 "어정쩡한 감정"(13면)이 찾아든다. 그도 그럴 것이 서정희는 유리에게 그 존재 자체가 "어정쩡한" 양가적 인물이었다. 유리는 건조한 문장으로 서정희와 자기 사이의 관계를 묘사한다. "나를 입양했던 사람이었다. 나를 버린 사람이었다. 함께 살았던 시간은 3년이 전부였다."(같은 곳) 여덟 살 이후 유리는 줄곧 할아버지와만 살았다. 이렇듯 서정희는 지금의 유리를 있게 한 인물이면서, 동시에 알 수 없는 이유로 유리를 떠나 그의 유년에 메울 수 없는 커다란 구멍을 남기고 사라진 자였다. 공백과도 같은 자신의 지난 시간을 이해해 보고 싶어도 유리에게는 더 이상 이를 물을 수 있는 어머니가 세상에 존재하지 않는다.

지금껏 자신이 입양아라는 사실을 유리가 그 누구에게도 말하지 못한 것은 그 때문일지도 모른다. 언젠가 그는 "입양 사실에 관해 설명해야 하는 순간이 되면 목구멍이 좁아지면서 말이 나오지 않았"(19~20면)고, 그때마다 "알 수 없는 수치심"(20면)이 일었다고 말했다. 가족에 관한 질문에 유리가 표면적으로 어떤 대답을 했든, 유리의 내면에서 치솟은 수치심이야말로 그의 가장 진실한 응답이었을 것이다. 무엇이 수치스러웠을까? 누군가는 겨우 가족의 형태를 묻는 일에 과민 반응 하는 것 아니냐고 생각할지도 모르겠다. 하지만 우리가 유리의 진심을 그가 표면적으로 내뱉은 문장이 아닌 내면에서 발견할 수 있었던 것처럼, 이 질문의 핵심도 결국 말해지지 않은 배면에 자리한다.

이를테면 '정상성'(normality) 같은 것이 있다. 사회가 의식적 또는 무의식적으로 공유하는 어떤 가상적인 표준의 상과 규범 등을 이르는 말일 텐데, 이는 우리가 무심코 건네는 질문 아래에도 교묘한 형태로 숨어 있다. 가령, 우리가 가족에 관해 물을 때, 많은 경우 여기서 가족이란 이른바 '정상 가족'이라 불리는, 더 자세히는 친족 형태의 부모와 자녀 관계로 이루어진 가족 모델을 암묵적으로 전제한다. '정상 가족' 모델의 형태로부터 멀리 벗어나 있는 사람일수록 상대를 이해시키기 위해서는 더 큰 노력이 요구되기 마련이다. 그러므로 가족에 관해 묻는다는 것은 단지 가족의 형태나 구성원을 궁금해하는 것 이상의 추궁이기도 하다. 이 물음은 다음과 같이 바꿔 쓸 수 있겠다: 당신은 '정상'에 속합니까?

이는 유리에게도 마찬가지였다. 그는 가족이라는 자신의 존재적 바탕을 타인이 납득할 수 있을 만한 형태로 바꿔 대답해야 했다. 구성상 정상 가족 모델이 아니라면 — "너는 내가 가슴으로 낳은 아이"(19면)라는 서정희의 표현처럼 — 혈연을 초월하는 사랑이나 숭고함이 그 자리를 대신할 것을 쉬이 기대받곤 한다. 하지만 타인을 이해시키기에 앞서 유리는 이를 자신에게조차 답할 수 없는 상태였다. 정작 유리는 서정희에게 사랑을 느낀 적이 없었고, 어떻게, 왜 자신이 이 가족을 만나게 되었는지 그 무엇도 이해할 수 없었기 때문이다. 다른 것도 아닌 자기 존재에 관해 말할 수 없다는 것, 자신을 포함한 누구에게도 이를 이해받을 수 없으리라는 것, 유리의 수치심은 바로 이곳에서 기인한다.

이것이 유리가 자신의 모든 과거와 홀홀 단절하고 싶었던 이유다. 역설적으로 보이지만, 유리가 자기 존재의 기반에 해당하는 가족을 삶에서 제거하고 싶었던 것은 무엇보다 더는 자기 존재에 관해 침묵하고 싶지 않았기 때문이었을 테다. 물론 만만치 않은 계획이다. 과거를, 다시 말해서 현재의 나를 떠받치는 지층을 생략한 채 미래로의 도움닫기를 한다는 것은 몹시 어려운 일이기 때문이다. 정상성의 덫은 여간 촘촘한 것이 아니어서 유리는 오히려 또 다른 침묵의 수렁으로 빠지게 될지도 모른다. 하지만 유리가 처한 이 딜레마는 앞에서 쓴 것처럼 서정희의 죽음을 계기로, 즉 유리 스스로가 잘라 내고 싶었던 과거의 커다란 한 축이 완전히 사라지게 되면서부터 전혀 다른 국면으로 접어든다. 이로써 서정희의 또 다른 자녀 '연우'를 만날 수 있었기 때문이다.

서정희의 친자인 연우를 돌보기 시작하면서 유리의 계획은 점차 어긋나기 시작한다. 그동안 유리의 시선은 ─ 과거를 훌훌 털어 버린 ─ 미래에 있었다. 하지만 더는 그럴 수 없었다. 고등학생 신분으로 학업을 병행하면서 이전까지 대화조차 나눈 적 없던 초등학교 4학년 동생을 갑자기 책임지게 된 유리에게 저 먼 미래를 바라볼 여력 같은 것이 있을 리는 만무했기 때문이다. "연우 한 명 왔을 뿐인데 지진이 난 것 같았다"(82면)는 유리의 독백에서 보듯, 연우와의 만남은 유리의 삶 전반을 뒤흔든 사건이었다. 유리의 시선이 집을 떠나 있을 때, 그의 삶은 오히려 평온했다. 하지만 그의 신경이 온통 연우, 할아버지, 친구들, 그리고 죽은 서정희에게 집중되었을 때, 유리의 일상은 요동치기 시작한다.

유리가 집을 떠나지 않고도 '집만 한 곳이 없다'는 교훈을 얻을 수 있었던 것은 그 때문이었다. 많은 고전적 성장담에서 주인공은 세계의 비밀을 찾기 위해 집 바깥으로 나섰지만, 유리의 눈에는 집 바깥의 세상과 아직 다가오지 않은 미래야말로 예측할 수 있는 편안한 세계처럼 보인다 ─ 정상성의 규준으로 가득한 뻔한 세계. 반면 늘 유리 가까이 있던 집과 가족이 도리어 그에게는 미지의 영역이었기에, 유리의 모험은 기존의 모험담과는 정반대의 방향으로 나아가야 했다. 유리는 연우를 돌보던 중 그가 오랜 시간 서정희로부터 정서적·물리적으로 학대받아 왔다는 사실을 알게 된다. 유리는 아주 먼 거리에서 방임과 버려짐으로, 연우는 아주 밀접한 거리에서 가해진 폭력으로 씻을 수 없는 상처를 입어 왔던 것이다. 그런 의미에서 두 남매는 서로의 거울상이었다.

학대로 인해 몸과 마음 모두가 불안정한 상태인 연우를 이런 상황에서 돌본다는 것은 유리에게 분명 여의찮은 일이었으나, 유리의 상처는 그런 연우와 함께 울고 웃는 과정에서 점차 회복된다. 연우를 돌본다는 것은 새로운 가족을 받아들인다는 의미이면서 동시에 거울에 비친, 바꿔 말하자면 동일한 아픔을 공유하는 또 다른 '나'의 상처를 보듬는 것이기도 한 까닭에서다. 소설의 끝에서, 유리는 자신과 비슷한 처지를 공유하는 친구 세윤으로 인해 자신이 입양되기까지의 전모를 알게 된다. 서정희는 명백한 아동학대자다. 하지만 그가 불행한 사고로 혼자가 된 서로를 가족으로 맞아들이려 결심하기까지의 심정을 헤아리던 유리는, 급기야 "서정희 씨가 고마웠다. 없던 과거일 필요는 없었다"(249면)라고 고백한다. 이처럼 유리가 지금의 가족을 문득 새롭게 발견하고 더 단단한 인물로 거듭나게 된 배경에는, "없던 과거"로 남겨 두고 싶었던 자신의 상처를 응시하고 이를 이해하려는 노력이 자리했다.

자신이 떨쳐 내고자 했던 집, 가족, 과거의 시간이 어떤 형태로 서로에게 기대어 왔는지, 그리고 어떻게 지금의 우리를 형성해 왔는지를 몸으로 깨달았을 때, 유리는 한 단계 성장한다. 물론 유리는 세윤이 전해 준 방송을 보기 전부터 이를 알았을 것이다. 곁에 있는 이들과 함께 진실을 찾는 과정에서, 서로의 지난 시간 아래 가려진 상처를 확인하면서, 그렇게 함께 채워 가야 할 지점을 발견하고 끌어안는 관계 속에서, 유리는 이미 새로운 형태의 가족을 이루어 가고 있었다. 집만 한 곳 없네 — 마침내 유리는 집으로 돌아왔다.

3

이대로 마무리되었다면 좋았을 테지만, 한 가지 짚고 넘어갈 점이 있다. 이것은 진정 행복한 결말일까? 가족 형태를 둘러싼 어떤 정상성의 압력 앞에서 자신의 과거와 화해하고 지금의 가족을 새롭게 재발견하기까지 유리가 거쳐 온 이 힘겨운 여정은 분명 감동적이다. 다만 이 소설이 세계 내 안정을 호출하는 방식은 미심쩍다. 가족에 눈길을 두지 않았던 유리가 결국 어린이와 노인에 대한 돌봄의 역할을 기꺼이 떠맡았을 때, 다시 말해서 우리 사회가 여성에게 기대하는 성역할을 여성 청소년 주인공이 자임했을 때 비로소 안정이 찾아드는 이 상황을 우리는 어떻게 바라봐야 할까? 서정희가 이해받을 수 있었던 것도 그의 —비록 아주 왜곡된 형태이기는 하나— '모성'이 확인되는 순간에서 비롯되었다는 것을 떠올려 본다면 이는 소설 전체를 관통하는 하나의 무의식일지도 모른다. 이 소설의 결말을 다음과 같이 독해한다면 과한 처사일까? 서정희가 실패한 '어머니의 역할'을 청소년인 유리가 대신 떠안음으로써 소설 속 세계는 마침내 봉합에 이른다고 말이다.

하나의 정상성(정상 가족)이 만들어 낸 모순을 또 다른 정상성(성역할)으로 해소하려 할 때, 우리는 여전히 정상성의 덫에 빠져 있는 셈이다. 그러므로 희망에 찬 얼굴로 "잘됐을 거야. 아주아주 잘됐을 거야"(251면)라고 말하는 유리에게 우리는 소설에 없는 당부를 덧붙일 필요가 있다. 지금이야말로 정상성이라는 집으로부터 훌훌 벗어날 때라고.

곁에 있다는 것, 곁을 만들어 간다는 것

김중미 『곁에 있다는 것』

　오늘날 '곁에 있다는 것'은 어떤 의미일까? 언젠가 대학의 한 강의에서 '학벌주의'를 주제로 학생 간 토론을 진행한 적이 있다. 초반에는 제법 열띤 토론이 오갔다. 하지만 미리 준비한 말이 모두 소진되자 학벌주의 반대를 표방했던 학생들의 말은 점차 줄기 시작했고 토론의 무게추는 한쪽으로 급히 기울었다. 보아하니 토론의 구색을 갖추려고 형식상의 반대 의견을 준비했던 것이었다. 그 자리의 학생 다수는 수능성적을 필두로 대학을 서열화하고 그에 따라 기회나 사회적 자원을 차등적으로 배분하는 일이 마치 당연하다는 듯한 반응을 보였다. 이유는 간단하다. 시험을 잘 봤으니까. 그만큼 노력한 거니까. 교육 기회의 불평등부터 채용 시의 차별 문제까지 사안을 다른 각도에서 생각해 볼 수 있도록 여러 질문을 던졌다. 학생들은 학벌주의의 문제점을 모르지 않았다. 다만 시험 이외에 '공정'을 담보하는 방안들에 심정적으로 공감할 수 없을 뿐이었다. 마침 그 학생들은 2016년에서 2017년까지 이어진 촛불의 현장에 청소년으로서 참여한 경험을 공유했다. 김중미의『곁에 있다는 것』(창비 2021)의 주인공 지우, 강, 여울처럼.

소설『곁에 있다는 것』은 인천 '은강동'에서 자란 세 명의 청소년 지우, 강, 여울의 이야기를 담고 있다. 은강은 김중미의 전작『괭이부리말 아이들』의 배경이기도 했던 동인천과 만석 일대를 배경으로 삼는 가상의 지명으로, 그 명칭은 잘 알려져 있다시피 조세희의『난장이가 쏘아올린 작은 공』(1978)으로부터 빌린 것이다. 두 작품 사이에는 무려 40여 년의 시차가 존재한다. 적지 않은 시간이 흘렀으나 작가는 은강이라는 지명을 통해 분명하게 말하고 있었다. 우리는 여전히 그 시절 "난장이가 쏘아올린 작은 공"을 충분히 받아안지 못했다고, 그러므로 우리는 여전히 은강에 관해 그리고 그 안에서의 삶과 죽음에 관해 더 이야기할 필요가 있다고 말이다.

고3이 된 지우, 강, 여울은 어려서부터 함께 지내 온 '배꼽 친구'로 그들의 처지는 조금씩 다르다. 지우의 꿈은 소설을 쓰는 것이다. 은강방직 해고 노동자로 일생을 투쟁해 온 이모할머니와 시민운동가인 부모 곁에서 자란 지우는, 자신이 보고 들은 '가난의 생태계'를 틈틈이 기록했다. "가난은 낮은 데로 고여"(226면)라는 지우의 말처럼 은강에는 이미 가난한 자들뿐 아니라 새로운 얼굴을 한 가난들이 날마다 흘러들었다. 독거노인, 발달장애인, 국제가정, 이주노동자, 보호 종료 아동 등등 이들은 모두 지우의 빌라에 거주하는 이웃이기도 하다. 조명되지 않는 이들의 삶에 목소리와 서사를 부여하기 위해서, 지우는 소설을 쓴다.

외할머니와 단둘이 살고 있는 강이는 쉴 새 없이 일한다. 왕래조차 없는 외삼촌의 존재를 이유로 기초생활수급권이 박탈되었기 때문이다.

살기 위해 치킨을 튀기지만 강이의 속은 늘 헛헛하다. 강이의 마음에는 깊게 팬 자리가 하나 있다. '조손 가정'이니 '결손 가정'이니, 어려서부터 오래도록 강이의 마음 안팎을 괴롭혀 온 결핍과 상실의 깊이만큼, 딱 그만큼의 우물이 하나 있다. 하나 도무지 메울 수 없으리라 생각했던 강이의 마음의 우물에도 변화의 조짐이 일어난다. 이는 강이가 "나보다 가난한 아이들을 돕고 싶다"던 어머니의 "소박한 꿈"(174면)을 잇겠다는 꿈을 새롭게 꾸면서부터다.

여울이의 꿈은 겉보기에는 특별하지 않다. "단지 평범한 사람, 딱 중간쯤으로 사는 게 목표다."(231면) 은강동을 벗어나 평범하게 살기 위해 여울이는 끊임없이 공부한다. 하지만 겨우 한 차례 전교 1등에서 2등으로 내려앉았을 뿐인데 여울이보다 주위에서 더 난리인 것을 보면 여울이가 기울이는 노력은 결코 평범하지도, 딱 중간쯤도 아니다. 도대체 평범하다는 것은 무엇일까? 가난은 일면 절대적인 것이다. 그래서 강이네처럼 서류를 통해 충분히 증명하지 못한 가난은 가난으로 인정조차 받을 수 없다. 하지만 가난은 상대적인 것이기도 하다. 모든 가난은 낮은 데로 고이므로, 자신이 바라보는 곳과 서 있는 곳 사이의 낙차만큼 우리는 가난을 '느낀다'. 여울이가 자신의 아파트 이름을 가난의 징표로 여기고 부끄러워한 것은 그 때문이다.

그러므로 은강이라는 가난의 토양만으로는 그들의 연대를 온전히 설명할 수 없다. 생활고에 시달리는 강이네조차 보육원에서 자란 정민의 눈에는 자신의 처지를 이해할 수 없는 "가정집 애"(125면)에 불과했듯이, 가난은 오히려 서로를 상대화한다. 결국 중요한 것은 단지 공통의 조건을 공유하는 것을 넘어, 공동의 목표를 창출하는 데에 있다. 소설의 마지막은 '우리의 이야기'다. 이들은 은강동 주민들의 가난한 삶을 '관광 자원화'하겠다는 구청의 행정을 저지하기 위해 힘을 합친다. 가난한 사람들의 터전을 허물고 파괴함으로써 '가난한 사람들의 생태계'를 무너뜨렸던 이들은, 이제 그들의 삶을 '체험'의 일부로 오락화함으로써 망가뜨리려 한다. 이러한 폭력에 맞서 자신들의 존엄과 생태계를 지켜내겠다는 공동의 의지, 그것이 서로 다른 꿈을 꾸던 주인공들이 한자리에 모여 '우리의 이야기'를 말할 수 있도록 만든 원동력이었다.

은강 주민과의 연대를 통해 '쪽방 체험관'을 막아 낸 이들은 소설의 끝에서, 수많은 곁이 모여 촛불을 밝히던 광화문으로 향한다. '곁에 있다는 것'은 바로 이런 것이 아닐까? 은강을 지금 이곳에 호출한 김중미는 한동안 우리에게 잊혔던, 하지만 그간 조금도 해소되지 않았던 질문을 새삼 던지고 있다. 가난이란 무엇인가? 더 나아가 가난의 상대화를 넘어서, 진정으로 서로의 곁에 있다는 것은 어떤 의미이며, 우리는 어떻게 공동의 곁을 만들어 낼 수 있는가? 그의 질문이 웅숭깊은 것은 오랜 시간 여러 세대를 거쳐 이어지는 가난한 이들의 애틋한 삶의 증언들을 차곡차곡 담고 있는 까닭이다.

지금쯤 지우, 강, 여울은 20대 중반에 가까워졌을 것이다. 다시, 서두에서 언급했던 학생들의 모습을 떠올린다. 이들은 아마도 특히 여울이의 모습과 많이 닮아 있을 것이다. '공정'을 말하는 이들의 생각을 향해 어른들은 이기주의니 경쟁주의니 하는 말로 쉽게 꾸짖는다. 하지만 정말 그럴까? 세월호 참사의 진상 규명을 촉구하는 현장에도, 대통령 탄핵을 요구하며 더 나은 사회를 요구했던 그곳에도 그들은 지우, 강, 여울의 모습으로 자리했다. 지금은 어떨까? 혹시 공정이 지금의 젊은 세대를 대표하는 말처럼 떠오른 이유는, 오히려 우리 사회가 새롭게 '곁'

을 창안하는 것에 실패하고 있다는 방증은 아닐까? 우리가 '곁에 있다는 것'의 의미를 새롭게 물어야 하는 이유도 바로 여기에 있다.

진실을 듣고 답하기 위해서

이금이 『거기, 내가 가면 안 돼요?』

2004년에 최초로 구상되었던 이금이 작가의 『거기, 내가 가면 안 돼요?』(1·2권, 사계절 2016)가 세상에 나오기까지는 장장 12년의 세월이 필요했다. 이 소설은 아동문학가 이금이의 첫 '역사 장편소설'이다. 청소년소설로는 『유진과 유진』(푸른책들 2004; 개정판 밤티 2020)을 기점으로 꾸준한 작업을 펼쳐 왔던 작가는 돌연 역사소설을 집필했다. 이금이는 오늘날 청소년들이 읽기에 '버겁지 않은' 그들을 위한 작품이 필요하다는 생각에 청소년소설을 쓰기 시작했다고 밝힌 적이 있다.[1] 그가 첫 '역사소설'을 쓰게 된 이유 또한 크게 다르지 않을 것이다. 아마도 작가는 청

---

1 "초등학교 다닐 때 동화책을 읽었는데 중학생이 되니까 세계문학 전집을 읽어야 하는 거예요. 사실 세계문학 전집이 중학생이 읽기엔 조금 버겁잖아요. (…) 어느 날 중학생 아들의 숙제를 보니 1920~30년대 한국 근대소설을 읽어 오라는 거예요. 30년이 지났는데도 이렇구나 싶어서 청소년소설을 써야겠다는 생각을 했어요." 송수연 「그 작품 그 작가 (3): 『유진과 유진』의 작가 이금이를 만나다」, 『창비어린이』 2013년 봄호 144면.

소년들이 읽기 버겁지 않으면서도 그들의 눈높이를 고려한 역사소설이 필요하다는 고민에서 집필을 시작했으리라.

실제로 『거기, 내가 가면 안 돼요?』는 기존 청소년소설의 문법과 불화하지 않으면서, 동시에 일제강점기와 해방정국 시기를 한반도에 국한하지 않고 일본·중국·소련·미국 등을 경유하며 당대의 역사를 비교적 꼼꼼하게 훑는다. 『거기, 내가 가면 안 돼요?』의 또 다른 특징을 꼽자면 지금까지의 많은 역사소설이 부차시하거나 간과했던 '연애'를 서사의 핵심적 동인으로 설정했다는 점이다. 작품은 청소년 역사소설로서는 보기 드물게 연애를 전면화하는 성취를 거둔다. 한편, 주인공이 태어나는 시기가 이른바 "연애의 시대"로 지목된다는 점을 고려한다면,[2] 이는 공교롭게도 시대적 고증까지 반영하게 된 셈이겠다.

작품은 크게, 주인공 김수남과 윤채령이 겪은 1920년부터 1954년까지의 체험과 여정에 주목한다. 수남은 하인이다. 친일파인 윤형만 자작은 딸 채령의 '생일선물'로 논 서 마지기를 주고 수남을 사서 '가회동 저택'으로 데려온다. 비슷한 나이, 비슷한 외모, 하지만 상반된 신분의 두 여성을 축으로 소설은 전개된다. 『거기, 내가 가면 안 돼요?』의 가장 결정적인 국면은 수남과 채령이 각자 다른 '이름'으로 살게 되면서부터다. 감옥에 갈 위기에 처한 채령을 대신해서 수남은 채령으로 분하여 '황군여자위문대'로 보내지고, 채령은 사토 히카리라는 죽은 이의 신분을 취한 뒤 미국으로 떠난다. 두 여성의 일대기를 통해 작품은 한국의 근대사뿐만 아니라, 오늘날까지 이어지는 어떤 진실의 단면을 돌아보게끔 만든다.

---

2 권보드래 『연애의 시대: 1920년대 초반의 문화와 유행』, 현실문화연구 2003 참조.

한편, '일제강점기' '해방정국' '일본·중국·소련·미국'…… 혹자는 서두에 잠깐 언급된 이 키워드에서 당혹감을 느꼈을지도 모르겠다. 기존의 '본격 역사소설'에서조차 쉽사리 담아내기 어려울 만한 저 방대한 스케일의 시공간적 배경을 과연 『거기, 내가 가면 안 돼요?』는 어떻게 소화해 냈을까? 곧바로 소설 속으로 들어가 보자.

출발은 2015년이다. 계기가 된 사건은 '나'가 광복 70주년 특집으로 편성된 다큐멘터리 〈자작의 딸〉을 제작하면서부터다. '나'는 다큐멘터리에, 조선총독부로부터 귀족 작위를 받은 친일파 윤형만의 딸, 윤채령 박사의 일대기를 담는다. 윤채령 박사는 촬영이 끝난 지 얼마 지나지 않아 숨을 거둔다. 마치 더 이상 기록할 것이 없다고 말하듯. 다큐멘터리 〈자작의 딸〉은 호평을 얻는다. 이후 어느 날 한 병실의 노인이 '나'를 찾는다. 처음 만난 자리에서 노인은 '나'에게 말한다. "내가 그 자작의 딸이외다."(1권, 16면) 어찌 된 일일까? 수남과 채령의 본격적인 이야기는 바로 여기서 시작된다. 「프롤로그」가 끝나고, 소설은 1920년 식민지 조선으로 그 무대를 옮긴다.

작품을 관통하는 문장을 하나 꼽자면, 소설의 제목이 가리키듯, 아마 "거기, 내가 가면 안 돼요?"일 테다. 기실 '가회동 저택'으로 갔어야 할 아이는 수남이 아니었다. 다만, 원래 가기로 한 아이가 떠나기 싫다며 울고 버티는 것을 옆에서 본 수남이 이렇게 물었을 뿐이다. "거기, 내가 가면 안 돼요?"(1권, 62면) 수남의 저 당돌한 물음은 그에게 일생일대의 전환을 가져온다. 수남은 형만의 손에 이끌려 충청도에서 경성으로 이동한다. 그렇게 도착한 '가회동 저택'은 교토, 만주, 하얼빈, 시베리아, 뉴욕 등을 횡단하게 될 수남의 앞으로의 여정에서 출발점으로 자리매김한다.

작품은 수남이 도달한 각 공간마다의 근대사적 맥락을 등장인물의 서사 속에 자연스럽게 녹여 낸다. 당시의 금광 열풍(작가는 최창학, 방응모가 "노다지"를 발견하여 거부가 되었다는 세세한 일화까지 조망한다)이나, 일본 내 조선인 유학생의 독립운동, 만주국에 설치되었던 위안소, 미국의 조선 광복 후원회, 충칭의 대한민국 임시정부와 광복군 등등 수남은 가는 곳마다 크고 작은 근대사적 사건에 직간접적으로 개입된다. 앞서『거기, 내가 가면 안 돼요?』가 역사소설로서 방대한 규모의 시공간을 다룬다는 점을 특기한 바 있다. 그 비결을 조심스럽게 말하자면 이것일지도 모르겠다. 이는 주인공인 수남·채령이 사건에 깊숙하게 개입하기보다, 어느 정도는 그들이 중도에 도피하거나 주변을 거쳐 가는 데서 그쳤기에 가능했던 것이 아닐까?

가령, 수남은 위안소에서 도망치며, 광복군에 기여한 바란 조선 광복 후원회로부터 후원자금을 전달한 정도고, 심지어 한국전쟁이 한창인 중에도 수남은 서울에서 마치 전쟁과 무관하다는 듯 "굶어 죽지 않을 만큼만 벌며 되는 대로 살"아간다(2권, 276면). 이처럼 수남은 비록 한국 근대사의 굵직한 순간순간과 직면하되, 중심에서 이를 통과했다기보다 대개는 (심지어 그가 겪는 비극마저도) 주변부를 경유하는 양상이었다. 결론적으로『거기, 내가 가면 안 돼요?』가 일제강점기와 해방정국이라는 문제적인 시간과, 한반도를 넘어 대륙을 넘나드는 공간을 담아낼 수 있었던 것은, 사건·역사를 주도하기보다는 단지 그것에 휩쓸려 온 등장인물의 일대기를 그렸기 때문이다.

그렇다면『거기, 내가 가면 안 돼요?』는 역사소설로서 미달작이라 불러야 하는 걸까? 적어도 나는 그렇게 생각하지 않는다. 또한 이 문제가 비단 청소년 독자를 고려하여 작가가 눈높이를 조절한 데서 비롯된 것이라 생각하지도 않는다. 소설을 끝까지 읽은 후, 독자로서 어떤 저릿한 감정이 일었으나 한동안 그 이유를 알기 어려웠던 기억이 떠오른다. 돌이켜 보건대, 이것은 아마도 이 소설이 수남의 진술을 토대로, 즉 그의 기억의 힘을 바탕으로 구성되었다는 점에서 기인하는 듯했다.

「프롤로그」에서 수남은 "내 이야기를 들을 준비가 되었소?"(1권, 21면)라고 묻는다. 이후 서사가 진행되고, 페이지가 넘어갈 수 있었던 이유란 소설 속 청자인 '나'와 더불어 독자인 내가 이에 동의했기 때문이다. 소설에서 핵심적인 대목이라 보기 어려운 「프롤로그」를 굳이 앞서 소개한 것은 바로 그 까닭에서다. 『거기, 내가 가면 안 돼요?』는 비록 전지적 시점으로 각 장을 서술하고 있으나, 구성상 이 모든 서사는 2015년의 수남이 풀어낸 1920년부터 1954년 사이의 기억과 진술에 근거하여 (아마도 소설 속 청자인 '나'에 의해서) 재구성된 것이다. 오늘날의 우리는 한국 근현대사가 보여 온 행보들을 사료, 저서, 풍문 등을 통해 어렴풋하게나마 알고 있다. 우리는 우리가 현재 서 있는 위치, 그리고 수남이 선 위치와 그가 증언하는 시대라는 맥락을 교차적으로 읽어야 한다.

가령, 수남은 한국전쟁 당시 서울에 있었다. 우리는 실제 한국의 역사에서 서울이 수복된 후 단지 그곳에 있었다는 이유로 서울에서만 1만 명이 넘는 이가 부역죄로 수감되었다는 사실, 또한 그 부역자로 몰린 이들이 어떻게 다루어졌는지 등을 익히 알고 있다. 수남은 어땠을까? 일제강점기 당시 수남의 궤적은 역사적 사건의 주변부만을 맴돌았으며, 한국전쟁 때 그는 서울에 쭉 머물렀음에도 불구하고 전쟁에 관한 직접적인 경험을 기술하지 않는다. 다만, "동족끼리 총을 쏘아 댔다. 포탄이 우박처럼 쏟아지고, 건물이 무너져 내리고, 그 자리에 불길이 치솟았다"(2권, 276면)고 말한다. 마치 관찰자처럼. 그는 전쟁에서 자신을 철저히 분리하여 거리를 둔다.

수남이 구십이 넘도록 이토록 한국에서 '조용히' 살 수 있었던 건, 그가 역사의 국면에서 늘 주변에 머물렀기 때문에, 아니 더 정확하게는 자신의 삶을 늘 주변적인 것으로 서사화했기 때문에 가능했던 것이 아닐까? 어쩌면, 오직 이것이야말로 한국의 근현대사를 견뎌 온 이 땅의 많은 '수남'들이 스스로를 지켜 온 생존방식이 아니었을까? 그 점에서 『거기, 내가 가면 안 돼요?』를 온전히 읽는다는 것은 단순히 소설에 쓰인 글, 다시 말해서 수남에 의해 재구성된 진술을 읽는 것만을 의미하지 않는다. 여기에는 추가적인 독법이 요구된다. 독자는 되물어야 한다. 왜 수남은 늘 주변부에 머물렀는지, 왜 수남은 수십여 년이 지난 이후에야 비로소 입을 연 것인지 등등…… 소설이 적어 내지 않은 공백으로부터 발생한 물음들에 답하고자 할 때, 비로소 우리는 수남의 삶을 조금이나마 이해할 수 있게 될 것이다.

그런 의미에서 "거기, 내가 가면 안 돼요?"에 못지않게 이 소설을 관통하는 문장이 있다면 "내 이야기를 들을 준비가 되었소?"를 꼽을 수 있지 않을까? 종종 우리는 순백색의 진실을 기대한다. 가령, 파국적이고 혼란했던 시대를 통과한 이의 증언을 들으면서 우리는 그 시대를 명료하게 이해할 수 있게 되리라 기대한다. 하지만 막상 우리가 전해 들은 말이란 어딘가 어그러졌거나, 뒤죽박죽 섞이고, 각색되었으며, 심지어 특정 단락이 통째로 삭제된 것일 수도 있다. 그렇다면 지금까지 들은 말들은 모두 거짓이며 우리는 결국 시간 낭비나 하고 만 셈일까? 물론 아니다. 진실은 순백색의 표정을 짓고 있지 않다. 파국과 혼란을 통과한 이가 전하는 기억에서 파열과 혼동이 감지된다는 것, 어쩌면 그 징후야말로 해당 증언이 아직 다듬어지지 않은 '진실의 원석'이라는 분명한 증거일 것이다.

수남이 오래도록 침묵한 이유는, 그만큼 오랜 시간 동안 그의 이야기를 들을 준비가 된 사람이 부재했기 때문이기도 하다. 지금 여기에는 여전히 '진실의 원석'을 전하는 이들의 목소리가 도처에 존재한다.『거기, 내가 가면 안 돼요?』를 우리가 온전히 읽어야 할 이유다.

특별한 친구들아

동화 속 주변 인물들

어린 시절, 생일이 되면 교회에서는 나를 중심에 두고 동그랗게 서서 노래를 불러 주곤 했다. "당신은 사랑받기 위해 태어난 사람"이라고. 그때마다 형언하기 어려운 감정이 들었다. 난 그냥 '태어난 사람'일 뿐인데 어째서. 하지만 동시에 어쩐지 내가 특별한 사람이 된 것처럼 느껴지기도 했다. 무슨 이유에서였을까? 정말로 내가 "사랑받기 위해" 태어났기 때문이라 생각하지는 않는다. 그렇다면 만약, 적어도 그 자리에서 내가 특별한 사람일 수 있었다면, 그건 아마도 나를 축하해 준 사람들 덕분이었을 것이다. 그 노래를 불러 준 사람들 없이는 난 그저 '태어난 사람'에 불과하니까. 홀로 특별한 사람이란 세상에 존재할 수 없다.

우리는 모두 제 인생의 주인공이며 동시에 누군가의 삶의 조연이다. 그런 누군가의 서사 속으로 문득 초대되는 순간, 우리는 서로에게 조금 더 특별한 존재로 거듭난다. 바로 이 지점에서 우리의 세계는 풍성해진다. 고백하자면, 작품을 읽을 때 아무리 주인공이 매력적인 인물로 묘사되더라도 주변 인물이 그렇지 못할 경우에는 금방 흥미를 잃었다. 앞서 말했듯, 홀로 특별한 사람이란 존재할 수 없으므로. 특별한 주변 인물들이 부재한다면 주인공의 서사와 세계는 빈약해지기 십상이다. 가끔씩은 주인공보다 그런 '특별한 친구'들의 안부를 수소문하고 싶을 때가 더러 있다.

괴짜 친구, 오수미

『우주로 가는 계단』(전수경, 창비 2019)의 주인공인 열세 살 '지수'는 과학에 심취해 있다. 이를테면 이웃인 701호 '오수미' 할머니에게서 어떤 끌림을 느끼자 곧바로 '만유인력의 법칙'을 떠올릴 정도. 할머니도 보통 사람은 아니다. 첫 만남에서 할머니는 지수가 들고 있던 월간 『과학 세계』를 알아보고 표지 모델인 스티븐 호킹(Stephen W. Hawking)을 보며 이렇게 묻는다. "스티븐 좋아하니?" 마치 친구를 부르듯 자연스럽게. 나중에는 초등학생 지수에게 케임브리지 연구소 논문을 권한다. 이상한 사람들이다.

자연히 둘의 대화는 아주 괴짜처럼 들린다. 함께 개기월식을 보다가 할머니는 "2025년 9월 7일 월식도 같이 볼래?"라고 묻고, 지수는 그해에 자기는 호킹이 있던 케임브리지 대학 물리학과에 갈 예정이라 안 된다고 답한다. 그러자 약속이 조금 수정된다. "2025년 9월 7일 월식은 케임브리지에서!" 참 괴짜들이다. 그래서 보는 내내 사랑스럽다. 동화를 조금만 읽어도 우리는 오수미가 전문 과학자임을 알 수 있다. 하나 그는 지수에게 단순히 과학 지식을 가르치려는 인물이 아닌, 훗날 월식을 함께 보기를 약속하는 친구로서 곁에 자리한다. 시공간과 우주를 초월하여 맺어진 괴짜들의 우정이 정겹다.

우울할 때면 호킹의 『시간의 역사』를 읽는 지수에게서, 문득 '마틸다'(Roald Dahl, *Matilda*, Puffin Books 1988)가 겹친다. 네 살부터 찰스 디킨스, 샬럿 브론테, 제인 오스틴 등을 섭렵한 마틸다 또한 하는 말마다 제 나이와 어울리지 않는 괴짜처럼 들린다. 어른들은 그런 마틸다에 놀라워하거나 반대로 억압한다. 하지만 지수는 그곳에서 홀로 괴짜로 머물지 않는다. 오수미라는 친구가 있기 때문이다. 랠리를 주고받듯, 서로의 말을 받아안을 수 있는 그런 친구. 두 괴짜의 수다를 상상하는 것만으로도 즐거운데 그들을 2025년까지 떨어뜨려 놓아야 한다니, 이건 너무나도 가혹한 처사다.

반려동물 친구, 암스갈

몽골을 무대로 한 정성희의 『늑대와 소녀』(출판놀이 2017)는 책을 열어 보기도 전에 우리에게 익숙한 한 가지 이미지를 상기시킨다. 이를테면 애니메이션 「알라딘」(1992) 속 '자스민'과 호랑이 '라자'의 모습. 책의 표지에는 소녀 옆에 그의 키만 한 하얀 늑대가 늠름히 앉아 있다. 늑대 '암스갈'과 호랑이 라자는 모두 커다랗고 위협적인 존재이지만 소녀 '헤를렝'과 자스민에게만큼은 온순한 친구다. 일종의 반려동물인 셈이다. 이것은 어린 시절 나의 로망이기도 했다. 그들처럼 커다란 동물 친구를 사귀고 싶은 마음을 달래려는 일환으로 다큐멘터리 〈동물의 왕국〉 애청자가 되어 버린 그때 그 시절.

표제는 '늑대와 소녀'이지만 실상 주인공은 헤를렝의 오빠 '타미르'다. 성인식을 치르기 위해 마을로 돌아온 타미르는, 탐욕이 어떤 경로를 통해 마을 공동체 속으로 틈입하는지, 또한 그것이 어떻게 그들의 삶의 방식을 무너뜨리고 훼손하는지를 생생히 목격한다. 그로 인해 타미르와 암스갈은 목숨을 건 여정을 떠나야 했다. 그 모습은 흡사 한 편의 버디무비를 연상케 한다. 인간과 동물의 여정임에도, 어떤 의미에서 그들은 진짜 '버디'처럼 보이기 때문이다. 누군가를 길들이고 기르는 것이 아닌, 동일한 상실을 공유하고 기억하는 두 인물로부터 진정한 의미에서의 반려가 무엇인지 얼핏 본 것만 같다.

믿음의 친구, 피트

최영희의 SF동화 『알렙이 알렙에게』(해와나무 2017) 속 주인공 '알렙'은 테라 행성의 '마마돔'에서 나고 자란 소녀다. 언젠가 돔 외부의 세계를 직접 만나게 되면서 알렙은 뜻밖의 깨달음을 얻는다. 자신이 알고 있는 모든 것들이 실은 마마돔이라는 제한적인 세계 속에서 선별적으로 구축된 것임을 인식하게 된 것이다. 물론 그 깨달음은 알렙 혼자서 얻은 것이 아니다. 이는 삼엄한 상황 속에서도 어떻게든 알렙에게 진실을 알리려 한 조력자들의 노력이 있었기에 가능한 일이었다.

'피트'는 알렙이 알렙에게 향하는 길의 처음과 끝을 함께한다. 그 중심에는 알렙에 대한 믿음이 있다. 본래 의심이 많은 피트지만 알렙을 향한 믿음만큼은 늘 굳건하다. 심지어 알렙이 스스로를 믿지 못하는 때에도 말이다.

종종 우리는 믿음이 사실 이후에 오는 것이라 생각한다. 상대에 관한 사실을 몇 조각 움켜쥐고서야 그를 '믿음직한' 사람이라 여기는 것이다. 하지만 실상은 그 반대일지도 모른다. 요컨대 믿음으로부터 믿음직한 사람이 만들어지는 것은 아닐까? 사랑하는 이가 있기에 비로소 우리가 '태어난 사람' 이상의 존재가 될 수 있었던 것처럼. 기억해야 한다. 알렙이 알렙에게 이르는 모험이 완수된 데에는 그 길목마다 피트를 비롯한 친구들의 단단한 믿음이 자리했기 때문이었음을 말이다.

진실을 대하는 방법

정은숙 『내일 말할 진실』

　정은숙의 많은 작품을 관통하는 키워드가 있다면 단연 '추리'가 아닐까? 일반적인 추리물에서 사건은 이미 벌어졌거나 초반부에 발생한다. 그러므로 이야기는 주인공이 새로운 사건들과 조우하는 과정보다는 일어난 사건의 '진실'을 밝히는 데에 더욱 초점을 맞추기 마련이다. 즉, 추리물의 렌즈는 미래보다는 과거를 향해 있다. 결말에 이르러 독자는, 등장인물들을 스쳐 지나간 사실의 파편들이 어떻게 진실에 닿아 있는지, 심지어는 어떻게 진실을 속이고 착시를 일으켰는지를 깨닫는다. 이로써 독자는 사건을 새로운 관점에서 재차 바라볼 수 있게 된다.

　청소년소설집 『내일 말할 진실』(창비 2019)에는 파이프를 문 탐정 캐릭터도, 박진감 넘치는 수사나 추격 장면도 없다. 다만, 사건의 당사자로서 또는 목격자이거나 주변인으로서 '진실'과 조우하는 인물들이 있을 뿐이다. 늘 그랬듯, 정은숙의 소설은 우리 주변에서 발생할 수 있는 일상적 사건들을 추리소설의 문법을 활용하여 새롭게 바라보도록 한다. 이를테면 우리가 믿는 것이 어쩌면 "논리 정연한 거짓"일지도 모른 다거나, 오히려 진실은 "볼품없고 초라한" 형상일지도 모른다는 사실을 새삼 귀띔해 주는 것이다.

표제작인 「내일 말할 진실」에서 세아는 목격자다. 하지만 자신이 정작 무엇을 목격했으며 무엇을 알고 있는지 세아는 잘 모른다. 그는 예주와 임 선생 사이에서 성추행 사건이 일어난 시각쯤에 마침 그 현장에 있었을 뿐, 사건을 직접 목격하지는 못했기 때문이다. 소설을 따라가다 보면 독자는 가해자로 지목된 임 선생의 알리바이가 어떻게 조작되었는지, 그리고 사건의 진상은 무엇인지를 어렵지 않게 유추할 수 있다. 장르로서의 추리물이라면 사건의 진상을 밝히는 과정에 집중하는 것이 일반적이다. 사건이 미스터리하고 복잡할수록 장르적 쾌락의 정도는 더 커진다. 하지만 『내일 말할 진실』은 조금 다르다. 전자의 관심사가 사건의 해결에 있다면, 정은숙의 소설은 그 이후에 더 주목하기 때문이다.

사건이 해결되면 그 즉시 범인은 체포되고 공동체에는 다시 평화가 깃들어야 할 텐데, 등장인물과 독자가 진실을 알게 된 순간 오히려 이야기는 새로운 국면으로 접어든다. 소설의 끝에서, 세아는 자신이 목격한 것이 무엇인지를 어렴풋이 파악하고 진실에 근접한다. 하지만 세아의 선택은 사실상 침묵이었고, 임 선생은 복직을 앞둔다. 진실을 알았음에도 변한 것은 없다. 현실은 추리소설이 아니므로, 사건의 진상이 밝혀지더라도 우리가 지속해서 현실에 개입하지 않는 한 세상은 변하지 않는 것이다.

바로 이곳이 정은숙의 인물들이 공통적으로 갈등하는 지점이다. 누군가는 서로 다른 주장 사이에서 주저하고(「내일 말할 진실」), 진실과의 대면 자체를 힘겨워하기도 하며(「버티고vertigo」), 미약하나마 진실의 편에

서서 "위험하고 간절한" 싸움을 시작한다(「그날 밤에 생긴 일」). 이렇듯 소설은 진실을 직면한 이후 인물들이 겪는 방황과 고민 그리고 결단의 순간을 조명한다. 진실을 아는 것만으로는 충분치 않다. 중요한 것은 뜻하지 않게 마주한 그 진실을 쥐고 무엇을 할 것인가에 있다.

「손바닥만큼의 평화」의 세영은 양심에 따른 병역 거부로 수감된 오빠 세훈에게 쓴 편지에서 이렇게 묻는다. "오빠가 말하는 '평화'와 그들이 말하는 '평화'는 어떻게 다른 걸까?" 현 세계의 안정과 질서가 유지되는 것이 평화라고 생각하는 이들이 있다. 그런 식의 '평화로움'을 위해 진실은 종종 외면당한다. 폭력으로 지탱되는 어떤 '평화로움'을 거부하고 각자의 진실을 추구할 때, 불행히도 세훈을 기다리고 있었던 것은 교도소였으며 세영은 학교를 "졸업 때까지 무사히 다닐 수 있을까" 하는 걱정에 휩싸인다.

당연한 말이나, 이렇듯 진실을 추구하는 데에는 커다란 용기가 필요하다. 그것은 기존 세계의 단단한 질서에 틈을 내고 허무는 일이기 때문이다. 그럼에도 그들이 끝까지 진실을 고집할 수 있었던 것은 단지 개인의 정의감 때문만은 아닐 테다. 주위의 조롱와 비난에도 성폭력 피해자와 연대하고(「내일 말할 진실」), 세상의 요구와 다를지언정 "타고난 저마다의 소질"을 응원하며(「영재는 영재다」), 책임을 회피하지 않고 서로의 용기가 되어 주는(「그날 밤에 생긴 일」) 사람들이 있다. 진실에의 추구는 이처럼 서로의 말을 들어 주며 곁을 함께하는 이가 존재한다는 믿음에서 비롯된다. 진실은 더 나은 미래를 상상하게 하는 힘이다. 『내일 말할 진실』이 추리의 렌즈를 활용하되 과거와 미래를 동시에 비추고자 한 것은 그이유에서겠다.

질문을 찾는 아이들

이경화 『담임 선생님은 AI』

좋은 질문을 던지는 일은 정답을 제시하는 것만큼이나 중요하다. 아니, 어쩌면 더 중요한 일일지도 모른다. 정답은 그 즉시 문제를 해소하고 대화를 끝내지만 좋은 질문은 생산적인 논의를 위한 단초로 기능하기 때문이다. 『담임 선생님은 AI』(창비 2018)는 좋은 질문들을 담은 동화다. 책을 펼치기 전에 독자들은 자문하게 된다. 정말로 만약 담임 선생님이 인공지능 로봇이라면 어떨까? 현재 머신 러닝 기술의 수준에 비추어 본다면 마냥 불가능한 설정도 아닐 테다. 동화를 통해 독자들은 머지않아 도래할지도 모를 미래 교실의 풍경 일부를 미리 들여다볼 수 있다.

5학년 1반의 담임 김영희의 정체는 모델명 Tearcher-AI #0526, 즉 인공 지능 로봇이다. 어째서 이곳에 인공지능 교사가 배정된 것일까? 5학년 1반 학생 대부분은 공교롭게도 작년까지 한민아 선생의 반이었다. 한민아 선생은 학교를 떠난 상태였는데, 이유인즉슨 비밀 블로그 일기장에 학생들과 학부모에 대한 비난을 쓴 사실을 들켰기 때문이다. 교사에게 '인간적'으로 실망한 학생과 학부모는 "이제 사람이라면 아주 이가 갈린다면서" 교육부에 청원했고, 그 결과 인공지능 로봇 김영희 선생이 배정된 것이다.

인간을 대체하는 로봇, 인공지능 기술을 둘러싼 다수의 논쟁들이 이 주제를 다뤘다. 로봇에 의한 실업 문제부터, 직종에 따라서는 로봇에게 과연 이 일을 맡겨도 되는가를 의문하는 윤리적 사안까지. 아동에게는 다소 낯설지도 모를 저 쟁점들을 동화는 제법 설득력 있는 설정과 묘사를 통해 제시하고자 한다. 독자들은 묻게 된다. 인간에게 실망했다는 이유로 담임을 인공지능 로봇으로 대체해도 괜찮을까? 학교 교육은 "학생의 창의력 계발 및 인성 함양을 포함한 전인적(全人的) 교육을 중시"해야 한다는 교육기본법 제9조를 굳이 떠올리지 않더라도, 대부분은 공교육으로부터 단순한 지식의 습득 이상의 "전인적 교육"을 기대한다. 로봇이 이를 수행할 수 있을까?

어떤 대목에서는 사람보다 낫겠다는 생각도 든다. 방대한 지식 데이터베이스를 활용한 효율적인 수업 방식 때문만이 아니다. 가령, 김영희 선생은 학생들에게 그야말로 "벌점 폭탄"을 선사한다. 입력된 교칙에 근거해 이에 어긋난 경우라면 가차 없이 벌점을 준다. 로봇인 까닭에 인간이라면 망설이거나 놓쳤을 행동도 모조리 포착해 낸다. 자연히 학생들은 아우성이다. 담임은 설명한다. 교칙은 학생들의 "즐거운 학교생활"을 위한 것이며, 자신은 인간과 달리 공정하고 차별 없이 벌점을 부과하므로 불만을 가질 이유가 없다는 것이다. 얄밉지만 반박 불가다. 돌이켜 보면 로봇과 달리 우리는 때로 아주 '인간적'인 이유로, 그것이 의도적이든 실수든, 누군가를 차별하고 규칙을 위반하거나 이를 눈감는다.

이번에는 5학년 1반 학생들을 보자. 학생들은 비록 담임의 완고한 원칙주의에 불만이 있으나, 한편으로는 "인지쌤"이나 "알쌤"이라는 애칭을 붙여 주고 그를 따른다. 다른 반 학생들이 그를 못살게 굴자 학생들은 "우리 담임"을 지키기 위해 노력한다. 인간다움을 학습시키려고 "인지쌤이 단 한 번도 읽은 적이 없는 책"을 창작하기도 한다. 교칙을 익히고, 괴롭힘당하는 이를 지키고자 합심하며, 능동적으로 창작하고, 무엇보다 사실상 소통이 불가능한 타자와 교감하기 위해 애쓰는 학생들의 모습에서 우리는 뜻밖에도 "창의력 계발 및 인성 함양을 포함한 전인적 교육"의 형상을 만난다.

하지만 놓쳐서는 안 될 점이 있다. 저 형상은 단순히 인공지능 담임이 수행한 교육의 결과가 아닌, 학생들 스스로가 창안해 낸 것이라는 사실이다. 김영희 선생이 한 일은 학생들에게 정답을 알려 주는 것이었다. 교과서의 답안뿐만 아니라, 교칙, 예의범절, 학교폭력 대응 매뉴얼까지 학교에서의 교육은 흡사 사용 설명서처럼 답이 이미 정해져 있는 듯하다. 그러나 학생들은 여기에 머물지 않고 질문을 던졌다. 어떻게 알쌤을 바꿀지, 어떻게 그를 지킬지, 어떻게 그와 공존할지 등 아직 정답이 존재하지 않는 질문들을 제기한 것이다. 학생들은 스스로가 던진 질문을 해결하기 위해서, 때로는 실수하고 다투거나 서로에게 상처를 주고받는 과정들을 통과한 끝에, 세상에 없던 나름의 답을 만들었다.

실제로도 그렇다. 오늘날의 실례로, 수년 전까지만 해도 학계나 대학가에서 주로 회자되던 페미니즘이 오늘날에는 초등학교 교실에서 또한 요청되고 있다. 더 나은 세상을 위해, 이처럼 누군가는 주어진 답안에 안주하지 않고 끊임없이 좋은 질문을 모색한다. 설혹 AI의 시대가 오더라도 좋은 질문을 찾는 일을 포기하지 않는 한 인간은 반드시 답을 찾아낼 것이다. 5학년 1반 학생들처럼.

평화와 공존을 말하다

원종찬·박숙경 엮음『우리 함께 웃으며』『우리 여기에 있어!』

창비아동문고 300·301권 기념 동화집의 주제는 '평화'와 '동물'이다. 먼저,『우리 함께 웃으며』(2019)의 주제는 평화다. 창비가 지나온 궤적을 떠올린다면 평화가 기념 동화집의 주제 한 축을 담당하고 있는 모습은 퍽 자연스러워 보인다. 특히 2018년 북미정상회담 이후 종전과 평화를 향한 기대감이 실체를 가지기 시작한 이 시점에, 창비아동문고가 기념 동화집의 주제로 평화를 택하지 않았다면 도리어 이상하게 느껴졌을 것이다.

그다음 주제는 동물이다. 평화라는 꽤 커다란 주제 옆에 동물이 나란히 선 모습이 흥미롭다. 이는 동물의 생명과 권리에 대한 오늘날 시민사회의 성숙도를 반영하는 결과겠다. 말할 수 없는 존재에 목소리를 부여하고 타자와의 공존을 서사화한다는 점에서, 엮은이의 말처럼 분명 동물은 평화 못지않게 "우리 아동문학이 끌어안아야 할 핵심 주제"이기도 하다. 또한 동물과 아동문학 사이의 접점을 모색해 온『창비어린이』의 행보[1]를 주목한 독자라면, 그 고민의 소산일 『우리 여기에 있어!』 (2019)가 여간 반갑지 않을 것이다.

두 권의 기념 동화집에는 현재 한국 동화계를 대표하는 스무 명의 작가들이 참여했다. 다수가 참여한 작품집이므로 각 권을 일반화하여 평하기란 쉽지 않겠으나, 그럼에도 모든 작품에서 어떤 일관된 특징을 감지할 수 있었다. 동심의 언어로 평화와 동물이라는 주제가 지닌 복합적인, 심지어 때때로는 모순적이기도 한 측면과 대결하고자 하는 작가들의 태도가 바로 그것이다.

가령, 사이좋게 지내는 것만이 평화일까? 그렇다면 왜 평화를 말하는 저 사람은 일생을 싸워야 했던 것일까?(김중미 「꽃마차의 평화 유랑」) 사랑으로 보살핀다면 생명으로서의 동물의 권리를 지켜 줄 수 있는 걸까? 그렇다면 왜 어떤 강아지는 사랑을 베푸는 주인을 떠나 집을 나서야 했을까?(정제광 「찌부의 편지」) 애지중지하며 키운 돼지를 도살하거나 먹고 판매하는 일은 어떻게 이해해야 할까?(장주식 「돼지를 기르는 사람들」)

한국의 현대사, 이념, 생명 윤리, 축산 산업 구조 등과 같은 커다란 이야기들을 직접적으로 말하는 대신, 저 복잡한 맥락과 모순을 이야기로써 어린이의 피부에 와닿도록 재현하기란 결코 쉬운 일이 아니었을 것이다. 만약 이 기념 동화집이 어린이들로 하여금 평화와 동물에 관한 생산적인 질문을 끌어낸다면, 이것은 필히 우회하는 대신 문제의 핵심과 대면하기로 한 작가들 덕이리라.

여기서 두 기념 동화집에 실린 모든 작품을 언급하는 것은 불가능한 일이겠다. 그 대신 각 권으로부터 한 작품씩을 꼽아 평하는 것으로 이

---

1 일례로 『창비어린이』 2018년 여름호 특집의 주제는 '동물과 사람'이었다.

글의 소임을 다하려 한다. 『우리 함께 웃으며』에 수록된 작품들은 미래의 상상-현재의 상황-과거의 반추 순으로 배치되어 있는데, 마치 통시적 관점에서 다양한 갈래의 평화를 이야기하려는 듯 보였다. 그 가운데 진형민의 「아무도 미워할 수 없는 경기」는 정확히 현재를 배경으로 삼는 작품이다.

주인공 '나'는 하늘초와 풀잎초 사이의 축구 결승을 보며 고민에 빠진다. 예전이라면 자신이 속한 하늘초를 응원하고 상대를 야유하면 됐지만, 이제는 상대편인 풀잎초에도 '나'의 친구들이 있는 데다가 그들 나름의 사정을 알게 된 이상, '나'는 더 이상 누구를 편들어야 할지 알 수 없게 된 것이다. "아무도 미워할 수 없는 경기"를 지켜보면서 '나'는 깨닫는다. 그동안 상대편을 맹목적으로 미워할 수 있던 이유란 오직 그들을 몰랐기 때문이었음을.

동화는 오늘날 어린이들의 일상을 통해 평화를 가로막는 장벽인 미움(hatred)과 편 가르기가 어디에서 기인하는지를 환기한다. 저 미움과 편 가르기는 비단 현재의 문제만이 아닐 것이다. 그 점에서 진형민의 동화는 현재의 어린이가 작품집 속 과거 또는 미래의 어린이에 가닿기 위한 도움닫기의 역할을 수행한다고도 말할 수 있겠다.

『우리 여기에 있어!』에서 가장 인상적인 동물이 있다면 김태호의 「바틀비」에 등장하는 개 '바틀비'를 꼽고 싶다. 제목에서도 드러나듯 「바틀비」는 "하지 않는 편을 택하겠소"라는 말로 대표되는 허먼 멜빌(Herman Melville)의 『필경사 바틀비』(1853)에서 착안한 동화다. 아마도 유기견일 떠돌이 개 바틀비는 그 역시 "더는 섬을 뛰어다니며 가족을 찾지도 않고, 울어 대지도 않기로" 선택한다. 그 결과 바틀비는 우리가 흔히 개의 특징으로 여기는 어떤 친화성, 먹이에 대한 강한 집착, 활발함 또는 사나움 등의 모습을 조금도 보여 주지 않는다.

실상 우리가 개를 이해하기란 불가능하며, 단지 예측 가능한 대상으로 '길들일' 뿐이다. 하지만 우리는 일상에서 만난 '인간화된 동물'과의 경험에 기초해 개에 대해서 착각하곤 한다. 심지어 그러한 착각에 근거하여 동물의 행동이나 내면을 형상화하는 동화도 심심치 않게 본다. 바틀비는 조금 다르다. 그는 인간이 기대하는 적절한 반응을 보이지 않는다. 차를 피하지 않고, 먹이를 먹지도 않으며, 그 까닭에 길들이기는커녕 관계를 맺는 것 자체가 어렵다. 우리는 그런 바틀비를 이해할 수 없다. 그는 인간의 관점을 철저히 벗어난 타자이므로.

하지만 바로 그러한 이유로 동화의 결말은 특별하게 다가온다. 해찬이 내내 바틀비를 생각하고, 죽어 가는 그를 끌어안은 채 도움을 청한 이유는 바틀비가 착한 개라서가 아니었다. 단지 바틀비가 거기에 있기 때문이었다. 우리가 동물과 그들의 삶에 관해서 끊임없이 생각해야 하는 까닭도 여기에 있는 것은 아닐까? 지금 이 순간에도 숲과 바다에서, 골목과 도로에서, 축사와 도살장에서 동물들은 이렇게 외치고 있음을 기억해야 한다. "우리 여기에 있어!"

수록글 출처

어떻게든, 살기 위해, 달리는 소녀들: 최양선, 김민경, 이꽃님의 청소년소설에서　강경석
　　외『인천문학의 숲과 길: 2022 인천작가회의 평론집』, 다인아트 2022

위조화폐와 가상화폐 사이에서: 최양선의 청소년소설들을 읽으며　『어린이와문학』
　　2022년 겨울호

『아몬드』와 '사이코패스'라는 어떤 도시괴담에 관하여　『어린이책이야기』 2019년 봄호

정체성은 말할 수 있습니까?: 최상희, 은이정, 이진의 단편 청소년소설을 중심으로　『창
　　비어린이』 2019년 봄호

편지는 언제나 목적지에 도착한다: 청소년소설에서의 노동들　『어린이와문학』 2021년
　　가을호

콤플렉스는 나의 힘: 이진『아르주만드 뷰티 살롱』과『원더랜드 대모험』　『창비어린이』
　　2017년 겨울호

순수에서 다양한 빛깔의 사랑으로: 청소년소설의 사랑과 연애　『도서관이야기』 2019년
　　7·8월호, 국립어린이청소년도서관 2019

제3부

세 죽음과 어떤 죄책감: 백온유『유원』『문장웹진』 2020년 9월호

서로의 곁을 넓혀 가는 이들의 이야기: 진형민『곰의 부탁』『문장웹진』 2020년 10월호

'정상성'이라는 덫으로부터: 문경민『훌훌』『웹진 잇다』 20호, 2022

곁에 있다는 것, 곁을 만들어 간다는 것: 김중미『곁에 있다는 것』『인천문화통신』
　　2021.7.21.

진실을 듣고 답하기 위해서: 이금이『거기, 내가 가면 안 돼요?』『작가들』 2016년 가을호

특별한 친구들아: 동화 속 주변 인물들　『웹진 비유』 20호, 2019

진실을 대하는 방법: 정은숙『내일 말할 진실』『창비어린이』 2020년 봄호

질문을 찾는 아이들: 이경화『담임 선생님은 AI』『창비어린이』 2018년 가을호

평화와 공존을 말하다: 원종찬·박숙경 엮음『우리 함께 웃으며』『우리 여기에 있어!』『창
　　비어린이』 2019년 여름호

찾아보기

다르게 보는 용기
새로운 세기의 아동청소년문학

초판 1쇄 발행 • 2023년 12월 15일

지은이 • 강수환
펴낸이 • 염종선
책임편집 • 정편집실·정은경
조판 • 박아경
펴낸곳 • (주)창비
등록 • 1986년 8월 5일 제85호
주소 • 10881 경기도 파주시 회동길 184
전화 • 031-955-3333
팩스 • 영업 031-955-3399 편집 031-955-3400
홈페이지 • www.changbikids.com
전자우편 • enfant@changbi.com

ⓒ 강수환 2023
ISBN 978-89-364-4856-1 03810